Diogenes Taschenbuch 22490

Noch mehr Horror

Klassische Horrorgeschichten von Edgar Allan Poe bis Anton Čechov

Ausgewählt von Christian Strich

Diogenes

Nachweis der Übersetzer und
Rechteinhaber am Schluß des Bandes
Umschlagzeichnung von
Tomi Ungerer

Originalausgabe

100/93/43/1
ISBN 3 257 22490 7

Inhalt

GUY DE MAUPASSANT

Die Tote

Ich hatte sie glühend geliebt. Warum liebt man? Ist es nicht absonderlich, nur noch ein einziges Wesen in der Welt zu sehen, nur noch einen einzigen Gedanken im Kopfe zu haben, im Herzen nur noch ein einziges Verlangen und auf den Lippen nur noch einen einzigen Namen: einen Namen, der unaufhörlich, wie das Wasser einer Quelle, aus den Tiefen der Seele aufsteigt, der in einem aufsteigt bis zu den Lippen, den man ausspricht, immer wieder ausspricht, den man ohne Unterlaß vor sich hinflüstert, wo man auch sei, wie ein Gebet.

Ich will hier nicht unsere Geschichte erzählen. Die Liebe hat nur *eine* Geschichte, und es ist stets die gleiche. Ich war ihr begegnet und hatte sie geliebt. Das sagt alles. Und ein Jahr lang hatte ich in ihrer Zärtlichkeit gelebt, in ihren Armen, in ihrer Liebesumstrickung, ihrem Blick, ihren Kleidern, ihren Worten – eingehüllt, gefesselt, gefangen in alles, was von ihr ausging, und zwar auf eine so vollkommene Weise, daß ich nicht mehr wußte, ob es Tag sei oder Nacht, ob ich tot sei oder am Leben, ob auf Erden oder anderswo.

Und da starb sie. Wie? Ich weiß es nicht, weiß es nicht mehr.

Eines regnerischen Abends kam sie durchnäßt heim, und am andern Tage hustete sie. Sie hustete etwa eine Woche lang und mußte sich hinlegen.

Was war geschehen? Ich weiß es nicht mehr.

Die Ärzte kamen, verschrieben etwas, gingen wieder. Es wurden Arzneien gebracht; eine Frau flößte sie ihr ein. Ihre Hände waren heiß, ihre feuchte Stirn brannte, ihre traurigen Augen glänzten. Ich sprach zu ihr; sie antwortete mir. Was haben wir einander gesagt? Ich weiß es nicht mehr. Ich habe alles vergessen, alles, alles! Sie starb, und ich erinnere mich deutlich ihres kleinen Seufzers, ihres kleinen, schwachen Seufzers, des letzten. Die Pflegerin sagte: ›Oh!‹ Ich verstand, ich verstand!

Weiter ist mir nichts mehr bewußt. Ich sah einen Priester vor mir; der äußerte: ›Ihre Mätresse.‹ Mit schien, als beleidige er sie. Nun sie tot war, hatte keiner mehr das Recht, das zu wissen. Ich warf ihn hinaus. Ein anderer kam und war sehr gütig, sehr mild. Als er zu mir von ihr sprach, mußte ich weinen.

Ich wurde über tausend die Bestattung betreffende Dinge befragt. Ich weiß nichts mehr davon. Indessen habe ich deutlich den Sarg vor Augen, und im Ohr das Hallen der Hammerschläge, als sie eingenagelt wurde. Ach, mein Gott!

Sie wurde begraben. Begraben! Sie! In diesem Loch! Es waren ein paar Leute gekommen, Freundinnen. Ich ging weg. Weggelaufen bin ich. Lange bin ich durch die Straßen gelaufen. Dann bin ich heimgekehrt in meine Wohnung. Am nächsten Tag habe ich eine Reise angetreten.

Gestern bin ich nach Paris zurückgekommen.

Als ich mein Schlafzimmer wiedersah, unser Schlafzimmer, unser Bett, unsere Möbel, das ganze Haus, in dem alles verblieben war, was vom Leben eines Menschenwesens nach seinem Tode übrigbleibt, überkam mich ein so heftiger Rückfall des Kummers, daß ich beinahe das Fenster aufgerissen und mich hinab auf die Straße gestürzt hätte. Da ich nicht inmitten all dieser Dinge zu bleiben vermochte, dieser Wände, die sie umschlossen hatten und die sicherlich in ihren unwahrnehmbaren Rissen tausend Atome von ihr bewahrten, von ihrem Körper und ihrem Atem, nahm ich meinen Hut, um davonzueilen. Plötzlich, fast schon an der Tür, ging ich an dem großen Spiegel im Vorsaal vorüber, den sie dort hatte anbringen lassen, um sich jeden Tag vor dem Ausgehen von Kopf bis Füßen anschauen zu können, um festzustellen, ob auch alles an ihrer Kleidung in Ordnung sei, korrekt und hübsch von den Stiefelchen bis zur Frisur.

Und ich blieb jäh vor der glatten Fläche stehen, die sie so oft gespiegelt hatte. So oft, so oft, daß auch sie ihr Bild hätte bewahren müssen.

Dort habe ich gestanden, bebend, die Augen starr auf das Glas gerichtet, das flache, tiefe, leere Glas, das sie dennoch ganz und gar enthalten, das sie im gleichen Maß besessen hatte wie ich, wie mein leidenschaftlicher Blick. Mir war, als liebte ich diese Spiegelfläche –, ich rührte sie an –, sie war eisig kalt! Oh, das Erinnern, das Erinnern! Schmerzlicher Spiegel, glühender Spiegel, lebendiger, grausiger Spiegel, der alle Qualen durchleiden läßt! Glücklich die Menschen, deren Herz gleich einer Spiegelfläche, über die die Reflexe dahingleiten und erlöschen, alles vergißt, was es enthalten hat, alles, was vor ihm vorübergezogen ist, alles, was sich in seiner Neigung, seiner Liebe betrachtet, sich gespiegelt hat! Wie tief ist mein Leid!

Unwillkürlich trat ich ins Freie, ohne es zu wissen, ohne es zu wollen, und ging zum Friedhof. Ich fand ihr schlichtes Grab, ein Marmorkreuz mit der Inschrift: ›Sie liebte, wurde geliebt und starb.‹

Dort lag sie, darunter, und moderte! Wie entsetzlich! Ich schluchzte, die Stirn am Erdboden.

Lange, lange bin ich dort geblieben, dann merkte ich, daß der Abend dämmerte. Da bemächtigte sich meiner ein bizarrer, wahnwitziger Wunsch, der Wunsch eines verzweifelt Liebenden. Ich wollte die Nacht, eine letzte Nacht, bei ihr verbringen und an ihrem Grabe weinen. Doch ich würde gesehen, hinausgetrieben werden. Was sollte ich tun? Ich wurde listig. Ich stand auf und machte mich daran, in dieser Stadt der Abgeschiedenen umherzuirren. Ich ging und ging. Wie klein ist diese Stadt im Vergleich zu der andern, der der Lebendigen! Und dennoch ist die Zahl der Toten größer als die der Lebenden. Wir bedürfen hoher Häuser, Straßen, soviel Raumes für die vier Geschlechterfolgen, die zu gleicher Zeit das Tageslicht gewahren, das Wasser der Quellen trinken, den Wein der Reben, und das Brot der Äcker essen.

Und für alle Geschlechterreihen der Toten, für die ganze, bis zu uns hinabreichende Stufenleiter der Menschheit reicht fast ein Nichts, ein Feld, fast ein Nichts! Die Erde nimmt sie wieder auf, Vergessen löscht sie aus. Lebewohl!

Am Ende des bewohnten Friedhofs gewahrte ich unvermittelt den sich selbst überlassenen Friedhof, den, wo die vor langer Zeit Gestorbenen ihre Vermischung mit der Erde vollenden, wo sogar die Kreuze faulen, wo morgen die Letztgekommenen bestattet werden. Er ist überwuchert von ungestutzten Rosen, mächtigen dunklen Zypressen, ein trauriger, köstlicher, von menschlichen Leibern genährter Garten.

Ich war allein, ganz allein. Ich schmiegte mich in einen grünenden Baum. Ich verbarg mich gänzlich in seinem üppigen, düstern Gezweig.

Und ich wartete; ich umkrampfte den Stamm, wie ein Schiffbrüchiger ein Wrackstück umklammert.

Als die Nacht dunkel, sehr dunkel geworden war, verließ ich meine Zufluchtsstätte und begann behutsam, langsamen, gedämpften Schrittes über dieses Tote bergende Erdreich hinwegzuschreiten.

Lange, lange, lange irrte ich umher. Ich fand sie nicht wieder. Mit vorgestreckten Armen, weit geöffneten Augen ging ich, stieß mit Händen, mit Füßen, mit Knien, mit der Brust an Grabmäler – und fand sie nicht. Ich rührte an etwas, ich hastete wie ein Blinder, der seinen Weg sucht; ich tastete an Steine, Kreuze, Eisengitter, Glasperlenkränze, Kränze aus verwelkten Blumen! Ich ließ meine Finger über Lettern wandern und las mit ihnen Namen. War das eine Nacht! War das eine Nacht! Ich fand sie nicht wieder!

Kein Mondschein! War das eine Nacht! Ich hatte Angst, grausige Angst auf den schmalen Pfaden zwischen den beiden Reihen der Gräber! Gräber, Gräber, Gräber! Nichts als Gräber! Zur Rechten, zur Linken, vor mir, um mich, überall Gräber! Ich setzte mich auf eins, ich konnte nicht mehr gehen, die Knie versagten mir. Ich hörte mein Herz pochen. Und ich hörte auch noch etwas anderes! Was? Ein verworrenes, unbezeichenbares Geräusch! War es in meinem verstörten Kopf, dieses Geräusch, im undurchdringlichen Dunkel, oder unter der geheimnisträchtigen Erde, der Erde, die eingesät war mit menschlichem Aas? Ich blickte um mich.

Wie lange mag ich dort verblieben sein? Ich weiß es nicht. Ich war von Entsetzen gelähmt, ich war trunken von Furcht, bereit, aufzuheulen, bereit zu sterben.

Und plötzlich schien mir, als bewege sich die Marmorplatte, auf der ich saß. Gewiß, sie bewegte sich, als höbe jemand sie an. Mit einem Satz übersprang ich das Nachbargrab, und ich sah, ja, ich sah, wie der Stein, den ich soeben verlassen hatte, sich aufrichtete; und der Tote erschien, ein nacktes Skelett; mit seinem gebeugten Rücken hatte es die Platte beiseite geworfen. Ich sah, ich sah klar und deutlich, trotz des tiefen Dunkels. Auf dem Kreuz konnte ich lesen:

›Hier ruht Jacques Olivant, gestorben im Alter von einundfünfzig Jahren. Er liebte die Seinen, war ehrenhaft und gütig, und starb im Frieden des Herrn.‹

Jetzt las auch der Tote, was auf sein Grab geschrieben

worden war. Dann hob er einen Stein vom Wege auf, einen kleinen, spitzigen Stein, und fing an, die Inschrift sorgsam abzuschaben. Langsam löschte er sie gänzlich aus und betrachtete mit seinen leeren Augen die Stelle, an der sie eben noch eingemeißelt gestanden hatte; und mit dem Knochen, der sein Zeigefinger gewesen war, schrieb er in leuchtenden Lettern wie die Zeilen, die man mit einem Phosphorstreichholz an die Wand malt:

›Hier ruht Jacques Olivant, gestorben im Alter von einundfünfzig Jahren. Durch seine Härte beschleunigte er den Tod seines Vaters, den er zu beerben trachtete; er marterte seine Frau, quälte seine Kinder, täuschte seinen Nächsten, stahl, wann er konnte, und starb als ein Verruchter.‹

Als er mit dem Schreiben zu Ende gekommen war, stand der Tote starr da und betrachtete sein Werk. Und als ich mich umwandte, gewahrte ich, daß alle Gräber sich aufgetan hatten, daß alle Leichen ihnen entstiegen waren, daß sie alle die Lügen getilgt hatten, die von ihren Verwandten auf die Grabsteine geschrieben worden waren, und statt ihrer der Wahrheit zur Geltung verholfen hatten.

Und ich erkannte, daß alle die Henker ihrer Nächsten gewesen waren, Hassende, Ehrlose, Heuchler, Lügner, Betrüger, Verleumder, Neider, daß sie gestohlen, getäuscht, daß sie jede erdenkliche schmachvolle, erbärmliche Handlung begangen hatten, diese guten Väter, diese treuen Gattinnen, diese aufopfernden Söhne, diese keuschen jungen Mädchen, diese redlichen Kaufleute, diese vorgeblich untadelhaften Männer und Frauen.

Alle schrieben sie zu gleicher Zeit an die Pforte ihrer ewigen Wohnstatt die grausame, schreckliche und heilige Wahrheit, von der niemand weiß oder von der auf Erden jedermann heuchelt, daß er sie nicht wisse.

Da kam mir der Gedanke, daß auch *sie* sie auf ihr Grab schreiben müsse. Und furchtlos jetzt lief ich mitten zwischen den klaffenden Särgen, mitten zwischen den Leichen, den Skeletten hindurch zu ihr hin, überzeugt, daß ich sie jetzt finden werde.

Schon von weitem erkannte ich sie, ohne daß ich ihr Antlitz gesehen hätte; es war vom Leichentuch verhüllt.

Und auf dem Marmorkreuz, auf dem ich vor kurzem noch gelesen hatte:

›Sie liebte, wurde geliebt, und starb‹ gewahrte ich jetzt:

›Als sie eines Tages ausgegangen war, um ihren Geliebten zu betrügen, erkältete sie sich im Regen und starb.‹

Dem Anschein nach bin ich, als der Tag anbrach, leblos auf einem Grab gefunden worden.

VILLIERS DE L'ISLE-ADAM

Vera

Der Gräfin d'Osmoy

Die Form des Körpers ist für ihn wesentlicher als seine Substanz.
Die neuere Physiologie

Die Liebe ist stärker als der Tod, hat Salomo gesagt: ja, ihre geheimnisvolle Macht ist ohne Grenzen.

Es war zu Paris, vor einigen Jahren, an einem sinkenden Herbstabend. Wagen, die sich im Bois verspätet hatten, rollten, schon erleuchtet, zum düstern Faubourg Saint-Germain hin. Einer hielt vor dem Portal eines weitläufigen herrschaftlichen Hauses, das von jahrhundertealten Gärten umgeben war; der Torbogen wurde von einem steingemeißelten Schild überragt, der das Wappen der alten Familie der Grafen d'Athol trug: einen silbernen Stern auf azurblauem Grunde mit der Devise »Pallida Victrix« unter der hermelingefütterten Krone mit dem Fürstenhut. Die schweren Türflügel taten sich weit auf. Ein Herr von dreißig bis fünfunddreißig Jahren in Trauerkleidung, totenblaß, stieg aus. Auf der Freitreppe hoben schweigende Diener die Fackeln. Ohne ihrer zu achten, stieg er die Stufen empor. Es war der Graf d'Athol.

Unsicheren Schrittes erstieg er die weißen Treppen, die zu dem Raum führten, wo er erst an diesem Morgen in einen samtenen Sarg, gehüllt in Veilchen und Batistwogen, Vera gebettet hatte, die Herrin seiner Lust, seine verblichene Gattin, die Ursache seiner Verzweiflung.

Oben schwang die Tür lautlos über den Teppich: er hob den Vorhang.

Alles lag und stand noch genau so, wie die Gräfin es am Vorabend verlassen hatte. Wie ein niederzuckender Blitzstrahl war der Tod gekommen. Während der letzten Nacht hatte die Geliebte sich in so tiefen Freuden erschöpft und sich in so ekstatische Umarmungen verloren, daß ihr in Wonnen zerberstendes Herz zu schlagen aufgehört hatte: plötzlich hatte der Purpur des Todes ihre Lippen befeuchtet. Sie hatte kaum Zeit gehabt, dem Gatten lächelnd und stumm einen Abschiedskuß zu geben: dann hatten sich ihre langen Wimpern wie Trauerschleier über die schöne Nacht ihrer Augen gesenkt.

Der unnennbare Tag war hingegangen.

Gegen Mittag hatte Graf d'Athol nach der entsetzlichen Feierlichkeit in der Familiengruft auf dem Friedhof das dunkle Gefolge entlassen. Dann hatte er sich allein mit der Bestatteten in den vier Marmorwänden eingeschlossen und die Eisentür des Mausoleums hinter sich zugezogen. – Weihrauch brannte auf einem Dreifuß vor dem Sarge: – eine Lichterkrone zu Häupten der jungen Toten bestrahlte sie.

Den ganzen Tag über hatte er dort gestanden, in träumerisches Sinnen versunken, erfüllt von einem einzigen Gefühl hoffnungsloser Zärtlichkeit. Um sechs Uhr, bei Anbruch der Dämmerung, hatte er die geheiligte Stätte verlassen. Er hatte das Grabgewölbe verschlossen, hatte den silbernen Schlüssel aus dem Schloß gerissen, sich auf der letzten Stufe hoch aufgerichtet und ihn behutsam ins Innere der Gruft fallen lassen. Er hatte ihn auf die Fliesen des Innern geworfen, durch den Dreipaß über dem Portal hindurch. – Warum wohl …? Sicherlich aus einem geheimnisvollen Entschluß heraus, nie wieder hierherzukommen.

Und jetzt stand er in dem vereinsamten Schlafgemach.

Das Fenster, vor dem schwere, golddurchwirkte Vorhänge aus malvenfarbenem Kaschmir hingen, stand offen: ein letzter Sonnenstrahl beleuchtete ein großes Bildnis der Verstorbenen in seinem Rahmen aus altem Holz. Der Graf hielt Umschau; über einen Sessel hing das am Abend zuvor abgelegte Kleid; auf dem Kaminsims fanden sich die Schmuckstücke, das Perlenhalsband, der halbgeschlossene Fächer, die schweren Flaschen mit dem Parfüm, das sie nie wieder atmen würde. Auf dem Ebenholzbett mit den gewundenen Säulen, dessen Kissen noch zerwühlt waren, gewahrte er neben dem Kopfkissen, wo inmitten der Spitzen noch der Abdruck des vergötterten und göttlichen Hauptes sichtbar war, das von Blutstropfen gerötete Taschentuch, darin ihre junge Seele eine kurze Weile mit den Flügeln geflattert hatte; das Klavier stand offen, und es schien eine auf ewig unvollendete Melodie darüber zu schweben; die von ihr im Treibhaus gepflückten indischen Blumen welkten in den alten Meißener Vasen hin; und am Fußende des Bettes standen auf schwarzem Fell die türkischen Samtpantöffelchen, darauf, in Perlstickerei, ein lachender Wahlspruch Veras leuchtete: *»Vera sehen und lieben ist eins.«* Noch gestern morgen hatten die nackten Füße der Geliebten darin gespielt, und bei jedem Schritte hatten Schwanendaunen sie geküßt! – Und dort, im Schatten, stand die Pendeluhr, deren Feder er zerbrochen hatte, damit sie keine Stunde mehr schlage.

So war sie denn fort ...! Aber wo war sie ...? Sollte er jetzt noch weiterleben? – Wozu ...? Es war unmöglich, unausdenklich und unsinnig.

Und der Graf versank in einen Abgrund fremdartiger Gedanken.

Er überdachte sein gesamtes vergangenes Dasein. – Ein halbes Jahr war seit seiner Hochzeit hingegangen. War es nicht im Ausland gewesen, auf einem Gesandtschaftsball, daß er sie zum ersten Male erblickt hatte...? Ja. Überdeutlich erstand der Augenblick vor seinen Augen. Sie erschien ihm, strahlend. An jenem Abend hatten ihrer beider Blicke einander getroffen. Im tiefsten Innern hatten sie beide gefühlt, daß sie gleicher Art seien und einander auf ewig lieben müßten.

Die trügerischen Reden, das beobachtende Lächeln, die Anspielungen, all die Schranken, die die Außenwelt aufrichtet, um, ohne daß sie es könnte, das Glück derer hinauszuzögern, die einander angehören, waren vor der ruhigen Gewißheit, die sich ihrer im gleichen Augenblick bemächtigte, zunichte geworden.

Vera war der abgeschmackten Förmlichkeiten ihrer Umgebung überdrüssig; sie war ihm nach dem ersten widrigen Umstand entgegengekommen und hatte so auf schlechthin erhabene Weise die banalen Schritte vereinfacht, mit denen so viel kostbare Lebenszeit vergeudet wird.

Oh, schon bei den ersten Worten waren ihnen die nichtigen Wertungen der andern, der Gleichgültigen wie ein Schwarm von Nachtvögeln erschienen, der in die Finsternisse zurücktaucht. Wie unlösbar hatten sie einander umarmt!

Doch ihrer beider Naturen waren besonderer Art gewesen! – Sie waren zwei mit wundersamer Sinnlichkeit ausgestattete Wesen, aber völlig dem Irdischen zugewandt. Alles Sinnliche dauerte mit beunruhigender Stärke in ihnen fort. Sie verloren sich mehr darein, als daß sie es genossen. Gewisse Vorstellungen hingegen, die von der Seele beispielsweise, vom Unendlichen, selbst von Gott, waren ihrem Verständnis wie Schleier. Der Glaube eines großen Teils der Menschheit an Übernatürliches war für sie nur ein Anlaß zu vagem Verwundern: ein Buch mit sieben Siegeln, das sie nichts anging, da es keines Wertes teilhaftig war, der hinreichte, es zu verdammen oder zu verteidigen. – Da sie also erkannten, daß die

Welt der andern ihnen fremd sei, hatten sie sich unmittelbar nach ihrer Vereinigung in das alte, düstere Palais zurückgezogen, dessen dichte Gärten die Geräusche der Außenwelt fernhielten.

Dort versenkten sich die beiden Liebenden in den Ozean der erschlaffenden und entnervenden Lüste, in denen der Geist sich dem mystischen Fleisch vermählt! Sie kosteten die Wut des Verlangens, das Erschauern und die Liebkosungen aus, die wie Wahnsinn waren. Sie wurden eines der Pulsschlag des andern. In ihnen durchdrangen Geist und Leib einander so vollkommen, daß ihre Gestalten ihnen als geistig erschienen und daß ihre Küsse gleich glühenden Ketten sie zu unwirklicher Vereinigung aneinanderschmiedeten. Welch lange währende Verblendung! Plötzlich war der Zauber gewichen; das grausige Geschehen hatte sie auseinandergerissen; ihre Arme hatten sich gelöst. Welcher Schatten hatte ihm die teure Tote geraubt? Eine Tote? Nein! Entflieht die Seele des Cellos mit dem Schrei einer zerreißenden Saite?

Die Stunden rannen hin.

Er sah durch das Fenster in die Nacht, die in den Himmeln immer tiefer wurde; und ihm war, als nehme die Nacht Gestalt an; sie dünkte ihn eine schwermütig in die Verbannung ziehende Königin, und die Diamantagraffe ihres Trauergewandes, die Venus, schimmerte einsam über Bäumen, verloren im dunklen Samtblau.

»Das ist Vera«, dachte er.

Bei diesem geflüsterten Namen erbebte er wie ein Erwachender; dann richtete er sich auf und schaute um sich.

Alles im Zimmer war jetzt in einem bis dahin ungewissen Lichte sichtbar, dem eines Lämpchens, das bläulich im Dunkel brannte und das die am Firmament emporgestiegene Nacht dort leuchten ließ wie ein Gestirn. Es war das weihrauchduftende Lämpchen vor einem Ikonenschrein, der aus Veras Familienbesitz stammte. Das aus altem, kostbarem

Holze bestehende Triptychon hing an braunroten Schnüren zwischen dem Spiegel und dem Bildnis. Ein Widerschein der Goldtöne des Innern fiel schwankend auf das Perlenhalsband zwischen den Schmuckstücken auf dem Kamin.

Der Heiligenschein der Madonna im himmlischen Gewande erstrahlte rötlich neben dem byzantinischen Kreuz, dessen feine, rote Linien sich in dem Widerschein auflösten und einen blutroten, weichen Schatten auf die Perlen warfen. Seit ihrer Kindheit hatte Vera traurig mit ihren großen Augen das mütterliche, reine Antlitz der ererbten Madonna angeschaut, der sie, ach, ihrer Natur wegen nur eine abergläubische Liebe darbringen konnte und die sie ihr auch bisweilen darbrachte, unbefangen und nachdenklich, wenn sie an der ewigen Lampe vorüberschritt.

Bei diesem Anblick richtete sich der Graf auf, von schmerzlichen Erinnerungen im geheimsten Seelengrunde angerührt, blies schnell die heilige Leuchte aus und tastete sich im Dunkel auf den Zehenspitzen zu einem Klingelzug hin; er schellte.

Ein Diener erschien; es war ein schwarzgekleideter Greis: er trug eine Lampe, die er vor das Bildnis der Gräfin stellte. Als er sich wandte, zuckte er in abergläubischem Erschrekken zusammen, sowie er seinen Herrn lächelnd dastehen sah, als wenn nichts geschehen sei.

»Raymond«, sagte der Graf ruhig, »die Gräfin und ich, wir fühlen uns heute abend etwas müde; deck erst um zehn zum Abendessen. – Übrigens haben wir uns entschlossen, von morgen an noch zurückgezogener als bisher zu leben. Keiner der Dienerschaft, du ausgenommen, darf auch nur diese Nacht noch im Palais bleiben. Du zahlst ihnen den Lohn für drei Jahre aus, und dann mögen sie gehen. – Darauf verschließt du das Portal; du zündest unten im Eßzimmer die Kerzen an; du genügst uns. – Wir werden künftig keine Besuche mehr empfangen.«

Der Greis zitterte und blickte aufmerksam zu ihm auf.

Der Graf steckte sich eine Zigarre an und ging in den Garten hinunter.

Anfangs meinte der Diener, der allzu tiefe, allzu verzweifelte Schmerz habe seines Herrn Geist zerrüttet. Er kannte ihn von Kindheit an; er begriff sogleich, daß die Erschütterung eines allzu jähen Erwachens diesem Schlafwandler verhängnisvoll werden könne. Seine nächste Pflicht war die Wahrung dieses Geheimnisses.

Er senkte den Kopf. Sollte er zum Mitschuldigen dieses frommen Traumes werden? Gehorchen...? Sie beide auch künftig bedienen, ohne den Todesfall zu beachten? – Welch seltsame Vorstellung...! Würde sie die ganze Nacht hindurch anhalten...? Morgen, morgen, ach...! Wer konnte das wissen...? Vielleicht...! Dennoch war es heilige Pflicht! – Mit welchem Recht machte er sich Gedanken darüber?

Er ging aus dem Zimmer, führte pünktlich die Befehle aus, und am gleichen Abend noch begann das ungewöhnliche Dasein.

Es ging darum, ein grausiges Trugbild zu erschaffen.

Das Zwanghaft-Quälerische der ersten Tage schwand rasch hin. Raymond gewöhnte sich, anfangs tief betroffen, dann auf Grund einer Art Ergebenheit und Zartgefühl, so gut daran, ungezwungen und natürlich zu wirken, daß er nach kaum drei Wochen in manchen Augenblicken meinte, er selbst sei ein Opfer seiner Gutwilligkeit. Doch dieser Hintergedanke erblaßte. Manchmal erschreckte ihn ein Schwindelgefühl, und er mußte sich ausdrücklich sagen, die Gräfin sei tot. Er gab sich dem spukhaften Spiel hin und vergaß immerfort die Wirklichkeit. Bald mußte er angestrengt nachdenken, um sich zu sammeln und sich des wahren Sachverhalts bewußt zu werden. Nur zu gut erkannte er, daß er schließlich ganz und gar dem entsetzlichen Magnetismus erliegen werde, mit dem der Graf allmählich die Atmosphäre um sie beide durchdrang. Er hatte Angst, eine ungewisse, leise Angst.

D'Athol lebte tatsächlich, als wisse er nicht um den Tod der Geliebten. Ihm war sie nach wie vor gegenwärtig, so sehr war die Gestalt der jungen Frau in die seinige eingegangen. Bald las er ihr an Sonnentagen auf einer Gartenbank laut ihre Lieblingsgedichte vor; bald plauderte er abends am Kamin vor einem Tischchen, auf dem zwei Teetassen standen, mit dem lächelnden Trugbild, das, wie er zu sehen meinte, ihm gegenüber in dem andern Sessel saß.

Tage, Nächte, Wochen flogen dahin. Die beiden Männer wußten nicht mehr, was sie taten. Und es trugen sich jetzt sonderbare Dinge zu; es wurde schwierig, die Grenze zu erkennen, wo Phantasie und Wirklichkeit zusammenrannen. Ein Etwas schwebte in der Luft: eine Gestalt strebte danach, gegenwärtig zu sein, sich in dem unerklärlich gewordenen Raum zusammenzuballen.

D'Athol lebte ein zwiefaches Leben, wie ein Erleuchteter. Ein holdes, blasses Antlitz, das ihm blitzschnell erschien, zwischen dem Senken und Heben seiner Lider, ein plötzlich auf dem Klavier angeschlagener schwacher Akkord; ein Kuß, der ihm den Mund in dem Augenblick verschloß, da er sprechen wollte; Ansätze zu weiblichen Gedanken, die in ihm als Antwort auf das erstanden, was er sagte; eine Spaltung seines Ichs, in der er, wie in fließendem Nebel, den schwindelerregend süßen Duft der Geliebten um sich zu spüren meinte, und nachts, zwischen Wachen und Traum, leise Flüsterworte: all das galt ihm als Zeichen. Es war eine Verneinung des Todes, der endlich einer unbekannten Macht weichen mußte!

Einmal spürte und sah d'Athol sie so nahe bei sich, daß er sie mit den Armen umschloß: aber diese Geste ließ sie verwehen.

»Kind!« flüsterte er lächelnd.

Und er schlief wieder ein wie ein Liebhaber, den sein schlaftrunkenes Mädchen abweist.

An ihrem Namenstag steckte er im Scherz eine Immortelle in den Strauß, den er auf Veras Kopfkissen legte.

»Wenn sie sich denn schon für tot hält«, sagte er.

Dank der tiefen, schier allmächtigen Willenskraft des Grafen d'Athol, die vermöge der Liebe Leben und Gegenwart seiner Frau in das vereinsamte Palais dichtete, war dieses Dasein schließlich zu einem düstern, überwältigenden Zauber geworden. – Auch Raymond empfand keinerlei Schrekken mehr, da er sich nach und nach an diese Eindrücke gewöhnt hatte.

Ein an der Biegung des Gartenweges auftauchendes Samtkleid; eine heitere Stimme, die ihn in den Salon rief; ein Glockenzeichen, wenn sie erwachte, wie damals; all das war ihm vertraut geworden: man hätte meinen können, die Tote spiele Verstecken wie ein Kind. Sie wußte ja, wie sehr sie geliebt wurde! Da war dergleichen ganz natürlich.

Ein Jahr war vergangen.

Am Abend des Gedenktages saß der Graf in Veras Schlafzimmer am Kamin; er hatte ihr eine florentinische Versnovelle vorgelesen: Kallimachos. Er schloß das Buch; dann goß er sich Tee ein und sagte:

»Duschka, weißt du noch: das Rosental, die Lahnufer, das Schloß mit den vier Türmen...? Die Novelle hat dich daran erinnert, nicht wahr?«

Er stand auf; in dem bläulichen Spiegel kam er sich noch blasser vor als gewöhnlich. Er nahm ein Perlenarmband aus der Schale und beschaute aufmerksam die Perlen. Hatte Vera sie nicht gerade eben erst vom Arm gestreift, ehe sie sich entkleidete? Die Perlen waren noch warm, und ihr milder Glanz schimmerte, als geschehe es durch die Wärme ihres Körpers. Und der Opal der sibirischen Halskette, der Veras schöne Brüste so sehr liebte, daß er in seiner Goldfassung blaß geworden war, da die junge Frau für eine Weile seiner vergessen hatte! Ehedem hatte die Gräfin den Edelstein um seiner Treue willen geliebt...! An diesem Abend nun aber funkelte der Opal, als habe sie ihn gerade erst abgelegt und als wirke die magnetische Kraft der schönen Toten noch in ihm nach. Als der Graf den Halsschmuck mit dem kostbaren Stein wieder hinlegte, berührte er von ungefähr das Batisttuch, dessen Blutflecken feucht und rot waren wie Nelken auf Schnee...! Und er hatte dort auf dem Klavier das letzte Notenblatt der Weise von damals umgewendet? Wie? Die heilige Lampe brannte wieder vor dem Ikonenschrein? Ja, ihr goldenes Flämmchen beleuchtete mystisch das Antlitz, die geschlossenen Augen der Madonna! Und die jüngst gepflückten östlichen Blumen, die dort in den alten Meißener Vasen verhauchten: welche Hand hatte sie unlängst erst dort hingestellt? Der Raum mutete fröhlich an und wie erfüllt von Leben, und zwar bedeutsamer und augenfälliger als sonst. Doch den Grafen vermochte nichts zu überraschen! All das dünkte ihn so selbstverständlich, daß er nicht einmal darauf achtete, daß die seit einem Jahr stillstehende Pendeluhr die Stunde schlug.

Freilich hätte man an diesem Abend sagen mögen, daß sich die Gräfin Vera auf eine anbetungswürdige Weise bemühte, in diesen ganz von ihr durchdufteten Raum zurückzukehren! Sie hatte so viel Unmittelbares darin hinterlassen! Alles, was ihr Dasein ausgemacht hatte, zog sie dorthin. Dort wogte ihr Zauber; der langwährende heftige Zwang, den der leidenschaftliche Wille ihres Gatten ausgeübt hatte, mußte die vagen Bande des Unsichtbaren rings um sie gesprengt haben...!

Sie war hierhergenötigt worden. Alles, was sie geliebt hatte, war dort.

Sie mußte ja doch Verlangen tragen, hierherzukommen, um sich noch einmal in dem geheimnisvollen Spiegel anzulächeln, in dem sie so oft ihr lilienhaftes Antlitz bewundert hatte! Die holde Tote dort unten mußte inmitten ihrer Veilchen unter den erloschenen Lampen gebebt haben: die göttliche Tote in ihrem Grabgewölbe mußte gezittert haben, als sie ganz allein gewesen war und den silbernen Schlüssel auf den Fliesen erblickt hatte. Und sie wollte ja auch zu ihm kommen! Und ihr Wille verlor sich in der Vorstellung von Weihrauch und Einsamkeit. Der Tod ist nur für jene ein endgültiges Geschehnis, die auf den Himmel hoffen; aber waren für sie Tod, Himmel und Leben nicht ihrer beider Umarmung? Und der verwaiste Kuß des Gatten zog ihre Lippen aus dem Dunkel herbei. Und der verhallte Klang der Melodien, die trunkenen Worte von einst, die Gewebe, die ihren Leib umhüllt hatten und noch dessen Duft bewahrten, das zauberische Edelgestein, das in seinem dunklen Drang nach ihr verlangte – und zumal der ungeheure, der unabweisliche Eindruck ihres Naheseins, davon sogar die Dinge zu wissen schienen: all das rief sie her, all das zog und lockte sie, so lange und so unmerklich, daß nur sie selbst, die vom Todesschlaf Geheilte, noch fehlte!

Oh, Vorstellungen sind lebende Wesen ...! Der Graf hatte die Gestalt seiner Liebe in die Luft gehöhlt, und es konnte nicht anders sein, als daß die Leere von dem einzigen Wesen erfüllt wurde, das ihr wesenhaft gleich war; sonst hätte das All zusammenstürzen müssen. Der Eindruck wurde in diesem Augenblick endgültig, schlicht, unabweisbar: *daß sie dasein müsse, hier im Zimmer*! Er war dessen mit der gleichen Ruhe gewiß wie des eigenen Daseins, und alle Dinge rings um ihn waren von dieser Überzeugung gesättigt. Man sah sie ja förmlich! Und da *nun Vera selbst gefehlt hatte*, greifbar, in ihrer äußeren Erscheinung, *so mußte sie also jetzt dasein*, und der große Traum vom Leben und vom Tode mußte für eines Augenblickes Dauer seine unendlichen Pforten auftun! Der Glaube hatte den Pfad der Auferstehung bis zu ihr hingebahnt! Ein junges, klingendes Lachen erhellte mit seiner Freude das eheliche Lager; der Graf wandte sich um. Und dort, vor seinen Augen, geschaffen aus Wille und Erinnerung, aufgestützt, fließend, auf dem Spitzenkissen, das schwere, dunkle Haar mit der Hand stützend, den Mund auf eine köstliche Weise leicht geöffnet in einem Lächeln paradiesischer Lust, zum Sterben schön, lag endlich Gräfin Vera, noch ein wenig schlaftrunken, und schaute ihn an.

»Roger...!« sagte sie, und ihre Stimme klang wie von fern her.

Er trat zu ihr hin. Ihre Lippen fanden einander in göttlicher, alles vergessender, unsterblicher Lust.

Und sie gewahrten, daß sie *jetzt* wirklich nur *ein einziges Wesen* waren.

Mit seltsamem Fittichschlag streiften die Stunden diesen Rausch, in dem sich, zum ersten Male, Erde und Himmel vermählten.

Plötzlich durchschauerte es den Grafen d'Athol, als mache eine unselige Erinnerung ihn betroffen.

»Oh, jetzt weiß ich es wieder...!« sagte er. »Was ist mir nur? – Du bist ja tot!«

Im gleichen Augenblick, auf dieses Wort hin, schwand die mystische Flamme vor dem Ikonenschrein hin. Der fahle Dämmerschein des Morgens – eines banalen, grauen, regnerischen Morgens – sickerte durch die Vorhanglücken in den Raum. Die Kerzen verblaßten und erloschen, und ihre roten Dochte rauchten bitter; unter einer Lage lauer Asche sank das Kaminfeuer in sich zusammen; die Blumen welkten und verdorrten innerhalb einiger Augenblicke; das Pendel der Uhr schwang langsam aus. Die Gewißheit, die alle Dinge zur Schau getragen hatten, entfloh jäh. Der Opal war tot und schimmerte nicht länger; die Blutstropfen auf dem Batisttuch neben ihr waren gleichfalls verblaßt; und aus den verzweifelten Armen, die sie immerfort vergeblich zu umstricken trachteten, entwich die glühende weiße Erscheinung in die Luft und verwehte. Ein schwacher Abschiedsseufzer, deutlich und wie von fern her vernehmlich, drang in Rogers Seele. Der Graf richtete sich auf; es war ihm bewußt geworden, daß er allein war. Mit einem Schlage war sein Traum zerronnen; er hatte das magnetische Band, den leuchtenden Faden, mit einem einzigen Worte zerrissen. Die Luft im Zimmer war jetzt Grabesluft.

Wie Glastränen, jene vernunftwidrige Mischung, die so fest sind, daß ein Hammerschlag auf ihr verdicktes Ende sie nicht zerbrechen kann, aber die sogleich zu einem kaum fühlbaren Staub zerfallen, wenn man ihr nadelspitzes anderes Ende abbricht, war alles hingeschwunden.

»Oh!« flüsterte er; »so ist es dann aus! – Verloren...! Ganz einsam! – Auf welchem Wege kann ich jetzt zu dir gelangen? Weise mir den Weg, der mich zu dir zu führen vermag...!«

Plötzlich, als sei das die Antwort, fiel ein schimmernder Gegenstand vom ehelichen Lager auf das schwarze Fell, mit metallischem Klirren: ein Strahl des grausigen irdischen Tages ließ ihn aufleuchten... Der Verlassene beugte sich nieder, langte danach, und ein verklärtes Lächeln ließ sein Antlitz erstrahlen, als er erkannte, was es war: der Schlüssel der Gruft.

NATHANIEL HAWTHORNE

Ein Mann namens Wakefield

In irgendeiner alten Zeitung oder Illustrierten habe ich einmal eine – angeblich wahre – Geschichte von einem Mann gelesen – wir wollen ihn Wakefield nennen –, der für lange Zeit aus dem Gesichtskreis seiner Frau verschwand. Ein solcher Vorgang, mit dürren Worten konstatiert, ist nicht sehr ungewöhnlich, auch kann er – ohne genauere Betrachtung der Umstände – nicht einfach als ungehörig oder unvernünftig abgeurteilt werden. Jedoch ist dies, wenn auch sicher nicht der schwerwiegendste, so doch vielleicht der seltsamste Fall von ehelicher Untreue, den wir kennen; außerdem ist es eine der merkwürdigsten Grillen, die man wohl im Register der menschlichen Absonderlichkeiten findet. Das Ehepaar lebte in London. Der Mann, der vorgeblich eine Reise angetreten hatte, bezog eine Wohnung in der seinem Hause benachbarten Straße und lebte dort, ohne daß seine Frau oder Freunde es merkten, und ohne auch nur den Schatten eines Grundes für solche Selbstverbannung zu haben, mehr als zwanzig Jahre lang. Während dieser Zeit beobachtete er jeden Tag sein Haus, häufig auch die verlassene Mrs. Wakefield. Und nach dieser langen Unterbrechung seiner ehelichen Beziehung – als sein Tod schon mit Gewißheit angenommen, sein Vermögen geordnet, sein Name schon aus dem Gedächtnis entschwunden war, und seine Frau seit langer, langer Zeit sich mit ihrem herbstlichen Witwenstand abgefunden hatte – trat er eines Abends ruhig wie nach eintägiger Abwesenheit durch die Haustür. und blieb ein liebender Ehemann bis hin zum Tod.

Ich erinnere mich nur noch an diesen groben Umriß. Aber der Vorfall, der beispiellos ist, von reinster Originalität, und vielleicht nie wiederholbar, wird vermutlich allgemein Sympathie finden. Jeder, jeder einzelne von uns, weiß, daß er keine solche Narrheit begehen würde, und doch hat man so ein Gefühl, als ob jemand anders es könnte. Zumindest mir ist die Geschichte oft durch den Kopf gegangen, hat mich immer neu verwundert, doch ich hatte das Gefühl, daß sie wahr sein müsse, und ich hatte eine Vorstellung vom Charakter ihres Helden. Immer, wenn ein Gegenstand den Geist so nachdrücklich beschäftigt, lohnt es sich, ihm nachzugehen. Wenn der Leser möchte, kann er selbst darüber nachgrübeln; wenn er es aber vorzieht, zusammen mit *mir* die zwanzig Jahre von Wakefields Ungebundenheit zu durchstreifen, so sei er mir willkommen; ich vertraue darauf, daß es hier einen alles durchwaltenden Sinn und eine Moral geben wird, auch wenn wir sie vielleicht nicht säuberlich verpackt und konzentriert in einem letzten Satz finden werden. Ein Gedanke hat stets seine Wirkung, und jeder außerordentliche Vorgang seine Moral.

Was für ein Mensch war Wakefield? Wir haben jede Freiheit, uns eine Vorstellung zu machen, und ihr seinen Namen zu geben. Er stand nun in der Mitte seines Lebens; seine ehelichen Gefühle, die nie heftig waren, hatten sich zu nüchternen, gewohnheitsmäßigen Empfindungen beruhigt; von allen Ehegatten würde er wahrscheinlich der beständigste sein, denn eine gewisse Trägheit bewahrte seinem Herzen den Frieden, wo es auch immer weilte. Er hatte einen brauchbaren, aber keinen lebhaften Verstand; sein Geist beschäftigte sich mit langen und trägen Grübeleien, die keinen Endzweck anstrebten, oder nicht die Kraft hatten, ihn zu erreichen; selten dachte er energisch genug, um Ausdruck im Wort zu finden. Phantasie oder Bildkraft im eigentlichen Sinne gehörten nicht zu Wakefields Gaben. Mit einem kühlen, aber unverdorbenen und auch nicht treulosen Herzen, einem Geist, in dem niemals aufrührerische Gedanken fieberten, und der auch nicht durch Originalität verwirrt wurde – wer hätte vorausgesehen, daß unser Freund einmal auf einen der ersten Plätze für Exzentriker der Tat Anspruch erheben könnte? Wenn man seine Bekannten gefragt hätte, welcher Mensch in London ganz sicher *nichts* für das Heute vollbrächte, das morgen denkwürdig wäre, so hätten sie an Wakefield gedacht. Nur die Frau an seiner Brust hätte vielleicht gezögert. Obgleich sie seinen Charakter nicht analysierte, hatte sie doch etwas von der stillen Selbstsucht bemerkt, die sich in seinem trägen Geist festgesetzt hatte – eine besondere Art Eitelkeit, die sein bedenklichster Charakterzug war –, und einen Hang zur List ohne weitere konkrete Folgen, als daß er kleine Geheimnisse bewahrte, die kaum der Enthüllung wert waren – und schließlich etwas, was sie die kleine Verrücktheit nannte, die manchmal in dem guten Mann erschien. Diese letztere Eigenschaft ist nicht zu beschreiben, und vielleicht gibt es sie gar nicht.

Stellen wir uns jetzt vor, wie Wakefield sich von seiner Frau verabschiedet. Es ist das Zwielicht eines Oktoberabends. Seine Ausstattung besteht aus einem stumpf-grauen Übermantel, einem Hut mit Wachstuch-Überzug, Schnürschuhen, in einer Hand hält er einen Regenschirm und eine kleine Reisetasche in der anderen. Er hat Mrs. Wakefield mitgeteilt, daß er die Abend-Postkutsche nehmen wird, die aufs Land fährt. Sie würde sich wohl kaum nach der Dauer seiner Reise, oder nach ihrem Zweck, oder auch nach der wahrscheinlichen Zeit der Rückkunft erkundigen; vielmehr wirft sie ihm, nachsichtig gegen seinen harmlosen Hang zur Geheimniskrämerei, nur einen fragenden Blick zu. Er sagt ihr, sie solle ihn nicht unbedingt mit der nächsten Kutsche zurückerwarten, sich auch nicht beunruhigen, falls er drei oder vier Tage fortbliebe; sie könne aber auf jeden Fall am Freitag zum Abendessen mit ihm rechnen. Wakefield selbst hat – wohlgemerkt – keine Ahnung von dem, was ihm bevorsteht. Er streckt die Hand aus; sie reicht ihm die ihre, sie erwidert seinen Abschiedskuß wie nach einem zehnjährigen Eheleben üblich; und nun bricht Mr. Wakefield auf, ein Mann mittleren Alters, fast schon entschlossen, seine gute Frau durch ein einwöchiges Fernbleiben in Unruhe zu stürzen. Nachdem die Tür hinter ihm zugefallen ist, bemerkt sie, daß ein Luftzug sie wieder etwas geöffnet hat, und durch den Türschlitz sieht sie das Gesicht ihres Gatten, das zu ihr hinlächelt, und dann im Augenblick verschwunden ist. Für dieses Mal schiebt sie den kleinen Vorgang ohne einen Gedanken beiseite. Aber lange danach, als sie mehr Jahre als Witwe denn als Ehefrau verlebt hat, kehrt ihr dieses Lächeln wieder und zuckt über alle ihre Gedächtnisbilder von Wakefields Antlitz. Während ihrer vielen Grübeleien umgibt sie das ursprüngliche Lächeln mit einer Vielzahl von Phantasien, die es fremdartig und schrecklich erscheinen lassen; so stellt sie sich ihn zum Beispiel in einem Sarg vor, wobei dieser letzte Ausdruck wie gefroren auf seinen blassen Zügen liegt; oder sie träumt, er sei im Himmel, und noch immer trägt sein Geistergesicht dieses stille und listige Lächeln. Und obgleich alle anderen ihn als Toten aufgegeben haben, zweifelt sie manchmal – gerade wegen dieses Lächelns –, ob sie wirklich Witwe sei.

Aber wir haben uns um den Gatten zu kümmern. Wir müssen ihm nacheilen, unten auf der Straße, bevor er seine Individualität verliert und mit der großen Masse des Londoner Lebens verschmilzt. Dann würden wir vergebens nach ihm suchen. Bleiben wir ihm also deshalb auf den Fersen, bis wir ihn, nach einigen unnötigen Haken und Täuschungen, vor dem Kamin einer kleinen Wohnung bequem eingerichtet sehen, wie es vorhin dargestellt wurde. Er befindet sich in der Straße, die der seinen benachbart ist, und am Ende seiner Reise. Er kann sich kaum auf das glückliche Geschick verlassen, daß er bis hierher unbeobachtet geblieben ist – er besinnt sich darauf, daß er einmal durch ein Gedränge im hellsten Kegel einer Laterne aufgehalten wurde, dann wieder, daß Fußtritte seinen eigenen zu folgen schienen, die sich von dem vielfachen Getrappel ringsum abzuheben schienen; und dann hörte er von ferne eine Stimme rufen und bildete sich ein, sie riefe seinen Namen. Bestimmt hatten ihn ein paar Wichtigtuer beobachtet und die ganze Geschichte seiner Frau erzählt. Armer Wakefield! Wie wenig weißt du über deine Unbedeutendheit in dieser großen Welt! Kein sterbliches Auge – außer meinem – ist dir gefolgt ... Steige still ins Bett, törichter Mensch; und dann, am anderen Morgen, wenn du klug sein willst, verfüge dich wieder nach Hause zur guten Mrs. Wakefield, und erzähle ihr die Wahrheit. Halte dich niemals, auch nicht für eine kurze Woche, von ihrem keuschen Busen fern. Sollte sie dich einen einzigen Augenblick lang für tot halten, oder für vermißt, oder auf Dauer von ihr getrennt, so würdest du mit großem Kummer eine bleibende Veränderung an deinem treuen Weibe wahrnehmen können. Es ist gefährlich, in einer menschlichen Beziehung eine Kluft aufzureißen; nicht, daß sie weit ist und gähnend, ist daran gefährlich – sondern daß sie sich so rasch wieder schließt!

Fast bereut Wakefield schon seinen Streich oder wie man es sonst nennen soll; er legt sich beizeiten nieder, fährt aus einem ersten Schlummer auf und streckt seine Arme in die weite und einsame Leere des ungewohnten Bettes. »Nein«, denkt er und zieht die Bettdecke dichter über sich – »eine zweite Nacht schlafe ich nicht allein.«

Am Morgen erhebt er sich früher als gewöhnlich und fängt

an zu überlegen, was er denn wirklich vorhat. So locker und schweifend ist seine Art zu denken, daß er diesen einzigartigen Schritt zwar in bewußter Absicht getan hat, jedoch ohne die Fähigkeit, ihn vor seinem inneren Auge genügend scharf zu umreißen. Die Undeutlichkeit des Plans und die krampfhafte Anstrengung, mit der er sich in die Ausführung stürzt, sind gleichermaßen typisch für einen willensschwachen Menschen. Wakefield prüft jedoch seine Gedanken, so sorgfältig er kann, und entdeckt, daß er gerne wüßte, wie zu Hause das Leben weitergeht – wie beispielsweise seine Frau mit ihrem Witwenstand von einer Woche fertig würde; ferner, ein wenig, wie der kleine Umkreis von Leben und Umständen, deren Zentrum er ist, durch seine Entfernung beeinflußt wird. Fast am Grunde der Affäre findet sich also eine morbide Eitelkeit. Wie aber soll er seine Absicht verwirklichen? Gewiß nicht, indem er in seinem bequemen Zimmer bleibt, wo er, obgleich wachend und schlafend, nur sein eigener Nachbar, tatsächlich aber in der Fremde ist, als ob die Postkutsche ihn die ganze Nacht über fortgetragen hätte. Wenn er jedoch wieder auftauchte, wäre das ganze Projekt erledigt. Während sein armer Kopf sich wegen dieses Zwiespalts hoffnungslos verwirrt, begibt er sich schließlich hinaus, beschließt halbherzig, die Straße an einem Ende zu überqueren und einen hastigen Blick in Richtung auf sein verlassenes Heim zu riskieren. Die Gewohnheit – denn er ist ein Mann der Gewohnheit – faßt ihn bei der Hand und führt ihn, vollkommen unbewußt, an seine eigene Tür, wo er, genau im entscheidenden Augenblick, durch sein Fußscharren auf der Schwelle aufgeweckt wird. Wakefield! Wo gehst du hin!

In diesem Augenblick entschied sich sein Schicksal. Ohne eine Ahnung, zu welchem Verhängnis sein erster Schritt zurück ihn verdammt, eilt er fort, atemlos von einer nie gefühlten Erregung, und wagt an der entfernten Ecke kaum, den Kopf umzuwenden. Ist's möglich, daß niemand ihn bemerkt hat? Wird nicht der ganze Haushalt – die ehrbare Mrs. Wakefield, das schlaue Dienstmädchen, der schmutzige kleine Laufjunge – einen Höllenlärm und Geschrei durch die Londoner Straßen anstimmen, wenn sie ihren flüchtigen Herrn und Meister verfolgen? Durch ein Wunder entkommen! Er nimmt seinen Mut zusammen, hält an und blickt zurück, ist aber durch ein Gefühl der Veränderung an dem vertrauten Gebäude verwirrt, wie es uns allen vorkommt, wenn wir irgendeinen Berg oder See oder ein Kunstwerk wiedersehen, dem wir vor langer Zeit nahestanden. Normalerweise wird dieser unbeschreibliche Eindruck durch den Kontrast zwischen unserer unvollkommenen Erinnerung und der Wirklichkeit verursacht. In Wakefields Innerem aber hat die Zauberkraft einer einzigen Nacht dies zustandegebracht, denn während dieser Zeit hat sich eine große moralische Wandlung ereignet. Aber das ist ihm selbst ein Geheimnis. Bevor er den Ort verläßt, wird er für einen fernen und sehr kurzen Moment seiner Frau ansichtig, die hinter einem der vorderen Fenster vorbeigeht, das Gesicht zum Ende der Straße hingewendet. Unser einfältiger Schlaukopf macht kehrt und wird von der Idee verfolgt, daß ihr Auge unter Tausenden solcher sterblicher Atome ihn entdeckt haben müßte. Doch fest und glücklich ist sein Herz, wenn auch sein Hirn ein wenig schwindlig, als er sich am Kaminfeuer seiner Wohnstatt wiederfindet.

So viel zum Beginn dieses langen, sonderbaren Scherzes. Nachdem die ganze Sache einmal in Gang und das träge Temperament des Mannes auf Trab gekommen ist, entwikkelt sich alles mit natürlicher Konsequenz. Wir können uns ihn vorstellen, wie er tief grübelt, und wie er dann eine neue Perücke kauft, mit rötlichem Haar, und aus dem Trödelsack eines Juden diverse Kleidungsstücke auswählt – etwas ganz anderes als seinen gewohnten braunen Anzug.

Es ist gelungen. Wakefield ist ein anderer Mensch. Nachdem die neue Situation einmal festgelegt ist, wäre eine Bewegung zurück zur alten fast ebenso schwierig wie der Schritt, der ihn in diese unvergleichliche Lage gebracht hat. Außerdem hält ihn schon eine trotzige Stimme dabei fest, die gelegentlich an seinem Wesen zutage tritt; sie kommt ihm jetzt, zu dieser Zeit, wenn er sich vorstellt, welch ein ungehöriges Gefühl er womöglich in der Brust von Mrs. Wakefield verursacht hat. Er wird nicht zurückkehren, bis sie sich fast zu Tode geängstigt hat.

Also gut, zwei- oder dreimal kommt sie ihm ins Blickfeld, jedesmal mit schwererem Schritt, blasserer Wange und sorgenvollerer Stirn; dann, in der dritten Woche seines Nicht-Erscheinens, bemerkt er, wie ein Sendbote des Unheils in Gestalt eines Apothekers sein Haus betritt. Am Tag darauf ist der Türklopfer (zur Schonung der Kranken) umwickelt. Gegen Einbruch der Nacht kommt der Wagen eines Arztes und entläßt seine würdige, mit einer Riesenperücke versehene Last an Wakefields Tür, wo er, nach einem Besuch von einer Viertelstunde, wieder auftaucht – vielleicht als Vorbote eines Begräbnisses. Die arme Frau! Wird sie sterben? Zu diesem Zeitpunkt regt sich in Wakefield so etwas wie die Kraft eines Gefühls, doch noch immer hält er sich von ihrem Krankenbett fern, wobei er sein Gewissen damit beruhigt, daß sie in so einer Leidenszeit nicht aufgeregt werden dürfe. Wenn noch anderes ihn zurückhält, so weiß er nichts davon. Im Laufe einiger Wochen erholt sie sich langsam; die Krise ist vorbei; vielleicht ist ihr Herz traurig, aber es ist ruhig; und ob er nun früher oder später zurückkehrt, nie wieder wird es nach ihm fiebern. Solche Bilder dringen schattenhaft durch den Dunst von Wakefields Geist und machen ihm auf undeutliche Weise bewußt, daß eine fast unüberwindliche Kluft seine Mietswohnung von seinem früheren Hause trennt. Manchmal sagt er: »Es ist ja nur in der Nebenstraße!« – Narr! – Es ist eine andere Welt! – Bis dahin hat er seine Rückkehr immer von einem Tag auf den anderen aufgeschoben: von nun an legt er sich nicht mehr auf eine genaue Zeit fest. Morgen nicht – vielleicht nächste Woche – ziemlich bald. Der arme Mann! Fast ebenso leicht könnten die Toten ihre irdischen Heimstätten wieder aufsuchen, wie Wakefield die seine aus seiner selbstverhängten Verbannung.

Ich wünschte, ich könnte ein ganzes Buch schreiben statt nur einen Artikel von einem Dutzend Seiten. Ich könnte dann darlegen, wie eine Macht, von uns unkontrollierbar, mit kräftiger Hand jede unserer Taten lenkt und ihre Folgen zu einem eisernen Gewebe von Notwendigkeit verstrickt. Wakefield ist durch Zauberkraft gebannt. Wir müssen ihn so etwa für zehn Jahre um sein Haus herumstreichen lassen, seiner Frau durchaus treu, mit den Gefühlen, zu denen sein Herz fähig ist, während umgekehrt sein Bild langsam in dem ihren verblaßt. Man muß festhalten, daß er seit langem kein Bewußtsein mehr davon hat, daß sein Verhalten einzigartig ist.

Und nun die folgende Szene: mitten im Getümmel einer Londoner Straße erkennen wir einen Mann, von nun ältlichem Ausdruck, mit wenigen Besonderheiten, die einen nachlässigen Beobachter aufmerken lassen könnten; und dennoch, für jemanden, der zu lesen versteht, zeigt seine ganze Gestalt die Handschrift eines nicht gewöhnlichen Schicksals. Er ist mager; seine niedrige und enge Stirn ist tief gefurcht; seine Augen, klein und glanzlos, gleiten manchmal sorgenvoll umher, doch öfter scheinen sie nach innen zu blikken. Er hat den Kopf gebeugt und bewegt sich mit einem unbeschreiblich eingezogenen Gang, so als wolle er seine Vorderseite der Welt nicht offen darbieten. Schau ihm zu – lange genug, um zu erkennen, was wir beschrieben haben –, und du wirst zugeben, daß die Umstände, die oft aus der normalen Dutzendware der Natur bemerkenswerte Menschen machen, hier einen solchen hervorbrachten. Lassen wir ihn nun auf dem Bürgersteig weiterschleichen, und werfen wir einen Blick in die Gegenrichtung, wo eine stattliche Frau, schon ziemlich weit auf dem absteigenden Ast des Lebens, in der Hand ein Gebetbuch, auf die Kirche dort hinten zustrebt. Sie hat den sanften Ausdruck von gesetztem Witwentum. Ihr Kummer ist entweder abgestorben oder ihrem Herzen so wesentlich geworden, daß er nur schlecht gegen Freude eingetauscht werden könnte. Gerade als der magere Mann und die wohlversehene Frau aneinander vorbeigehen, erscheint auf dem Wege ein geringes Hindernis und bringt die beiden Gestalten unmittelbar in Tuchfühlung. Ihre Hände berühren sich; der Druck der Menge schiebt ihren Busen an seine Schulter; so stehen sie, Angesicht gegen Angesicht, und starren einander in die Augen. So trifft Wakefield, nach zehnjähriger Trennung, auf seine Frau.

Der Druck der Menge läßt nach, und sie werden von ihr weitergetragen. Die nüchterne Witwe nimmt wieder ihre frühere Gangart auf und schreitet weiter zur Kirche hin; doch hält sie am Eingang ein wenig inne und wirft einen verwirrten Blick die Straße hinauf. Dann aber tritt sie ein, öffnet im Gehen ihr Gebetbuch. Und der Mann? Mit so wilder Miene, daß das emsige und selbstsüchtige London anhält, um ihm nachzublicken, stürzt er in seine Wohnung, verriegelt die Tür und wirft sich aufs Bett. Verborgene Gefühle von Jahren brechen hervor, reißen seinen schwachen Geist für einen kurzen Moment zusammen; mit einem Male wird die elende Fremdheit seines Lebens ihm offenbar; und voller Leidenschaft ruft er aus: »Wakefield! Wakefield! Du bist wahnsinnig.«

Vielleicht war er es. Die Besonderheit seiner Lage mußte ihn so verformt haben, daß er, gemessen an seinen Zeitgenossen und dem allgemeinen Lebensgeschäft, nicht recht bei Sinnen genannt werden konnte. Er hatte es zustande gebracht, oder vielmehr es war ihm passiert, sich von der Welt zu trennen, zu verschwinden, seinen Platz und die Vorrechte unter den Lebenden aufzugeben, ohne doch unter den Toten aufgenommen zu sein. Das Leben eines Einsiedlers ist hiermit nicht vergleichbar. Er lebte seit langem mitten in der Geschäftigkeit der Stadt; doch die Menge glitt vorbei und bemerkte ihn nicht; bildlich gesprochen war er immer bei seiner Frau und an seinem Herd, und doch sollte er weder die Wärme des letzteren noch das Gefühl der ersteren spüren. Es war Wakefields beispielloses Geschick, das ursprüngliche Maß menschlichen Mitgefühls zu empfangen, weiterhin von menschlichen Interessen eingeschlossen zu sein, während er selbst den umgekehrten Einfluß nicht mehr ausüben konnte. Es wäre wohl eine recht merkwürdige Betrachtung, der Wirkung dieser Umstände auf sein Herz und seinen Verstand – sei es getrennt, sei es in beiden zusammen – nachzuspüren. Doch obgleich er sich so verändert hatte, wurde er sich dessen doch selten bewußt und schien sich selbst der gleiche Mensch wie immer; die Wahrheit konnte wohl aufblitzen, jedoch immer nur für den Augenblick; und noch immer sagte er dann: »Bald kehre ich zurück!« – ohne sich klar zu werden, daß er dies schon seit zwanzig Jahren sagte.

Ich stelle mir auch vor, daß ihm rückschauend diese zwanzig Jahre wohl kaum länger zu dauern schienen als die eine Woche, auf die Wakefield seine Abwesenheit zuerst begrenzt hatte. Er betrachtete wohl die ganze Angelegenheit lediglich als ein Zwischenspiel im eigentlichen Geschäft seines Lebens. Wenn er es, nach einer weiteren kleinen Zeitspanne, für angebracht hielt, sein Wohnzimmmer wieder zu betreten, würde seine Frau vor Freude in die Hände klatschen, wenn sie den ältlichen Mr. Wakefield bemerkte. Meinte er. Jedoch, welch ein Irrtum war das! Würde die Zeit bis zum Ende unserer liebsten Selbsttäuschung stillstehen, so wären wir alle noch am jüngsten Tag junge Männer!

Eines Abends, im zwanzigsten Jahr nach seinem Verschwinden, unternimmt Wakefield seinen gewohnten Gang in der Gegend der Behausung, die er noch immer die seine nennt. Es ist eine windige Herbstnacht, mit häufigen Regenschauern, die auf das Pflaster klatschen und, bevor man noch seinen Schirm aufspannen kann, schon wieder vorüber sind. Als er nahe am Haus anhält, entdeckt Wakefield durch die Wohnzimmerfenster im zweiten Stock die rote Glut, das Schimmern und gelegentliche Funkensprühen eines gemütlichen Feuers. An der Decke erscheint der groteske Schatten der guten Mrs. Wakefield. Die Haube, die Nase, das Kinn und ihr rundlicher Leib ergeben eine wundervolle Karikatur, die überdies, durch den aufflackernden und nachlassenden Feuerschein, einen Tanz vollführt – fast zu heiter für den Schatten einer ältlichen Witwe. In diesem Augenblick geht zufällig wieder ein Regenschauer nieder, und wird durch eine ungestüme Windbö direkt gegen Wakefields Gesicht und Brust geblasen. Die herbstliche Kühle geht ihm durch und durch. Soll er hier nun durchnäßt und zitternd stehen, wenn sein eigenes Haus ein gutes Feuer zu seiner Erwärmung bereithält, und seine eigene Frau eilen wird, ihm einen Hausmantel und frisches Unterzeug zu holen, welche sie zweifellos im Schrank ihrer Schlafkammer sorgfältig aufbewahrt hat? Nein! So ein Narr ist Wakefield nicht! Er steigt die Treppe hinauf – schwerfällig – die zwanzig Jahre, seitdem er da herunterstieg, haben seine Beine steif gemacht, aber er merkt es nicht. Warte, Wakefield! Willst in das einzige Heim eintreten, das dir noch bleibt? Dann steige in dein Grab! Die Tür öffnet sich. Als er hineintritt, trifft unser letzter Blick auf sein Gesicht, und wir bemerken dasselbe listige Lächeln, welches damals den kleinen Streich einleitete – jenen Streich, den er so lange gespielt hat – auf Kosten seiner Frau. Welch gnadenloser Prüfung hat er diese arme Frau unterworfen! Nun wohl; wünschen wir Wakefield eine gute Nachtruhe.

Dieser glückliche Ausgang – nehmen wir an, es war einer – konnte nur in einem unbedachten Augenblick kommen. Wir werden unserm Freund nicht über die Schwelle folgen. Er hat uns genug Stoff zum Nachdenken gelassen, ein Teil davon könnte eine kleine Weisheit zum Schluß abgeben und ein Gleichnis: Mitten in der scheinbaren Verwirrung unserer geheimnisvollen Welt sind die Einzelnen so präzis in ein System gesetzt, sind die Systeme so genau aufeinander und auf ein Ganzes bezogen, daß sich der Mensch durch nur einen winzigen Schritt zur Seite der furchtbaren Gefahr aussetzt, seinen Platz für alle Zeiten zu verlieren. Er könnte wie Wakefield so etwas werden wie ein Ausgestoßner des Universums.

ANTON ČECHOV

Eine schreckliche Nacht

Ivan Petrovič Panichidin erblaßte, schraubte die Lampe etwas herunter und begann mit erregter Stimme:

»Tiefe, undurchdringliche Finsternis hing über der Erde, als ich in der Weihnachtszeit des Jahres 1883 von meinem jetzt verstorbenen Freund, bei dem wir uns allzu lange auf einer spiritistischen Sitzung aufgehalten hatten, nach Hause zurückkehrte. Die Gassen, durch die ich ging, waren aus irgendwelchen Gründen nicht beleuchtet, und ich mußte mich fast nur tastend vorwärts bewegen. Ich wohnte in Moskau, neben einer Kirche, im Haus des Beamten Trupov, in einer der abgelegensten Ecken des Stadtviertels Arbat. Meine Gedanken waren, als ich so dahinschritt, schwer und bedrückend.

Dein Leben nähert sich dem Ende... Tu Buße!

Das war der Satz, den Spinoza, dessen Geist herbeizuzitieren uns gelungen war, auf der Sitzung zu mir gesagt hatte... Ich bat, den Satz zu wiederholen, und die Untertasse wiederholte nicht nur den Satz, sondern fügte auch noch hinzu: ›Heute nacht.‹ Ich glaube nicht an Spiritismus, aber der Gedanke an den Tod, sogar nur andeutungsweise, macht mich verzagt. Der Tod, meine Herrschaften, ist unvermeidlich und alltäglich, aber trotzdem ist der Gedanke daran der menschlichen Natur zuwider... jetzt aber, da mich undurchdringliche, kalte Finsternis umhüllte, vor meinen Augen die Regentropfen wie rasend umhertanzten und über meinem Kopf der Wind klagend stöhnte, da ich ringsum keine einzige lebende Seele bemerkte und keinen menschlichen Laut hörte, erfüllte meine Seele eine unbestimmte, unaussprechliche Angst. Ich, ein Mensch, der von Vorurteilen frei ist, eilte vorwärts, ich fürchtete, mich umzusehen oder zur Seite zu schauen. Mir schien, ich würde, wenn ich mich umdrehte, unbedingt den Tod in der Gewalt eines Gespenstes erblikken.«

Panichidin atmete stoßweise, trank einen Schluck Wasser und fuhr fort:

»Dieses unbestimmte, Ihnen aber begreifliche Angstgefühl verließ mich auch dann nicht, als ich das vierte Stockwerk des Trupovschen Hauses erreicht hatte, die Tür öffnete und mein Zimmer betrat. In meiner bescheidenen Behausung war es dunkel. Im Ofen seufzte der Wind; er klopfte an die Ofentür, als bäte er um Einlaß ins Warme.

Wenn ich Spinoza glaube, dachte ich lächelnd, so muß ich noch heute bei diesem Klagelied sterben. Das ist aber gruselig!

Ich zündete ein Streichholz an... Ein heftiger Windstoß jagte über das Dach des Hauses. Das leise Klagen verwandelte sich in ein boshaftes Geheul. Irgenwo unten klapperte ein halb losgerissener Fensterladen, und die Ofentür winselte kläglich um Hilfe... In so einer Nacht geht es den Obdachlosen schlecht, überlegte ich.

Aber es war nicht die Zeit, sich solchen Gedanken hinzugeben. Als an meinem Streichholz mit einem blauen Flämmchen der Schwefel aufloderte und ich meine Augen durchs Zimmer schweifen ließ, bot sich mir ein unerwarteter und grauenhafter Anblick... Wie schade, daß der Windstoß nicht auch über mein Streichholz hinweggejagt war. Dann hätte ich vielleicht nichts gesehen, und meine Haare hätten sich nicht gesträubt. Ich schrie auf, machte einen Schritt zur Tür und schloß voller Entsetzen, Verzweiflung und Verwunderung die Augen...

In der Mitte des Zimmers stand ein Sarg.

Das blaue Flämmchen brannte nicht lange, aber ich konnte noch die Umrisse des Sarges erkennen... Ich sah den rosa, wie Funken flimmernden Glanzbrokat, ich sah ein Kreuz aus goldener Litze auf dem Deckel. Es gibt Dinge, meine Herrschaften, die sich dem Gedächtnis einprägen, wenn man sie auch nur einen Augenblick gesehen hat. So ging es mir auch mit diesem Sarg. Ich hatte ihn nur eine Sekunde gesehen, aber ich erinnere mich noch an die kleinsten Einzelheiten. Es war ein Sarg, der für einen mittelgroßen Menschen und, der Farbe nach zu urteilen, für ein junges Mädchen bestimmt war. Der teure Glanzbrokat, die Füße und die Bronzegriffe – alles zeugte davon, daß die Verstorbene reich war.

Ich lief Hals über Kopf aus meinem Zimmer, und ohne zu überlegen, ohne zu denken, ohne etwas anderes zu fühlen als unsägliche Angst, rannte ich die Treppe hinunter. Im Korridor und auf der Treppe war es dunkel, meine Füße verwikkelten sich in meinem Pelz, und es ist erstaunlich, daß ich nicht gestürzt bin und mir nicht den Hals gebrochen habe. Als ich wieder auf der Straße war, lehnte ich mich an einen nassen Laternenpfahl und versuchte mich zu beruhigen. Mein Herz klopfte furchtbar, und es verschlug mir den Atem...«

Eine der Zuhörerinnen schraubte die Lampe höher, rückte näher an den Erzähler heran, und dieser fuhr fort:

»Ich wäre nicht erstaunt gewesen, wenn ich in meinem Zimmer einen Brand, einen Dieb oder einen tollen Hund vorgefunden hätte... Ich hätte mich nicht gewundert, wenn die Decke eingestürzt, der Fußboden durchgebrochen oder die Wände eingefallen wären... Das alles ist natürlich und verständlich. Aber wie konnte ein Sarg in mein Zimmer geraten? Woher kam er? Ein teurer Frauensarg, der offenbar für eine Aristokratin angefertigt worden war – wie konnte der in das armselige Zimmer eines kleinen Beamten geraten? War er leer, oder lag eine Leiche darin? Wer war *sie*, diese vorzeitig aus dem Leben geschiedene reiche Frau, die mir einen so sonderbaren und schrecklichen Besuch abstattete?

Ein qualvolles Geheimnis!

Wenn das hier kein Wunder ist, dann ist es ein Verbrechen, schoß es mir durch den Kopf

Ich rätselte hin und her. Während meiner Abwesenheit war die Tür verschlossen gewesen, und der Platz, wo der Schlüssel lag, war nur meinen nächsten Freunden bekannt. Und die Freunde hatten mir doch nicht den Sarg ins Zimmer gestellt. Man hätte auch vermuten können, daß der Sarg versehentlich von einem Sargtischler gebracht worden war. Sie konnten sich getäuscht, sich im Stockwerk oder in der Tür geirrt und den Sarg nicht dorthin gebracht haben, wohin er gehörte. Aber wem ist nicht bekannt, daß unsere Sargtischler das Zimmer nicht verlassen, bevor sie nicht das Geld für ihre Arbeit oder zumindest ein Trinkgeld bekommen haben?

Die Geister haben mir den Tod vorausgesagt, dachte ich. Vielleicht haben sie sich dabei schon bemüht, mir einen Sarg zu besorgen?

Ich glaube heute und glaubte auch damals nicht an Spiritismus, meine Herrschaften, aber ein solches Zusammentreffen kann sogar einen Philosophen in eine mystische Stimmung versetzen.

Aber das alles ist dumm, und ich bin feige wie ein Schuljunge, zu diesem Schluß kam ich. Es war eine optische Täuschung – mehr nicht! Als ich vorhin nach Hause ging, war ich in einer so düsteren Stimmung gewesen, daß es kein Wunder war, daß meine kranken Nerven einen Sarg erblickt hatten... Natürlich war es eine optische Täuschung! Was denn sonst?

Der Regen peitschte mein Gesicht, und der Wind zerrte böse an meinem Pelz und meiner Mütze... Ich fror und war völlig durchnäßt. Ich mußte weitergehen, aber... wohin? Nach Hause zurückzukehren – das hätte bedeutet, mich dem Risiko auszusetzen, den Sarg noch einmal zu sehen, und dieser Anblick ging über meine Kräfte. Ich, der ringsum keine einzige lebende Seele erblicken und der keinen einzigen menschlichen Laut hören würde, hätte den Verstand verlieren können, wäre ich mit dem Sarg, in dem vielleicht eine Leiche lag, allein geblieben. In der Kälte und dem strömenden Regen auf der Straße zu bleiben war aber auch unmöglich.

Ich entschloß mich, bei meinem Freund Nepokoev zu übernachten, der sich später, wie Ihnen bekannt ist, erschossen hat. Er wohnte in der Pension des Kaufmannes Čerepov in der Mërtvyj-Gasse.«

Panichidin trocknete sich den kalten Schweiß auf seinem bleichen Gesicht und fuhr schweratmend fort:

»Meinen Freund traf ich nicht zu Hause an. Nachdem ich an seine Tür geklopft und mich überzeugt hatte, daß er nicht daheim war, tastete ich den Querbalken nach dem Schlüssel ab, öffnete die Tür und trat ein. Ich warf meinen nassen Pelz auf den Fußboden, tastete mich in der Dunkelheit zu dem Sofa und setzte mich, um auszuruhen. Es war dunkel... In den Fensterventilatoren summte wehmütig der Wind. Im Ofen zirpte ein Heimchen sein eintöniges Lied. Im Kreml läutete man die Weihnachtsfrühmesse ein. Ich beeilte mich, ein Streichholz anzuzünden. Aber das Licht befreite mich nicht aus meiner düsteren Stimmung, sondern im Gegenteil. Von neuem wurde ich von unbeschreiblichem Entsetzen gepackt... Ich schrie auf, taumelte und rannte wie von Sinnen aus dem Zimmer...

Im Zimmer meines Kameraden hatte ich dasselbe erblickt wie bei mir – einen Sarg!

Der Sarg des Kameraden war fast doppelt so groß wie meiner, und der braune Überzug verlieh ihm ein besonders düsteres Kolorit. Wie war er hierhergeraten? Daß das eine optische Täuschung war, daran gab es nichts zu zweifeln... In jedem Zimmer konnte doch kein Sarg stehen! Offenbar war das eine Erkrankung meiner Nerven, eine Halluzination. Wohin ich jetzt auch gehen würde, überall würde ich diese schreckliche Behausung des Todes vor mir sehen. Also war ich dabei, den Verstand zu verlieren, ich war an so etwas wie einer ›Sargomanie‹ erkrankt – nach der Ursache meiner Geistesstörung brauchte ich nicht lange zu suchen: es genügte, an die spiritistische Sitzung und die Worte Spinozas zu denken.

Ich werde verrückt! dachte ich voller Entsetzen und griff mir an den Kopf...

Um Gottes willen! Was soll ich tun?

Mein Kopf brummte, die Beine versagten mir den Dienst... Es goß wie aus Kübeln, der Wind ging durch und durch, und ich hatte weder meinen Pelz an noch meine Mütze auf. In das Zimmer zurückkehren, um beides zu holen, war unmöglich, das ging über meine Kräfte... Die Angst hielt mich mit ihren kalten Armen umfangen. Die Haare standen mir zu Berge, vom Gesicht rann kalter Schweiß, obwohl ich immer noch glaubte, das alles sei nur eine Halluzination.

Was sollte ich tun?« fuhr Panichidin fort. »Ich war dabei, den Verstand zu verlieren, und riskierte, mich furchtbar zu erkälten. Zum Glück fiel mir ein, daß unweit der Mërtvyj-Gasse mein guter Freund Pogostov wohnte, der vor kurzem Arzt geworden ist und der in jener Nacht mit mir auf der spiritistischen Sitzung war. Ich eilte zu ihm... Damals war er noch nicht mit der reichen Kaufmannsfrau verheiratet und wohnte im Haus des Staatsrates Kladbiščenskij im fünften Stockwerk.

Bei Pogostov mußten meine Nerven eine neue Tortur über sich ergehen lassen. Als ich zum fünften Stock hinaufstieg, hörte ich einen furchtbaren Lärm. Oben lief jemand hin und her, stampfte heftig mit den Füßen und schlug die Tür zu.

›Hierher!‹ hörte ich einen herzzerreißenden Schrei. ›Hierher! Hausmeister!‹ Und einen Augenblick später kam eine dunkle Gestalt im Pelz und mit einem verbeulten Zylinder auf dem Kopf die Treppe heruntergelaufen…

›Pogostov!‹ rief ich, als ich meinen Freund erkannte. ›Sind Sie es? Was ist mit Ihnen?‹

Als Pogostov mich erreicht hatte, blieb er stehen und packte mich krampfhaft am Arm. Er war blaß, atmete schwer und zitterte. Seine Augen irrten ziellos umher, seine Brust hob und senkte sich…

›Sind Sie das, Panichidin?‹ fragte er mich mit dumpfer Stimme. ›Aber sind Sie es auch? Sie sind so bleich, als kämen Sie aus dem Grab… Aber sind Sie wirklich keine Halluzination? Um Gottes willen… Sie sehen schrecklich aus…‹

›Aber was ist denn mit Ihnen? Sie sind ja ganz verstört!‹

›Ach, lassen Sie mich erst einmal Atem holen, mein Lieber… Ich bin froh, Sie zu sehen, wenn Sie es wirklich sind und keine optische Täuschung. Die verfluchte spiritistische Sitzung… Sie hat meine Nerven zerrüttet, daß ich, als ich eben nach Hause kam, stellen Sie sich das nur vor, in meinem Zimmer… einen Sarg sah!‹

Ich traute meinen Ohren nicht und bat ihn, das zu wiederholen.

›Einen Sarg, einen richtigen Sarg‹, sagte der Arzt und setzte sich erschöpft auf eine Treppenstufe. ›Ich bin kein Feigling, aber der Teufel selbst würde sich erschrecken, wenn er nach einer spiritistischen Sitzung im Dunkeln auf einen Sarg stößt.‹

Verwirrt und stotternd erzählte ich dem Arzt von den Särgen, die ich gesehen hatte…

Eine Minute lang standen wir uns gegenüber und starrten uns mit großen Augen und offenem Mund an. Dann aber kniffen wir uns, um uns zu vergewissern, daß wir nicht phantasierten.

›Es tut uns beiden weh‹, sagte der Arzt, ›also schlafen wir jetzt nicht und sehen uns nicht im Traum. Folglich sind die Särge, meiner und auch Ihre beiden, keine optische Täuschung, sondern etwas Existentes. Was sollen wir jetzt tun, mein Lieber?‹

Als wir eine geschlagene Stunde auf der kalten Treppe gestanden, herumgerätselt und uns in Mutmaßungen verloren hatten, froren wir entsetzlich und kamen zu dem Schluß, unsere kleinmütige Angst zu überwinden, den Zimmerkellner zu wecken und mit ihm in das Zimmer des Arztes zu gehen. Das machten wir auch. Als wir das Zimmer betraten, zündeten wir eine Kerze an und erblickten tatsächlich einen Sarg, der mit weißem Glanzbrokat bespannt und mit goldenen Fransen und Quasten geschmückt war. Der Zimmerkellner bekreuzigte sich fromm.

›Jetzt werden wir erfahren‹, sagte der Arzt, der bleich war und am ganzen Körper zitterte, ›ob dieser Sarg leer ist oder aber… bewohnt.‹

Nach langem, begreiflichem Zaudern bückte sich der Arzt, biß vor Angst und Erwartung die Zähne zusammen und riß den Sargdeckel herunter. Wir schauten in den Sarg und…

Der Sarg war leer…

Es lag kein Toter darin, aber dafür fanden wir einen Brief folgenden Inhalts:

›Lieber Pogostov!

Du weißt, daß die Geschäfte meines Schwiegervaters furchtbar darniederliegen. Er steckt bis über die Ohren in Schulden. Morgen oder übermorgen soll sein Hab und Gut gepfändet werden, und das würde endgültig seine und meine Familie und unsere Ehe zugrunde richten, die mir das Teuerste auf Erden ist. Gestern haben wir im Familienrat beschlossen, alle wertvollen und teuren Sachen zu verstecken. Da nun das ganze Vermögen meines Schwiegervaters aus Särgen besteht (es ist Dir ja bekannt, daß er der beste Sargtischler der Stadt ist), haben wir uns entschlossen, die allerbesten Särge zu verstecken. Ich wende mich an Dich als an meinen Freund, hilf mir, rette unser Vermögen und unsere Ehre! In der Hoffnung, daß Du uns helfen wirst, unser Vermögen zu erhalten, schicke ich Dir, mein Lieber, einen Sarg, und bitte Dich, ihn bei Dir zu verstecken und bis auf Abruf aufzubewahren. Ohne Hilfe unserer Bekannten und Freunde gehen wir zugrunde. Ich hoffe, Du erteilst mir keine Absage, um so mehr, als der Sarg nicht länger als eine Woche bei Dir bleiben wird. Allen, die ich für unsere wahren Freunde halte, habe ich einen Sarg geschickt und hoffe auf ihre Großmut und ihren Edelsinn. Dein Dich liebender

Ivan Čeljustin.‹

Nach diesem Ereignis war ich etwa drei Monate lang wegen Nervenzerrüttung in ärztlicher Behandlung. Unser Freund aber, der Schwiegersohn und Sargtischler, hat Ehre und Vermögen gerettet und besitzt schon ein Begräbnisinstitut; er handelt mit Denkmälern und Grabsteinen. Seine Geschäfte gehen nicht besonders gut, und ich fürchte nun jeden Abend, wenn ich heimkomme, neben meinem Bett ein weißes Marmordenkmal oder einen Katafalk zu erblicken.«

R. L. STEVENSON

Die krumme Janet

Reverend Murdoch Soulis war seit vielen Jahren Pastor der Gemeinde Balweary, eines im Tale des Dule gelegenen Heidedorfes. Ein strenger, freudlos blickender alter Mann, der Schrecken seiner Hörer, hauste er während der letzten Jahre seines Lebens in dem kleinen, einsamen Pfarrhause am Fuße des Hanging Shaw, ohne Verwandte, Diener oder irgendwelche menschliche Gesellschaft. Trotz der eisernen Gesetztheit seiner Züge war sein Blick wild, unsicher und voller Furcht; und wenn er in privater Ermahnung die Zukunft des unbußfertigen Sünders schilderte, schien sein Auge die Stürme der Zeit zu durchdringen und die Schrecken der Ewigkeit zu sehen. Viele junge Leute, die sich mit seiner Hilfe auf das heilige Abendmahl vorbereiteten, wurden von seinen Reden zu panischer Furcht aufgerüttelt. Dies gelang ihm besonders gut mit einer Predigt über Petrus I, Vers 5 und 8, »Der Teufel ist ein brüllender Löwe«, in der er sich selbst übertraf, sowohl durch den grauenerregenden Gegenstand wie durch das Furchtbare seines Gebarens auf der Kanzel, und die er an jedem ersten Sonntag nach dem 17. August hielt. Die Kinder wurden dabei von Krämpfen befallen, die alten Leute dagegen sahen mehr als gewöhnlich orakelhaft drein und ließen den ganzen Tag über allerlei Andeutungen fallen von der Art, wie Hamlet sie zu mißachten liebte. Das Pfarrhaus selbst lag neben den Wassern des Dule zwischen einigen dichten Bäumen; es war auf der einen Seite überschattet von dem hängenden Shaw selbst und bot nach der anderen Seite einen Blick auf zahlreiche, kalte Heidehügel, die sich hoch gegen den Himmel abhoben, und die bereits zu einer sehr frühen Zeit von Mr. Soulis' Amtsdauer während der Abenddämmerung von allen, die sich auf ihre Vorsicht etwas einbildeten, gemieden wurden. Ja, die Gevattern, die sich in dem Dorfgasthause versammelten, pflegten bei dem Gedanken, spät in der Nacht an jenem unheimlichen Ort vorbei zu müssen, den Kopf zu schütteln. Um ganz genau zu sein, gab es dort eine Stelle, die mit besonderer Scheu betrachtet wurde. Das Pfarrhaus lag zwischen der Landstraße und den Wassern des Dule, mit je einem Giebel nach jeder Seite, während die Rückwand nach dem fast eine halbe Meile entlegenen Kirchdorf Balweary blickte und die Vorderfront samt einem kahlen von einer Dornenhecke eingefaßten Garten den Raum zwischen Fluß und Straße einnahm. Das Haus hatte zwei Stockwerke mit je zwei geräumigen Zimmern. Es grenzte nicht unmittelbar an den Garten, sondern an einen Hohlweg oder Gang, dessen eines Ende auf die Straße führte und dessen andere Mündung durch hohe Weiden und Ellern, die den Fluß umsäumten, begrenzt wurde. Dieser gemauerte Gang erfreute sich unter den jüngeren Gemeindemitgliedern von Balweary eines ganz besonders schlimmen Rufes. Der Pastor pflegte dort häufig nach Anbruch der Dunkelheit auf und ab zu wandeln und mitunter in der Inbrunst seiner stummen Gebete laut zu stöhnen; und wenn er aus dem Hause fort und die Pfarrhaustür verschlossen war, wagten nur die tollkühnsten der männlichen Schuljugend klopfenden Herzens an jenem verrufenen Ort Räuber und Gendarm zu spielen.

Die Atmosphäre des Grauens, die hier in der Tat einen Gottesmann von fleckenlosem Charakter und reinster Orthodoxie umgab, war ganz allgemein die Ursache von Staunen und Neugier unter den wenigen Fremden, die durch Zufall oder wegen ihrer Geschäfte in jene unbekannte, weltfremde Gegend geführt wurden. Aber sogar in der Gemeinde selbst gab es viele Leute, die nichts von den seltsamen Begebenheiten wußten, die das erste Amtsjahr Mr. Soulis' auszeichneten, und unter den besser Unterrichteten gab es einige, die von Haus aus zurückhaltend waren und andere, die vor jenem besonderen Gegenstand zurückschreckten. Nur hin und wieder erwärmte sich einer der älteren Männer über seinem dritten Glase Schnaps hinreichend, um Mut zu fassen und der Ursache des seltsamen Aussehens sowie des einsiedlerischen Lebens des Geistlichen nachzugehen.

Vor fünfzig Jahren, als Mr. Soulis zuerst nach Balweary kam, war er noch ein junger Mann – ein forscher Bursch, wie die Leute sagen – ganz voller Buchgelehrsamkeit und großartig im Auslegen der Heiligen Schrift, aber, wie man's bei einem so jungen Menschen ja auch nicht anders erwarten kann, ohne richtige, praktische Erfahrung in der Religion. Die jungen Leute, die waren natürlich ganz weg von seinen Talenten und seinem vielen Reden; aber die alten, vorsichtigen, ernsten Männer und Weiber, die sorgten sich so sehr um den jungen Mann, daß sie für ihn und die Gemeinde beteten; denn von ihm glaubten sie, daß er einer von jenen sei, die sich selbst betrügen, und von der Gemeinde, daß sie wahrscheinlich übel mit ihm dran wäre. Das war noch vor den Tagen der Lauen im Herrn – Gott strafe sie –; aber die schlimmen Dinge sind wie die guten – beide wachsen recht hübsch langsam, Stück für Stück, und es hat auch damals schon Leute gegeben, die da meinten, der Herrgott hätte die gelehrten Professoren ganz verlassen, und die Burschen, die bei ihnen das Studieren anfingen, wären besser und gescheiter in ihrem Torfmoor hocken geblieben, wie ihre Vorfahren das in den Zeiten der Bedrängnis taten, mit 'ner Bibel unter ihrer Achsel und dem Geist des Gebets im Herzen. Eins war sicher: Mr. Soulis war viel zu lange auf der Universität geblieben. Er sann und trachtete nach vielen Dingen, außer denen, die wahrhaft not tun. Er hatte einen Haufen Bücher bei sich – mehr, als man je zuvor im Pfarrhaus beieinander gesehen hatte. Und dem Boten mißfiel es sehr, sie hierher zu tragen: alle waren sie nahe daran, irgendwo in dem Teufelsmoor zwischen hier und Kilmackerlie zu ersaufen. Es waren zwar Bücher der Gottesgelehrtheit, oder hießen doch so; aber die ernsten Leute sahen alle nicht ein, weswegen er so viele brauchte, wo sich doch das ganze liebe Gotteswort in der Falte eines Plaids herumtragen läßt. Da saß er nun den halben Tag und fast die halbe Nacht lang – was doch kaum anständig ist – und schrieb, nicht mehr und nicht weniger; und zuerst fürchteten wir alle, er würde seine Predigten herunterlesen; aber dann kam es heraus, daß er selber neue Bücher schrieb, und das schickt sich für jemanden in seinen Jahren und von seinem bißchen Erfahrung doch bestimmt nicht.

Nun mußte man ihm aber ein altes, ehrbares Weibsbild finden, um ihm das Pfarrhaus in Ordnung zu halten und sein bißchen Essen zu kochen; und man nannte ihm ein altes Frauenzimmer – Janet M'Clour war ihr Name – und ließ ihn dann seiner Wege gehen, so daß er tun konnte, was er sich in den Kopf gesetzt hatte. Zwar waren auch viele da, die ihm von der Janet abrieten, denn sie war bei den besten Leuten in Balweary mehr als in Verruf geraten. Lange vorher hatte sie von 'nem Dragonerkerl 'nen Balg bekommen; seit rund dreißig Jahren war sie nicht an den Tisch des Herrn getreten; und die Kinder hatten gesehen, wie sie bei Dunkelwerden ganz allein auf Keys Loan herumstrich, was für 'ne gottesfürchtige Frauensperson ein recht seltsamer Ort ist, und dabei hatte sie in einem fort vor sich her gemurmelt. Na, wie dem auch sei, der Gutsherr selbst war der erste, der mit dem Pastor über Janet sprach; und damals machte man noch manchen Umweg, um der Herrschaft zu gefallen. Wenn die

Leute ihm sagten, daß Janet sich dem Teufel verschrieben hätte, so war das in des Herrn Pastors Augen nur ein Stück Aberglauben, und wenn sie ihm dann mit der Bibel und der Hexe von Endor kamen, so trommelte er's in ihre Schädel hinein, daß die Zeiten heute vorbei wären und daß der Teufel jetzt durch Gottes Gnade in Ketten läge.

Nun, als es sich so im Dorfe herumsprach, daß Janet M'Clour als Dienstbot aufs Pfarrhaus sollte, waren die Leute recht außer sich über alle beide, sie und ihn; und einige von den Gevatterinnen hatten nichts Besseres zu tun, als zu der Janet hinzulaufen und ihr alles vorzuwerfen, was sie von ihr wußten, von dem Soldatenbalg angefangen bis zu John Tamsons zwei Kühen. Die Janet war nicht gerade sehr fix mit der Zunge; auch ließen sie die Leute gewöhnlich ihre eigenen Wege gehen und sie die Leute nicht minder, mit kaum einem »Schön guten Abend« oder »Guten Tag«; aber wenn sie sich's in den Kopf setzte, dann hatte sie 'ne Zunge, um selbst den Müller taub zu machen. Diesmal war sie nun auch nicht faul; in ganz Balweary gab's keine alte Klatschgeschichte, die sie an jenem Tage nicht irgend jemandem unter die Nase hielt, und man konnte ihr kein Ding vorwerfen, ohne als Entgelt gleich zwei zu hören zu bekommen, bis die Gevatterinnen die Janet zu guter Letzt packten, ihr die Kleider vom Leibe rissen und sie durch das ganze Dorf stießen bis an den Dule heran, um herauszubekommen, ob sie 'ne Hexe wäre; ob sie schwimmen oder untergehen würde. Das Frauenzimmer schrie, daß man es bis zum Hanging Shaw herauf hörte, und kämpfte wie ihrer Stücke zehn. Manch eine von den Gevatterinnen trägt noch ein Abzeichen ihrer Nägel bis ans Lebensende mit sich herum; und wer kommt da, grad als die Sache am hitzigsten ist, auf daß seine Sünden bestraft werden, des Weges? Der neue Herr Pastor!

»Weiber«, sagt er (und er hatte eine großartige Stimme), »ich befehle euch im Namen des Herrn, gebt sie frei!«

Janet rannte auf ihn los – sie war schon halb verrückt vor Angst – und klammerte sich an ihn und bat ihn um Christi willen, sie von den Klatschbasen zu retten; und die, für ihr Teil, erzählten ihm alles, was sie wußten, und vielleicht sogar noch 'n bißchen mehr.

»Weib«, sagt er zu Janet, »ist das wahr?«

»So wahr der Herrgott mich sieht«, sagt sie, »so wahr der Herr mich erschaffen hat, kein Wort davon. Bis auf das Kind«, sagt sie, »bin ich mein Lebtag ein ehrbar Weib gewesen.«

»Willst du«, sagt Mr. Soulis, »im Namen Gottes hier vor mir, seinem unwürdigen Diener, dem Teufel und seinen Werken abschwören?«

Nun, es scheint, daß sie, wie er das so fragte, zu grinsen anfing, so daß alle, die es sahen, es mit der Angst bekamen, und man konnte ihre Zähne im Munde nur so klappern hören. Aber da half ihr nun gar nichts, für das eine oder andere mußte sie sich entscheiden, und Janet hob die Hand hoch und schwur vor ihnen allen dem Teufel und seinen Werken ab.

»Und jetzt«, sagt Mr. Soulis zu den Gevatterinnen, »macht, daß ihr nach Hause kommt, alle miteinander, und betet, daß Gott euch verzeihen möge.«

Und er reichte Janet den Arm, obschon sie nicht viel mehr als ihr Hemd anhatte, und führte sie durch das ganze Dorf bis an ihr eigenes Haus wie eine richtige große Dame; und ihr Lachen und Weinen war ein Skandal, wert, daß man es hörte.

In jener Nacht gab's viele ernste Leute, die mit ihrem Gebet gar nicht fertig werden konnten; als dann aber der Morgen kam, überfiel die ganze Gemeinde Balweary eine solche Furcht, daß die Kinder sich versteckten und selbst die Mannsbilder nur hinter der Haustüre hervorzugucken wagten. Denn da kam Janet das Dorf hinunterspaziert – sie oder doch ihr Ebenbild, das konnte kein Mensch wissen – mit ganz schiefem Hals und dem Kopf auf der einen Seite, wie jemand, der gehängt worden ist, und mit einem Grinsen ums Maul, wie eine nicht hergerichtete Leiche. Mit der Zeit gewöhnten sich die Leute ja daran, und einige starrten ihr sogar ins Gesicht, um herauszubekommen, was mit ihr los wäre; aber von dem Tage an konnte Janet nicht mehr wie eine christliche Frauensperson reden, sondern schnatterte und klapperte mit den Zähnen, als hätte sie ein paar Scheren im Maul; und auch der Name Gottes kam von da an nicht mehr über ihre Lippen. Manchmal, da versuchte sie es ja, ihn auszusprechen, aber es ging nicht. Die Leute, welche am meisten wußten, redeten am wenigsten; niemals aber gaben sie dem Ding da den Namen Janet M'Clour; denn die alte Janet, so wie sie's erzählten, briet bereits in der tiefsten Hölle. Aber der Herr Pastor war nicht zu belehren und nicht zu halten; er predigte von nichts anderem als von der Grausamkeit der Leute, die der Janet einen Schlaganfall verursacht hätten; ja, er schlug die Kinder, die sie neckten; und noch in derselben Nacht holte er sie hinauf ins Pfarrhaus und wohnte mit ihr da ganz alleine unter dem Hanging Shaw.

Nun, die Zeit ging vorüber, und die Müßigeren unter uns fingen an, leichtfertiger von der ganzen schwarzen Angelegenheit zu denken. Von dem Herrn Pastor hatte man eine gute Meinung; immer noch saß er bis spät in die Nacht bei seiner Schreiberei, ja, die Leut konnten bis zwölf Uhr den Schein seiner Kerze über dem Dulefluß sehen. Er schien mit sich selbst auch noch genau so zufrieden und so selbstsicher wie zuvor, wenn auch jedermann sehen konnte, daß er abmagerte. Und Janet kam und ging, und hatte sie früher nicht viel geredet, so hatte sie jetzt Grund genug, um noch weniger zu schwatzen. Aber sie war schauerlich anzusehen, und um den ganzen Balweary Pfarracker hätte keiner ihr über den Weg laufen mögen.

Da kam gen Ende Juli eine Spanne Wetter, wie wir es in der ganzen Gegend noch nicht erlebt hatten; es war drückend und heiß und unlustig; die Herden konnten den Schwarzen Berg nicht mehr hinauf, die Kinder waren zu müde, um zu spielen; und dabei war es auch stürmisch, mit Stößen von heißem Wind, der in den Tälern nur so rumorte, und mit kleinen Schauern, die niemandem nichts nützten. Wir glaubten, es würde am nächsten Tage ein Gewitter geben, aber der Morgen kam und der übernächste Morgen, und immer noch das gleiche, unheimliche Wetter, hart für die Menschen und hart fürs Vieh. Von allen, die es in den Knochen spürten, war keiner so übel dran wie Mr. Soulis; er konnte weder schlafen noch essen, erzählte er den Kirchenältesten; und wenn er nicht an seinem langen, langen Buch schrieb, dann stieg er in der ganzen Gegend umher, wie einer, den der Teufel reitet, und das in einer Zeit, wo jede Kreatur froh war, zu Haus bleiben zu können.

Über dem Hanging Shaw im Schatten von Black Hill liegt ein kleiner eingefriedeter Grund mit einem eisernen Gitter; es scheint, daß er in alten Zeiten der Kirchhof von Balweary war und von Papisten geweiht, ehe denn das himmlische Licht über dem Reiche leuchtete. Das war nun Mr. Soulis' Lieblingsaufenthalt; dort saß er und dachte sich seine Predigten aus, und es war auch wirklich ein schattiges Plätzchen. Als er nun eines Tages durch den wüsten Teil von Black Hill schritt, sah er zuerst zwei und dann vier und schließlich sieben Krähen rund um den alten Friedhof flattern. Sie flogen tief und schwer und krächzten im Fluge, und es war Mr. Soulis klar, daß etwas sie aufgescheucht haben mußte. Ihm war nicht so leicht bange zu machen, darum ging er auch schnurstracks auf das Gitter los. Und was fand er da? Einen Mann oder doch so was ähnliches, der drinnen im Kirchhof auf einem Grabe saß. Er war sehr groß und schwarz wie die Hölle, und seine Augen waren seltsam anzusehen.

Mr. Soulis hatte die Leute schon manches liebe Mal von schwarzen Männern erzählen hören, aber an diesem hier war etwas Fremdartiges, das ihm Furcht einjagte. Heiß wie ihm war, spürte er einen kalten Angstschauer bis ins Mark hinein, aber er redete ihn trotzdem forsch an und fragte: »Mein Freund, seid Ihr fremd an diesem Ort?« Und der schwarze Mann antwortete kein Wort, sondern machte sich auf die Beine und stolperte auf die jenseitige Mauer zu, und die ganze Zeit über sah er den Pastor an, und der Pastor starrte zurück, bis der Schwarze in der nächsten Minute über die Mauer rüber war und auf den Schatten der Bäume zulief. Mr. Soulis, warum, wußte er selber kaum, rannte hinter ihm drein; aber er war schon ganz alle von seinem Spaziergang und von dem heißen, ungesunden Wetter, und wenn er auch noch so sehr rannte, so konnte er doch nur einen Augenblick lang den Schwarzen zwischen den Birken laufen sehen, bis er den Berg hinunter war, und da sieht er von neuem, wie der Andere laufend, springend und rennend über den Dulefluß rüber im Pfarrhaus verschwindet.

Mr. Soulis war nun nicht besonders entzückt, den schauerlichen Kerl so mir nichts, dir nichts im Balweary Pfarrhaus umspringen zu sehen; und er rannte nur um so schneller und mit nassen Schuhen über den Bach und den Gang hinauf; im ganzen Garten hat er sich umgeschaut, aber nirgends war da ein schwarzer Mann zu sehen. Am anderen Ende des Gartens drückte er ein bißchen ängstlich, wie das ja ganz natürlich war, die Klinke runter und ging ins Pfarrhaus; und da vor seinen Augen stand Janet M'Clour mitsamt ihrem schiefen Kopf und freute sich obendrein gar nicht, ihn zu sehen. Und da fiel es ihm ein, daß er immer schon, seitdem er sie zum ersten Male zu Gesicht bekommen hatte, dasselbe kalte, gräuliche Gefühl gespürt hatte.

»Janet«, sagt er, »hast du einen schwarzen Mann gesehen?«

»Einen schwarzen Mann?« fragt sie. »Gott steh uns bei! Ihr seid nicht gescheit, Herr Pastor. Es gibt keinen schwarzen Mann in ganz Balweary.«

Aber sie redete nicht deutlich, müßt ihr wissen, sondern winselte und wieherte nur so vor sich hin, wie'n Ponny, das 'nen Zaumzeug im Maule hat.

»Nun«, sagt er, »Janet, wenn das kein schwarzer Mann war, dann habe ich den Versucher selbst gesehen.«

Und er setzte sich wie einer, der's Fieber hat, und seine Zähne klapperten ihm im Kopfe.

»Pfui, pfui«, sagt sie, »schämt Euch, Herr Pastor«, und sie gab ihm einen Tropfen Schnaps, den sie immer bei sich hatte.

Dann ging Mr. Soulis in sein Studierzimmer zu seinen vielen Büchern. Es ist ein langes, niedriges, finsteres Zimmer, zum Umkommen kalt im Winter und nicht einmal im Sommer sonderlich trocken, denn das Pfarrhaus liegt dicht am Fluß. Da setzte er sich also hin und dachte an alles, was er so erlebt hatte, seit er nach Balweary gekommen war, an seine Heimat und an die Zeit, als er noch ein Bub war und vergnügt über die Heide sprang; und der schwarze Kerl da ging ihm wie so'n Lied im Kopfe rum. Er versuchte zu beten, aber die Worte fielen ihm nicht ein; und es heißt auch, daß er an seinem Buche schreiben wollte, aber da ging es ihm auch nicht besser. Es gab Zeiten, in denen er glaubte, der Schwarze stände neben ihm, und der Schweiß brach ihm aus allen Poren, so kalt wie Brunnenwasser, und dann wieder kam er zu sich selbst wie ein richtiger Christenmensch und fürchtete sich vor nichts mehr.

Das Ende vom Liede war, daß er zum Fenster schritt und in das Wasser des Duleflusses hinunterstarrte. Die Bäume wuchsen da unheimlich dicht, und das Wasser unterhalb des Pfarrhauses ist tief und schwarz; und da stand Janet und wusch mit hochgerafften Röcken die Wäsche. Sie hatte dem

Pastor den Rücken zugekehrt, so daß er zuerst gar nicht wußte, wen er vor sich hatte. Dann drehte sie sich um und zeigte ihm ihr Gesicht; und Mr. Soulis hatte dasselbe kalte Angstgefühl, das er schon zweimal an jenem Tage gespürt hatte, und er erinnerte sich an das, was die Leute sagten, daß Janet schon lange tot wäre und daß hier ein Gespenst in ihrem Leichnam umginge. Er zog sich ein bißchen zurück und beobachtete sie scharf. Sie stampfte und rieb auf die Wäsche los und summte so vor sich her, und – der Herr stehe uns bei! – es war ein gräuliches Gesicht! Mal sang sie lauter, aber es gibt keinen Menschen, vom Weibe geboren, der da hätte sagen können, welches ihre Worte waren; und mal guckte sie so von seitwärts an sich herunter, aber es war nichts da, das sie hätte sehen können. Da lief wieder ein Schauer durch des Pastors Knochen, und das war eine Warnung des Himmels. Aber Mr. Soulis machte sich Vorwürfe, daß er so schlecht von einem alten, unglücklichen Frauenzimmer dachte, das niemand außer ihm selbst zum Freunde hatte; und er sprach so'n kleines Gebet für sich selbst und eins für sie und trank ein bißchen kaltes Wasser – denn sein Magen drehte sich bei dem Gedanken an Essen um – und ging im Dämmerlicht zu seinem kahlen Bett hinauf.

Das war eine Nacht, wie ganz Balweary sie nie und nimmer vergessen wird, die Nacht zum siebzehnten August siebenzehnhundertundzwölf. Es war vorher schon heiß gewesen, wie ich ja gesagt habe, aber diese Nacht war heißer denn alle anderen. Die Sonne ging hinter gar schaurig aussehenden Wolken unter; es wurde so finster wie in der Hölle selbst; kein Stern, kein bißchen Wind; man konnte nicht die Hand vor Augen sehen, und selbst die alten Leute warfen die Dekken von ihren Betten zurück und schnappten nur so nach Luft. Mit allem, was ihm so im Kopfe herumging, war es nicht sehr wahrscheinlich, daß Mr. Soulis viel schlafen würde. Er lag also wach und warf sich in den Kissen herum, und das gute, kühle Bett brannte ihn bis auf die Knochen, und mal hörte er die Glocken schlagen und mal einen Köter draußen auf der Haide heulen, wie wenn jemand im Sterben liegt; mal glaubte er, Geister schrien hinter ihm drein, und mal sah er Gespenster im Zimmer. Da meinte er, daß er wohl krank sein müßte; und krank war er auch – aber was für eine Krankheit er hatte, das ahnte er nicht.

Zum Schluß aber erschien ihm alles klar und deutlich; er setzte sich also in seinem Hemde im Bette aufrecht, und fing wieder an, an den schwarzen Mann und an Janet zu denken. Wie es kam, wußte er nicht – vielleicht war die Kälte an seinen Füßen dran schuld –, aber mit einemmal wußte er ganz genau, daß die beiden irgendwas miteinander zu tun hatten, und daß entweder einer von beiden oder alle beide Gespenster waren. Und gerade in dem Augenblick kam von Janets Kammer her, die neben der seinen lag, ein Stampfen wie von Männern bei einer Rauferei, gefolgt von einem lauten Knall, und dann heulte ein Wind rings um die vier Wände des Hauses, und dann war wieder alles still wie das Grab.

Mr. Soulis fürchtete sich aber weder vor Mensch noch Teufel. Er nahm also sein Feuerzeug, steckte eine Kerze an und war mit drei Schritten neben Janets Kammertür. Die war nicht verschlossen, und er stieß sie auf und guckte ganz unverzagt ins Zimmer hinein. Es war ein großer Raum, so groß wie der des Herrn Pastors selbst, und ganz voll schweren, alten, festen Hausrats, denn andere Sachen besaß der Pastor gar nicht. Da standen ein großes, vierpfostiges Bett mit alten Vorhängen und ein schöner Schrank ganz aus Eiche, der voll von des Herrn Pastors geistlichen Büchern steckte und dort aufgestellt war, um aus dem Wege zu sein; und ein paar Kleidungsstücke Janets lagen am Boden herum. Aber von Janet selbst war nichts zu sehen, und von einem Streite auch nichts. So spazierte Mr. Soulis denn schnurstracks hinein (und ich kenn' wenige, die es ihm nachgemacht hätten) und blickte sich ringsum und lauschte. Aber da war nichts zu hören, weder drinnen im Pfarrhaus selbst, noch in der Gemeinde Balweary, und nichts zu sehen, außer den vielen Schatten, die um die Kerze tanzten. Und dann fing ganz plötzlich des Herrn Pastors Herz an wie wild zu klopfen und stand dann wieder stockstill, und ein kalter Wind blies ihm durch die Haare. Und ach, welch eine schlimme Sache mußte der arme Mann da sehen! Dort hing Janet an dem alten Eichenschrank an einem Nagel: ihr Kopf lag ganz auf ihrer Schulter, die Augen waren ganz starr und die Zunge hing ihr zum Halse heraus, und ihre Absätze baumelten glatt zwei Fuß über dem Estrich.

»Gott verzeih uns allen!« dachte Mr. Soulis. »Die arme Janet ist tot.«

Er trat also 'nen Schritt näher auf die Leiche zu; und dann donnerte sein Herz nur so gegen seine Rippen. Denn durch welchen verdammten Spuk ziemt es sich wohl kaum für einen Menschen zu sagen, aber da hing sie an einem einzigen Nagel, an einem einzigen Wollfaden von der Art, mit der sie sonst des Pastors Strümpfe stopfte.

Es ist eine furchtbare Sache, des Nachts ganz allein zu sein mit solchen Schrecken der Finsternis; aber Mr. Soulis war stark im Herrn. Er drehte sich also um und ging seines Weges aus dem Zimmer hinaus und schloß die Türe hinter sich zu; und Schritt für Schritt ging's, schwer wie Blei, die Treppe hinunter; und dann stellte er den Leuchter auf den Tisch am Fuße der Treppe. Er konnte nicht beten und er konnte nicht denken, er troff nur so von kaltem Schweiß, und nichts konnte er hören, außer dem Poch-poch-poch seines eigenen Herzens. Da mag er nun wohl eine Stunde oder vielleicht auch zwei gestanden haben, wie lange, das merkte er wohl kaum, als er ganz plötzlich einen leichten, unheimlichen Schritt über sich hörte. Füße gingen in dem Zimmer auf und ab, in dem die Leiche hing, dann wurde die Türe geöffnet, obwohl er genau wußte, daß er sie verschlossen hatte, und es war ihm, als spähe die Leiche über das Treppengeländer auf ihn, wie er so dastand, hinab.

Da packte er wieder den Leuchter (denn ohne Licht mochte er nicht sein) und ging so leise wie er gekommen war schnurstracks aus dem Pfarrhaus hinaus an das andere Ende des Ganges. Es war immer noch stockfinster; die Flamme der Kerze brannte, als er den Leuchter auf den Boden setzte, so klar und ruhig wie in einem Zimmer; nichts rührte sich, außer den Wassern des Dule, die das Tal hinunter weinten und seufzten, und jenem unheimlichen Schritt, der drinnen im Pfarrhaus die Treppe hinab tapste. Er kannte den Tritt wohl, es war Janets; und mit jedem Schritt, den er näher kam, fraß er sich tiefer in seine Eingeweide. Und er empfahl seine Seele dem, der sie erschaffen und in seine Hut genommen hatte: »und o Herr«, sagte er, »gib mir Kraft heute nacht, Krieg zu führen gegen die Mächte des Bösen.«

Derweilen war der Schritt durch den Gang auf die Tür zu gekommen; er hörte, wie eine Hand die Mauer entlang glitt, als ob das gräßliche Wesen sich seinen Weg ertastete. Die Äste rauschten und schlugen gegeneinander, ein langer Seufzer kam über den Berg herüber, die Flamme der Kerze wurde ausgeblasen und da stand der Leib der krummen Janet mitsamt ihrem Frieskleide und ihrer schwarzen Haube, mit dem Kopf auf der einen Schulter und dem Grinsen auf ihrem Gesicht – lebendig, hätte man meinen mögen – tot, wie Mr. Soulis wohl wußte – auf der Schwelle des Pfarrhauses.

Es ist 'ne seltsame Sache, daß die Seele des Menschen in einem so gebrechlichen Leibe wohnt, aber der Pastor gewahrte jenes Ding, und sein Herz brach nicht.

Sie blieb nicht lange da; sie bewegte sich bald wieder und kam langsam auf die Stelle zu, wo Mr. Soulis unter den Bäumen stand. Die ganze Glut seines Leibes, alle Kraft seines

Geistes leuchtete ihm aus den Augen. Es war, als ob sie reden wollte, doch fehlte es ihr an Worten, und sie machte mit der linken Hand ein Zeichen. Da kam ein Windstoß wie das Fauchen einer Katze; die Kerze erlosch, die Äste kreischten wie Menschen, und Mr. Soulis wußte, daß die Sache nun, lebend oder tot, ein Ende nehmen müßte.

»Hexe, Vettel, Teufelin!« schrie er. »Ich beschwöre dich bei der Macht Gottes, hebe dich hinweg – wenn du tot bist, ins Grab – bist du verdammt, dann in die Hölle!«

Und in dem gleichen Augenblick traf des Herrn Hand vom Himmel her das Grauen auf der Stelle, wo es stand; der alte, tote, verfluchte Leib des Hexenweibes, der so lange kein Grab gefunden und von Teufeln gejagt worden war, flammte auf wie ein Funke und sank, ein Aschenhaufen, auf den Boden nieder; der Donner folgte, Schlag auf dröhnenden Schlag, ihm nach stürzte der klatschende Regen, und Mr. Soulis setzte über die Gartenhecke hinweg und rannte, Schrei über Schrei ausstoßend, auf das Dorf zu.

Am nämlichen Morgen sah John Christie den schwarzen Mann, Schlag sechs, an Muckle Cairn vorbeigehen; noch vor acht passierte er das Posthaus in Knockdow, und kurze Zeit darauf sah ihn Sandy M'Lellan, wie er von Kilmackerlie die Hügel entlang schlich. Es ist wohl kaum ein Zweifel, daß er es war, der so lange in Janets Körper gehaust hatte; aber nun war er endlich vertrieben, und seither hat uns der Teufel in Balweary nie wieder geplagt.

Aber für den Herrn Pastor war's eine harte Prüfung; lange, lange lag er zu Bett und redete irr; und von jener Stunde an wurde er der Mann, als den Ihr ihn heute kennt.

JACK LONDON

Mondgesicht

John Claverhouse hatte ein Mondgesicht. Ihr kennt sicher den Typ: die Backenknochen sitzen weit auseinander, Kinn und Stirn sind nicht von den Backen abgesetzt; sie bilden zusammen eine runde Scheibe, und die Nase sitzt, gleich weit von allen Punkten der Peripherie entfernt, breit, quabbelig und flachgedrückt mitten im Gesicht, wie ein an die Wand geklatschter Teigklumpen. Dies war vielleicht der Grund, daß ich ihn haßte; denn es war nicht zu leugnen, daß er mir ein Dorn im Auge geworden war, und ich konnte nicht einsehen, mit welchem Recht er hier auf Erden lebte. Vielleicht ist meine Mutter mondsüchtig gewesen, wie man es nennt, hat in einer unseligen Stunde den Mond angeguckt und mir dadurch eine diesbezügliche Abneigung vererbt.

Wie dem nun auch sein mochte: jedenfalls haßte ich John Claverhouse. Nicht, daß er mir irgend etwas angetan oder einen Streich gespielt hätte. Durchaus nicht. Die Antipathie wurzelte tiefer, war von einer ganz eigenen, verborgenen Art, so unhandgreiflich und unbestimmbar, daß es sich nicht in Worten ausdrücken ließ. Wir erleben alle etwas Derartiges in irgendeiner Periode unseres Lebens. Wir sehen ein Individuum, von dessen Existenz wir vor einem Augenblick noch nichts ahnten, zum erstenmal, und doch sagen wir uns im selben Augenblick: »Den Mann kann ich nicht leiden.« Warum können wir ihn nicht leiden? Ja, das wissen wir nicht, wir müssen nur die Tatsache als solche hinnehmen. Wir haben eine Antipathie gegen ihn, das ist alles. Und so erging es mir eben mit John Claverhouse.

Welches Recht hat ein solcher Mensch, glücklich zu sein? Und doch war er Optimist. Er war stets in glänzender Laune und lachte. Alles war in seinen Augen recht und schön! Oh, wie es mich in der Seele wurmte, daß er so glücklich war! Andere Menschen konnten lachen, ohne daß es mich störte. Ich konnte selber lachen – bis ich John Claverhouse traf.

Sein Lachen aber! Es reizte mich, machte mich wütend, wie nichts sonst unter der Sonne mich reizen und wütend machen konnte. Es verfolgte mich, packte mich, ließ mich nicht wieder los. Es war ein mächtiges gargantuanisches Lachen. Schlafend und wachend verfolgte es mich und schurrte wie eine riesige Feile über meine Nerven. Bei Tagesanbruch ertönte es lärmend über die Felder und störte mich in meinen schönsten Morgenträumen. In der qualvoll heißen Mittagszeit, wenn alle Pflanzen die Blätter hängen ließen, die Vögel sich in den Wäldern verbargen und die ganze Natur schlummerte, stieg sein lautes »Ha! Ha!« und »Ho! Ho!« zum Himmel empor und forderte die Sonne heraus. Und zur Mitternacht erklang sein verdammtes Hohngelächter von dem einsamen Kreuzwege, wo er, wenn er von der Stadt kam, nach seinem Hause abbog, weckte mich aus dem Schlafe und machte mich so wütend, daß ich mich im Bett herumwälzte und mir die Nägel in die Handflächen bohrte.

Ich ging nachts ganz still hinaus und ließ mein Vieh auf seine Felder los, hörte aber am Morgen sein lärmendes Lachen, als er es wieder vertrieb. »Hat nichts zu sagen«, meinte er, »man kann es den armen dummen Viechern nicht verdenken, wenn sie sich fettere Weiden suchen.«

Er hatte einen Hund, den er Mars nannte, eine große, prachtvolle Bestie, halb Spür- und halb Bluthund – er hatte etwas von beiden Rassen. Mars war sein Liebling, und die beiden waren stets zusammen. Aber ich benutzte eines Tages eine Gelegenheit, lockte das Tier fort und erledigte es mit Beefsteak und Strychnin. Das machte wahrhaftig keinen Eindruck auf John Claverhouse. Sein Lachen erklang ebenso herzlich und oft wie je, und sein Gesicht glich dem Vollmond genau wie immer. Dann steckte ich seinen Heuschober und seine Scheune in Brand. Aber am nächsten Morgen, einem Sonntag, kam er vergnügt und froh daher.

»Wohin?« fragte ich ihn, als ich ihm am Kreuzweg begegnete.

»Nach Forellen«, sagte er, und sein Gesicht leuchtete wie der Vollmond. »Ich habe eine Schwäche für Forellen.«

Hat je ein so unmöglicher Mensch gelebt? Seine ganze Ernte war mit Schober und Scheune in Flammen aufgegangen. Er war nicht versichert, das wußte ich. Und doch, so wahr ich lebe, trotz der Aussicht, im harten Winter zu hungern, ging er heiter dahin, um sich ein Gericht Forellen zu verschaffen, weil er eine »Schwäche« dafür hatte! Hätte seine Miene auch nur die geringste Verstimmtheit, seine stupide Fratze nur ein wenig Mißmut und Ernst gezeigt, ich bin sicher, daß ich mich mit seiner Existenz abgefunden und ihm verziehen hätte. Aber nein, das Mißgeschick machte ihn nur noch froher.

Ich beleidigte ihn. Er sah mich dumm lächelnd und überrascht an.

»Ich mich mit Ihnen schlagen? Warum?« fragte er langsam. Und dann brach er in Lachen aus. »Sie sind so komisch! Ho! Ho! Sie werden noch ein Nagel zu meinem Sarge! He! He! He! Oh! Ho! Ho! Ho!«

Was sagt ihr dazu! Es war nicht auszuhalten. Großer Gott, wie ich ihn haßte! Und dazu noch der Name – Claverhouse! Welch ein Name! Nicht geradezu blöd? Claverhouse! Du lieber Himmel, warum nur Claverhouse? Die Frage stellte ich mir immer wieder. Gegen einen Smith, Brown oder Jones hätte ich ja nichts gehabt – aber Claverhouse! Bitte, sagt selber. Wiederholt es nur mal: Claverhouse! Hört nur mal den lächerlichen Klang, den es hat – Claverhouse! Verdiente ein Mann mit einem solchen Namen zu leben? Ich frage nur. »Nein«, sagt ihr, und »Nein« sagte ich auch.

Da fielen mir seine Hypothekenzinsen ein. Nachdem seine Ernte und seine Scheune abgebrannt waren, war ich sicher, daß er nicht imstande war, sie zu bezahlen. Ich veranlaßte daher einen geriebenen, diskreten und geizigen Wucherer, seine Hypotheken aufzukaufen. Ich trat nicht offen hervor, erwirkte aber durch einen Strohmann einen Pfändungsbefehl, und man gab John Claverhouse nur ein paar Tage Frist (nicht mehr, könnt ihr mir glauben, als das Gesetz vorschrieb), um sein totes und lebendes Inventar fortzuschaffen. Dann ging ich hin, um zu sehen, wie er es aufnahm, denn er lebte seit fast zwanzig Jahren hier. Aber er kam mir mit lustig funkelnden Augen, so groß wie Teetassen, entgegen, und ein gemütliches Lächeln verbreitete sich über sein Gesicht, so daß es schließlich wie der Vollmond glänzte.

»Ha! Ha! Ha!« lachte er. »Ein komischer Kauz ist mein Junge doch! Haben Sie je so was gehört? Hören Sie bloß! Er spielt am Flußufer, aber plötzlich stürzt ein Stück vom Hang ab und bespritzt ihn. ›O Vater!‹ ruft er. ›Eine große Pfütze ist hochgeflogen und hat mich getroffen.‹«

Er schwieg und erwartete offenbar, daß ich mich an seiner verfluchten Begeisterung beteiligen sollte.

»Ich kann nichts Komisches dabei sehen«, sagte ich kurz und trocken, und ich fühlte, daß meine Miene säuerlich wurde.

Er betrachtete mich erstaunt, und im selben Augenblick leuchtete das verdammte Lächeln auf und breitete sich aus, wie ich es vorhin beschrieben habe, bis sein Gesicht mild und warm wie der Sommermond glänzte und er zuletzt in

Lachen ausbrach – »Ha! Ha! Wie komisch! Sie verstehen das nicht, was? He! He! Ho! Ho! Ho! Er versteht das nicht! Also hören Sie: Sie wissen doch, eine Pfütze –«

Aber ich machte kehrt und ging. Das Maß war voll. Ich konnte es nicht länger ertragen. Jetzt muß es ein Ende haben, dachte ich, der Teufel soll ihn holen! Die Welt soll von ihm befreit werden. – Als ich über den Hügel ging, konnte ich noch sein abscheuliches Lachen vom Himmel widerhallen hören.

Nun, ich rühme mich, ein tüchtiger Kerl zu sein, und als ich beschloß, John Claverhouse zu töten, gedachte ich es so zu tun, daß ich mich dessen nicht zu schämen brauchte, wenn ich später daran zurückdachte. Ich hasse alles Pfuschwerk, und ich hasse Brutalität. Es liegt für mich etwas Abstoßendes darin, einen Mann mit den bloßen Fäusten niederzuschlagen – pfui, das ist ekelhaft. John Claverhouse (oh, dieser schreckliche Name!) zu erschießen, zu erdolchen oder mit einer Keule zu erschlagen, war auch nichts für mich. Es war mir darum zu tun, es nicht nur fein und gewandt, sondern auch so zu machen, daß mich nicht der geringste Verdacht treffen konnte.

Mit diesem Ziel vor Augen begann ich mir den Kopf zu zerbrechen, und nach einer Woche angestrengten Grübelns hatte ich den Plan ausgeheckt. Ich ging sofort an die Ausführung. Ich kaufte eine fünf Monate alte Wachtelhündin und widmete mich ganz ihrer Dressur. Hätte mich jemand belauscht, so würde er bemerkt haben, daß diese Dressur ausschließlich darin bestand, ihr eins beizubringen – apportieren. Ich lehrte den Hund, den ich Bellona nannte, Stöcke zu holen, die ich ins Wasser warf, und nicht allein sie zu holen, sondern sie sofort, ohne damit zu spielen, abzuliefern. Eine der Übungen bestand darin, daß ich fortlief, wobei mich der Hund mit dem Stock im Maule verfolgen mußte, bis er mich eingeholt hatte. Bellona war ein kluges Tier, zeigte solchen

Eifer bei den Übungen, daß ich bald vollkommen zufrieden mit ihr war.

Sobald ich dies erreicht hatte, schenkte ich Bellona bei der ersten Gelegenheit John Claverhouse. Ich wußte, was ich tat, denn ich kannte eine seiner Schwächen und hatte Wind von einer kleinen Gesetzesübertretung bekommen, deren er sich ganz im geheimen regelmäßig und mit Leidenschaft schuldig machte.

»Ach nee«, sagte er, als ich ihm das Ende der Leine in die Hand steckte. »Ach nee, das ist doch nicht Ihr Ernst!« Und sein Mund öffnete sich weit, und er lachte über sein ganzes verfluchtes Mondgesicht. »Ich – ich dachte eigentlich, daß Sie mich nicht leiden könnten«, rief er. »Ist das nicht komisch, daß ich mich so irren konnte?« Bei dem bloßen Gedanken mußte er sich den Bauch halten, um nicht vor Lachen zu explodieren.

»Wie heißt sie?« fragte er zwischen zwei Lachsalven.

»Bellona«, antwortete ich.

»He! He!« kicherte er. »Was für ein komischer Name!«

Ich knirschte mit den Zähnen, denn seine Heiterkeit ging mir durch und durch, und fauchte wütend: »Bellona war, wie Sie vielleicht wissen, die Frau von Mars.«

Im selben Augenblick begann sich der Vollmondglanz über sein Gesicht zu verbreiten, und zuletzt brach er in die Worte aus: »Das war mein anderer Hund. Na, dann ist sie ja jetzt Witwe. Oh! Ho! Ho! He! He! He!« blökte er hinter mir her, als ich kehrtmachte und so schnell wie möglich den Hang hinunter floh.

Die Woche verging, und am Sonnabend abend sagte ich zu ihm: »Am Montag gehen Sie fort, nicht wahr?«

Er nickte grinsend.

»Dann müssen Sie anderswo sehen, die Forellen zu kriegen, für die Sie ja eine ›Schwäche‹ haben.«

Aber er beachtete den Stich gar nicht.

»Ach, ich weiß nicht«, kicherte er. »Jedenfalls werde ich morgen früh aufstehen und die Gelegenheit noch einmal ordentlich wahrnehmen.«

Jetzt war ich meiner Sache ganz sicher und amüsierte mich auf dem Heimwege mächtig.

Früh am nächsten Morgen sah ich ihn mit einem Kescher und einem Leinenbeutel vorbeigehen; Bellona trottete hinterher. Ich wußte, wo er hinwollte, schlug einen Richtweg über die Wiesen ein und kletterte durch das Buschwerk auf den Hügel. Vorsichtig, daß niemand mich sah, folgte ich dem Höhenrücken ein paar Meilen, bis ich eine Art natürlichen Amphitheaters zwischen den Bergen erreichte, wo der kleine Fluß durch eine tiefe Schlucht rauschte, um sich ein Stückchen weiter in einen großen stillen Teich zu stürzen und hier zur Ruhe zu kommen. Hier war es, wo er zu fischen pflegte. Ich setzte mich auf den Gipfel des Hügels, von wo ich alles, was vorging, sehen konnte, und steckte mir eine Pfeife an.

Es dauerte nur wenige Minuten, und John Claverhouse kam das Flußbett heraufgetrottet. Bellona umsprang ihn, sie waren offenbar beide in glänzender Laune; das kurze scharfe Kläffen Bellonas mischte sich mit seinen tieferen Brusttönen. Als sie den Teich erreichten, legte er Netz und Beutel nieder und holte aus seiner Hosentasche etwas, das einer großen dicken Kerze glich. Aber ich wußte gut, daß es eine »Gigantstange« war, denn das war seine Methode, Forellen zu fangen. Er tötete sie mit Dynamit. Er befestigte den Zünder mit einem Stück Bindfaden an der Stange, zündete ihn an und warf den Sprengstoff in den Teich.

Wie der Blitz sprang Bellona hinterher, um es zu holen. Ich hätte laut vor Freude schreien können. Claverhouse rief sie, er brüllte, aber zwecklos. Er warf mit Erdstücken und Felsbrocken nach ihr, aber sie schwamm ruhig weiter, bis sie das Dynamit mit dem Maul gepackt hatte; dann machte sie kehrt und schwamm ans Land. In diesem Augenblick erkannte er plötzlich, in welcher Gefahr er sich befand, und er begann zu laufen, so schnell seine Füße ihn tragen konnten. Wie ich vorausgesehen und geplant hatte, erreichte der Hund das Ufer und setzte ihm nach. Oh, ich sage euch, es war großartig! Wie gesagt: Der Teich lag in einer Art Amphitheater. An beiden Enden konnte man über den Fluß kommen, indem man eine Reihe flacher Steine benutzte, die aus dem Wasser heraussahen. Claverhouse und Bellona sprangen im Zickzack von Stein zu Stein. Ich hätte nie geglaubt, daß ein dicker Mensch so laufen könnte. Aber er lief, und Bellona, die immer hinterherschoß, holte ihn ein. Und in diesem Augenblick, als sie an ihm hochspringen wollte und gerade an seinen Knien war, kamen plötzlich ein kleiner Funke, eine Rauchwolke und ein furchtbarer Knall, und dort, wo vor einem Augenblick ein Mann und ein Hund gewesen, war jetzt nichts zu sehen als ein großes Loch in der Erde.

»Tod infolge Unfalls bei Ausübung ungesetzlicher Fischerei.« So lautete der Spruch der Totenschaukommission, und deshalb bin ich nicht wenig stolz darauf, daß es mir gelang, John Claverhouse so fein und gewandt zu erledigen. Es war kein Pfuschwerk, keine Brutalität; in der ganzen Sache gab es nichts, dessen ich mich hätte schämen müssen – das werdet ihr mir sicher zugeben. Sein teuflisches Lachen hallt nicht mehr von den Bergen wider, und nie mehr wird sein fettes Mondgesicht aufsteigen und mich ärgern. Meine Tage sind jetzt friedlich, und mein Nachtschlaf ist fest und tief.

AMBROSE BIERCE

Die Spottdrossel

Die Zeit: ein schöner Sonntagnachmittag im Frühherbst des Jahres 1861. Der Ort: das Innere eines Waldes im Bergland von Südwest-Virginia. Man kann beobachten, wie der Schütze Grayrock von der Unionsarmee bequem angelehnt an der Wurzel einer großen Pinie sitzt, seine Beine sind auf dem Boden lang ausgestreckt, sein Gewehr liegt quer über dem Schoß, die Hände sind gefaltet (damit sie nicht seitwärts zur Erde gleiten) und ruhen auf dem Gewehrlauf. Durch das Anlehnen seines Hinterkopfes an den Baum war seine Mütze nach vorn über die Augen gerutscht und bedeckte sie fast ganz; wenn man ihn sah, konnte man glauben, er schliefe.

Schütze Grayrock schlief nicht; hätte er geschlafen, dann wären die Interessen der Unionsstaaten gefährdet gewesen, denn er befand sich weit vor der vordersten Linie, und der Feind konnte ihn leicht töten oder gefangennehmen. Überdies war seine seelische Verfassung der Ruhe nicht gerade günstig. Der Grund für die Beunruhigung lag in folgendem: während der vorhergehenden Nacht hatte man ihn der Feldwache zugeteilt und als Vorposten in diesem Waldstück eingesetzt. Die Nacht war klar, wenn auch der Mond nicht schien, aber im Wald herrschte tiefe Finsternis. Grayrock stand auf seinem Posten in beträchtlicher Entfernung vom nächsten Posten rechts und links, denn die Wachen waren unnötig weit vom Lager aufgestellt worden, so daß sich die

Postenlinie für die vorgesehene Mannschaft als zu ausgedehnt erwies. Der Krieg dauerte noch nicht lange, und in den Militärlagern hing man noch dem Irrtum an, daß man sich während der Nachtruhe besser durch schwach besetzte, weit draußen am Feind liegende Postenketten schützte als durch stärker besetzte in der Nähe des Lagers. Und gewiß: die Zeit, bis sie die Annäherung des Feindes erfuhren, mußte ja auch so lang wie möglich sein, waren sie doch gerade dabei, sich auszuziehen – nichts konnte natürlich unsoldatischer sein. Am Morgen jenes denkwürdigen sechsten April waren in Shiloh viele von Grants Männern so nackt wie Zivilisten von den Bajonetten der Konföderierten aufgespießt worden; doch es muß eingeräumt werden, daß sich dies nicht durch ein Versagen der Vorpostenkette ereignete. Der Fehler lag anderswo: es waren gar keine Vorposten aufgestellt worden. Das mag jetzt vielleicht eine unnütze Abschweifung sein. Ich sollte hier nicht versuchen, den Leser für das Schicksal einer ganzen Armee zu interessieren; was wir hier im Auge behalten müssen, ist das Schicksal des Schützen Grayrock.

Zwei Stunden stand er still wie eine Statue, nachdem man ihn an jenem Samstag nachts auf seinem Posten allein gelassen hatte, lehnte am Stamm eines großen Baumes, starrte vor sich in die Dunkelheit und versuchte irgendwelche bekannten Dinge wiederzuerkennen; er war nämlich an der gleichen Stelle schon tagsüber auf Wache gewesen. Aber jetzt schien alles anders; er konnte keine Einzelheiten ausmachen, sondern nur Gruppierungen von Dingen, deren Umrisse fremd anmuteten, weil er sie am Tage nicht genauer betrachtet hatte, als noch bessere Sicht war. Für ihn hatte es die Dinge an diesem Platz bisher noch nie gegeben. Außerdem ist eine Landschaft aus lauter Bäumen und Unterholz nicht sehr einprägsam; sie ist unübersichtlich und besitzt keine markanten Punkte, an denen sich der Beobachter orientieren kann. Man denke sich noch die Finsternis einer mondlosen Nacht, dann gehört schon etwas mehr dazu als nur hohe natürliche Intelligenz und eine städtische Erziehung, um sich zurechtzufinden. Bei einem Rundgang schließlich verlor dann der Schütze Grayrock die Richtung und beeinträchtigte dadurch ernsthaft seine Nützlichkeit als Vorposten; das geschah so: er hatte den Raum vor sich wachsam beobachtet, wollte aber unklugerweise die gesamte Umgebung etwas näher untersuchen – soweit sie im Dunkel noch sichtbar war – und kam vom Weg ab, als er geräuschlos dabei auch den Baum umstreifte. Von seinem Posten entfernt – unfähig festzustellen, aus welcher Richtung er den Feind zu erwarten hatte und wo das schlafende Lager lag, für dessen Sicherheit er mit seinem Leben bürgte – eingedenk auch vieler anderer unangenehmer Einzelheiten der Situation, überlegte der Schütze Grayrock, daß zugleich seine eigene Sicherheit bedroht war, und verfiel einer tiefen Unruhe. Auch blieb ihm keine Zeit, seinen Gleichmut wiederzufinden, denn fast im selben Augenblick, als er sich seine mißliche Lage klarmachte, hatte er ein Rascheln im Laub und ein Knacken von heruntergefallenen Zweigen gehört. Ihm war das Herz stehengeblieben; er drehte sich um in die Richtung, aus der die Geräusche kamen, und sah in der Finsternis die unbestimmten Umrisse einer menschlichen Gestalt.

»Halt!« rief der Schütze Grayrock mit entschlossener, dienstlicher Stimme und verlieh seinem Befehl Nachdruck mit dem harten, metallischen Schnappen beim Spannen des Hahnes – »Wer da?«

Es kam keine Antwort; zumindest verzögerte sie sich einen Augenblick, und so ging sie, wenn sie überhaupt erfolgte, im Gewehrknall des Postens unter. Der Lärm war in der Stille der Nacht und des Waldes ohrenbetäubend, und kaum war er abgeklungen, da lebte er durch das antwortende Gewehrfeuer der Posten rechts und links wieder auf. Zwei Stunden lang sah dann jeder unverbesserliche Zivilist unter den Soldaten in seiner Phantasie und in den Wäldern Feinde vor sich, und außerdem verriet Grayrocks Schuß die Anwesenheit des ganzen Heeres. Nach der Schießerei zogen sich alle atemlos in ihre Ausgangsstellungen zurück – alle, außer Grayrock; er wußte nicht, in welche Richtung er gehen mußte. Als das aufgestöberte Lager, zwei Meilen entfernt, nachdem kein Feind erschienen war, sich entkleidet und wieder zur Ruhe gelegt hatte – die Postenkette war vorsichtigerweise wieder aufgestellt worden –, entdeckte man Grayrock tapfer auf seinem Platz ausharrend, und er wurde vom wachhabenden Offizier belobigt, daß er der einzige Soldat in diesem todgeweihten Haufen sei, der im Verfall der Werte das moralische Gleichgewicht wiederherstellte, ›ein Rufer in der Wüste‹ sozusagen.

Wie dem auch sei, in der Zwischenzeit hatte Grayrock gründlich, aber vergeblich, nach den sterblichen Überresten des Eindringlings gesucht, dem sein Schuß gegolten hatte und von dem er mit dem untrüglichen Sinn des Scharfschützen annahm, daß er ihn getroffen habe; denn er war einer jener geborenen Experten, die wegen ihrer instinktiven Treffsicherheit schießen, ohne zu zielen, und die bei Nacht fast genauso gefährlich sind wie am Tage. Volle sechs Monate seiner vierundzwanzig Jahre war er ein Schrecken der Scheibenwarte aller Schießstände in drei Städten gewesen. Nun blieb es ihm versagt, für seinen Todesmut einen sichtbaren Beweis zu erbringen, er war jedoch so besonnen, den Mund zu halten, und freute sich, durch seinen Offizier und die Kameraden in der allzu natürlichen Annahme bestärkt zu werden, daß er nur deswegen nichts Feindliches gesehen habe, weil er nicht auch fortgelaufen war. Seine ›ehrenvolle Nennung‹ kam jedenfalls dadurch zustande, daß er nicht fortlief.

Nichtsdestoweniger war der Schütze Grayrock weit davon entfernt, sich mit dem Abenteuer dieser Nacht zufriedenzugeben; am nächsten Tag suchte er sich einen hinlänglichen Vorwand, um einen Passierschein für einen Gang vor die eigenen Linien zu erhalten, und das Generalkommando bewilligte diesen auch in Anerkennung seiner Tapferkeit während der vorhergehenden Nacht; er erzählte dem wachhabenden Posten, ihm sei etwas verlorengegangen, was allzu gut stimmte, und nahm die Suche nach dem vermeintlich Erschossenen wieder auf, den er, sollte er nur verwundet worden sein, durch die Blutspur aufzufinden hoffte. Er war bei Tageslicht nicht erfolgreicher als in der Nacht zuvor, und nachdem er ein weites Gebiet kreuz und quer durchlaufen hatte und dabei voller Kühnheit ein gutes Stück in ›konföderiertes Land‹ vorgedrungen war, gab er die Suche, müde geworden, auf, setzte sich an die Wurzel der großen Pinie und gab sich seiner Enttäuschung hin.

Es darf nun nicht gefolgert werden, daß der Ärger Grayrocks der eines grausamen Menschen über eine mißlungene Bluttat war. In den klaren großen Augen, den gutgeformten Lippen und auf der Stirn des jungen Mannes konnte man etwas anderes lesen, und tatsächlich war sein Charakter eine einzige glückliche Zusammensetzung von Kühnheit und Sensibilität, von Mut und Gewissen.

›Ich bin enttäuscht‹, sagte er sich, am Grund des goldenen Dunstes sitzend, in den der Wald wie in ein feineres Meer getaucht war, ›enttäuscht, weil ich keinen Mitmenschen gefunden habe, der durch meine Hand umgekommen ist! Wünsche ich denn wirklich, jemandem in Erfüllung einer Pflicht, die ebenso ohne diese Tat hätte erfüllt werden können, das Leben genommen zu haben? Nein, was hätte mir überhaupt Besseres passieren können? Wenn wirklich eine Gefahr drohte, so hat mein Schuß sie abgewendet; genau das war meine Aufgabe dort. Ich bin wirklich froh, daß kein Menschenleben unnütz durch mich ausgelöscht wurde. Aber ich stehe in einem falschen Licht. Ich habe geduldet, daß meine

Offiziere mich beglückwünschten und meine Kameraden mich beneideten. Das Lager schallt vom Lob meines Mutes. Das ist nicht richtig; ich weiß, daß ich mutig bin, aber dieses Lob gilt einer ganz bestimmten Tat, die ich nicht vollbracht habe oder doch zumindest auf eine andere Weise. Es wird geglaubt, ich sei, ohne zu schießen, tapfer auf meinem Posten geblieben, während ich in Wirklichkeit das Gewehrfeuer eröffnete und mich in der allgemeinen Aufregung nur darum nicht zurückzog, weil ich den Kopf verloren hatte. Was soll ich nun tun? Einfach erklären, ich hätte einen Feind gesehen und auf ihn geschossen? Sie haben das gleiche alle auch von sich behauptet, doch keiner glaubt es. Soll ich eine Wahrheit sagen, die meinen Mut in Mißkredit bringt und so die Wirkung einer Lüge hat? Puh! Das alles ist eine scheußliche Sache. Ich wünschte bei Gott, daß ich meinen Mann noch finden könnte!‹

Und mit diesem Wunsch im Herzen wurde der Schütze Grayrock von der Schwüle des Nachmittags übermannt und durch die ruhigen Laute der Insekten, die auf einigen duftenden Büschen summten und sich gütlich taten, eingelullt, so daß er die Interessen der Unionsstaaten vergaß, einschlief und sich der Gefahr der Gefangennahme aussetzte. Und im Schlaf träumte er.

Er wähnte sich ein Junge, seine Heimat war ein fernes, schönes Land am Ufer eines breiten Flusses, auf dem die großen Dampfer unter sich türmenden schwarzen Rauchmassen majestätisch auf und ab fuhren; schon lange, bevor sie in den Flußschleifen auftauchten, kündigte der Rauch sie an und ließ ihre Fahrt erkennen, wenn noch gar nichts von ihnen zu sehen war. Während er sie beobachtete, war ihm stets einer zur Seite, den er mit Herz und Seele liebte – sein Zwillingsbruder. Gemeinsam schlenderten sie über die Uferdämme am Strom; gemeinsam erforschten sie die weiter entfernt liegenden Felder und sammelten auf den alles überragenden Hügeln scharfe Minze und Stiele duftenden Sassafras-Lorbeers, und hinter den Hügeln lag das Reich der Mutmaßungen; von hier aus konnten sie mit dem Blick nach Süden über den großen Fluß hinüber einen Schimmer des Zauberlandes wahrnehmen. Hand in Hand wanderten die zwei – einzige Kinder einer verwitweten Mutter – in völliger Eintracht auf Lichtpfaden durch friedliche Täler und sahen neue Dinge unter einer neuen Sonne. Und all die goldenen Tage durchströmte ein unaufhörlicher Ton – die reiche, ergreifende Melodie einer Spottdrossel in einem Käfig an der Hüttentür. Wie eine musikalische Benediktion überbrückte der Ton alle Unterbrechungen des Traums und füllte sie aus. Der fröhliche Vogel sang ununterbrochen; seine unendlich variablen Töne schienen mühelos bei jedem Herzschlag als schäumendes Bächlein aus seiner Kehle zu fließen, wie die Wasser einer sprudelnden Quelle. Diese frische, klare Melodie schien wirklich die Seele des ganzen Traumbildes zu sein, Inhalt und Deutung der Mysterien des Lebens und der Liebe.

Aber es kam eine Zeit, da sich die Tage im Traum vor Sorge verfinsterten und in einer Flut von Tränen versanken. Die gute Mutter war tot, das an einer Wiese gelegene Haus am großen Fluß wurde abgebrochen, und die beiden Brüder wurden auseinandergerissen; jeder kam zu einem anderen Verwandten. William (der Träumer) zog in eine dichtbevölkerte Stadt im Lande der Mutmaßungen, während John den Fluß zum Zauberland überquerte und in eine ferne Gegend mußte, deren Bewohner, wie berichtet wurde, in ihrer Lebensweise fremd und boshaft waren. John war bei der Aufteilung der mütterlichen Habe das einzige zugefallen, was beiden wertvoll war, die Spottdrossel nämlich. Zwar konnte man sie beide auseinanderreißen, den Vogel jedoch nicht, und so wurde dieser ins fremde Land fortgeschafft und war nun für die Welt Williams auf ewig verloren. Dennoch erfüllte der Vogelsang den Traum auch noch später, in der Zeit der Einsamkeit, und schien für immer im Ohr und im Herzen zu klingen.

Die Verwandten, die die Jungen adoptiert hatten, lebten in Feindschaft und ohne jede Verbindung. Eine Zeitlang wechselten die Jungen Briefe voll von jungenhaften Prahlereien und überheblichen Schilderungen ihrer neuen, größeren Erfahrungen, groteske Beschreibungen ihres wachsenden Gesichtskreises und der neuen Welten, die sie sich erobert hatten; aber in diesem Briefwechsel wurden die Pausen allmählich länger, und mit dem Umzug Williams in eine andere, größere Stadt hörte er schließlich völlig auf. Doch was auch geschah, es wurde immer begleitet vom Gesang der Spottdrossel, und als der Träumer die Augen öffnete und durch die Pinienreihen des Waldes hindurchstarrte, machte ihm erst das Aufhören des Gesanges bewußt, daß er wach war. Die Sonne stand im Westen tief und rot; durch die gleichmäßigen Strahlen warf jeder der riesigen Pinienstämme nach Osten eine Schattenwand, quer durch den goldenen Dunst, bis später Licht und Schatten in einem ununterscheidbaren Blau verschmolzen. Der Schütze Grayrock stand auf, sah sich vorsichtig um, schulterte sein Gewehr und setzte sich Richtung Lager in Bewegung. Als er vielleicht eine halbe Meile gegangen war und an einem Lorbeerdickicht vorbeikam, erhob sich aus dessen Mitte gerade ein Vogel, setzte sich auf einen Ast über ihm und ließ aus seiner fröhlichen Brust so unerschöpfliche Fluten Gesanges erschallen, wie sie nur eines von Gottes Geschöpfen zum Preis des Schöpfers hervorzubringen vermag. Es war nichts Besonderes dabei – nur der Schnabel öffnete sich und atmete; doch wie getroffen blieb der Mann stehen – blieb stehen, ließ das Gewehr fallen, sah zum Vogel auf, bedeckte mit den Händen die Augen und weinte wie ein Kind! In diesem Augenblick war er wirklich ein Kind, in seiner Seele und Erinnerung, er wohnte wieder am großen Fluß, gegenüber lag das Zauberland! Mit einer Willensanstrengung raffte er sich wieder zusammen, hob sein Gewehr auf, schimpfte sich selber hörbar einen Idioten und schritt dann weiter. Beim Passieren einer Lichtung, die sich tief in das kleine Dickicht erstreckte, schaute er hinein und sah dort, auf dem Rücken mit weit ausgebreiteten Armen am Boden liegend, in einer grauen Uniform mit einem einzelnen Blutflecken auf der Brust, das weiße Gesicht weit nach hinten und oben gereckt, sein eigenes Ebenbild! – den Leib des John Grayrock, gestorben an einer Schußwunde, und noch warm! Jetzt hatte er seinen Mann gefunden.

Als der unglückliche Soldat neben dem Opfer dieser Meisterleistung des Bürgerkriegs niederkniete, beendete der laut zwitschernde Vogel auf dem Zweig über ihm seinen Gesang, erglühte in der karmesinfarbenen Pracht des Sonnenunterganges und glitt schweigend fort durch die feierliche Weite des Waldes. Beim Abendappell im Lager der Unionstruppen kam beim Aufrufen des Namens William Grayrock keine Antwort, und auch danach nie wieder.

SAKI

Das Friedensspielzeug

»Harvey«, sagte Eleanor und reichte ihrem Bruder den Artikel einer Londoner Zeitung* vom 19. März, »lies doch bitte einmal den Absatz über Kinderspielzeug. Es sind haargenau deine Gedanken über Beeinflussung und Erziehung.«

»Im Hinblick auf den Nationalen Friedensrat«, hieß es in dem Artikel, »erheben sich ernsthafte Bedenken dagegen, unseren Kindern Regimenter von Soldaten, Geschützbatterien und Geschwader von Kriegsschiffen zu schenken. Wie der Friedensrat zugibt, hat jeder Junge eine Vorliebe für den Krieg und alles, was damit zusammenhängt..., aber dies alles ist noch kein Grund, die primitiven Gefühle eines Kindes zu bestärken und ihnen so eine dauerhafte Form zu geben. Auf der Kindererziehungs-Ausstellung, die in drei Wochen im ›Olympia‹ eröffnet wird, will der Rat mit allen Eltern einen Gegenvorschlag in Form einer Ausstellung von sogenanntem Friedensspielzeug machen. Vor einer besonders für diesen Zweck angefertigten Darstellung des Friedenspalastes im Haag werden nicht Miniatursoldaten, sondern Miniaturzivilisten, nicht Kanonen, sondern Pflüge und Maschinen aufmarschieren... Es ist zu hoffen, daß die Spielzeughersteller auf diese Weise Hinweise erhalten, die auch in den Spielwarengeschäften Früchte tragen werden.«

* Wörtliches Zitat aus einer Londoner Zeitung vom März 1914.

»Der Gedanke ist sehr interessant und sicherlich gut gemeint«, sagte Harvey. »Ob er sich jedoch auch in der Praxis bewähren wird...«

»Versuchen sollten wir es«, unterbrach Eleanor ihn. »Ostern kommst du doch wieder zu uns; und da du den Kindern immer etwas mitbringst, hast du eine wunderbare Gelegenheit, es einmal mit dem neuen Spielzeug auszuprobieren. Du kaufst diesmal Spielzeug, das im zivilen Leben einem friedlichen Zweck dient. Natürlich mußt du es den Kindern zuerst erklären und sie für diesen neuen Gedanken interessieren. Das Spielzeug, das Tante Susan ihnen schickt, braucht keine Erklärungen: Die Jungen kennen alle Uniformen, Fahnen und was sonst noch dazugehört. Ich habe es ihnen inzwischen wieder weggenommen. Jetzt wollen wir abwarten, ob deine Ostergeschenke die Phantasie der Kinder anregen und ihr eine neue Richtung geben werden. Eric wird demnächst elf, Bertie ist neuneinhalb – beide sind also noch in einem Alter, in dem man sie beeinflussen kann.«

Am Ostersonnabend packte Harvey Bope unter den erwartungsvollen Blicken seiner beiden Neffen einen großen, vielversprechend aussehenden Karton aus. »Onkel Harvey hat euch das neueste Spielzeug mitgebracht«, sagte Eleanor dabei mit besonderer Betonung, und die kindliche Erwartung verteilte sich auf albanische Soldaten und Angehörige eines Kamelreiterkorps. Eric war mehr für die zweite Kategorie. »Bestimmt sind es berittene Araber«, flüsterte er. »Die Albaner haben zwar schöne bunte Uniformen und kämpfen nicht nur den ganzen Tag, sondern auch nachts, solange der Mond scheint. Aber das ganze Land ist so gebirgig – deswegen haben sie auch keine Kavallerie.«

Eine Lage zusammengeknüllten Papiers war das erste, was einem in die Augen fiel, als der Deckel abgenommen wurde; aber auch das allerschönste Spielzeug sieht zuerst nicht anders aus. Harvey nahm das Papier weg und zog ein quadratisches, ziemlich ausdrucksloses Bauwerk hervor.

»Eine Festung!« rief Bertie.

»Gar nicht wahr! Das ist der Palast des Mpret von Albanien«, sagte Eric, der besonders stolz war, daß er den exotischen Titel behalten hatte. »Er hat keine Fenster – siehst du? Damit Passanten nämlich nicht einfach auf die königliche Familie schießen können.«

»Es ist ein städtischer Müllbehälter«, unterbrach Harvey seine Neffen. »In diesen Behältern wird der ganze Abfall und Dreck einer Stadt gesammelt, damit der Unrat nicht überall herumliegt und die Gesundheit der Einwohner bedroht.«

Es war entsetzlich still, als er die kleine Bleifigur eines schwarzgekleideten Zivilisten auspackte.

»Und das hier ist ein sehr geachteter Zivilist«, sagte er. »Er heißt John Stuart Mill und war ein bedeutender Fachmann auf dem Gebiet der Volkswirtschaft.«

»Warum?« fragte Bertie.

»Weil er es so wollte. Er dachte, daß er auf diesem Gebiet sehr nützlich sein könnte.«

Bertie ließ ein unterdrücktes Grunzen hören; damit verkündete er seine Ansicht, daß derartige Dinge nicht nach seinem Geschmack wären.

Ein zweites quadratisches Bauwerk kam zum Vorschein – dieses Mal hatte es jedoch Fenster und Schornsteine.

»Das ist ein Modell eines Hauses in Manchester, das dem Christlichen Verein Junger Mädchen gehört«, sagte Harvey.

»Wo sind die Löwen?« fragte Eric hoffnungsvoll. Er hatte kürzlich ein Buch über römische Geschichte gelesen und glaubte, daß man in einem Haus, in dem sich Christen aufhielten, logischerweise auch einige Löwen vorfinden müsse.

»Löwen gibt es in diesem Hause nicht«, erwiderte Harvey. »Hier ist noch ein angesehener Zivilist: Robert Raikes, der

Begründer der Sonntagsschulen. Und das ist das Modell einer städtischen Waschanstalt. Diese kleinen runden Dinger sind Brotlaibe, die in einer hygienischen Bäckerei gebacken wurden. Diese Bleifigur ist ein Gesundheitsinspektor, das hier ist ein Stadtrat, und dies ist ein Beamter der Regierung.«

»Was tut denn dieser Mann?« fragte Eric gelangweilt.

»Er bearbeitet alle Fragen, die seine Abteilung angehen«, antwortete Harvey. »Dieser Kasten mit dem Schlitz schließlich ist eine Wahlurne. Bei einer Wahl werden die Stimmzettel dort hineingesteckt.«

»Und was wird sonst hineingesteckt?« fragte Bertie.

»Nichts. Zum Schluß sind hier noch ein paar Geräte – ein Schubkarren und eine Hacke; ich glaube, man gebraucht sie zum Kartoffelhäufen. Dies ist ein Bienenstock und das dort ein Ventilator für eine Absaugvorrichtung. Das scheint mir noch das Modell eines Gebäudes, in dem sich eine Kunstschule und die Stadtbibliothek befinden. Diese Bleifigur stellt Mrs. Hemans dar, eine Dichterin, jene den Mann, der die Postgebühren bei uns einführte: Er heißt Rowland Hill. Und das ist Sir John Herschel, der berühmte Astronom.«

»Und damit sollen wir jetzt spielen?« fragte Eric.

»Natürlich«, erwiderte Harvey. »Es sind Spielsachen, mit denen man spielen kann.«

»Was denn?«

Diese Frage war allerdings schwer zu beantworten. »Zum Beispiel könntet ihr spielen, daß zwei Männer sich um die Wahl in das Parlament bewerben«, sagte Harvey. »Und dann kommt endlich der Wahltag –«

»Mit faulen Eiern, Prügeleien und eingeschlagenen Köpfen!« rief Eric dazwischen.

»Und mit blutigen Nasen, und alle sind nachher betrunken«, ergänzte Bertie.

»Unsinn!« sagte Harvey. »Das hat damit überhaupt nichts zu tun. Die Stimmzettel werden dann in die Wahlurne gesteckt, und der Wahlvorsteher zählt sie aus – der Stadtrat könnte ihn dabei vertreten –, und schließlich wird er bekanntgeben, wer von den beiden die meisten Stimmen bekommen hat. Die beiden Kandidaten bedanken sich bei ihm für seine Mühen, und beide betonen, daß die Wahl in der erfreulichsten und redlichsten Weise durchgeführt worden sei, und dann gehen die beiden nach Hause und erklären dabei, daß sie voreinander die größte Hochachtung haben. Das ist für Jungen ein nettes Spiel. Als ich so alt war wie ihr, hatte ich keine so schönen Spielsachen.«

»Ich finde, wir spielen erst nachher damit«, sagte Eric ohne die geringste Spur jener Begeisterung, die der Onkel gezeigt hatte. »Wir machen zuerst noch die Hausaufgaben, die wir für die Ferien aufbekommen haben. Diesmal ist es für Geschichte. Wir sollen die Zeit der Bourbonen in Frankreich lernen.«

»Die Zeit der Bourbonen?« sagte Harvey, und seine Stimme klang mißbilligend.

»Wir müssen alles über Ludwig den Vierzehnten lernen«, fuhr Eric fort. »Die Namen der Schlachten kann ich schon.«

So ging es nicht. »Während der Regierungszeit Ludwigs des Vierzehnten hat es natürlich auch einige Schlachten gegeben«, sagte Harvey. »Ich glaube jedoch, daß die Berichte über diese Kämpfe erheblich übertrieben sind. Damals konnte man sich auf die Nachrichten noch nicht verlassen, und außerdem gab es praktisch keine Kriegsberichterstatter, so daß die Generäle und Kommandeure jede kleine Plänkelei, in die sie verwickelt wurden, so weit aufbauschten, bis eine Entscheidungsschlacht daraus geworden war. Ludwig der Vierzehnte war vor allem als Landschaftsgärtner berühmt: Die Art der Anlage von Versailles wurde zu seiner Zeit so bewundert, daß man sie überall in Europa nachahmte.«

»Weißt du auch über die Madame Dubarry Bescheid?« fragte Eric. »Hat man ihr den Kopf abgehauen?«

»Auch sie liebte Gärten über alles«, erwiderte Harvey ausweichend. »Ich glaube sogar, daß die bekannte Rosensorte ›Dubarry‹ nach ihr benannt worden ist. Und jetzt solltet ihr lieber spielen und die Aufgaben für später lassen.«

Harvey zog sich in die Bibliothek zurück und verbrachte dort mehr als eine halbe Stunde mit der Überlegung, ob es möglich sein könnte, ein Geschichtsbuch für Grundschulen zusammenzustellen, in dem alle Schlachten, Massaker, mörderischen Intrigen und Morde nicht an hervorragender Stelle behandelt würden. Die Zeit Napoleons zum Beispiel wäre zwar – wie er sich selbst gestand – ein äußerst schwieriges Kapitel, und der Dreißigjährige Krieg würde, wenn man ihn einfach wegließe, eine erhebliche Lücke hinterlassen. Trotzdem wäre damit etwas zu gewinnen, wenn man Kinder in einem Alter, in dem sie noch besonders zu beeinflussen sind, dazu bringen könnte, ihre Aufmerksamkeit mehr auf die Erfindung des Webstuhls als auf die spanische Armada oder auf die Schlacht von Waterloo zu konzentrieren.

Aber dann fand er es an der Zeit, wieder zu den Kindern zu gehen und zu sehen, was sie mit den neuen Spielsachen anfingen. Als er vor der Tür des Kinderzimmers stehenblieb, hörte er Erics Stimme im Befehlston; Bertie fiel nur hin und wieder mit einem ergänzenden Vorschlag ein.

»Das hier ist Ludwig der Vierzehnte«, sagte Eric gerade, »der mit den Kniehosen, von dem Onkel Harvey sagte, daß er die Sonntagsschule eingeführt hat. Er sieht ihm zwar nicht ähnlich, aber es muß auch so gehen.«

»Wir können ihm mit meiner roten Tinte einen Purpurmantel machen«, meinte Bertie.

»Fein – und rote Strümpfe kriegt er auch. Und das hier ist Madame de Maintenon; Onkel Harvey hat zwar gesagt, es ist Mrs. Hemans. Sie fleht Ludwig an, nicht in den Krieg zu ziehen, aber er läßt sich von ihr nichts befehlen. Er nimmt den Marschall von Sachsen mit, und jetzt tun wir so, als hätte er mehrere tausend Soldaten bei sich. Die Losung heißt: ›Qui vive?‹ und die Antwort: ›L'état c'est moi!‹ – das war nämlich einer seiner Lieblingsaussprüche. Mitten in der Nacht landet er bei Manchester, und ein Jakobit, der mit ihm unter einer Decke steckt, übergibt ihm die Schlüssel der Festung.«

Als Harvey durch den Türspalt lugte, sah er, daß die Wände des städtischen Müllbehälters mit Löchern versehen waren, durch die die Mündungen nicht vorhandener Kanonen ragen sollten, und daß dieses Gebilde die Festung Manchester darstellen mußte. John Stuart Mill war in rote Tinte getaucht worden und vertrat offensichtlich den Marschall von Sachsen.

»Ludwig gibt seinen Befehl, den Christlichen Verein Junger Mädchen zu umzingeln und gefangenzunehmen. ›Wieder im Louvre, und die Mädchen sind mein!‹ ruft er dabei. Mrs. Hemans ist jetzt eines der Mädchen. Sie sagt: ›Nie!‹ und sticht den Marschall von Sachsen mitten ins Herz.«

»Er blutet fürchterlich«, rief Bertie und verspritzte freigebig rote Tinte über die Fassade des Vereinshauses.

»Die Soldaten stürmen daraufhin das Haus und rächen seinen Tod mit unvorstellbarer Grausamkeit. Hundert Mädchen werden dabei getötet...« An dieser Stelle leerte Bertie die Reste der roten Tinte über das eroberte Gebäude. »... und die überlebenden fünfhundert Mädchen werden auf die französischen Schiffe gezerrt. ›Ich habe einen Marschall verloren‹, sagte Ludwig, ›aber ich kehre nicht mit leeren Händen zurück!‹«

Harvey schlich leise davon und suchte seine Schwester.

»Eleanor«, sagte er, »der Versuch...«

»Was ist denn?«

»... ist mißlungen. Wir haben zu spät damit angefangen.«

NIKOLAI GOGOL

Wij

Wenn in Kiew frühmorgens die wohlklingende Seminarglocke läutete, die am Tor des Bratsky-Klosters hing, dann eilten plötzlich ganze Scharen von Schuljungen und Studenten aus allen Teilen der Stadt herbei. Studenten der Grammatik, der Rhetorik, der Philosophie und der Theologie strömten, Bücher unterm Arm, in ihre Klassenzimmer. Die Grammatikschüler waren kleine Jungen: Sie rauften und balgten sich und schrien mit gellenden Stimmen; sie trugen fast alle schmutzige und zerlumpte Kittel, und ihre Hosentaschen waren mit allerlei Kram vollgestopft – Murmeln, Pfeifen aus geschnitzten Federn, angebissenen Pasteten und manchmal sogar jungen Spatzen, von denen gelegentlich einer während des Unterrichts, wenn es ganz still war, zu zwitschern anfing, was dem Besitzer einige feste Hiebe auf die Finger oder auch eine tüchtige Tracht Prügel eintrug. Viel mehr Würde legten die Rhetoriker an den Tag; ihre Kleider waren meist ohne Löcher; dagegen zeigten ihre Gesichter häufig die Spuren ›rhetorischer‹ Auseinandersetzungen. Entweder hatten sie ein geschwollenes Auge oder eine riesige Beule anstelle der Lippe oder waren sonstwie entstellt. Sie sprachen und fluchten im Tenor. Die Stimmen der Philosophen lagen eine Oktave tiefer, und in ihren Taschen hatten sie nichts außer starkem, billigem Tabak. Sie legten keinerlei Vorräte an, sondern verspeisten sofort alles, was ihnen unter die Finger kam; sie rochen auf solche Entfernung nach Pfeifenqualm und Wodka, daß mancher Arbeiter, der ihnen begegnete, stehenblieb und genüßlich schnupperte wie ein Jagdhund.

Meist begann zu dieser Stunde das Marktgetriebe, und die Frauen, die Brezeln, Semmeln, Melonensamen und Mohnkuchen feilboten, zupften jene Schüler, deren Kleider aus guten Stoffen waren, an den Rockschößen.

»Hierher, junge Herren, hierher!« riefen sie von allen Seiten. »Hier gibt's frische Brezeln, Mohnkuchen, Hörnchen, schöne weiße Semmeln. Wirklich gut! Mit Honig gemacht! Selbstgebacken!«

Eine andere Frau hob ein langes aus Teig geflochtenes Brot hoch und schrie: »Zopfbrot! Kauft mein Zopfbrot, junge Herren!«

»Kauft bloß der nichts ab! Schaut doch, wie häßlich sie ist, ihre Nase tropft, und ihre Hände sind schmutzig...«

Allein die Philosophen und Theologen wurden von den Frauen nicht belästigt, denn sie hatten die Gewohnheit, immer nur zu kosten, und stets eine tüchtige Portion.

Im Seminar verteilte sich die ganze Schar auf die einzelnen Klassenzimmer – niedrige, doch ziemlich große Räume mit kleinen Fenstern, breiten Türen und schmutzigen Bänken. Bald füllte sich die Klasse mit lautem Stimmengewirr: Die ›Auditoren‹ hörten ihren Schülern die Hausaufgaben ab; die grelle Stimme eines Grammatikers ließ die Fensterscheiben klirren; in einer Ecke brummte mit tiefer Baßstimme ein Rhetoriker, den man nach seinem Mund und seinen dicken Lippen für einen Philosophiestudenten hätte halten können, und all das hörte sich aus einiger Entfernung wie ein monotones »Bu, bu, bu...« an. Die ›Auditoren‹ schielten, während sie die Aufgaben abhörten, mit einem Auge unter die Bank, ob nicht aus der Tasche eines Schülers eine Semmel oder ein Stück Kuchen oder ein paar Kürbissamen hervorschauten.

Hatte sich die lernbegierige Schar etwas zu früh eingefunden oder verspätete sich ein Professor, so wurde eine große Schlacht veranstaltet, an der sich alle beteiligen mußten, selbst die ›Monitoren‹, deren Aufgabe es war, für Ruhe und Disziplin zu sorgen. Meist legten zwei Theologen die Schlachtordnung fest: Entweder kämpften die einzelnen Klassen gegeneinander, oder man teilte sich in zwei Parteien: die Stipendiaten und die Seminaristen. Den Angriff eröffneten in jedem Fall die Grammatiker, doch sobald die Rhetoriker den Kampfplatz betraten, flüchteten sie und zogen sich an Stellen zurück, von denen aus sie in guter Dekkung das Kampfgetümmel beobachten konnten. Nach einer Weile mengten sich die Philosophen mit ihren langen schwarzen Schnurrbärten ein, und schließlich auch die Theologen, stiernackige Burschen in ungeheuer weiten Hosen. Meist endete das Ganze damit, daß die Theologen alle andern fürchterlich verprügelten und die Philosophen in ihre Klassen zurückgedrängt wurden und stöhnend und erschöpft auf ihre Bänke sanken. Betrat dann der Professor, der zu seiner Zeit selbst häufig an solchen Kämpfen teilgenommen hatte, die Klasse, so sah er an den roten Köpfen seiner Schüler, wie heiß die Schlacht gewesen war. Und während er mit seinem Rohrstock einem Rhetoriker auf die Finger klopfte, bearbeitete in einer anderen Klasse ein anderer Professor mit einem Holzstock die Hände eines Philosophen. Auf ganz andere Weise wurden die Theologen behandelt: sie erhielten eine ordentliche Tracht Prügel mit einer Lederpeitsche.

An Fest- und Feiertagen zogen die Stipendiaten und Seminaristen maskiert von Haus zu Haus. Manchmal führten sie ein Stück auf, dessen Hauptfigur stets ein Theologe war, ein Kerl, groß wie der Glockenturm von Kiew, der den Herodes oder Potiphars Weib mimte. Als Lohn erhielten sie ein Stück Leinen, einen Sack Hirse, eine halbe gebratene Gans oder andere gute Dinge. Alle diese Studenten – die Seminaristen wie die Stipendiaten, die miteinander in traditioneller Feindschaft lagen – fristeten ihr Leben äußerst kärglich. Dabei verfügten sie über einen ungeheuren Appetit, und die Klöße, die einer von ihnen des Abends in sich hineinschlang, waren gar nicht nachzuzählen. Die Zuwendungen, die sie von den wohlhabenden Bürgern erhielten, reichten deshalb bei weitem nicht aus. Aus diesem Grund beauftragte der aus Philosophen und Theologen bestehende ›Senat‹ des öfteren die Grammatiker und Rhetoriker, unter dem Kommando eines Philosophen (der manchmal selbst an den Raubzügen teilnahm), mit Säcken auf den Schultern auszuziehen und die Küchengärten zu plündern. Dann wurde in den Quartieren der Stipendiaten Kürbisbrei zubereitet. Die Angehörigen des ›Senats‹ verzehrten derartige Mengen Melonen, daß die Auditoren am nächsten Morgen zwei Lektionen zugleich von ihnen hörten – die eine kam von ihren Lippen, die andere grollte in ihren Bäuchen. Sowohl die Stipendiaten wie die Seminaristen trugen Gehröcke, deren Schöße so lang waren, daß sie bis zu ihren Fersen reichten.

Das wichtigste Ereignis für die Seminaristen waren die im Juni beginnenden großen Ferien. Dann zogen sie alle nach Hause, und die Landstraße wimmelte nur so von Philosophen, Grammatikern und Theologen. Wer kein Zuhause hatte, verbrachte die Ferien bei irgendeinem Kameraden. Manche Philosophen und Theologen verdingten sich auch als Hauslehrer – sie betreuten die Kinder einer reichen Familie und erhielten als Lohn ein Paar neue Stiefel oder einen Rock. Man zog los wie eine große Zigeunerhorde, kochte gemeinsam seinen Brei und nächtigte auf freiem Feld. Jeder schleppte einen Sack mit sich, in dem sich ein Hemd und ein Paar Fußlappen befanden. Die Theologen waren sehr akkurat und ordentlich: Um ihre Stiefel nicht abzunützen, zogen sie sie aus und hängten sie an einen Stock, den sie über der Schulter trugen, und wenn es besonders schmutzig war, so krempelten sie ihre Hosen bis über die Knie hoch und stapften unbekümmert durch die Pfützen. Erblickten sie irgendwo ein Dorf, dann bogen sie von der Landstraße ab, zogen zu dem Haus, das ihnen am stattlichsten erschien, stellten sich in einer Reihe vor den Fenstern auf und stimmten aus vollem Hals ein Lied an. Der Hausherr, ein alter Kosakenbauer, lauschte ihnen eine Weile, den Kopf auf die Hände gestützt, dann schluchzte er bitterlich und sagte zur Bäuerin: »Frau! Was die Studenten da singen, muß etwas ganz Tiefsinniges sein; gib ihnen ein Stück Schinken und was wir sonst im Hause haben.« Und dann wurde ihnen eine ganze Schüssel Klöße in ihren Sack geschüttet, oder sie bekamen ein schönes Stück Speck, ein paar Fladen Brot oder gar ein Huhn. Mit diesen Vorräten versorgt, wanderten die Grammatiker, Rhetoriker, Philosophen und Theologen weiter. Je weiter sie zogen, desto mehr lichtete sich ihre Schar. Einer nach dem anderen strebte seinem Heim zu, und schließlich blieben nur jene übrig, deren Elternhäuser am weitesten entfernt waren.

Einmal verließen bei einer solchen Wanderung drei Studenten die Landstraße, um ein Dorf zu suchen, in dem sie neue Nahrungsvorräte sammeln konnten, denn ihre Säcke waren schon seit langem leer. Die drei waren der Theologe Chaljawa, der Philosoph Choma Brut und der Rhetoriker Tiberij Gorobez.

Der Theologe war ein stattlicher, breitschultriger Bursche, der eine äußerst sonderbare Angewohnheit hatte – er stahl alles, was ihm unter die Finger kam. Ansonsten neigte er stark zur Melancholie, und wenn er betrunken war, so pflegte er sich im hohen Gras zu verstecken, so daß es die andern Seminaristen viel Mühe kostete, ihn zu finden.

Choma Brut, der Philosoph, war eher heiteren Gemüts; er lag am liebsten auf dem Rücken und rauchte seine Pfeife, und hatte er getrunken, so ließ er die Musikanten aufspielen und tanzte einen wilden Trepak. Er bekam oft die Lederpeitsche zu kosten, trug dies aber mit philosophischem Gleichmut in der Überzeugung, daß man dem, was einem bestimmt ist, nicht entgehen kann. Tiberij Gorobez, der Rhetoriker, verfügte noch nicht über das Privileg, einen Schnurrbart zu tragen, Wodka zu trinken und Pfeife zu rauchen. Er trug lediglich einen Haarschopf, der sich um sein eines Ohr ringelte, und so konnte auch sein Charakter noch nicht recht geformt sein; doch die großen Beulen auf der Stirn, mit denen er oft zum Unterricht erschien, berechtigten wohl zu der Hoffnung, daß er sich zu einem guten Kämpfer entwikkeln würde. Chaljawa, der Theologe, und Choma Brut, der Philosoph, bewiesen ihm oft ihre Gunst, indem sie ihn an seiner Locke zausten, und sie schickten ihn auch gern zu Botengängen aus.

Es war Abend, als sie von der Landstraße abbogen; die Sonne war eben erst untergegangen, und die Wärme des Tages hing noch in der Luft. Der Theologe und der Philosoph marschierten schweigend dahin und rauchten ihre Pfeifen. Tiberij Gorobez, der Rhetoriker, schlug mit seinem Stock den Disteln am Wegesrand die Köpfe ab. Der Weg führte zwischen Eichen und Nußbäumen hindurch, die hier und da auf den Wiesen standen. Sanfte Anhöhen und kleine Hügel, grün und rund wie Kirchenkuppeln, ragten aus der Ebene auf. Zwei Kornfelder, an denen sie vorbeikamen, ließen sie hoffen, bald auf ein Dorf zu stoßen. Doch als die Felder schon über eine Stunde hinter ihnen lagen, war immer noch kein Haus zu sehen. Der Himmel war nun schon ganz in Dunkel gehüllt, und nur im Westen sah man noch einen fahlen rosa Streifen.

»Hol's der Teufel!« sagte Choma Brut, der Philosoph. »Es hat doch ganz so ausgesehen, als käme gleich ein Dorf.«

Der Theologe antwortete nicht; er ließ den Blick umherschweifen, steckte die Pfeife wieder in den Mund, und sie gingen weiter.

»Verdammt!« sagte der Philosoph und blieb wieder stehen. »Nicht das mindeste zu sehen.«

»Vielleicht kommt doch bald ein Dorf«, sagte der Theologe, ohne die Pfeife aus dem Mund zu nehmen.

Doch inzwischen war es Nacht geworden, und eine ziemlich dunkle Nacht dazu. Zerfetzte Wolken verfinsterten den Himmel noch mehr, und weder der Mond noch Sterne waren zu sehen. Die Studenten merkten, daß sie vom Weg abgekommen waren und schon eine ganze Weile querfeldein liefen.

Der Philosoph fühlte mit dem Fuß den Boden ab und sagte schließlich schroff: »Herrgott, wo ist der Weg?«

Der Theologe dachte eine Weile schweigend nach; dann brummte er: »Ja, es ist schrecklich finster.«

Der Rhetoriker ging ein Stück zur Seite, hockte sich auf die Knie und tastete nach dem Weg, doch seine Hände stießen nur auf Fuchslöcher. Überall um sie war leere Steppe, die noch nie ein Mensch durchkreuzt zu haben schien.

Die Wanderer rafften sich auf und gingen ein Stück weiter, doch rings war nichts als Öde. Der Philosoph versuchte zu rufen, doch die Steppe schien seine Stimme zu verschlucken, und es kam keine Antwort. Alles, was sie nach einer kleinen Weile hörten, war ein leises Stöhnen, als heule irgendwo in der Ferne ein Wolf.

»Was sollen wir tun?« fragte der Philosoph.

»Was wohl? Haltmachen und hier im Freien schlafen«, sagte der Theologe und griff in die Tasche nach dem Feuerstein, um seine Pfeife wieder anzuzünden. Dem Philosophen jedoch war dies gar nicht recht: Er hatte die Gewohnheit, abends einen tüchtigen Kanten Brot und vier Pfund fetten Speck zu vertilgen, und deshalb spürte er eine unerträgliche

Leere in seinem Magen. Außerdem hatte der Philosoph trotz seines heiteren Gemüts schreckliche Angst vor Wölfen.

»Nein, Chaljawa, das geht nicht«, sagte er. »Mit leerem Bauch hier auf der Erde schlafen wie ein Hund? Suchen wir lieber noch ein wenig weiter. Vielleicht finden wir doch noch ein Haus und bekommen wenigstens einen Schluck Wodka.«

Als der Theologe das Wort ›Wodka‹ hörte, spuckte er aus und murmelte: »Ja, du hast recht, hier im Freien können wir nicht bleiben.«

Die drei marschierten weiter, und bald darauf hörten sie zu ihrem Entzücken in der Ferne ein leises Bellen. Sie gingen in die Richtung, aus der der Laut kam, und nach einer Weile tauchte ein Licht auf.

»Ein Dorf! Bei Gott, wirklich ein Dorf!« sagte der Philosoph.

Seine Vermutung erwies sich als richtig; es dauerte nicht lange, und sie stießen auf zwei Bauernhütten, die an einem Hof lagen. Hinter den Fenstern war Licht, und über den Zaun ragte ein Dutzend Pflaumenbäume. Als die drei durch die Spalten in dem Lattentor blickten, sahen sie, daß auf dem Hof mehrere Fuhrwerke standen. Am Himmel funkelte jetzt hier und dort ein Stern.

»Keine Scheu, Brüder! Koste es, was es wolle – wir brauchen ein Nachtquartier!«

Die drei gelehrten Herren hämmerten vereint ans Tor und schrien: »Macht auf!«

Die Tür der einen Hütte knarrte, und gleich darauf erschien ein altes Weib in einem Schafspelz.

»Wer da?« rief sie und hustete krächzend.

»Gib uns ein Nachtlager, Großmutter. Wir haben uns verlaufen und sind hungrig.«

»Wer seid ihr denn?«

»Oh, harmlose Leute: Chaljawa, ein Theologe; Brut, ein Philosoph; und Gorobez, ein Rhetoriker.«

»Es geht nicht«, brummte das alte Weib. »Der Hof ist voller Menschen, und in der Hütte ist kein Winkel mehr frei. Wo soll ich euch unterbringen? So riesige Burschen wie euch? Ihr schlagt mir ja meine Hütte kurz und klein, wenn ich euch einlasse. Ich kenne euch Theologen und Philosophen; wer solche Trunkenbolde aufnimmt, ist bald ohne Haus und Hof. Schert euch fort! Hier ist kein Platz für euch!«

»Habt doch Mitleid mit uns, Großmutter! Man kann doch gute Christenmenschen nicht einfach so zugrunde gehen lassen. Wir nehmen mit jedem Platz, den du uns gibst, vorlieb; und wenn wir nur irgend etwas ruinieren, möge uns die Hand verdorren, möge Gott uns strafen, wie es ihm beliebt!«

Es schien, als ließe sich die Alte doch erweichen.

»Also gut«, sagte sie nach kurzem Zögern. »Ich will euch einlassen, aber jeder von euch bekommt einen eigenen Platz. Wenn ihr zusammenbleibt, hätte ich keine Ruhe.«

»Ganz wie du willst; wir haben nichts dagegen einzuwenden«, erwiderten die Studenten.

Das Tor knarrte, und sie traten auf den Hof.

»He, Großmutter«, sagte der Philosoph, als er hinter der alten Frau hertrottete, »hättest du vielleicht – hm – wie soll ich sagen... Bei meiner Seel, ich fühle mich, als führe einer mit einem Wagen in meinem Bauch herum. Den ganzen Tag ist nicht ein Bissen über meine Lippen gekommen...«

»Nun, was denn noch?« erwiderte die Alte. »Nein, ich habe nichts zu essen für dich, und der Ofen ist auch gar nicht angeheizt.«

»Aber wir wollen doch für alles bezahlen«, rief der Philosoph, »– gleich morgen früh, mit hartem Geld. Ja!« fügte er im stillen hinzu, »einen Dreck wirst du dafür bekommen.«

»Hinein mit euch! Und seid zufrieden mit dem, was man euch gibt. Der Teufel muß mir euch verwöhnte junge Herren geschickt haben!«

Choma, der Philosoph, wurde durch diese Worte in tiefe

Melancholie gestürzt, doch plötzlich stieg ihm der Duft gedörrten Fisches in die Nase, und als er auf die Hose des Theologen blickte, der neben ihm ging, sah er, daß aus der Tasche ein riesiger Fischschwanz herausragte. Der Theologe hatte im Vorbeigehen aus einem der Fuhrwerke einen fetten Karpfen stibitzt. Und da er dies nicht aus Habgier, sondern einfach aus Gewohnheit getan hatte, dachte er schon gar nicht mehr daran und sah sich bereits nach etwas anderem um, das er mitgehen lassen konnte. So fiel es dem Philosophen nicht schwer, die Hand in seines Freundes Tasche zu schieben und den Fisch herauszuziehen.

Die Alte wies den Studenten ihre Lagerstätten zu; den Rhetoriker brachte sie in der Hütte unter, den Theologen sperrte sie in einen leeren Schuppen, und den Philosophen quartierte sie im gleichfalls leeren Schafstall ein.

Kaum war der Philosoph allein, als er auch schon den Karpfen verschlang. Dann warf er einen Blick auf die aus Reisig geflochtenen Wände des Stalls, gab einem neugierigen Schwein, das aus dem benachbarten Stall den Kopf hereinsteckte, einen Fußtritt, legte sich auf die rechte Seite und schloß die Augen. Da ging plötzlich die niedrige Tür auf, und die Alte trat gebückt in den Stall.

»Was gibt's, Mütterchen, was willst du denn?« fragte der Philosoph.

Die Alte kam mit ausgestreckten Armen auf ihn zu.

»Aha, soso!« dachte der Philosoph. »Nein, mein Schatz, dazu bist du mir viel zu alt.«

Er wich ein wenig zurück, doch die Alte kam ihm nach.

»Hör mich an, Mütterchen«, rief er. »Es ist Fastenzeit; und ich bin ein Mensch, der nicht für tausend Goldstücke in der Fastenzeit sündigen würde.«

Doch die Alte antwortete nicht; sie breitete die Arme aus und versuchte ihn zu packen.

Der Philosoph bekam es mit der Angst, zumal er ein seltsames Funkeln in ihren Augen sah. »Mütterchen, was soll denn das? Laß mich – geh weg, bei Gott, ich bitte dich!« schrie er.

Die Alte sagte kein Wort und suchte ihn mit ihren Armen zu umschlingen.

Er sprang auf und wollte flüchten, doch die Alte verstellte ihm die Tür, starrte ihn mit ihren funkelnden Augen an und kam wiederum auf ihn zu.

Der Philosoph wollte sie zurückstoßen, doch zu seinem Staunen merkte er, daß er seine Arme nicht heben und seine Füße nicht rühren konnte, und dann stellte er zu seinem Entsetzen fest, daß seine Stimme ihm den Dienst versagte – die Worte blieben ihm in der Kehle stecken. Er hörte nichts als das wilde Pochen seines Herzens. Er sah die Alte auf sich zutreten. Sie legte seine Arme über Kreuz, drückte seinen Kopf herunter; dann sprang sie, flink wie eine Katze, auf seinen Rücken und schlug mit einem Besen auf seine Lenden ein; und er trug sie, tänzelnd wie ein Pferd, davon. All dies geschah so schnell, daß der Philosoph kaum zur Besinnung kam. Er umklammerte mit beiden Händen die Knie, um seine Beine festzuhalten, doch zu seinem grenzenlosen Staunen hoben sie sich wider seinen Willen und rasten schneller dahin als ein Tscherkessenpferd. Erst als der Hof weit hinter ihnen lag und eine weite Ebene vor ihnen auftauchte und zur einen Seite ein kohlschwarzer Wald, dachte er: »Mein Gott, sie ist eine Hexe!«

Am Himmel glänzte die Sichel des abnehmenden Mondes. Die fahle Helligkeit der Mitternacht lag über der Erde wie ein durchsichtiger Schleier. Die Wälder, die Wiesen, der Himmel, die Täler – alles schien mit offenen Augen zu schlummern; die Nacht war feucht und warm, und die Schatten der Bäume und Sträucher lagen keilförmig wie Kometenschweife auf dem sanft geneigten Hang. So war die Nacht, durch die Choma Brut, der Philosoph, mit seiner unheimlichen Reiterin auf dem Rücken galoppierte. Er spürte, wie ein zehrendes, beklemmendes und berauschendes Gefühl sein Herz erfüllte. Als er den Kopf senkte, sah er, daß das Gras, das eben noch dicht unter seinen Füßen gewesen war, jetzt unendlich weit unter ihm schien. Darüber breitete sich Wasser, rein wie ein Gebirgsquell, und das Gras schien auf dem Grund eines kristallklaren Meeres zu grünen. Er sah darin deutlich sein eigenes Spiegelbild mit der Alten auf dem Rücken. Er sah dort unten statt des Mondes eine strahlende Sonne; er hörte das Geläut von Glockenblumen, die ihre kleinen blauen Köpfe wiegten; er sah eine Wassernymphe aus dem Schilf hervorgleiten, ihr Bein, ihr Rücken glänzten auf, rund und wohlgeformt, schimmernd und glitzernd. Sie blickte zu ihm auf, und ihr Gesicht kam näher, die klaren, blanken, blitzenden Augen, der Mund, dessen Gesang ihm bis ins Herz drang; jetzt brach es durch den Wasserspiegel, lachte hell auf und versank; und jetzt drehte sie sich auf den Rücken, und ihre vollen Brüste, mattweiß wie unglasiertes Porzellan, schimmerten in der Sonne. Kleine Wasserbläschen glänzten an ihnen wie Perlen. Ihr weißer, weicher, üppiger Körper bebte vor Lachen dort unten im Wasser...

Sah er dies wirklich oder glaubte er es nur zu sehen? War es Wahrheit oder Traum? Doch was war das? Der Wind? Musik? Es schwoll an und kam näher und bohrte sich ihm mit unerträglicher Schrillheit mitten ins Herz...

»Was mag das sein?« dachte der Philosoph und schaute, mit rasender Schnelligkeit durch die Luft brausend, in die Tiefe. Schweiß stand ihm auf der Stirn. Er spürte eine teuflisch süße Wollust, eine verzehrende grausige Wonne. Zuweilen war ihm, als sei sein Herz geschmolzen, und er griff sich entsetzt an die Brust. Erschöpft und verzweifelt, rief er sich alle Beschwörungssprüche gegen böse Geister ins Gedächtnis, die er kannte, und plötzlich wurde ihm etwas leichter. Seine Schritte wurden langsamer, die Hexe umklammerte nicht mehr so fest seinen Rücken, er spürte das dichte Gras unter seinen Füßen, und es war nichts Unheimliches mehr daran. Am Himmel glänzte silbern die Mondsichel.

»Gut!« dachte Choma, der Philosoph, und sagte die Beschwörungsformeln nun laut vor sich hin. Schließlich warf er blitzschnell die Alte ab und sprang ihr auf den Rücken. Sie rannte mit kleinen, trippelnden Schritten so schnell durch die Nacht, daß es ihm fast den Atem verschlug. Die Erde sauste unter ihm dahin, und obwohl der Mond nicht voll war, konnte er in seinem Licht genug sehen. Der Boden war eben, doch alles huschte so rasch an ihm vorbei, daß es vor seinen Augen verschwamm. Er hob einen Holzprügel vom Weg auf und schlug mit aller Kraft auf die Alte ein. Sie heulte wild auf; zuerst klang ihre Stimme zornig und drohend, dann wurde sie leiser, süßer, reiner, und schließlich war sie wie das Läuten von kleinen, zarten Silberglöckchen; und Choma durchzuckte der Gedanke: »War es denn wirklich ein altes Weib?«

»O weh, ich kann nicht mehr!« stöhnte sie und sank erschöpft zu Boden.

Er stand auf und blickte ihr ins Gesicht. Die Morgensonne färbte schon den Himmel rot, und in der Ferne schimmerten Kiews goldene Kirchenkuppeln. Vor ihm lag ein schönes Mädchen mit aufgelösten dicken Haarflechten und feingeschwungenen langen Wimpern. Sie hob verzweifelt die nackten weißen Arme, und ihre Augen schwammen in Tränen und blickten traurig zu ihm auf.

Choma zitterte wie Espenlaub; Mitleid packte ihn, und eine seltsame Erregung und Furcht. Er rannte fort, so schnell er konnte. Sein Herz pochte wild, und er konnte sich das merkwürdige neue Gefühl, das ihn gepackt hatte, nicht erklären. Zu dem Hof wollte er nicht zurück; er lief nach Kiew und grübelte den ganzen Weg über sein unheimliches Abenteuer.

In der Stadt war fast kein Student mehr. Sie waren alle aufs Land gegangen und hatten sich als Hauslehrer verdingt oder taten auch gar nichts, denn in den Dörfern Kleinrußlands kann man sich auch mit Klößen, Käse, saurer Sahne und Pudding vollschlagen, ohne eine Kopeke dafür zu bezahlen. Das große Haus, in dem die Studenten wohnten, war völlig leer, und obwohl der Philosoph alle Winkel und sogar die Löcher und Spalten unter dem Dach durchstöberte, in denen die Studenten ihre Vorräte zu verstecken pflegten, fand er nicht ein Stückchen Speck, nicht eine alte Semmel.

Doch der Philosoph wußte seiner Not bald abzuhelfen: Er ging dreimal, leise vor sich hinpfeifend, über den Markt und zwinkerte schließlich einer jungen Witwe mit einer gelben Haube zu, die seidene Bänder und allerlei Kram feilbot – und bald war sein Hunger gestillt. Er saß in einer kleinen Lehmhütte inmitten eines Kirschgartens am Tisch und wurde fürstlich bewirtet: mit dampfenden Klößen, einem Huhn – gar nicht zu sagen, was ihm alles aufgetischt wurde. Den Abend verbrachte der Philosoph in einer Schenke; er lag, einen Krug Wein neben sich, auf der Bank, rauchte seine geliebte Pfeife und warf dem Wirt vor allen Leuten eine Goldmünze zu. Vergnügt und ein wenig spöttisch musterte er die ein- und ausgehenden Gäste und dachte nicht mehr an sein seltsames Abenteuer.

Indessen ging in der Stadt ein merkwürdiges Gerücht um. Man erzählte sich, daß die Tochter eines reichen Kosakenhauptmanns, der etwa vierzig Meilen von Kiew wohnte, eines Tages völlig zerschlagen von einem Ausflug heimgekehrt sei. Sie habe kaum die Kraft gehabt, sich bis zur Schwelle des väterlichen Hauses zu schleppen, und seither liege sie auf den Tod darnieder, und es sei ihr letzter Wunsch, daß einer der Kiewer Seminaristen, Choma Brut, ihr die Totenmesse lesen und drei Tage lang für ihre arme Seele beten möge.

Der Philosoph wurde vom Rektor höchstpersönlich davon in Kenntnis gesetzt; er ließ ihn zu sich kommen und befahl ihm, sich unverzüglich auf den Weg zu machen; der Kosakenhauptmann habe ein paar seiner Leute mit einem Wagen geschickt, ihn abzuholen.

Ein unerklärliches Gefühl ließ den Philosophen erschaudern. Eine dunkle Vorahnung sagte ihm, daß ihn etwas Böses erwartete. Ohne zu wissen warum, erklärte er schroff, daß er nicht fahren werde.

»Hör mich gut an, Domine Choma!« sagte der Rektor. (Er war zuweilen äußerst höflich gegen seine Untergebenen.) »Kein Teufel schert sich darum, ob du fahren willst oder nicht. Ich sag dir nur eins: Wenn du bockst und den Störrischen spielst, dann laß ich dir den Rücken so mit Birkenreisig bearbeiten, daß du nicht mehr ins Dampfbad zu gehen brauchst.«

Der Philosoph kratzte sich hinterm Ohr und ging ohne ein Wort hinaus, entschlossen, bei der ersten günstigen Gelegenheit sein Heil in der Flucht zu suchen. Tief in Gedanken versunken stieg er die steile Treppe hinunter, trat auf den von Pappeln umsäumten Hof. Er hörte ganz deutlich, wie der Rektor seinem Diener und einem anderen Mann – offenbar einem der Leute, die der Hauptmann nach ihm geschickt hatte – Befehle erteilte.

»Richte deinem Herrn aus, daß ich mich für das Getreide und die Eier bedanken lasse«, sagte der Rektor. »Und daß ich ihm die Bücher, deretwegen er mir geschrieben hat, sofort schicken werde, wenn sie fertig sind. Ich habe sie schon einem Kopisten zum Abschreiben gegeben. Und vergiß nicht, guter Mann, deinem Herrn zu sagen, ich wüßte, daß es in seinen Teichen ausgezeichnete Fische gibt; vor allem Störe. Er möge mir doch gelegentlich einige schicken; hier auf dem Markt sind sie schlecht und teuer. Und du, Jawtu, gibst den Burschen jedem einen ordentlichen Becher Wodka. Und sie sollen den Philosophen lieber anbinden, sonst geht er ihnen durch.«

»Ei, der verfluchte Kerl«, dachte der Philosoph. »Hat er's doch gerochen, der widerliche Halunke!« Als er auf den Hof trat, fiel sein Blick auf eine riesige Kalesche, die auf den ersten Blick aussah wie ein Backofen auf Rädern. Es war einer der berühmten Krakauer Wagen, in denen die Juden, fünfzig auf einen Sitz, zusammen mit ihren Waren von Jahrmarkt zu Jahrmarkt fahren. Sechs nicht mehr ganz junge, doch stämmige und kerngesunde Kosaken erwarteten ihn. Ihre reich mit Tressen besetzten Uniformen aus feinem Tuch zeigten, daß sie einem mächtigen, wohlhabenden Herrn dienten, und an ihren Narben sah man, daß sie sich im Felde nicht ohne Ruhm geschlagen hatten.

»Was hilft's? Was sein muß, muß sein!« dachte der Philosoph, und zu den Kosaken gewandt, sagte er laut: »Gott zum Gruß, Kameraden!«

»Gott zum Gruß, Herr Philosoph«, erwiderten einige der Kosaken.

»Ich soll also mit euch fahren? Was für ein prächtiger Wagen«, sagte der Philosoph und kletterte hinein. »Wir brauchten nur ein paar Musikanten, dann könnten wir darin tanzen.«

»Ja, Platz haben wir reichlich«, sagte einer der Kosaken und setzte sich auf den Bock neben den Kutscher, der sich ein Tuch um den Kopf geschlungen hatte, denn seine Mütze hatte er in einer Schenke als Pfand zurücklassen müssen. Die anderen fünf und der Philosoph machten es sich im hinteren Teil des Wagens auf Säcken bequem, in denen die Dinge, die von den Kosaken in der Stadt erstanden worden waren, verstaut lagen. »Eins würde mich interessieren«, sagte der Philosoph. »Wenn dieser Wagen mit irgend etwas voll beladen wäre, zum Beispiel mit Salzsäcken oder mit Eisenstangen – wie viele Pferde brauchte es dann, um ihn zu ziehen?«

»Hm«, sagte nach einer Weile der Kosak, der auf dem Bock saß, »dazu brauchte es sicher eine Menge Pferde.«

Nach dieser erschöpfenden Auskunft hielt sich der Kosak für berechtigt, während der ganzen weiteren Fahrt zu schweigen.

Der Philosoph war ungemein begierig, Näheres zu erfahren – was für ein Mensch dieser Hauptmann war; wie es sich mit seiner Tochter verhielt, die in so seltsamem Zustand heimgekommen war, seither auf den Tod darniederlag und deren Schicksal auf so sonderbare Weise mit dem seinen verknüpft schien; welche Verhältnisse in diesem Haus herrschten und wie es darin zuging. Er bedrängte die Kosaken mit allerlei Fragen, doch sie waren offenbar ebenfalls Philosophen, denn sie schwiegen und lagen, behaglich ihre Pfeifen rauchend, auf den Säcken. Nur einmal rief einer seinem Kameraden auf dem Bock zu: »He, Owenko, du alter Esel, wenn wir zu der Schenke an der Straße nach Tschurailow kommen, dann vergiß nicht, mich und die anderen zu wekken, falls wir einschlafen sollten!«

Nachdem er dies gesagt hatte, schlief er ein und begann laut zu schnarchen. Seine Mahnung war jedoch ganz überflüssig, denn als sie sich der Schenke näherten, schrien die Kosaken im Chor: »Halt!« Und zudem waren Owenkos Pferde darauf abgerichtet, von selbst vor jeder Schenke stehenzubleiben.

Obwohl es ein sehr heißer Julitag war, stiegen sie alle aus dem Wagen und traten in den niedrigen, schmutzigen Raum. Der Jude, dem die Schenke gehörte, eilte herbei und begrüßte sie überschwenglich wie gute alte Freunde. Er zog unter seinem Kittel ein paar Würste hervor, legte sie auf den Tisch und wandte sich sofort ab, damit sein Blick nicht auf diese ihm vom Talmud verbotenen Leckerbissen fiel. Die Kosaken setzten sich rund um den Tisch, und gleich stand vor jedem ein irdener Krug. Choma mußte an dem fröhlichen

Gelage teilnehmen, und da Kleinrussen, wenn sie betrunken sind, unweigerlich einander abzuküssen oder zu flennen beginnen, hallte bald der ganze Raum von ihrem Geschmatz wider. »Spirid, gib mir einen Kuß!« – »Komm her, Dorosch, laß dich umarmen!«

Ein Kosak mit grauem Schnurrbart, der ein wenig älter schien als die anderen, stützte den Kopf in die Hand und begann bitterlich zu schluchzen und zu jammern, daß er weder Vater noch Mutter mehr habe und ganz allein auf der Welt stünde. Ein anderer, der ein großer Sittenprediger war, versuchte ihn zu trösten: »Hör auf zu weinen. In Gottes Namen, hör auf! Was nützt es denn? Gott weiß schon, was er tut.«

Jener, den die anderen Dorosch nannten, entwickelte eine ungeheure Wißbegier und bestürmte den Philosophen Choma mit Fragen: »Ich wüßte schrecklich gern, was ihr in eurem Seminar lernt. Das gleiche, was der Pope in der Kirche vorliest oder etwas anderes?«

»Frag nicht so dumm!« fuhr ihn der Sittenprediger an. »Es ist doch ganz gleiche, was sie lernen. Gott weiß schon, was recht ist. Gott weiß alles.«

»Nein«, sagte Dorosch, »ich will wissen, was in ihren Büchern steht. Vielleicht etwas ganz anderes als das, was unser Pope vorliest.«

»Oh, mein Gott, mein Gott!« rief der Sittenprediger. »Was sollen denn nur diese Fragen? Es geschieht alles nach dem Willen des Herrn. Und der Herr weiß, was er will!«

»Ich möchte aber wissen, was in den Büchern geschrieben steht. Ich geh aufs Seminar, mein Wort darauf, ich geh aufs Seminar. Glaubst du etwa, ich könnte nicht lernen? Ich werde alles lernen, alles!«

»Oh, mein Gott . . .!« murmelte der Sittenprediger und ließ den Kopf auf den Tisch sinken, denn er hatte nicht mehr die Kraft, ihn hochzuhalten. Die anderen Kosaken diskutierten über ihren Herrn und über die Frage, warum der Mond am

Himmel scheint. Der Philosoph erkannte, wie es um sie stand und beschloß, die Gelegenheit zu nützen und sich aus dem Staub zu machen. Er wandte sich an den grauhaarigen Kosaken, der um seinen Vater und seine Mutter jammerte.

»Warum weinst du so, Onkel?« sagte er. »Schau, auch ich bin ein Waisenknabe! Laßt mich doch laufen, Freunde! Was wollt ihr denn mit mir?«

»Ja, lassen wir ihn laufen!« riefen einige der Kosaken. »Hört doch, er ist ein Waisenknabe! Laßt ihn frei!«

»Oh, mein Gott, mein Gott!« lallte der Sittenprediger und hob den Kopf. »Laßt ihn frei!«

»Ja, mag er doch gehen, wohin er will!«

Und die Kosaken wollten schon aufstehen und ihn hinaus auf die Straße geleiten, doch da mischte sich der Neugierige ein und sagte: »Rührt ihn nicht an. Ich muß mit ihm noch über das Seminar reden. Ich werde auch aufs Seminar gehen, bei Gott, das schwöre ich...«

Es ist ohnedies fraglich, ob aus der Flucht etwas geworden wäre, denn als der Philosoph sich erheben wollte, hatte er ein Gefühl, als seien seine Beine aus Holz, und er sah plötzlich eine solche Unmenge von Türen in dem Raum, daß er wohl kaum die richtige gefunden hätte.

Erst am Abend besannen sich die Kosaken darauf, daß sie weiter mußten. Sie kletterten auf den Wagen und rollten langsam die Straße entlang, wobei sie die Pferde antrieben und ein Lied sangen, dessen Worte und dessen Sinn wohl kein Mensch verstanden hätte. Nachdem sie so die halbe Nacht dahingefahren und, obwohl sie doch jeden Zoll des Weges kennen mußten, immer wieder von der Straße abgekommen waren, rollte der Wagen endlich einen steilen Berg hinab, und der Philosoph sah hinter einem Lattenzaun, der die Straße säumte, niedrige Bäume und Hausdächer hervorlugen. Es war das große Dorf, das dem Hauptmann gehörte. Mitternacht war längst vorbei; der Himmel war finster, nur hier und da schimmerte ein kleiner Stern. Hinter keinem der Fenster war Licht zu sehen. Von Hundegebell begleitet, fuhren sie in den Hof ein. Rechts und links standen mit Stroh gedeckte Scheunen und kleine Häuser. Eins davon, das genau in der Mitte gegenüber dem Tor stand und größer als die anderen war, schien das Haus des Hauptmanns zu sein. Der Wagen hielt vor einer kleinen Scheune, und die Reisenden begaben sich zu Bett. Der Philosoph aber wollte sich das Herrenhaus wenigstens von außen noch genauer ansehen; doch so weit er auch die Augen aufriß, er konnte nichts deutlich erkennen. Das Haus schien einem Bären ähnlich zu sehen, und der Schornstein verwandelte sich in den Rektor. Der Philosoph steckte es auf und legte sich ebenfalls schlafen.

Als er erwachte, ging es auf dem Hof drunter und drüber: Die Tochter des Hauptmanns war in der Nacht gestorben. Diener eilten aufgeregt hin und her; ein paar alte Weiber schluchzten; neugierige Bauern schauten durch den Zaun aufs Haus, ob es nicht etwas zu sehen gab. Der Philosoph besah sich in aller Ruhe, was er in der Nacht nicht hatte erkennen können. Das Herrenhaus war ein kleines, niedriges Gebäude, wie man sie in alten Zeiten in Kleinrußland häufig sah; es war mit Stroh gedeckt, und sein schmaler, hoher, spitzer Giebel, in dem sich ein kleines Fenster befand, das wie ein aufgeschlagenes Auge aussah, war mit gelben und blauen Blumen und roten Mondsicheln bemalt. Es ruhte auf eichenen Pfosten, die reich mit Schnitzereien geschmückt und oben rund und unten sechseckig waren. Unter dem Giebel befand sich eine Veranda mit Bänken, und um das Haus zog sich ein auf ähnlichen, teils zu Spiralen geschnitzten Pfosten ruhendes Vordach. Vor dem Haus erhob sich ein großer, pyramidenförmiger, grüner Birnbaum, dessen Blätter leise im Wind zitterten. In der Mitte des Hofs standen zwei Reihen Scheunen, zwischen denen eine breite Straße auf das Haus zuführte, und jenseits der Scheunen, in der Nähe des Tores, zwei einander gegenüberliegende, ebenfalls strohgedeckte Lagerhäuser mit dreieckigen Giebeln. Jede der dreieckigen Wände war mit Malereien verziert und hatte eine kleine Tür. Das eine Bild stellte einen Kosaken dar, der auf einem Faß saß und einen Becher mit der Aufschrift ›Den trink ich aus‹ über den Kopf hielt. Die andere Wand schmückten eine Flasche, mehrere bauchige Krüge, ein sich stolz aufbäumendes Pferd, eine Trompete und eine Trommel, und darunter stand: ›Wein ist des Kosaken Trost!‹ Das Tor flankierten zwei Kanonen. Dies alles zeigte, daß der Herr des Gutes fröhliche Gesellschaft liebte und daß oft der Lärm vergnügter Zecher den Hof erfüllte. Draußen vor dem Tor standen zwei Windmühlen. Hinter dem Haus erstreckten sich weite Gärten, und von den zwischen grünen Sträuchern kauernden Hütten sah man nur die schwarzen Schornsteine durch die Baumwipfel lugen. Das ganze Dorf lag am breiten Abhang eines Berges. Im Norden ragte der Berg steil empor, und dicht an seinen Fuß schmiegte sich der Hof. Blickte man von unten den Berg hinauf, so schien er noch steiler, und oben auf seinem Grat hoben sich Büschel dürren Grases schwarz vom hellen Himmel ab. Der lehmige Boden war von Regenbächen durchzogen, und der öde, kahle Anblick wirkte bedrückend. Oben auf dem Grat standen, ein gutes Stück auseinander, zwei Hütten; über die eine breiteten sich die weitausladenden Zweige eines Apfelbaumes, den ein Erdwall und dicht am Stamm in den Boden gerammte Pfähle stützten. Riß der Wind Äpfel von seinen Zweigen, so fielen sie mitten auf den Herrschaftshof. Von dem Berg schlängelte sich ein Weg herab, der am Hof vorüber zum Dorf führte. Als der Philosoph diesen schrecklich steilen Weg betrachtete und an die Fahrt in der letzten Nacht dachte, kam er zu dem Schluß, daß die Pferde des Hauptmanns äußerst geschickt sein oder die Kosaken sehr harte Köpfe haben mußten; sonst hätten sie es nicht geschafft, den riesigen, schwerbeladenen Wagen, noch dazu in betrunkenem Zustand, heil herunterzubringen. Der Philosoph stand am höchsten Punkt des Hofes, und als er sich umwandte und in die entgegengesetzte Richtung blickte, bot sich ihm ein völlig anderes Bild. Das Dorf breitete sich einen sanften Abhang hinab in eine Ebene. So weit das Auge reichte, dehnten sich Wiesen; ihr frisches Grün wurde zum Horizont hin dunkler, und die Dörfer dazwischen – sie mußten über fünfzehn Meilen entfernt sein – sahen aus wie schwarze Flecken. Zur Rechten säumte ein Hügelzug die Wiesen, und kaum wahrnehmbar zog sich ein blitzender Streif aus Hell und Dunkel durchs Land: der Dnjepr.

»Ach, welch herrlicher Fleck!« sagte der Philosoph. »Das wäre ein Leben für mich: Im Dnjepr und in den Teichen fischen, Netze für die Vögel stellen, Schnepfen und Trappen schießen. Ich möchte wetten, auf diesen Wiesen wimmelt es nur so von Trappen! Auch könnte man eine Menge Obst trocknen und in der Stadt verkaufen, oder, besser noch, Schnaps daraus brennen, denn nichts schmeckt doch besser als ein guter Obstschnaps. Aber wie dem auch sei – ich muß schleunigst von hier verschwinden.«

Hinter dem Zaun erblickte er einen schmalen, völlig von Unkraut überwucherten Pfad. Er setzte, fast ohne es zu wollen, den Fuß darauf und nahm sich vor, zuerst so zu tun, als wolle er nur einen kleinen Spaziergang machen und dann zwischen den Hütten hindurchzuschleichen und aufs freie Feld zu entwischen, als er plötzlich eine kräftige Hand auf seiner Schulter spürte.

Hinter ihm stand der alte Kosak, der am vergangenen Abend so bitterlich den Tod seiner Eltern und seine Einsamkeit beklagt hatte.

»Es hat keinen Sinn, Herr Philosoph«, sagte er. »So einfach kannst du nicht von hier verschwinden; auch sind die Wege viel zu schlecht, als daß du zu Fuß weit kommen würdest. Komm lieber mit zu meinem Herrn: Er wartet schon die ganze Zeit auf dich!«

»Aber gern! Natürlich... mit Vergnügen«, sagte der Philosoph und folgte dem Kosaken.

Der Hauptmann, ein älterer Mann mit grauem Schnurrbart, saß mit düsterem Gesicht in der Stube am Tisch und stützte den Kopf in die Hände. Er mochte um die Fünfzig sein; doch die tiefe Traurigkeit seiner Miene und seine bleichen Wangen zeigten, daß ein harter Schlag sein Herz gebrochen hatte und sein Lebensmut und seine Lust an fröhlichen Zechereien geschwunden waren. Als Choma mit dem alten Kosaken eintrat und beide sich tief verneigten, nahm er die Hand vom Gesicht und nickte ihnen zu.

Choma und der Kosak blieben respektvoll an der Tür stehen.

»Wer bist du, woher kommst du, und was ist dein Geschäft, junger Mann?« fragte der Hauptmann in einem Ton, der weder freundlich noch unhöflich war.

»Ich heiße Choma Brut und bin Student der Philosophie.«

»Wer war dein Vater?«

»Das weiß ich nicht, gnädiger Herr.«

»Und deine Mutter?«

»Auch meine Mutter kenne ich nicht. Es ist natürlich anzunehmen, daß ich einstmals eine Mutter hatte; doch wer sie war, woher sie stammte und was mit ihr geschah – bei meiner Seele, gnädiger Herr, das weiß ich nicht.«

Der alte Mann schwieg und schien einen Augenblick nachzudenken.

»Wie hast du meine Tochter kennengelernt?«

»Ich kenne sie ja gar nicht, gnädiger Herr; ich schwöre Euch, ich kenne sie nicht. Mit solchen jungen Damen habe ich noch nie im Leben was zu tun gehabt. Bei Gott, wirklich nicht!«

»Warum hat sie dann danach verlangt, daß du an ihrem Totenbett beten sollst und kein anderer?«

Der Philosoph zuckte die Achseln. »Weiß der Himmel, wie das zugehen mag. Man weiß ja, wie das bei feinen Leuten ist: Sie bilden sich manchmal Dinge ein, für die der größte Weise keine Erklärung finden könnte. Ihr kennt doch das Sprichwort: Auf des feinen Herrn Geheiß muß selbst der Teufel tanzen.«

»Sprichst du auch die Wahrheit, Philosoph?«

»Auf der Stelle soll mich der Blitz treffen, wenn ich lüge.«

»Ach, hätte sie doch nur einen Augenblick länger gelebt«, murmelte der Hauptmann betrübt. »Dann hätte sie mir alles gesagt. ›Laß niemand anderen die Gebete für mich lesen, Vater. Schick schnell einen Boten nach Kiew ins Seminar und laß den Philosophen Choma Brut holen; er soll drei Nächte lang für meine arme Seele beten. Er weiß ...‹ Doch was du weißt, habe ich nicht mehr erfahren; es waren ihre letzten Worte, dann ist mein armes Kind gestorben. Ich vermute, junger Mann, du bist weithin bekannt für dein gottgefälliges Leben und deine frommen Werke. Vielleicht hat man ihr davon erzählt?«

»Wer? Ich?« rief der Philosoph und wich verblüfft einen Schritt zurück. »Ich und ein gottgefälliges Leben!« stieß er hervor und sah dem Hauptmann offen in die Augen. »Zuviel der Ehre, gnädiger Herr. Wie kommt Ihr bloß zu dieser Meinung? Zwar schickt sich's nicht, davon zu reden, doch mit Respekt gesagt – ich habe sogar am Abend des Gründonnerstag die Bäckersfrau in ihrem Schlafgemach besucht.«

»Wie dem auch sei – ganz sicher hat sie einen guten Grund gehabt, nach dir zu verlangen. Du mußt dich sogleich ans Werk machen.«

»Wenn ich dazu etwas bemerken dürfte, gnädiger Herr ... Jeder, der sich in den Heiligen Schriften auskennt, kann dies natürlich recht und schlecht tun ... doch viel besser würde sich zweifellos ein Diakon oder Mesner dafür eignen. Solche Leute haben Erfahrung in diesen Dingen, sie wissen, wie dies alles anzupacken ist; ich hingegen ... Überdies habe ich keine gute Stimme dafür, und überhaupt: Ich tauge nicht zu so etwas.«

»Du kannst reden, was du willst. Der letzte Wunsch meines lieben Kindes muß erfüllt werden, koste es, was es wolle. Wenn du von heute an drei Nächte für sie betest, werde ich dich reich dafür entlohnen. Wenn aber nicht ... Ich würde nicht einmal dem Teufel raten, mich zu erzürnen.«

Diese letzten Worte stieß der Hauptmann so wütend hervor, daß der Philosoph nicht an seinem Ernst zweifelte.

»Folge mir!« sagte der Hauptmann.

Sie traten auf den Flur. Der Hauptmann öffnete die Tür eines anderen Zimmers, das dem ersten gegenüberlag. Der Philosoph blieb einen Augenblick auf dem Flur stehen und schneuzte sich die Nase; dann trat er mit einem vagen Angstgefühl über die Schwelle.

Der ganze Fußboden des Zimmers war mit rotem Kattun ausgelegt. Auf einem hohen Tisch in der Ecke lag unter einem Muttergottesbild das tote Mädchen. Sie ruhte auf einer mit goldenen Fransen gesäumten dunkelblauen Samtdecke, und zu Kopf und Füßen standen mit Holunderblüten umwundene hohe, schlanke Wachskerzen, deren düsteres Licht von der Helligkeit des Tages fast verschluckt wurde. Der Rücken des Vaters, der gramgebeugt neben dem toten Mädchen niedersank, verdeckte ihr Gesicht. Tief betroffen hörte der Philosoph ihn sagen:

»Ich klage nicht darum, mein teures, geliebtes Kind, daß du in der Blüte deiner Jahre und ehe deine Zeit erfüllt war, die Welt verlassen hast; ich klage darum, mein Liebes, daß ich ihn nicht kenne, diesen meinen teuflischen Feind, der deinen Tod verschuldet hat. Wüßte ich einen, der auch nur in Gedanken fähig gewesen wäre, dir weh zu tun oder auch nur ein böses Wort von dir zu sagen – ich schwöre zu Gott, er sollte, wäre er so alt wie ich, nie seine Kinder wiedersehen, und wäre er noch jung, nie seine Eltern, und seine Leiche sollte den Geiern und Wölfen der Steppe zum Fraß vorgeworfen werden! Was mich so tief bedrückt, meine Heckenrose, mein Vögelchen, du Licht meiner Augen, ist, daß ich bis zum Ende meiner Tage ohne Trost bleiben werde, daß meine Tränen nie versiegen werden, während mein Feind herrlich und in Freuden dahinlebt und heimlich über mich schwachen, alten Mann spottet…«

Sein Schmerz überwältigte ihn; er hielt inne, und ein Strom von Tränen brach aus seinen Augen.

Den Philosophen erfüllte seine wilde Trauer mit tiefer Rührung; er räusperte sich leise, um seine Kehle klar zu machen. Der Hauptmann wandte sich um und deutete auf ein Betpult, das zu Häupten des toten Mädchens stand. Die Bücher lagen schon darauf.

»Irgendwie werde ich die drei Nächte schon hinter mich bringen«, dachte der Philosoph, »und der Alte wird mir dafür beide Taschen mit Goldstücken vollstopfen.«

Er trat an das Pult, räusperte sich nochmals und begann zu lesen, wobei er keinen Blick auf das Gesicht der Leiche zu werfen wagte. Erst als er merkte, daß der Hauptmann das Zimmer verlassen hatte, wandte er langsam den Kopf, um die Tote anzusehen, und…

Ein Schauder durchfuhr ihn: vor ihm lag ein Mädchen, so schön, daß es auf Erden sicher nicht ihresgleichen gab. Kein zweitesmal konnte die Natur Züge von solch klarer, ebenmäßiger Schönheit geformt haben. Sie lag da wie lebendig: die liebliche Stirn, makellos wie Schnee, wie Silber, schien tief in Gedanken; die feinen Brauen – schwarz wie die Nacht inmitten hellen Sonnenscheins – schwangen sich stolz über den geschlossenen Augen; die Wimpern lagen samten auf Wangen, die noch durchglüht schienen von der Wärme geheimer

Wünsche; die Lippen, rot wie Rubine, sahen aus, als könnten sie sich jeden Augenblick öffnen zu seligem, glücklichem Lachen ... Doch zugleich hatte dieses Gesicht etwas Grauenerregendes, Beklemmendes. Er spürte im Herzen einen stechenden Schmerz, als habe jemand im tollen Wirbel eines Festes, zwischen den übermütig sich drehenden Paaren, ein Totenlied angestimmt. Ihre Lippen waren so rot, als netze sie Blut, das von ihrem Herzen emporquoll. Und plötzlich erschien ihm dieses Gesicht unheimlich vertraut. »Die Hexe!« schrie er mit einer Stimme, die ihm selbst fremd war. Er wurde totenblaß, wandte sich ab und betete weiter. Es war die Hexe, die er getötet hatte!

Bei Sonnenuntergang wurde die Tote in die Kirche gebracht. Der Philosoph half, den in schwarze Tücher gehüllten Sarg zu tragen; kalt wie Eis lastete er auf seiner Schulter. Vor ihm ging der Hauptmann, die Hand auf der engen letzten Wohnstatt seiner Tochter. Die Kirche, ein altersschwarzer, grünbemooster Holzbau mit drei kegelförmigen Kuppeln, stand am Rand des Dorfes. Man sah, daß in ihr schon lange kein Gottesdienst mehr abgehalten worden war. Vor fast allen Heiligenbildern brannten Kerzen. Der Sarg wurde vor dem Altar abgestellt, und der Hauptmann küßte das tote Mädchen noch einmal, verneigte sich tief und ging mit den Sargträgern hinaus. Er befahl, dem Philosophen ein gutes Abendessen zu geben und ihn danach wieder zur Kirche zu bringen. Als die Sargträger die Küche betraten, gingen sie zum Ofen und hielten ihre Hände daran, wie es bei den Kleinrussen Sitte ist, wenn sie einen Toten gesehen haben.

Der Hunger, der in dem Philosophen in diesem Augenblick aufstieg, war so stark, daß er darüber das tote Mädchen für einige Minuten gänzlich vergaß. Allmählich fanden sich alle Dienstboten in der Küche ein, die auf dem Hof des Hauptmanns eine Art Versammlungsraum darstellte. Sogar die Hunde liefen herbei und warteten schwanzwedelnd an der Tür auf Knochen und andere Abfälle. Jeder auf dem Hof begab sich, bevor er irgendeinen Auftrag ausführte, zuerst einmal in die Küche, um sich auf der Ofenbank eine Weile auszuruhen und eine Pfeife zu rauchen. Die unverheirateten Männer in ihren schmucken Kosakenuniformen lagen fast den ganzen Tag auf der Bank, unter der Bank oder auf dem Ofen – überall, wo man es sich halbwegs gemütlich machen konnte. Auch pflegte jeder ständig irgend etwas in der Küche liegenzulassen, der eine seine Milchkanne, der andere seine Peitsche, der dritte sonst etwas. Am vollsten aber war die Küche immer zur Abendessenszeit. Dann kamen auch der Stallknecht, der die Pferde auf die Koppel gebracht, der Kuhhirt, der das Vieh zum Melken in den Stall getrieben hatte und all die anderen, die man tagsüber nicht sah. Beim Essen wurden selbst die Schweigsamsten gesprächig, und was gab es nicht alles zu bereden: daß einer sich eine neue Hose hatte machen lassen, wie es wohl im Innern der Erde aussah, und daß einer einen alten Wolf gesehen hatte. Man weiß ja, was für Witzbolde und Geschichtenerzähler es unter den Kleinrussen gibt.

Der Philosoph setzte sich mit den anderen in einem weiten Kreis draußen im Freien vor die Küchentür. Bald kam eine Magd mit einem roten Kopftuch und brachte eine riesige Schüssel voll dampfender Klöße, die sie zwischen ihnen auf den Boden stellte. Jeder zog einen Holzlöffel aus der Tasche, oder jene, die keinen besaßen, einen Holzspan. Sobald die Kinnbacken langsamer kauten und der Wolfshunger der ganzen Gesellschaft etwas gestillt war, begann man zu reden – an diesem Abend natürlich vor allem über die Verstorbene.

»Ob es wohl wahr ist«, sagte ein junger Schafhirte, der das lederne Band, an dem seine Pfeife hing, mit so vielen Knöpfen und Kupferstücken bepflastert hatte, daß er aussah wie ein Posamentenhändler, »ob es wohl wahr ist, daß das gnädige Fräulein – mit Verlaub zu sagen – Umgang mit dem Bösen hatte?«

»Wer? Das Fräulein?« sagte Dorosch, den der Philosoph schon kannte. »Das weiß doch jeder, daß die eine Hexe war! Ich schwöre jeden Eid darauf!«

»Sei still, Dorosch!« sagte jener andere Kosak, der schon während der Reise ständig bemüht gewesen war, die anderen zu besänftigen. »Das geht uns nichts an. Darüber spricht man besser nicht.«

Doch Dorosch war nicht imstande, seine Zunge im Zaum zu halten; er war kurz zuvor mit dem Verwalter im Keller gewesen und hatte an zwei oder drei Fässern gekostet. Deshalb war er ungemein redselig und sprach in einem fort.

»Was soll ich? Still sein?« sagte er. »Wo sie doch auf mir selbst geritten ist! Bei meiner Seele, das ist sie!«

»Wie ist das, Onkel«, fragte der junge Schafhirte mit den Knöpfen. »Gibt es irgendwelche Zeichen, an denen man eine Hexe erkennen kann?«

»Ach wo«, sagte Dorosch. »Nichts gibt's, woran man das erkennen kann. Du kannst den ganzen Psalter durchlesen, es steht nichts davon drin.«

»Doch, Dorosch, man kann es erkennen«, mischte der Sittenprediger sich ein. »Es hat seinen guten Grund, warum Gott jedem Lebewesen sein besonderes Zeichen gegeben hat. Studierte Leute sagen, daß Hexen einen kleinen Schwanz haben.«

»Ach was, jedes Weib verwandelt sich in eine Hexe, wenn es alt wird«, sagte spöttisch der grauhaarige Kosak.

»Eine schöne Bande seid ihr«, schimpfte die Magd, die eben einen Haufen frische Klöße in die leere Schüssel schüttete, »richtige verfressene Schweine!«

Der alte Kosak – er hieß Jawtu, wurde aber von allen Kowtun gerufen – grinste zufrieden, als er sah, wie seine Worte die Alte getroffen hatten, und der Kuhhirt grölte so laut vor

Lachen, daß man hätte meinen können, zwei Stiere brüllten einander an.

Die Unterhaltung hatte des Philosophen Neugier geweckt. Er brannte darauf, mehr über die Tochter des Hauptmanns zu erfahren, und um das Gespräch wieder auf dieses Thema zu lenken, wandte er sich an seinen Nachbarn und fragte: »Warum halten bloß alle diese Leute das junge Fräulein für eine Hexe? Hat sie irgendwem etwas Böses getan und gar jemanden ums Leben gebracht?«

»O ja, da hat's allerlei gegeben«, antwortete einer aus der Runde, ein Mann mit einem Gesicht, das platt war wie ein Spaten. »Wenn ich an den Pikeur Mikita denke und an ...«

»Was war mit dem Pikeur Mikita?« fragte der Philosoph.

»Halt! Das von Mikita erzähle ich«, rief Dorosch.

»Nein, ich«, sagte der Pferdeknecht, »ihr wißt doch, er war ein guter Freund von mir.«

»Ich erzähle das von Mikita«, sagte Spirid.

»Ja, Spirid soll es erzählen«, rief die Menge.

Und so begann Spirid: »Du kennst Mikita nicht, Herr Philosoph Choma. Ach, war das ein Mann! Er kannte jeden Hund so gut wie seinen eigenen Vater. Der Pikeur, den wir heute haben, der Mikola – dort drüben sitzt er –, der ist keinen roten Heller wert. Sicher, auch er versteht seine Sache, aber gegen den Mikita ist er gar nichts.«

»Gut erzählst du, sehr gut!« sagte Dorosch und nickte beifällig.

Spirid fuhr fort: »Der hat einen Hasen schneller gesehen, als du dir die Nase wischen konntest. ›Holla, faßt ihn‹, schrie er den Hunden zu und galoppierte los auf seinem Pferd, so schnell, daß man nie wußte, wer früher den Hasen erwischen würde, die Hunde oder er. Und einen Becher Wodka hat er gekippt, ohne auch nur mit der Wimper zu zucken. Ein Prachtkerl von einem Pikeur! Plötzlich aber fing er an, immerfort das junge Fräulein anzustarren. Ob er sich in sie verliebt hat oder sie ihn behext – gleichviel: der Mann war wie von Sinnen. Weiß der Teufel, was mit ihm los war. Pfui, kann ich nur sagen.«

»Gut erzählst du«, sagte Dorosch.

»Wenn das Fräulein ihn bloß ansieht, läßt er die Zügel fallen, ruft seine Hunde beim falschen Namen und weiß nicht, was er tut. Eines Abends kommt das Fräulein zu ihm in den Stall, wo er ein Pferd striegelt.

›Komm, Mikita‹, sagt sie, ›laß mich einmal meinen Fuß auf dich setzen.‹ Und er, der dumme Kerl, freut sich noch darüber. ›Nicht nur den Fuß‹, sagt er, ›setzt Euch doch ganz auf mich.‹ Das junge Fräulein hebt den Fuß, und wie er ihr nacktes, strammes, weißes Bein sieht, verliert er völlig den Verstand – das hat er mir selbst erzählt. Er bückt sich, der Idiot, sie steigt auf seinen Buckel, und er umklammert mit seinen Händen ihr nacktes Bein und galoppiert mit ihr davon, wie ein Pferd. Er konnte nicht einmal sagen, wohin er rannte, doch als er zurückkam, war er mehr tot als lebendig, und von da an schrumpfte er zusammen und wurde immer magerer und dürrer; und als eines Tages einer von uns in den Stall ging, fand er dort an seiner Stelle ein Häufchen Asche und einen leeren Eimer; er war einfach verbrannt, ganz von selbst verbrannt. Und dabei war er ein Pikeur, wie man auf der ganzen Welt keinen zweiten so leicht findet.«

Als Spirid mit seiner Geschichte fertig war, meldeten sich einige von den anderen zu Wort und berichteten allerlei Rühmliches von dem toten Pikeur.

Schließlich wandte sich Dorosch an Choma: »Und die Geschichte von Scheptuns Frau – die kennst du doch?« fragte er.

»Nein.«

»Nanu! Ihr scheint in eurem Seminar nicht viel Gescheites zu lernen. Also hör zu. In unserm Dorf gibt es einen Kosaken namens Scheptun – ein guter Kosak! Er stiehlt manchmal oder lügt, ohne daß es not täte. aber er ist wirklich ein guter Kosak. Seine Hütte liegt gar nicht weit von hier. Eines Abends, zur gleichen Zeit, da wir uns heute hier zusammengesetzt haben, waren Scheptun und seine Frau mit ihrem Abendessen fertig und gingen schlafen; und weil das Wetter schön war, legte sich die Frau draußen auf den Hof und Scheptun in der Hütte auf die Bank; oder nein... Die Frau legte sich drinnen auf die Bank und Scheptun auf den Hof...«

»Nein, nicht auf die Bank, sie legte sich auf den Boden«, rief eine Magd dazwischen, die, ihren Kopf auf die Hand gestützt, in der Tür stand.

Dorosch sah sie an, dann blickte er nieder, sah sie wieder an und sagte nach einer Weile: »Wenn du nicht ruhig bist, dann hebe ich dir vor allen Leuten den Rock hoch.«

Diese Warnung tat ihre Wirkung; die Alte bezähmte sich und unterbrach ihn nicht wieder.

Dorosch fuhr fort: »Also – in der Mitte der Hütte hing eine Wiege, und darin lag ein kleines Kind von einem Jahr – ob es ein Junge oder ein Mädchen war, weiß ich nicht. Wie nun Scheptuns Frau so daliegt, hört sie, wie draußen an der Tür ein Hund kratzt und schrecklich heult. Sie bekam es mit der Angst, denn die Weiber sind ja nun mal so dumme Geschöpfe. Man braucht abends, wenn es finster ist, bloß den Kopf zur Tür hereinzustecken und ihnen die Zunge zu zeigen, schon bleibt ihnen das Herz stehen. Dann dachte sie aber doch: ›Ei, ich muß doch hinausgehen und dem verdammten Hundevieh tüchtig eins auf die Nase geben; dann wird es schon aufhören zu heulen.‹ Und sie nahm den Schürhaken und ging zur Tür. Kaum hatte sie sie aber auch nur einen Spalt aufgemacht, da flitzte der Hund zwischen ihren Beinen durch und schnurstracks zur Wiege. Und plötzlich sah sie, es war gar kein Hund, sondern das junge Fräulein. Es wäre ja weiter nicht schlimm gewesen, wenn das Fräulein so ausgesehen hätte wie sonst. Doch das Unheimliche war: Sie war ganz blau, und ihre Augen glühten wie zwei Kohlen. Sie packte das Kind, biß es in die Kehle und begann ihm das Blut auszusaugen. Scheptuns Frau schrie nur: ›Gott, steh mir bei!‹ und rannte zur Tür. Doch die Tür zum Flur ist verschlossen, und so flieht sie auf den Boden und sitzt da und zittert am ganzen Leib, und auf einmal kommt das junge Fräulein die Treppe herauf und stürzt sich auf sie und schlägt ihre Zähne in das dumme Weib. Als Scheptun seine Frau am andern Morgen fand und herunterschleppte, war sie ganz zerbissen und voller schwarzer und blauer Flecke; und am nächsten Tag starb das dumme Weib. Da seht ihr mal, welch unheimliche, böse Dinge es auf der Welt gibt! Und mag sie auch von adligem Blut sein – eine Hexe ist eine Hexe.«

Als Dorosch geendet hatte, sah er sich selbstgefällig in der Runde um und steckte den Finger in seine Pfeife, um sie frisch mit Tabak zu füllen. Geschichten von der Hexe aber schien es schier zahllose zu geben, und ein jeder drängte sich, eine zu erzählen. Bei einem hatte sie, in ein Bündel Heu verwandelt, vor der Hüttentür gelegen; einem anderen hatte sie die Mütze oder die Pfeife gestohlen; vielen Mädchen des Dorfes hatte sie Haare abgeschnitten; und einige gab es, denen hatte sie literweise Blut ausgesogen.

Schließlich merkte man aber doch, daß man viel zu lange geplaudert hatte, denn es war schon stockfinster auf dem Hof. Man erhob sich, und jeder ging zu seiner Schlafstätte, um sich zur Ruhe zu legen; der eine in der Küche, der andere in der Scheune, ein anderer mitten auf dem Hof.

»Wohlan, Herr Choma, es ist Zeit für uns, zu dem toten Fräulein zu gehen«, sagte der grauhaarige Kosak zum Philosophen; und sie machten sich zusammen mit Spirid und Dorosch auf den Weg zur Kirche, mit ihren Peitschen nach den Hunden schlagend, die in großer Zahl auf der Straße herumstreunten und wütend in die Peitschenstiele bissen.

Obwohl der Philosoph tüchtig dem Wodka zugesprochen und sich Mut angetrunken hatte, befiel ihn doch, als sie sich der beleuchteten Kirche näherten, ein unheimliches Gefühl, denn die seltsamen Berichte und Erzählungen hatten seine Phantasie angestachelt. Als sie auf den freien Platz vor der Kirche kamen, hellte sich die Dunkelheit, die unter dem Zaun und den Bäumen geherrscht hatte, ein wenig auf. Endlich traten sie durch die Umfriedung auf den kleinen Kirchhof, hinter dem es keinen einzigen Baum mehr gab, nur noch freies Land und weite Wiesen, die das Dunkel der Nacht verschlang. Die drei Kosaken stiegen mit Choma die Vortreppe hinauf und begleiteten ihn in die Kirche. Dann wünschten sie ihm viel Glück zur Verrichtung seines Auftrags und verschlossen, wie ihr Herr es ihnen befohlen hatte, hinter ihm das Tor.

Der Philosoph war allein. Er gähnte erst einmal herzhaft, dann streckte er sich, dann blies er sich in die Hände, und schließlich schaute er sich um. Mitten in der Kirche stand der schwarze Sarg. Unter den dunklen Heiligenbildern brannten Kerzen, die jedoch nur die Ikonenwand und einen kleinen Teil des Kirchenschiffs erhellten; alles andere lag in tiefer Finsternis. Die hohe Ikonenwand mußte schon sehr alt sein; auf ihrem geschnitzten Gitterwerk schimmerte nur hier und dort ein Fleckchen Gold, denn die Vergoldung war teils abgeblättert, teils völlig verblichen. Düster blickten die vom Alter geschwärzten Gesichter der Heiligen. Der Philosoph blickte noch einmal um sich. »Ach was«, sagte er, »wovor soll ich mich denn hier fürchten? Lebendiger Mensch kann keiner herein, und um mich vor den Toten und Geistern aus der anderen Welt zu schützen, weiß ich doch genügend Gebete. Wenn ich die laut aufsage, dann rühren sie mich mit keinem Finger an. Also will ich am besten gleich anfangen zu beten.« Als er zu dem Pult ging, fiel sein Blick auf ein paar Bündel Kerzen. »Fein«, dachte der Philosoph. »Ich werde damit die ganze Kirche so erleuchten, daß es taghell ist. Ach, wie schade, daß man in einem Gotteshaus nicht Pfeife rauchen darf!«

Er machte sich also daran, auf alle Simse, Pulte und Bildstöcke Wachskerzen zu kleben, und bald war die ganze Kirche von Licht erfüllt. Nur in der Höhe schien das Dunkel jetzt noch schwärzer, und die Gesichter der Heiligen blickten noch düsterer aus ihren alten geschnitzten Rahmen, an denen hier und dort ein Goldfleckchen schimmerte. Er trat an den Sarg, blickte der Toten scheu ins Gesicht – und schloß schaudernd die Augen: welch grausige, strahlende Schönheit!

Er wandte sich ab und wollte sich entfernen; doch eine seltsame Neugier, jenes widersprüchliche Gefühl, das den Menschen gerade in Augenblicken größter Angst packt, zwang ihn, noch einmal den Kopf zu wenden, und er sah sie, wieder von dem gleichen Schauder erfüllt, noch einmal an. Die Schönheit des toten Mädchens war wahrlich unheimlich. Vielleicht hätte ihn nicht dies tiefe Grauen gepackt, wäre sie nicht gar so makellos gewesen. Doch ihr Gesicht war nicht im mindesten erschlafft, verzerrt, vom Tod entstellt; es schien voll Leben, und dem Philosophen war, als starre sie ihn mit geschlossenen Augen an. Jetzt glaubte er gar zu sehen, wie eine Träne unter ihrem rechten Augenlid hervorquoll, und als sie auf der Wange liegenblieb, gab es für ihn keinen Zweifel: es war ein Tropfen Blut.

Er lief zum Betpult, schlug das Buch auf und begann, um sich Mut zu machen, laut zu lesen. Die alten hölzernen Kirchenwände verschluckten, durch das lange Schweigen taub geworden, seine Stimme; dumpf, ohne Widerhall, in tiefem Baß durchdröhnte sie die tiefe Stille und erschien ihm selbst unheimlich. »Wie dumm von mir, wovor fürchte ich mich denn?« dachte er. »Sie wird sich nicht aus ihrem Sarg erheben, sie scheut doch Gottes Wort. Sie wird schön liegenbleiben! Ein feiner Kosak wäre ich, wenn ich Angst hätte! Ich habe bloß einen Schluck zuviel getrunken – das ist alles. Ich werde eine Prise Tabak schnupfen. Ach, ist der Tabak gut! Ach, ist das herrlich!« Doch immer, wenn er eine Seite umblätterte, warf er einen verstohlenen Blick auf den Sarg, und etwas in seinem Innern schien ihm zuzuflüstern: »Da, schau, jetzt steht sie auf! Jetzt hebt sie den Kopf und sieht dich an aus ihrem Sarg!«

Doch es blieb totenstill; der Sarg stand regungslos; die Kerzen schimmerten hell. Kein Wunder, daß ihn graute: des Nachts in einer hellen Kirche allein mit einer Leiche!

Er erhob seine Stimme und begann in verschiedenen Tonlagen laut zu singen, um seine Furcht zu unterdrücken, doch immer wieder wanderte sein Blick zu dem Sarg, als frage er sich: »Was, wenn sie sich aufsetzt, wenn sie aufsteht?«

Doch die Tote rührte sich nicht. Kein Laut durchdrang die gräßliche Stille, kein lebendes Wesen schien weit und breit. Nicht einmal ein Heimchen zirpte in einer Ecke! Nichts war zu hören als das Knistern einer Kerze, das leise Klatschen, mit dem ein Tropfen Wachs auf den Boden fiel.

»Was, wenn sie aufsteht?«

Da – sie hob den Kopf...

Er starrte erschrocken und rieb sich die Augen. Wahrhaftig, sie lag nicht mehr, sondern saß aufrecht in ihrem Sarg. Er blickte schnell weg, doch wieder wanderte sein Blick zurück zum Sarg. Sie war aufgestanden... Sie wandelte mit geschlossenen Augen durch die Kirche, die Arme ausgestreckt, als suche sie jemand zu fassen.

Sie kam geradewegs auf ihn zu. Er zog in panischer Angst einen Kreis um sich und begann hastig Gebete und Bannsprüche aufzusagen, die ihn ein Mönch gelehrt hatte, der sein ganzes Leben lang von Hexen und bösen Geistern geplagt worden war.

Jetzt trat sie an den Strich; doch er merkte, daß sie nicht

die Kraft hatte, ihn zu überschreiten: sie wurde plötzlich fahl wie jemand, der schon seit Tagen tot ist. Choma hatte nicht den Mut, sie anzublicken, so gräßlich sah sie aus. Sie knirschte mit den Zähnen und schlug die toten Augen auf, wandte sich aber, da sie offenbar nichts sehen konnte, wütend das Gesicht verzerrend, ab und tastete mit ausgestreckten Armen jede Säule und jeden Winkel ab, als suche sie Choma. Endlich hielt sie inne, hob drohend den Finger und legte sich wieder in den Sarg.

Der Philosoph stand wie erstarrt und blickte mit weitaufgerissenen Augen auf die schmale Schlafstatt der Hexe. Plötzlich erhob sich der Sarg vom Boden und sauste mit einem zischenden Laut kreuz und quer durch die Kirche.

Der Philosoph erblickte ihn dicht über seinem Kopf, doch zugleich merkte er, daß er den Kreis, den er gezogen hatte, nicht durchbrechen konnte, und er sagte mit noch größerer Inbrunst seine Bannsprüche auf. Der Sarg fiel in der Mitte der Kirche zu Boden und blieb reglos liegen. Die Tote richtete sich auf, fahl und grünlich schimmernd. Doch im gleichen Augenblick ertönte in der Ferne ein Hahnenschrei; die Leiche sank zurück, und polternd schlug der Deckel zu.

Das Herz des Philosophen pochte wild, und der Schweiß lief in Strömen an ihm herunter, doch der Hahnenschrei erfüllte ihn mit Mut, und so leierte er schnell die Gebete herunter, die er längst hätte lesen sollen. Im ersten Morgenrot erschienen der Mesner und der alte Jawtu, der zu jener Zeit das Amt des Kirchendieners versah, und erlösten ihn.

Als der Philosoph sich zur Ruhe gelegt hatte, fand er lange keinen Schlaf; doch schließlich siegte die Müdigkeit, und er schlummerte bis Mittag. Beim Erwachen schien es ihm, als habe er alles, was in der Nacht geschehen war, nur geträumt. Zur Kräftigung kredenzte man ihm einen Becher Wodka.

Während des Essens kehrten seine Lebensgeister wieder; er machte Witze und verzehrte fast ganz allein ein ziemlich großes Spanferkel; doch irgendein dunkles Gefühl hielt ihn davon ab, von seinen Erlebnissen in der Kirche zu berichten, und auf neugierige Fragen erwiderte er: »Ja, ja, alle möglichen seltsamen Dinge haben sich zugetragen!« Der Philosoph gehörte zu jenen Menschen, die, wenn sie gut gegessen haben, ungemein leutselig werden. Er legte sich gemütlich nieder, schmauchte seine Pfeife und ließ, zuweilen genüßlich ausspuckend, wohlwollend seinen Blick umherwandern.

Nach dem Essen schlenderte der Philosoph in bester Laune durch das Dorf und schloß mit allerlei Leuten Freundschaft; aus zwei Hütten allerdings wurde er hinausgeworfen, und eine hübsche junge Bäuerin hieb ihm eine Schaufel auf den Rücken, als er es sich in den Kopf setzte, ihr Hemd und ihren Rock zu befingern, um festzustellen, aus was für Stoff sie waren. Doch je näher der Abend rückte, desto stiller und nachdenklicher wurde der Philosoph. Eine Stunde vor dem Abendessen versammelte sich fast das ganze Gesinde, um *Kregli* zu spielen; eine Art Kegeln, doch nicht mit Kugeln, sondern mit langen Knüppeln, bei dem der Sieger auf dem Rücken des Verlierers reiten darf. Dieses Spiel war für die Zuschauer äußerst amüsant; vor allem, wenn der Viehtreiber, ein Bursche, dick wie ein Pfannkuchen, auf dem Schweinehirten ritt, einem dürren, kleinen Männchen, das nur aus Runzeln bestand. Die älteren, würdevolleren Leute saßen vor der Küchentür, rauchten ihre Pfeifen und verzogen keine Miene – auch nicht, wenn die Jungen über einen guten Witz Spirids oder des Viehtreibers vor Lachen brüllten. Choma versuchte vergeblich, sich durch das Spiel abzulenken; eine düstere Ahnung stak in seinem Kopf wie ein Nagel. Und beim Abendessen, während die Dunkelheit den Himmel überzog, kroch – so sehr er sich auch bemühte, fröhlich zu sein – wieder die Angst in ihm hoch.

»Es ist Zeit, Herr Seminarist!« sagte schließlich sein

Freund, der grauhaarige Kosak, und erhob sich zusammen mit Dorosch vom Tisch. »Laßt uns aufbrechen.«

Choma wurde genau wie am vergangenen Tag zur Kirche gebracht, und wieder ließ man ihn allein und versperrte das Tor. Sobald er allein war, packte ihn wieder die Angst. Er sah die düsteren Heiligenbilder und die golden schimmernden Rahmen, und in der Mitte der Kirche stand bedrohlich still und reglos der Sarg.

»Ach«, sagte er sich, »nun kenne ich diesen Spuk ja schon. Er hat mir nur beim erstenmal angst gemacht. Ja, nur beim erstenmal hatte ich solche Angst, und gar so schlimm war es eigentlich nicht; jetzt ist es gar nicht mehr schlimm.«

Er ging schnell zum Pult, zog wieder einen Kreis um sich, sprach ein paar Bannsprüche und fing an, laut die Gebete zu lesen, entschlossen, nicht den Blick vom Buch zu wenden und sich um nichts zu kümmern. Als er eine gute Stunde gelesen hatte und schon ein wenig heiser und müde wurde, holte er seine Tabaksdose aus der Tasche, doch bevor er die Prise an die Nase führte, warf er rasch einen verstohlenen Blick auf den Sarg. Sein Herz stockte – die Tote stand schon dicht vor ihm am Rand des Kreises, und ihre toten, grünlichen Augen starrten ihn an. Der Philosoph erschauderte, und Eiseskälte rann ihm durch die Adern. Er senkte den Blick auf das Buch, und als er anhub, mit lauter Stimme Gebete und Bannsprüche herzusagen, knirschte die Tote mit den Zähnen und streckte die Arme aus, um ihn zu packen. Doch als er heimlich nach ihr schielte, sah er, daß sie an einer Stelle nach ihm tastete, wo er gar nicht stand, und ihm wurde klar, daß sie ihn nicht sehen konnte. Er hörte dumpfes Murmeln; sie stieß gräßliche Worte zwischen ihren toten Lippen hervor, zischend und gurgelnd wie brodelnder Teer. Er wußte nicht, was die Worte bedeuteten, doch sie klangen entsetzlich. Der Philosoph ahnte, daß es Beschwörungen waren.

Ein Windstoß fegte durch die Kirche, und er hörte ein Geräusch, als flatterten zahllose Flügel. Sie schlugen an die Kirchenfenster und an die eisernen Rahmen; Krallen kratzten über das Eisen, und eine riesige Schar geisterhafter Wesen hämmerte an die Tore und versuchte sie zu sprengen. Sein Herz pochte wild. Er schloß die Augen und sprach verzweifelt seine Gebete und Bannsprüche. Endlich ertönte in der Ferne ein schriller Laut – der erste Hahnenschrei. Völlig erschöpft hielt der Philosoph mit dem Beten inne und atmete auf.

Als die Kosaken kamen, um ihn zu holen, fanden sie ihn mehr tot als lebendig; er lehnte an der Wand und starrte sie mit weit aufgerissenen Augen an. Sie mußten ihn mühsam aus der Kirche schleppen und den ganzen Weg stützen. Als sie auf dem Hof anlangten, riß er sich zusammen und bat um einen Becher Wodka. Als er ihn ausgetrunken hatte, strich er sich mit der Hand übers Haar und sagte: »Gräßliche Dinge gibt's auf der Welt! Manchmal kann's einem grausen, daß...« Müde winkte der Philosoph ab.

Als die Leute, die um ihn saßen, das hörten, senkten sie die Köpfe. Sogar ein kleiner Junge, auf den die Knechte und Mägde allerlei niedrige Arbeiten wie Wasserholen und Stallausmisten abzuschieben pflegten, starrte den Philosophen mit offenem Mund an.

In diesem Augenblick kam die Gehilfin der alten Köchin vorbei, ein schon älteres, schrecklich kokettes dralles Frauenzimmer in einem eng geschnürten Kittel, das stets irgend etwas an sein Kopftuch heftete – ein Band, eine Nelke oder, wenn sie nichts Besseres hatte, ein Stück buntes Papier.

»Guten Tag, Choma«, sagte sie, als sie den Philosophen erblickte. Dann schlug sie die Hände zusammen und kreischte: »Mein Gott, was ist denn mit dir los?«

»Was soll denn mit mir los sein, dummes Ding?«

»Du meine Güte! Dein Haar ist ja ganz grau!«

»Nein, wirklich, sie hat recht!« rief Spirid und starrte den Philosophen an. »Du hast ja fast so graues Haar wie unser alter Jawtu.«

Der Philosoph sprang auf und rannte in die Küche, wo er an der Wand einen mit Fliegendreck besprenkelten, dreieckigen, stets mit Vergißmeinnicht, Immergrün und Ringelblumen geschmückten Spiegelscherben gesehen hatte, vor dem die kokette Magd ihre Toilette zu verrichten pflegte. Entsetzt sah er, daß sie recht hatte: sein Haar war mindestens zur Hälfte weiß geworden.

Choma Brut senkte den Kopf und dachte nach. »Ich muß zum Hauptmann gehen«, beschloß er endlich. »Ich muß ihm alles erzählen und ihm sagen, daß es mit dem Beten ein Ende hat. Er soll mich auf der Stelle zurück nach Kiew bringen lassen.«

Tief in Gedanken versunken, ging er zum Herrenhaus.

Der Hauptmann saß reglos im Salon. In seinem Gesicht stand immer noch der gleiche tiefe Kummer, und seine Wangen schienen noch mehr eingefallen. Man merkte, daß er nur sehr wenig Nahrung zu sich nahm, oder gar überhaupt nichts aß. Die wächserne Blässe ließ sein Gesicht wie versteinert erscheinen.

»Gott zum Gruß«, sagte er zu Choma, der, die Mütze in der Hand, in der Tür stehenblieb. »Wie geht es dir? Ich hoffe, gut.«

»Gut? Wollt Ihr meiner spotten? Am liebsten würde ich die Beine in die Hand nehmen und davonlaufen vor diesem Teufelsspuk!«

»Was soll das heißen?«

»Nun, Eure Tochter, gnädiger Herr... Sie ist ja, zugegeben, adligen Geblüts, und mein Respekt verbietet mir, ihr etwas Böses nachzusagen; doch mit Verlaub, der Herr sei ihrer Seele gnädig...«

»Was ist mit meiner Tochter?«

»Sie war mit dem Satan im Bund. Und nun führt sie einen solchen Höllenspuk auf, daß alle Gebete nichts dagegen nützen.«

»Bete weiter! Bete weiter! Sie hat ganz recht getan, nach dir zu schicken. Das arme Kind fürchtete um sein Seelenheil und wollte durch Gebete das Böse bannen.«

»Wie dem auch sein mag, gnädiger Herr, ich kann nicht mehr!«

»Du mußt!« fuhr der Hauptmann im gleichen eindringlichen Ton fort. »Du hast doch nur noch eine Nacht vor dir; vergiß nicht, du tust ein gottgefälliges Werk, und ich werde dich reich belohnen.«

»Der Lohn mag noch so reich sein. Tut, was Ihr wollt, gnädiger Herr – ich bete nicht weiter!« erwiderte der Philosoph entschlossen.

»Hör zu, Philosoph!« sagte der Hauptmann, und seine Stimme klang hart und drohend. »Solche Faxen mag ich nicht. So kannst du dich in deinem Seminar benehmen, doch nicht in meinem Haus. Wenn ich dich durchprügeln lasse, dann ist das etwas anderes, als wenn dein Rektor dir eins überzieht. Weißt du, wie eine gute Lederpeitsche schmeckt?«

»Freilich weiß ich das!« rief der Philosoph; dann senkte er die Stimme: »Eine ordentliche Tracht damit hält selbst der Stärkste nicht aus.«

»Ganz recht. Und dabei weißt du gar nicht, wie meine Burschen zuhauen können«, sagte der Hauptmann drohend und stand auf. Seine herrische, wütende Miene verriet die zügellose Heftigkeit und Härte seines Wesens, die Kummer und Schmerz nur eine Weile gemildert hatten.

»Bei uns wird erst mal tüchtig durchgeprügelt, dann schüttet man Wodka auf die Striemen, und weiter geht's. Marsch, scher dich weg und führ dein Werk zu Ende! Wenn du dich weigerst, lasse ich dich zu Tode prügeln. Wenn du gehorchst, bekommst du tausend Goldstücke!«

»Oho, mit dem ist nicht zu spaßen«, dachte der Philosoph beim Hinausgehen. »Doch warte nur, mein Freund, ich werde so rasch fort sein, daß du mit deinen Hunden mich gar nicht erwischst.«

Choma war fest entschlossen, zu flüchten. Er wollte nur die Stunde nach dem Mittagessen abwarten, wenn das Gesinde sich in den Scheunen aufs Heu legte und alsbald so laut zu schnarchen und zu schnaufen pflegte, daß der ganze Hof davon widerhallte.

Endlich kam der Augenblick. Sogar Jawtu lag mit geschlossenen Augen in der Sonne. Furchtsam und zitternd schlich Choma in den Garten, denn er hoffte von dort aus ungesehen ins Freie entkommen zu können. Wie auf den meisten dieser Güter war der Garten schrecklich vernachlässigt und verwildert und bot deshalb ein überaus günstiges Gelände für so ein heimliches Unternehmen. Nur ein von den Knechten und Mägden ausgetretener schmaler Pfad führte durch ihn hindurch, ansonsten bestand er aus einem Dickicht von Kirschbäumen, Fliedersträuchern und Kletterstauden, deren schlanke, sich hoch hinaufwindende Äste voller klebriger rosa Köpfchen waren. Über diesem Gewirr von Bäumen und Sträuchern webte wilder Hopfen ein dichtes Netz und bildete ein grünes Dach. Seine Ranken klammerten sich an den Zaun und schlängelten sich zwischen wilden Glockenblumen. Hinter dem Zaun, der den Garten begrenzte, wucherte dichtes Gras und Gesträuch, an dessen dicken, harten Stengeln jede Sense zerbrochen wäre.

Als der Philosoph sich daranmachte, den Zaun zu überklettern, begannen seine Zähne zu klappern, und sein Herz pochte so wild, daß er erschrak. Die Schöße seines langen Rocks schienen am Boden festzukleben, als seien sie angenagelt. Während er darüberstieg, glaubte er eine Stimme zu hören, die ihm wütend in die Ohren zischte: »Wo willst du hin?« Der Philosoph duckte sich ins hohe Gras und rannte los, wobei er immer wieder über Wurzeln und Maulwurfshügel stolperte. Als er aus dem Gestrüpp herauskam, sah er ein Feld vor sich, und dahinter lag ein dunkles Dornengebüsch. Sowie er dies erreicht hatte, würde er, so glaubte er, in Sicherheit sein, und dann war es gewiß nicht mehr weit zu der Straße nach Kiew. Er rannte, so schnell er konnte, über das Feld und schlüpfte in das Dornengebüsch.

Hastig kroch er hindurch, wobei die spitzen Dornen seinen Rock in Fetzen rissen, und kam in eine kleine Schlucht. Eine Weide stand in ihrer Mitte und ließ ihre weitausladenden Zweige bis zum Boden herabhängen. Zu ihren Füßen schimmerte klar wie Silber ein Bach. Sofort warf der Philosoph sich hin und trank, denn er war schrecklich durstig. »Mein Gott, ist dieses Wasser gut«, sagte er und wischte die Lippen. »Hier werde ich ein wenig rasten.«

»Nein, nein, lauf lieber weiter; sonst erwischen sie dich«, hörte er da plötzlich hinter sich eine Stimme. Er fuhr herum – und da stand Jawtu. »Verfluchter Kerl!« dachte der Philosoph voll Wut. »Ich sollte dich packen und mit einem Eichenknüppel verprügeln.«

»Du hättest doch nicht einen so weiten Umweg zu machen brauchen«, sagte Jawtu. »Warum bist du nicht den Weg gegangen, auf dem ich gekommen bin, am Stall vorbei? Und wie schade um deinen Rock. So ein guter Stoff. Was hat denn die Elle gekostet? Doch jetzt sind wir weit genug gewandert; es ist Zeit, wieder heimzugehen.«

Choma kratzte sich hinterm Ohr, als er hinter Jawtu hertrottete. »Jetzt wird mir diese verfluchte Hexe den Rest geben«, dachte er. »Aber warum habe ich eigentlich Angst? Bin ich denn kein Kosak? Mein Gott, ich habe zwei Nächte überstanden, der Herr wird mir auch in der dritten helfen. Diese verfluchte Hexe muß eine schöne Menge Sünden begangen haben, daß der Böse so um sie kämpft.«

Solche Gedanken gingen ihm durch den Kopf, als er wieder den Hof betrat. Und als er sich damit ein wenig Mut gemacht hatte, bat er Dorosch, der in der Gunst des Verwalters stand und deshalb manchmal Zugang zum Keller hatte, ihm doch ein Fäßchen Wodka zu besorgen. Die beiden Freunde setzten sich damit in die Scheune und tranken fast einen halben Eimer voll. Bald sprang der Philosoph auf und rief: »Musikanten! Musikanten müssen her!«, und ohne auf ihr Erscheinen zu warten, begann er auf einer freien Stelle in der Mitte des Hofes ausgelassen zu tanzen. Er tanzte bis zur Abendbrotzeit, und das Gesinde, das wie üblich in einem Kreis um ihn herumstand, spuckte schließlich aus und ging fort und sagte: »Allmächtiger, daß der Bursche sich so lange auf den Beinen halten kann!« Schließlich legte der Philosoph sich auf der Stelle zum Schlafen nieder, und um ihn zum Abendessen wachzubekommen, mußte man ihm einen ordentlichen Kübel Wasser auf den Kopf schütten. Beim Essen prahlte er in großen Tönen, daß er ein Kosak sei und vor nichts in der Welt Angst habe.

»Es ist Zeit«, sagte Jawtu. »Wir müssen gehen.«

»Am liebsten würde ich dir einen Span durch die Zunge treiben, du Halunke«, dachte der Philosoph, doch dann stand er auf und sagte: »Mir soll's recht sein.«

Unterwegs blickte der Philosoph vom einen zum anderen und bemühte sich, seine Begleiter in ein Gespräch zu ziehen. Doch Jawtu antwortete ihm nicht, und Dorosch schien ebenfalls nicht in der Laune, zu reden. Es war eine unheimliche Nacht. In der Ferne heulte ein ganzes Rudel Wölfe, und auch das Gebell der Hunde klang bedrohlich und angsterregend.

»Mir scheint, das sind keine Wölfe; da heult etwas anderes«, sagte Dorosch. Jawtu schwieg, und der Philosoph wußte nichts zu sagen.

Sie kamen zu der Kirche und traten unter das alte verfallene Dach, dem man ansah, wie wenig der Herr des Dorfes an Gott und sein Seelenheil dachte. Jawtu und Dorosch zogen sich wie an den anderen Abenden zurück, und der Philosoph war allein.

Alles war wie immer; düster und bedrohlich lag das Kirchenschiff vor ihm. Der Philosoph blieb reglos stehen. In der Mitte der Kirche stand unverändert der Sarg der abscheulichen Hexe.

»Nein, ich fürchte mich nicht; bei Gott, ich fürchte mich nicht!« sagte er. Dann zog er wieder einen Kreis um sich und begann seine Gebete und Bannsprüche herzusagen. Eine schreckliche Stille herrschte; die Kerzen knisterten leise und füllten mit ihrem Licht die ganze Kirche. Der Philosoph blätterte einmal um, ein zweitesmal, und plötzlich merkte er, daß er gar nicht las, was in dem Buch stand. Entsetzt bekreuzigte er sich und hub an, zu singen. Das machte ihm etwas Mut, und so las er weiter und wendete rasch eine Seite nach der andern.

Auf einmal – mitten in der Stille – sprang mit lautem Krachen der eiserne Deckel von dem Sarg, und die Leiche richtete sich auf. Sie sah noch gräßlicher aus als in der letzten Nacht. Unheimlich knirschten ihre Zähne, krampfhaft zuckten ihre Lippen und kreischten wütende Beschwörungen. Ein Wirbelwind fegte durch die Kirche, die Heiligenbilder fielen von den Wänden, klirrend zerplatzten die Fenster. Das Tor sprang aus den Angeln, und eine riesige Schar schauerlicher Ungeheuer stürmte in das Gotteshaus. Der Lärm flatternder Flügel und kratzender Krallen erfüllte die Kirche, und die schreckliche Horde sauste und jagte herum und suchte nach dem Philosophen.

Die letzte Spur des Rausches verschwand, und Chomas Kopf war plötzlich klar. Er schlug in einem fort das Kreuz und stieß hastig Gebet um Gebet hervor. Die Höllenwesen umschwirrten ihn so dicht, daß ihn fast ihre widerlichen Schwänze und Flügelspitzen streiften. Er hatte nicht den Mut, sie anzusehen; alles, was er sah, war: Dort stand, die ganze Wand einnehmend, ein riesenhaftes Ungeheuer, überwuchert von einem Wald verfilzter Haare, und zwischen diesen Haaren starrten unter leicht erhobenen Brauen zwei fürchterliche Augen. Darüber in der Luft hing etwas, das einer riesigen Blase glich, und tausend spitze Krallen und Skorpionenstachel streckten sich daraus hervor, an denen Klumpen schwarzer Erde hingen. Die Ungeheuer blickten Choma an und suchten ihn, doch konnten sie ihn in seinem Zauberkreis nicht sehen. »Holt den Wij! Holt den Wij herbei!« hörte er die Leiche schreien.

Und plötzlich herrschte tiefe Stille in der Kirche, und nur die Wölfe heulten in der Ferne. Nach einer Weile stampften schwere Schritte durch die Kirche. Als Choma scheu zur Seite blickte, sah er: Die Ungeheuer schleppten ein plumpes, ungeschlachtes Wesen mit krummen Beinen herbei. Sein ganzer Leib war voller schwarzer Erde, und seine Arme und Beine glichen dicken, knorrigen Wurzeln. Schwerfällig schwankend trottete es durch die Kirche. Entsetzt sah Choma, daß sein Gesicht aus Eisen war. Die Ungeheuer stützten es unter den Armen und führten es zu der Stelle, an der Choma stand.

»Hebt meine Augenlider – ich kann nichts sehen!« brüllte der Wij mit einer Stimme, die aus den Tiefen der Erde zu kommen schien, und all die Gespenster umdrängten ihn, um seine Augen zu öffnen.

»Schau nicht hin!« raunte eine innere Stimme dem Philosophen zu. Doch er konnte sich nicht beherrschen und sah ihn an.

»Dort ist er!« rief der Wij und deutete mit seinem Eisenfinger auf ihn. Und all die Ungeheuer stürzten sich auf Choma. Der Atem stockte ihm, er fiel zu Boden und hauchte seine Seele aus.

Da ertönte ein Hahnenschrei. Es war der zweite – den ersten hatten die Gespenster überhört. Erschrocken stürzten sie dem Fenster und dem Tor zu, um zu flüchten; doch sie konnten nicht hinaus und blieben an den Fenstern und am Tor hängen.

Als der Pfarrer kam und die gräßliche Schändung des Gotteshauses sah, wich er entsetzt zurück und wagte nicht, an diesem Ort noch eine Messe zu halten. So blieb die Kirche denn, wie sie war; die Ungeheuer hingen an den Fenstern und an ihrem Tor. Die Bäume des Waldes, Wurzeln, Gras und Dornengestrüpp überwucherten sie, und heute findet niemand mehr den Weg zu ihr.

Als die Nachricht von diesem Geschehnis nach Kiew drang und Chaljawa, der Theologe, vom Schicksal des Philosophen Choma erfuhr, versank er eine Stunde lang tief in Gedanken. In seinem Leben hatte es indessen große Veränderungen gegeben. Er hatte Glück gehabt; nach Abschluß seines Studiums war er zum Glöckner des höchsten Kirchenturms der Stadt ernannt worden und lief fast stets mit einer arg zerschlagenen Nase herum, denn die Treppe, die zum Glokkenturm hinaufführte, war äußerst schlecht gebaut.

»Hast du gehört, wie's dem Choma ergangen ist?« fragte ihn Tiberij Gorobez, der inzwischen Philosoph geworden war und sich einen Schnurrbart hatte wachsen lassen, als er ihn eines Tages traf.

»Gott hat es so bestimmt«, erwiderte Chaljawa, der Glöckner. »Laß uns in die Schenke gehen und auf sein Andenken trinken!«

Der junge Philosoph, der seine neuen Privilegien so begeistert auskostete, daß seine Hose und sein Rock und sogar seine Mütze stets nach Schnaps und Pfeifentabak stanken, erklärte sich sofort bereit.

»Er war ein feiner Kerl, der Choma!« sagte der Glöckner, als der lahme Wirt den dritten Becher vor ihn hinstellte. »Ein feiner Kerl! Und mußte so entsetzlich enden.«

»Ich weiß, warum er so entsetzlich enden mußte. Bloß weil er Angst hatte; hätte er keine Angst gehabt, dann hätte die Hexe ihm nichts tun können. Du brauchst nichts weiter tun, als dich zu bekreuzigen und ihr auf den Schwanz zu spucken; dann kann sie dir nichts anhaben. Ich weiß doch Bescheid. Die alten Weiber, die bei uns in Kiew auf dem Markt sitzen, sind doch alle Hexen.«

Der Glöckner neigte zustimmend den Kopf. Doch als er dabei merkte, daß seine Zunge nicht imstande war, auch nur ein einziges Wort hervorzubringen, stand er vorsichtig vom Tisch auf und ging heftig schwankend hinaus, um sich an einem abgelegenen Ort ins Gras zu legen; der Zwang der Gewohnheit war jedoch so groß, daß er dabei nicht vergaß, eine alte Stiefelsohle einzustecken, die auf der Wirtshausbank lag.

EDGAR ALLAN POE

Das Manuskript in der Flasche

Qui n'a plus qu'un moment à vivre,
N'a plus rien à dissimuler.
Quinault – Atys

Von meiner Heimat und meiner Familie läßt sich wenig sagen. Schlechte Behandlung hat mich von dieser vertrieben, und Jahre der Trennung haben mich jener entfremdet. Ererbter Reichtum verpflichtete mich zu einem außergewöhnlich sorgfältigen Bildungsgang, und mein grüblerischer Geist ermöglichte es mir, die Schätze frühen Studiums gründlich zu verarbeiten. Von allen Dingen erfreuten mich am meisten die Werke der deutschen Moralisten, nicht etwa, weil ich so unbedacht war, ihre geschwätzige Narrheit zu bewundern, sondern weil meine streng logische Denkweise es mir leicht machte, ihre Fehler aufzudecken. Man hat mir sogar oft ein allzu nüchternes Denken vorgeworfen und meinen Mangel an Phantasie als Verbrechen hingestellt; ja, ich war berüchtigt wegen meiner Skepsis. Und in der Tat befürchte ich, daß meine Vorliebe für Physik auch *meinen* Geist in einen Fehler unserer Zeit verfallen ließ – ich meine: in die Gewohnheit, alle Dinge auf die Prinzipien eben jener Wissenschaft zurückzuführen – selbst wenn sie noch so sehr außerhalb ihres Bereiches lagen.

Nach vielen auf weiten Reisen im Ausland verbrachten

Jahren trat ich im Jahre 18.. von Batavia, der Hafenstadt der wohlhabenden und volkreichen Insel Java, eine Segelreise nach dem Archipel der Sundainseln an. Der Anlaß zu dieser Reise war kein geschäftlicher, sondern lediglich eine nervöse Ratlosigkeit, die mich mit teuflischer Ausdauer plagte.

Unser Fahrzeug war ein schönes, kupferbeschlagenes Schiff von etwa vierhundert Tonnen, das in Bombay aus malabarischem Teakholz gebaut worden war. Seine Fracht bestand aus Baumwolle und Ol von den Lachadive-Inseln. Ferner hatten wir Kokosbast, Zucker, konservierte Butter, Kokosnüsse und einige Behälter mit Opium an Bord. Das Schiff war mit dieser leichten Last fest gefüllt und hatte infolgedessen entsprechenden Tiefgang.

Wir stachen bei schwachem Wind in See und segelten tagelang an der Ostküste von Java dahin, und der einzige Zwischenfall auf unserer eintönigen Fahrt war das gelegentliche Zusammentreffen mit einem Schiffchen der malabarischen Inselgruppe.

Eines Abends, als ich an Backbord lehnte, gewahrte ich im Nordosten eine seltsame einzelnstehende Wolke. Sie fiel mir auf – einmal ihrer Farbe wegen, und dann, weil es die erste Wolke war, die sich seit unserer Ausfahrt aus Batavia sehen ließ. Ich beobachtete sie aufmerksam bis Sonnenuntergang, als sie sich ganz plötzlich nach Osten und Westen ausbreitete und den Horizont mit einem schmalen Nebelstreif umgürtete, der aussah wie ein langer flacher Küstenstrich. Bald darauf überraschte mich die dunkelrote Farbe des Mondes und das sonderbare Aussehen des Meeres, das sich ungemein schnell veränderte; das Wasser schien durchsichtiger als gewöhnlich. Obgleich ich deutlich auf den Grund sehen konnte, bewies mir das Senkblei, daß unser Schiff fünfzehn Faden lief. Die Luft war jetzt unerträglich heiß und mit Dunstspiralen geladen, wie sie etwa erhitztem Eisen entsteigen. Je näher die Nacht herankam, desto mehr erstarb der schwache Windhauch, und eine Ruhe herrschte, wie sie vollkommener gar nicht gedacht werden kann. Eine auf Hinterdeck brennende Kerzenflamme machte nicht die leiseste Bewegung, und ein langes, zwischen Daumen und Zeigefinger gehaltenes Haar hing ohne die geringste wahrnehmbare Vibration. Da aber der Kapitän sagte, er sehe keine Anzeichen einer drohenden Gefahr, und da wir quer zum Ufer standen, so ließ er die Segel auftuchen und den Anker fallen. Es wurde keine Wache aufgestellt, und die Schiffsmannschaft, die hauptsächlich aus Malaien bestand, lagerte sich ungezwungen auf Deck. Ich ging hinunter – mit der bestimmten Vorahnung eines Unheils. Alle Anzeichen schienen mir auf einen Samum hinzudeuten. Ich sprach dem Kapitän von meinen Befürchtungen; aber er schenkte meinen Worten keine Beachtung und würdigte mich nicht einmal einer Antwort. Meine Unruhe ließ mich jedoch nicht schlafen, und gegen Mitternacht ging ich an Deck. Als ich den Fuß auf die oberste Stufe der Kajütentreppe setzte, überraschte mich ein lautes, summendes Geräusch, das dem Sausen eines kreisenden Mühlrades glich, und ehe ich seine Ursache feststellen konnte, erbebte das Schiff in seinem ganzen Bau. Im nächsten Augenblick stürzte ein heulender Schaumregen auf uns nieder, raste über uns hin und fegte das Schiff vom Steven bis zum Heck leer.

Die jähe Wucht des Windstoßes war für die Rettung des Schiffes in gewissem Grade von Vorteil. Trotzdem es vom Wasser überschwemmt worden war, hob es sich doch, als seine Masten über Bord gegangen waren, nach einer Minute schwerfällig wieder aus der Tiefe, schwankte eine Weile unter dem ungeheuren Druck des Sturmes und richtete sich schließlich auf.

Durch welches Wunder ich der Vernichtung entging, ist unmöglich festzustellen. Zuerst durch den Wasserguß betäubt, fand ich mich, als ich wieder zur Besinnung kam, zwischen dem Hintersteven und dem Steuer eingeklemmt. Mit großer Mühe richtete ich mich auf, und als ich verwirrt um mich blickte, kam mir zunächst der Gedanke, wir seien in die Brandung geraten; so über alles Denken schrecklich war der Wirbel sich türmender, schäumender Wasser, die uns umtosten. Nach einiger Zeit vernahm ich die Stimme eines alten Schweden, der sich, kurz bevor wir den Hafen verließen, als Matrose bei uns verdingt hatte. Mit aller Kraft rief ich ihn an, und sogleich taumelte er zu mir. Wir entdeckten bald, daß wir die einzigen Überlebenden des Unfalls waren. Alle an Deck mit Ausnahme von uns beiden waren über Bord gefegt worden; der Kapitän und die Maate mußten im Schlaf umgekommen sein, denn die Kajüten waren ganz unter Wasser gesetzt worden. Ohne Beistand konnten wir nur wenig zur Sicherheit des Fahrzeugs tun, und unsere ersten Bemühungen wurden durch die Erwartung sofortigen Untergangs lahmgelegt. Unser Ankertau war natürlich beim ersten Sturmstoß zerrissen wie ein Bindfaden, andernfalls wären wir im Nu vernichtet gewesen. Wir trieben mit furchtbarer Schnelligkeit dahin, und die Wasser machten alles um uns her zu Splittern. Das Fachwerk unseres Hecks war gräßlich zerschmettert, und wir waren in jeder Hinsicht furchtbar zugerichtet. Zu unserer unaussprechlichen Freude aber fanden wir die Pumpen unversehrt und sahen, daß wir nur wenig Ballast verloren hatten. Die erste Wut des Sturmes war schon gebrochen, und wir befürchteten von der Heftigkeit des Windes wenig Gefahr; mit Verzweiflung aber sahen wir der Zeit entgegen, wo er sich legen würde, denn wir wußten, daß wir mit unserem lecken Fahrzeug in der nachfolgenden Hochflut rettungslos zugrunde gehen mußten.

Diese sichere Vorahnung schien sich jedoch nicht so bald erfüllen zu wollen. Fünf volle Tage und Nächte – während deren unser einziger Unterhalt aus einer geringen Menge Zucker bestand, die wir mit großer Mühe aus dem Vorderschiff holten – raste der Schiffsrumpf mit unfaßbarer Geschwindigkeit dahin, von kurzen, sprunghaften Windstößen getrieben, die, ohne der ersten Heftigkeit des Samums gleichzukommen, noch immer schrecklicher waren als irgendein Sturm, den ich vordem erlebte. Unser Kurs blieb in den ersten vier Tagen bis auf geringe Abweichungen südsüdöstlich, und wir mußten an der Küste von Neu-Holland entlang getrieben sein. Am fünften Tage wurde die Kälte unerträglich, trotzdem der Wind ein wenig mehr aus Norden kam. Die aufgehende Sonne hatte einen grünlichgelben Schein und stieg nur wenige Grade über den Horizont empor; sie gab nur ein unbestimmtes Licht. Es waren keine Wolken sichtbar, aber der Wind nahm zu und blies in unregelmäßigen, wuchtigen Stößen. Gegen Mittag – so gut wir das feststellen konnten – wurde unsere Aufmerksamkeit von neuem durch den Anblick der Sonne gefesselt. Sie gab kein eigentliches Licht, aber einen matten, düsteren Glanz ohne Widerschein, als liefen alle ihre Strahlen in einen Punkt zusammen. Gerade bevor sie ins wogende Meer sank, erlosch ihr zentrales Feuer, als habe eine unerklärliche Macht es ausgelöscht. Sie war nur noch ein schwacher silberner Reif, als sie hinabglitt in den unermeßlichen Ozean.

Von nun ab umhüllte uns tiefste Dunkelheit, so daß wir auf zwanzig Schritte Entfernung vom Schiff keinen Gegenstand zu erkennen vermochten. Unausgesetzt umgab uns ewige Nacht, die nicht einmal von dem phosphoreszierenden Meeresleuchten erhellt wurde, an das wir in den Tropen gewöhnt gewesen waren. Der Sturm raste mit unverminderter Heftigkeit, aber die breite Schaumfläche, die uns bisher begleitet hatte, schwamm nicht mehr auf den Wogen. Rundum war Schrecken und tiefste Finsternis und ungeheure, ebenholzschwarze drohende Wüste. Mehr und mehr wurde der Verstand des alten Schweden von abergläubischem Grauen umnachtet, und meine eigene Seele hüllte sich in stummes

Entsetzen. Wir gaben den Versuch, die Herrschaft über das Schiff wieder zu erlangen, als völlig nutzlos auf, banden uns, so gut es eben ging, am stehengebliebenen Stumpf des Besanmastes fest und spähten angstvoll in den weiten Ozean hinaus. Jede Möglichkeit einer Zeitberechnung fehlte uns, und ebensowenig wußten wir, wo wir uns befanden. Wir waren uns aber völlig klar, weiter nach Süden vorgedrungen zu sein, als je vorher ein Seefahrer gekommen war, und wunderten uns um so mehr, nicht den üblichen Eisbergen zu begegnen. Inzwischen drohte jeder Augenblick unser letzter zu sein – jede berghohe Woge uns zu verschlingen. Das Stürmen übertraf alles, was ich für möglich gehalten hätte, und daß wir nicht sofort begraben wurden, ist ein Wunder. Mein Gefährte erwähnte, wie leicht unsere Ladung sei, und erinnerte mich an die hervorragende Leistungsfähigkeit unseres Schiffes. Ich konnte aber nicht umhin, die völlige Sinnlosigkeit jeglicher Hoffnung zu fühlen, und erwartete schweren Herzens den Tod; ich gab uns höchstens noch eine Stunde Frist, denn mit jedem Knoten, den das Schiff machte, wurden die ungeheuren schwarzen Wolken noch ungeheurer, noch grauenvoller. Bald warf es uns in atemraubende Höhen empor, die nicht einmal der Albatros erfliegt, bald schwindelte uns bei dem rasenden Sturz in irgendeine Wasserhölle, wo die Luft erstickend war und kein Laut den Schlummer des Kraken störte.

Wieder einmal befanden wir uns auf dem Grunde eines solchen Höllenschlundes, als plötzlich ein Schrei meines Gefährten die Nacht durchgellte.

»Sieh! Sieh!« schrie er mir in die Ohren. »Allmächtiger Gott! Sieh! Sieh!«

Während er sprach, gewahrte ich einen matten Schimmer roten Lichtes, der an den Seiten des ungeheuren Abgrundes, in dem wir lagen, herunterfloß und unser Deck mit eigentümlichem Glanz überstrahlte. Ich wandte den Blick nach oben und sah ein Schauspiel, das mir das Blut in den Adern erstarren machte. In grauenvoller Höhe über uns und genau am Rande des gewaltigen Trichters schwebte ein riesiges Schiff von etwa viertausend Tonnen. Obgleich es auf dem Gipfel einer Woge stand, die seine eigene Höhe mehr als hundertmal übertraf, so schien es mir dennoch größer, als irgendein Linienschiff oder Ostindienfahrer jemals sein konnte. Sein ungeheurer Rumpf war von tiefem Schwarz und wies keine Schnitzerei und keinen Zierat auf, wie er sonst bei Schiffen üblich ist. Aus den offenen Schießscharten lugten in langer Reihe erzene Kanonenrohre und spielten das Licht zahlloser Laternen wider, die in der Takelage hin und her schwangen. Was uns am meisten wunderte und entsetzte, war, daß das Schiff mit vollen Segeln hineinraste in das grauenvolle Meer und den unnatürlichen Orkan. Als wir es zuerst entdeckten, sah man nur den Zug, der langsam aus irgendeinem fürchterlichen Abgrund auftauchte. Einen schaudervollen Augenblick schwebte es auf schwindelndhohem Wogenkamm, wie in stolzem Bewußtsein seiner Erhabenheit, dann bebte es, schwankte und – kam herab. Und seltsam: ich wurde jetzt ganz ruhig und überlegend. Ich stolperte so weit nach rückwärts, wie es anging, und erwartete furchtlos den Untergang. Unser eigenes Schiff hatte mittlerweile den Kampf aufgegeben und versank mit seinem Vorderteil ins Meer. Der niedersausende Koloß traf mit aller Wucht auf diesen unter Wasser befindlichen Teil, und die unausbleibliche Folge war, daß ich mit großer Heftigkeit auf das fremde Schiff hinübergeschleudert wurde.

Als ich niederfiel, stand das Schiff in den Wind und wendete, und der dadurch entstehenden Verwirrung schob ich es zu, daß mein Erscheinen von der Mannschaft nicht bemerkt wurde. Ohne große Schwierigkeit gelangte ich ungesehen zur großen Luke, die zum Teil geöffnet war, und fand bald Gelegenheit, mich im Schiffsraum zu verbergen. Warum ich das tat, vermag ich kaum zu sagen. Ein unbestimmtes Grauen vor der Besatzung des Schiffes hatte mich gleich bei ihrem ersten Anblick erfaßt und war vielleicht die Hauptursache, daß ich mich so versteckte. Ich hatte kein Verlangen, mich einem Haufen Leute anzuvertrauen, die mir beim ersten Blick sonderbar und unheimlich erschienen waren. Ich hielt es daher für ratsam, mir im Schiffsraum ein Versteck herzurichten. Ich tat dies, indem ich einen Haufen Bretter in der Weise zurechtschob, daß ein kleiner freier Raum zwischen den ungeheuren Schiffsrippen für mich entstand.

Ich hatte mein Werk kaum vollendet, als nahende Schritte mich zwangen, in meinen Winkel zu kriechen. Ein Mann ging schwankend unsicheren Schrittes vorbei. Sein Gesicht konnte ich nicht sehen, seine Gesamterscheinung dagegen gut wahrnehmen. Er schien von der Last der Jahre schwach und gebrechlich; seine zitternden Knie vermochten ihn kaum zu tragen. Er murmelte in dumpfen, abgerissenen Worten vor sich hin – in einer Sprache, die ich nicht verstehen konnte – und wühlte in einer Ecke in einem Haufen seltsamer Instrumente und halbzerfallener Schiffskarten. Sein Gebaren war eine sonderbare Mischung von kindischem Greisentum und der feierlichen Würde eines Gottes. Er ging schließlich wieder an Deck, und ich sah ihn nicht mehr.

Ein Gefühl, für das ich keinen Namen habe, hat von meiner Seele Besitz genommen – ein Empfinden, das keine Analyse zuläßt, das durch keinen altüberlieferten Lehrsatz, durch keine Erfahrung geklärt werden und zu dem, wie ich fürchte, selbst die Zukunft keinen Schlüssel bieten kann. Bei einem Geist wie dem meinigen ist alles Nachsinnen von Übel. Ich werde niemals – ja, ich weiß es – niemals diese Gedanken und Vorstellungen zu einem Abschluß bringen. Doch ist es durchaus nicht verwunderlich, wenn diese Vorstellungen unbestimmt sind, da sie so neuartigen Quellen entspringen. Ein neuer Begriff, eine neue Wesenheit ist meiner Seele aufgegangen.

Es ist lange her, seit ich das Deck dieses grausigen Schiffes zuerst betrat, und die Fäden meines Geschicks scheinen in einen Punkt zusammenzulaufen. Unbegreifliche Menschen! In einer Versunkenheit, deren Art und Ursache mir unergründlich ist, gehen sie an mir vorbei, ohne mich zu sehen. Mich zu verbergen, ist einfach eine Narrheit, denn das Volk *will* mich nicht sehen! Soeben erst bin ich dicht am Steuermann vorbeigegangen; und es ist noch nicht lange her, daß ich mich in die Privatkabine des Kapitäns hineinwagte und ihr das Material entnahm, um diese Aufzeichnungen niederzuschreiben. Ich werde von Zeit zu Zeit dies Tagebuch fortsetzen. Es ist wahr: ich werde nicht leicht Gelegenheit finden, es der Welt bekanntzugeben, ich will aber den Versuch nicht unterlassen. Ich werde das Manuskript im letzten Augenblick in eine Flasche schließen und sie ins Meer werfen.

Wieder hat sich etwas ereignet, meinen Grübeleien neue Nahrung zu geben. Sind solche Dinge das Werk blinden Zufalls? Ich hatte mich an Deck gewagt und mich, ohne daß man mir die geringste Beachtung schenkte, zwischen einem Stapel Webeleinen und alter Segel auf den Boden der Schaluppe niedergeworfen. Während ich über mein eigenartiges Schicksal nachdachte, strich ich ganz unbewußt mit einem Teerpinsel, der mir irgendwie in die Hand geraten war, über den Knick eines sorgsam gefalteten Leesegels, das neben mir auf einer Tonne lag. Das Leesegel ist jetzt über dem Schiff ausgespannt, und die gedankenlosen Pinselstriche bilden das groß hingeschriebene Wort: *Entdeckung*.

Über die Bauart des Schiffes habe ich in letzter Zeit viele Beobachtungen gemacht. Obgleich gut bewehrt, scheint es mir doch kein Kriegsschiff zu sein. Seine Takelage, seine Form und allgemeine Ausrüstung sprechen dagegen. Was es *nicht* ist, kann ich leicht wahrnehmen; was es *ist*, läßt sich unmöglich sagen. Ich weiß nicht, wie es kommt, aber wenn ich seine seltsame Gestalt, den eigentümlichen Bau seiner Spieren, seine riesenhafte Größe, seine unzähligen Segel, seinen streng einfachen Bug und sein altmodisches Heck betrachte, so sind mir das alles längst vertraute Dinge, und mit diesen unklaren Schatten von Erinnerung vermischt sich eine unbestimmte Vorstellung an alte Bücher und Chroniken und fern vergangene Jahre.

Ich habe die Schiffsrippen untersucht. Sie bestehen aus einem Material, das mir fremd ist. Das Holz hat eine eigenartige Struktur, die es gerade für den Zweck, dem es dient, ungeeignet erscheinen läßt. Ich meine seine ungemeine *Porosität*, die nicht zu verwechseln ist mit dem wurmstichigen Zustand aller Schiffe in diesen Gewässern und auch nichts mit dem natürlichen Altersverfall zu tun hat. Die Bemerkung mag vorwitzig erscheinen, doch ich behaupte, das Holz hätte von der Sumpfeiche sein können, wenn es möglich wäre, Sumpfeichenholz durch irgendwelche Mittel biegsam zu machen.

Beim Überlesen des letzten Satzes kommt mir auf einmal ein Kernspruch ins Gedächtnis, den ein alter, wetterharter holländischer Seemann anzuwenden pflegte. »Es ist so gewiß«, sagte er, sobald jemand an seiner Wahrhaftigkeit zweifelte, »so gewiß, als es ein Meer gibt, in welchem das Schiff selbst in seinem Gebälk wächst, wie der lebendige Leib des Seefahrers.«

Vor etwa einer Stunde war ich kühn genug, mich in eine Gruppe der Mannschaft hineinzudrängen. Sie zollten mir nicht die geringste Aufmerksamkeit und schienen, obgleich ich mitten unter ihnen stand, keine Ahnung von meiner

Gegenwart zu haben. Sie alle trugen, gleich dem einen, den ich zuerst im Schiffsraum gesehen hatte, untrügliche Zeichen hohen Alters. Ihre Knie wankten vor Schwäche; ihre Schultern waren von Alter und Hinfälligkeit tief gebeugt; ihre zusammengeschrumpfte Haut rasselte im Wind; ihre Stimmen waren leise, zittrig und heiser, ihre Augen glanzlos und triefend, und ihre dünnen, grauen Haare sträubten sich furchtbar im Sturm. Rund um sie her, überall an Deck verstreut, lagen mathematische Instrumente von wunderlicher und ganz veralteter Konstruktion.

Ich erwähnte vor einiger Zeit das Hissen eines Leesegels. Seit jener Zeit hat das Schiff, vom Winde umhergeworfen, seinen schrecklichen Lauf nach Süden fortgesetzt; alle Segel, selbst die armseligsten Fetzen, sind vom Royalsegel bis zur untersten Leesegelspiere gehißt, und jeden Augenblick tauchen seine Bramsegel-Rahenocks in die schaudervollste Wasserhölle, die Menschengeist sich nur vorstellen kann. Ich komme soeben von Deck, wo es mir unmöglich war, Fuß zu fassen, obgleich die Mannschaft wenig Unbehagen zu verspüren scheint. Es ist ein unerhörtes Wunder, daß unser ungeheures Schiff nicht sofort von den Wogen verschlungen wird. Sicherlich sind wir verdammt, für immer am Rande der Ewigkeit dahinzuschweben, ohne den letzten Sprung in den Abgrund tun zu dürfen. Von Wogen, tausendmal höher, als ich sie je gesehen, gleiten wir herab mit der Sicherheit einer Seemöwe, und die gewaltigen Wasser bäumen sich über uns wie Dämonen der Tiefe, doch wie Dämonen, die nur drohen, aber nicht zerstören dürfen. Ich komme dahin, unsere auffallende Rettung aus jeder Gefahr der einzig natürlichen Ursache solcher Wirkung zuzuschieben: ich muß annehmen, das Schiff befinde sich in irgendeiner Strömung von fortreißender Gewalt.

Ich habe dem Kapitän von Angesicht zu Angesicht gegenübergestanden und in seiner eigenen Kabine – aber es kam, wie ich erwartete: er schenkte mir keine Beachtung. Obgleich ein zufälliger Beobachter in seiner Erscheinung nichts Außergewöhnliches sehen wird, so mischte sich doch in die Verwunderung, mit der ich zu ihm aufsah, ein unwiderstehliches Gefühl von Ehrerbietung und Scheu. An Leibesgröße kommt er mir fast gleich; er hat also etwa fünf Fuß acht Zoll. Seine Gestalt ist stark und wohlgebaut, weder besonders robust noch sonstwie bemerkenswert. Es ist der eigenartige Gesichtsausdruck – ist die starke, wundersame, ergreifende Gewißheit so hohen, so ungeheuren Alters, was sich meiner Seele unauslöschlich einprägt. Seine nur wenig gefurchte Stirn scheint wie von Myriaden von Jahren gezeichnet. Seine grauen Haare sind Urkunden der Vergangenheit, und seine Augen, von noch tieferem Grau, Sibyllen der Zukunft.

Auf dem Boden der Kabine lagen allenthalben seltsame Folianten mit Eisenschlössern und verrostete Instrumente und veraltete, längst vergessene Karten. Er stützte den Kopf in die Hand und brütete mit fieberndem, unruhigem Blick über einem Pergamentblatt, das einen Befehl zu enthalten schien, wenigstens trug es die Unterschrift eines Monarchen. Er murmelte vor sich hin – ganz wie der erste Seemann, den ich im Schiffsraum gesehen hatte – und wieder waren es törichte, unverständliche Worte einer fremden Sprache; und obgleich der Mann dicht neben mir war, schien seine Stimme wie aus Meilenferne zu mir herzudringen.

Das Schiff und alles auf ihm ist wie mit Greisenhaftigkeit beladen. Die Mannschaft gleitet hin und her wie Gespenster begrabener Jahrhunderte; ihre Augen haben einen gierigen, rastlosen Ausdruck, und wenn ihre Gestalten im unsichern Schein der Laternen meinen Weg kreuzen, beschleicht mich ein Gefühl, wie ich es nie zuvor empfand, trotzdem ich mich mein Leben lang mit Altertümern befaßt und in Balbek und Tadmor und Persepolis die Schatten zerfallener Säulen in mich aufgesogen habe, bis meine Seele selber zur Ruine wurde.

Ich blicke um mich und schäme mich meiner früheren Besorgnisse. Wenn ich schon vor dem Winde zitterte, der uns bisher begleitete, muß ich nicht vor Entsetzen vergehen in diesem Chaos von Sturm und Meer, demgegenüber Bezeichnungen wie Wirbelwind und Samum bedeutungslos sind? In nächster Nähe des Schiffes ist alles Nacht und unergründlich schwarzes Wasser; in der Entfernung von etwa einer Meile aber, zu beiden Seiten des Schiffes, sieht man undeutlich und in Abständen ungeheure Eiswälle in den trostlosen Himmel ragen, wie Mauern, die das Weltall umschließen.

Es ist, wie ich annahm: das Schiff befindet sich in einer Strömung – wenn man diesen Namen anwenden kann auf eine Flut, die heulend und kreischend zwischen den Eiswällen gen Süden donnert, mit der Geschwindigkeit eines sich überstürzenden Wasserfalls.

Das Grauen meiner Empfindungen zu begreifen ist, wie ich annehme, ganz unmöglich; dennoch wird selbst meine Verzweiflung von der Neugier beherrscht, in die Geheimnisse dieser schaudervollen Gegend einzudringen, von einer Neugier, die mir die entsetzlichste Todesart erträglicher macht. Es ist Tatsache, daß wir irgendeiner unerhörten Erkenntnis entgegeneilen – irgendeinem unenthüllbaren Geheimnis, dessen Enträtselung Untergang bedeutet. Vielleicht führt dieser Strom uns bis zum Südpol selbst. Ich muß bekennen, daß diese augenscheinlich so absurde Vorstellung alle Wahrscheinlichkeit für sich hat.

Die Mannschaft wandert mit rastlosen, zitternden Schritten an Deck auf und ab; ihre Gesichter aber tragen eher den Ausdruck leidenschaftlicher Hoffnung als den mutloser Verzweiflung.

Wir treiben noch immer vor dem Wind, und da wir mit Segeln ganz bepackt sind, so wird das Schiff zuweilen geradezu in die Luft gehoben! O Grauen über Grauen! – Die Eismauern rechts und links hören plötzlich auf, und wir wirbeln in ungeheuren konzentrischen Kreisen dahin – rund um den Rand eines riesigen Amphitheaters, dessen gegenüberliegende Seite sich in Dunkel und Ferne verliert. Doch wenig Zeit bleibt mir, über mein Schicksal nachzudenken! Die Spiralen werden enger und enger – wir stürzen mit rasender Eile in den Strudel – und mitten im Donnergeheul von Meer und Sturm erbebt das Schiff, wankt und – o Gott! – versinkt!

Anmerkung: Die Arbeit »Das Manuskript in der Flasche« wurde zum ersten Male im Jahre 1831 veröffentlicht; und erst einige Jahre später wurden mir die Mercatorschen Seekarten bekannt, nach deren Darstellung der Ozean sich in vier Mündungen in den (nördlichen) Polargolf ergießt, um dort von den Eingeweiden der Erde verschlungen zu werden. Der Pol selbst ist dargestellt als ein schwarzer, zu gewaltiger Höhe aufragender Fels.

RUDYARD KIPLING

Imrays Rückkehr

Imray hatte das Unmögliche vollbracht; ohne eine Zeile zu hinterlassen, aus unbegreiflichen Gründen, in der Blüte der Jahre, an der Schwelle einer Karriere, hatte er die Welt verlassen – das heißt: die kleine indische Station, in der er lebte.

Tags zuvor war er noch frisch und wohlauf gewesen, vergnügt und emsig tätig an den Billardtischen seines Klubs. Am Morgen darauf war er nicht mehr zu finden, und alle Nachforschungen nach ihm blieben erfolglos. Er hatte seine Wohnung verlassen, war aber nicht wie sonst rechtzeitig im Amt erschienen; auch hatte man seinen Dogcart nicht auf den Straßen gesehen.

Seine Gewehre, Wagen und Pferde wurden an den Meistbietenden veräußert. Sein Vorgesetzter schrieb einen gewundenen Brief an die Mutter, in dem die Tatsache betont war, daß Imray auf unerklärliche Weise verschwunden sei und sein Bungalow leer stehe.

Als drei oder vier Monate des sengend heißen Wetters vorbei waren, mietete mein Freund Strickland von der Polizei dem eingeborenen Hauswirt den Bungalow ab. Das geschah, bevor er sich mit Miß Youghal verlobte, und als er noch seinen Forschungen über das Leben und Treiben der Eingeborenen oblag. Seine eigene Lebensführung war sonderbar genug, und so mancher hat sich über seine Manieren und Gewohnheiten beklagt. Nahrungsmittel waren in seinem Hause stets reichlich vorhanden, aber eine regelmäßige Essenszeit gab es nicht; im Stehen, oder auf und ab gehend, aß er, was gerade auf dem Serviertisch stand, und das behagt nicht jedem. Sein Wohnungsschmuck bestand aus sechs Doppelflinten, drei Schrotbüchsen, fünf Sätteln und einer Sammlung steifgespließter Masheer-Angelruten, die noch viel dicker und stärker sind als die, mit denen man die größten Lachse fängt.

Diese Dinge nahmen die eine Hälfte des Bungalows ein, die andere war für Strickland – und Tietjens reserviert, eine riesige Hündin aus Rampur, die täglich die Ration von zwei Männern verschlang. Sie sprach mit Strickland ihre eigene Sprache, und wenn sie draußen beim Umherstreifen etwas bemerkte, was nach ihrer Ansicht den Frieden Ihrer Majestät der Kaiserin und Königin hätte stören können, so kehrte sie zu ihrem Gebieter zurück, um Bericht zu erstatten; Strickland verfügte auf der Stelle die erforderlichen Geldstrafen oder Gefängnis für die betrübten Schuldigen.

Die Eingeborenen hielten Tietjens infolgedessen für eine Art dienstbaren Hausgeistes und bezeugten ihr jene Art Hochachtung, die sich aus Haß und Furcht zusammensetzt.

Ein Zimmer im Bungalow war eigens für sie bestimmt, und außerdem nannte sie eine Bettstatt, eine wollene Decke und einen Trinktrog ihr eigen.

Wenn jemand des Nachts Stricklands Gemächer betrat, liebte sie es, den Eindringling zu Boden zu werfen und so lange zu heulen, bis Licht gebracht wurde.

Strickland dankte ihr sein Leben; als er sich einmal in den Grenzgebirgen aufgehalten hatte, schlich ein Mörder, den er dingfest machen wollte, in der Dämmerung in sein Zelt, ein Messer zwischen den Zähnen, um ihn in ein Land zu befördern, das – noch jenseits der Andamaneninseln liegt; aber Tietjens packte den Kerl und verhalf ihm dadurch zu einem streng gesetzmäßigen Ende am Galgen. Seitdem trägt sie ein dickes silbernes Halsband und hat ein Monogramm auf ihrer

Bettdecke. Diese Decke ist aus doppeltem Kaschmirstoff, denn Tietjens hält viel auf dergleichen.

Unter keinen Umständen litt sie, daß man sie von ihrem Herrn trennte. Als Strickland einmal an Fieber daniederlag, bereitete sie den Ärzten große Verlegenheiten; sie konnte ihrem Herrn zwar nicht helfen, aber sie duldete auch nicht, daß ihm andere hülfen. Macarnaght vom indischen Sanitätskorps mußte ihr erst eins mit dem Gewehrkolben über den Schädel geben, ehe sie einsah, daß die Ärzte den Vortritt hätten.

Kurz nachdem Strickland Imrays Bungalow bezogen hatte, führten mich meine Geschäfte nach der Station, und da die Klubquartiere überfüllt waren, mietete ich mich bei ihm ein.

Es war ein solid gebauter Bungalow mit acht Räumen und mit einem guten Dach versehen, so daß kein Regen durchkonnte.

Innen hing eine Art Baldachin als Schutzdecke quer über dem Wohnraum, sauber wie ein getünchter Bewurf. Der Hauswirt hatte sie frisch übermalen lassen, bevor Strickland einzog. Wer die Bauart indischer Bungalows nicht kennt, hätte schwerlich vermutet, daß über diesem weißen, gespannten Tuch die dunkle dreieckige Höhlung des Dachstuhls lag, bewohnt von Ratten, Fledermäusen und anderem ekelhaften Ungeziefer.

Tietjens empfing mich in der Veranda mit einem Gebell, dröhnend wie die Glocke der St.-Pauls-Kirche, und legte mir als Zeichen der Freude und des Wohlwollens die Pfoten auf beide Schultern.

Strickland hatte sich aus Töpfen und Tellern eine Art Frühstück zusammengekratzt, eilte aber, kaum daß er es hinuntergewürgt hatte, sofort zu seinen Berufsangelegenheiten und ließ mich mit Tietjens und meinen Gedanken allein.

Die Hitze des Sommers war vorüber und hatte dem warmen Dunst der ersten Regenzeit Platz gemacht. Kein Lüftchen regte sich, aber der Regen fiel Ladestöcken gleich auf die Erde herab, sich beim Wiederemporspritzen in einen blauen Nebel verwandelnd. Der Bambus, die Zuckerapfelbäume, die Pointsettias und die Mangobäume standen unbeweglich und ließen sich von dem warmen Wasser überrieseln, derweilen die Frösche in den Aloehecken dazu sangen.

Kurz vor dem Dunkelwerden, als der Regen am heftigsten fiel, saß ich im Hintergrund der Veranda, lauschte auf das Trommeln des Wassers in den Dachtraufen und kratzte mich, denn ich war mit Hitzebläschen über und über bedeckt.

Tietjens war mit mir hereingekommen, legte mir den Kopf in den Schoß und blickte ungemein sorgenvoll drein, weshalb ich ihr ein paar Biskuits gab, als ich im Rückraum, wo es wesentlich kühler war, meinen Tee einnahm. Die übrigen Gemächer des Hauses lagen in Dunkelheit getaucht hinter mir. Ich vermied sie, denn ich konnte den Geruch von Stricklands Sattelzeug und dem Öl an seinen Flinten nicht leiden.

Da kam mein Privatdiener zu mir – seine dünnen Kleider waren so durchnäßt, daß sie ihm förmlich am Leibe festklebten – und sagte, ein Fremder sei gekommen und wünsche, mit jemand zu sprechen.

Ich wollte nicht erst warten, bis der Diener Licht in den dunklen Zimmern angezündet haben würde, und ging daher – eigentlich ganz gegen meinen Willen – in das kahle Vorzimmer.

Ob nun wirklich ein Besucher draußen war oder nicht, jedenfalls schien es mir, als stünde eine Gestalt am Fenster. Aber als der Diener mit den Leuchtern kam, war nichts zu sehen, zu hören und zu spüren als Regengeprassel und der Geruch der trinkenden Erde. Ich erklärte meinem Diener, er sei noch dümmer, als es sich von Rechts wegen gezieme, und kehrte in die Veranda zurück, um mich mit Tietjens weiter zu unterhalten. Sie war inzwischen in das Unwetter hinausgegangen und ließ sich nur mit Widerstreben zurücklocken – trotz Zuckerstücken und Biskuitverheißung.

Kurz vor dem Abendessen kam Strickland triefend vor Nässe nach Haus. Seine ersten Worte waren: »Ist jemand hiergewesen?«

Ich erzählte ihm – mit dem nötigen Hinweis auf die Dummheit meines Dieners –, daß man mich in das Empfangszimmer gerufen habe. Vielleicht sei wirklich ein Tagedieb dagewesen, aber jedenfalls hätte er das Weite gesucht, ohne sich vorzustellen und seinen Namen zu nennen – schloß ich meinen Bericht.

Strickland hörte mir schweigend zu, bestellte das Essen, und da es ein ordnungsmäßiges Mahl war, serviert auf einem weißen Tuch, setzten wir uns zu Tisch – wie es sich gehört.

Um neun Uhr ging Strickland schlafen. Ich war ebenfalls müde. Tietjens, die unter dem Tisch gelegen hatte, verfügte sich mit einem Satz in den am meisten geschützten Teil der Veranda, als sich ihr Herr in sein Schlafgemach begab, das an ihr eigenes Staatszimmer angrenzte.

Wenn etwa ein Mensch es vorgezogen hätte, draußen im strömenden Regen zu schlafen, wäre das weiter nicht von Belang gewesen, aber Tietjens war eine Hündin und somit wertvoller. Ich sah Strickland erwartungsvoll an, ob er sie nicht mit der Peitsche zurückholen würde, aber er lächelte nur entsagungsvoll, wie ein Ehemann, der sich keinerlei Gewalt über die Hauswirtschaft anzumaßen getraut.

»Sie hat es so gehalten, seitdem ich hier eingezogen bin. Laß sie!« sagte er.

Tietjens war schließlich Stricklands Hündin und nicht meine, und daher schwieg ich. Aber daß es Strickland keineswegs paßte, so leicht über die Sache hinwegzugehen, fühlte ich deutlich.

Tietjens schlug ihr Lager draußen vor dem Fenster meines Schlafzimmers auf. – Sturmbö folgte auf Sturmbö und fegte donnernd über das Dach, schwand dahin. Blitze spritzten über den Himmel. Wie Eier, die an ein Scheunentor geworfen werden. Nur nicht so gelb. Mehr blaßblau.

Durch die Ritzen meiner Bambusjalousie konnte ich erkennen, daß die große Hündin regungslos draußen in der offenen Veranda stand, die Rückenhaare gesträubt, die Füße wie angewurzelt, die Sehnen gespannt wie die Drahtseile einer Kettenbrücke.

Während der kurzen Pausen des Donners versuchte ich einzuschlafen, hatte aber immerwährend das Gefühl, irgend jemand wollte mich davon abhalten und verlangte etwas von mir. Wer es auch sein mochte, er versuchte mich beim Namen zu rufen. Aber seine Stimme ging stets in ein lautloses Flüstern über.

Der Donner hörte auf, Tietjens ging in den Garten, heulte den Mond an. Jemand versuchte, meine Tür zu öffnen, wanderte auf und ab im Haus, stand schwer atmend in der Veranda still. Ich war kaum eingeschlafen, da bildete ich mir ein, wildes Hämmern und Geschrei über meinem Kopf zu hören.

Ich stürzte in Stricklands Zimmer und fragte, ob er krank wäre oder mich gerufen hätte. Er lag, halb angekleidet, auf seinem Bett, die Pfeife im Munde. »Ich hab mir's gleich gedacht, daß du kommen würdest«, sagte er. »Bin ich soeben im Haus herumgelaufen?«

Ich sagte, er sei im Eß- und Rauchzimmer herumgetrampelt und noch in zwei oder drei anderen Zimmern. Er lachte bloß und riet mir, mich schlafen zu legen. Ich legte mich wieder nieder und schlief bis zum Morgen, aber beständig verfolgte mich das Gefühl im Traum, ich beginge ein Unrecht gegen jemand, der irgend etwas von mir wünsche. Was das für Wünsche sein könnten, vermochte ich mir nicht klarzumachen, aber ein schwankender, umhertappender, zaudernder, schemenhafter Jemand überhäufte mich mit Vorwürfen wegen meiner Saumseligkeit. Zwischenhinein hörte ich, wie im Halbwachen, das Dreschen des Regens und Tietjens Geheul im Garten.

Zwei Tage blieb ich in dem Haus. Jeden Morgen ging Strickland in sein Büro und ließ mich, mit Tietjens als einziger Gesellschaft, acht bis zehn Stunden allein.

Solange heller Tag war, fühlte ich mich ganz behaglich. Ebenso Tietjens. Aber wenn die Dämmerung kam, zogen wir uns in die rückwärtige Veranda zurück und taten schön miteinander. Wir waren allein im Haus, dennoch schien jemand anwesend zu sein – allzu anwesend –, mit dem ich nichts zu tun haben mochte. Ihn konnte ich nicht sehen, aber ich sah, daß sich die Vorhänge, die die Zimmer abteilten, bewegten, als sei soeben jemand hindurchgegangen; ich hörte die Bambusstühle knarren, als hätte sich eben ein Gewicht von ihnen erhoben; ich fühlte, wenn ich ein Buch aus dem Eßzimmer holen wollte, jemand warte auf der Vorderveranda, bis ich fortginge. Tietjens machte das Zwielicht interessant durch ihr Starren in die dunklen Räume, jedes Haar gesträubt und den Bewegungen eines Etwas folgend, das ich nicht sehen konnte. Sie ging niemals in die dunklen Zimmer hinein, aber ihre aufmerksam wandernden Augen sagten mir genug. Erst wenn mein Diener die Lampen brachte und ihr Licht alles hell und wohnlich machte, ging sie mit mir hinein, setzte sich auf die Hinterbeine und beobachtete eine unsichtbare Erscheinung, die sich hinter meinem Rücken zu schaffen machte. Hunde sind freundliche Gefährten.

Ich eröffnete Strickland so höflich wie möglich, daß ich nunmehr hoffen könne, im Klub Unterkunft zu finden, pries seine Gastfreundschaft, bewunderte seine Waffen und Angelruten – aber sein Haus und die Atmosphäre darin paßten mir ganz und gar nicht. Er ließ mich zu Ende sprechen, lächelte dann müde, aber ohne Empfindlichkeit, denn er ist ein Mann, der die Beweggründe anderer gelten läßt.

»Bleib doch noch hier«, sagte er nach einer Weile, »und denk nach, was das alles zu bedeuten hat. Was du mir mitgeteilt hast, weiß ich, seit ich den Bungalow bewohne. Bleib doch hier und warte ab!«

Ich habe einmal mit ihm ein kleines Erlebnis, ein heidnisches Götzenbild betreffend, gehabt, das mich beinahe ins Irrenhaus brachte; ich verspürte keine Lust, ihm auch noch bei weiteren Experimenten Gesellschaft zu leisten. Er war ein Mensch, dem Ungeheuerlichkeiten so häufig unterliefen wie andern etwa ein Mittagessen.

Ich sagte ihm daher klipp und klar, daß ich ihn sehr gern hätte und ihn mit Freuden jederzeit am Tage besuchen wollte, aber unter seinem Dach zu schlafen, ließe ich mir nicht zumuten. Das geschah nach dem Mittagessen, Tietjens lag draußen vor der Veranda.

»Gott, freilich, zu verwundern ist's nicht«, sagte Strickland. Er betrachtete aufmerksam das Tuch an der Zimmerdecke. »Da! Schau mal!«

Die Schwänze von zwei braunen Schlangen hingen zwischen Tuch und Wandgesims herab. Warfen lange Schatten im Lampenlicht.

»Hm. Wenn du dich vor Schlangen fürchtest –«, brummte er.

Allerdings fürchte und hasse ich Schlangen. Wenn man ihnen ins Auge sieht, beschleicht einen der Verdacht, sie wüßten um das ganze Geheimnis des Sündenfalls der Menschen und fühlten die Verachtung, die Satan gefühlt haben mag, als Adam aus dem Paradies vertrieben wurde. Außerdem ist ihr Biß meistens verhängnisvoll – und sie winden sich einem mit Vorliebe an den Hosenbeinen hinauf.

»Du solltest wirklich einmal das Dach nachsehen lassen!« sagte ich. »Gib mir doch einen von deinen Masheer-Angelstöcken her! Ich werde die Viecher herunterstochern.«

»Sie werden sich zwischen den Dachbalken verkriechen«,

meinte Strickland. »Schlangen überm Kopf! Das könnte mir so passen! Warte, ich steige hinauf. Wenn ich sie herunterschüttle, zerschlage ihnen das Rückgrat mit dem Ausklopfstecken da!«

Ich verspürte wenig Lust, Strickland bei diesem Unternehmen beizustehen, nahm aber doch den Stock zur Hand und wartete, derweil Strickland eine Gärtnerleiter aus der Veranda holen ging, die er sodann an die Zimmerwand lehnte. Sofort wanden sich die Schlangenschwänze aufwärts und verschwanden. Man konnte deutlich das trockene Rascheln ihrer langen Leiber hören, wie sie im Innern des sackartig gebauchten Zimmerdeckentuchs dahineilten.

Strickland nahm beim Hinaufsteigen eine Lampe mit. Ich suchte ihm begreiflich zu machen, daß es nicht nur gefährlich sei, zwischen Decke und Baldachin Schlangen zu jagen, sondern überdies bedenklich hinsichtlich des Geldbeutels, denn möglicherweise könnte das Tuch zerreißen.

»Blödsinn!« sagte Strickland. »Sie werden sich zwischen Wand und Tuch versteckt haben. Die Ziegel sind ihnen zu kalt; die Zimmerwärme ist ihnen lieber.« Und er ergriff eine Ecke des Tuches und riß es vom Gesims los. Es gab mit einem lauten knirschenden Geräusch nach, und Strickland steckte den Kopf in die entstandene Öffnung hinein in die Dunkelheit der Dachbalkenwinkel. Ich biß die Zähne zusammen und packte den Stock fester.

»Hem!« machte Strickland, und seine Stimme dröhnte unter dem Dach wie in einem Resonanzboden. »Platz wäre hier für eine ganze Menge Zimmer. – Aber, zum Teufel, da wohnt ja schon jemand!«

»Schlangen?« fragte ich von unten.

»Nein, es scheint eher ein Büffel zu sein. Reich mir mal die Spitze einer Masheer-Angel herauf, ich will ihn anstechen. Er liegt auf dem Hauptbalken.«

Ich reichte ihm den Angelstock hinauf.

»Ist das ein Nest für Eulen und Schlangen!« rief Strickland und kletterte noch tiefer in die Höhlung hinein. »Freilich kein Wunder, daß es ihnen hier gefällt!«

Ich konnte sehen, wie er mit dem stockbewehrten Arm nach vorwärts stieß.

»Heda! Sie! Mein Herr! Kommen Sie mal herunter!« hörte ich ihn rufen. »Achtung auf deinen Kopf! Es fällt!« Und schon sah ich, wie sich das Dachtuch, fast in der Mitte des Zimmers, herabsenkte, beutelförmig ausgebaucht durch den Druck eines hineinfallenden Gegenstandes – und immer tiefer und tiefer herniederkam auf die Lampe zu, die brennend auf dem Tisch stand. Sofort riß ich sie weg und sprang mit ihr zurück. Im nächsten Augenblick löste sich das Dachtuch von den Wänden los, zerriß wie mit einem Schrei und ließ ein Etwas auf den Tisch fallen, das ich nicht anzusehen wagte, bis Strickland, auf der Leiter herabgestiegen, neben mir stand.

Strickland war kein Mann der vielen Worte; schweigend faßte er die niederhängenden Enden des Tafeltuches und deckte sie über das, was da auf dem Tische lag.

»Es will mir scheinen«, sagte er nach einer Weile und stellte seine Lampe weg, »unser Freund Imray ist zurückgekehrt! Ja, was ist denn das? Wirst du wohl?« Es hatte sich etwas unter dem Tuch bewegt. Eine kleine Schlange ringelte sich heraus. Strickland zerschlug ihr mit dem dicken Ende der Masheer-Angel das Rückgrat. Mir wurde so übel, daß ich kein Wort hervorbringen konnte.

In Gedanken versunken stand Strickland eine Weile da, dann ließ er sich etwas zu trinken bringen.

Unter dem Tafeltuch war es still geworden.

»Ist es Imray?« würgte ich hervor.

Strickland zog einen Augenblick das Tuch zurück, warf einen Blick hin und sagte: »Es ist Imray, und sein Hals ist durchschnitten von einem Ohr zum andern.«

Dann riefen wir plötzlich beide gleichzeitig: »Also darum hat es hier im Haus gespukt!«

Tietjens im Garten begann mit einemmal wütend zu bellen, und gleich darauf hob sie mit ihrer großen Nase den Türdrücker, kam herein und schnüffelte in die Luft.

Dann setzte sie sich nieder, fletschte die Zähne. Stemmte die Pfoten fest auf den Boden. Blickte Strickland an.

Strickland nickte ihr zu. »Ja, ja, das ist eine schlimme Geschichte, alte Dame! Man klettert doch nicht aufs Dach, um dort zu sterben, und macht nachher den Baldachin unter sich fest! – Wart, laß mich mal überlegen.«

»Überlegen wir's uns anderswo«, riet ich.

»Famose Idee! Du hast recht, überlegen wir's uns anderswo! Lösch die Lampen. Gehen wir in mein Zimmer!«

Ich überließ das Lampenauslöschen ihm und ging voraus in sein Zimmer. Er kam mir nach, wir setzten unsere Pfeifen in Brand und dachten nach. Strickland insbesondere. Ich meinesteils rauchte wie ein Verrückter, denn mich gruselte schauderhaft.

»Also: Imray ist zurückgekehrt!« begann Strickland. »Die Frage ist nun: Wer hat ihn ermordet? Unterbrich mich jetzt nicht, mir fällt soeben etwas ein. Als ich diesen Bungalow bezog, übernahm ich die meisten von Imrays Dienern. Imray war arglos und gutmütig, nicht wahr?«

Ich stimmte zu, obgleich der Haufen unter dem Tuch im Nebenzimmer weder nach der einen noch nach der andern Eigenschaft ausgesehen hatte.

»Wenn ich jetzt sämtliche Diener hereinrufe, werden sie sich zusammenrotten und lügen wie die Arier. Was schlägst du vor?«

»Laß einen nach dem andern kommen!« riet ich.

»Dann werden sie hinauslaufen und sich gegenseitig warnen. Wir müssen sie trennen. Glaubst du, daß dein Diener etwas ahnt?«

»Könnte sein; ich weiß es nicht. Er ist erst zwei oder drei Tage hier. Was ist deine Ansicht?«

»Ich kann es noch nicht genau sagen. Wie, zum Kuckuck, kam Imray hinter die unrechte Seite des Dachtuchs?«

Da hörten wir ein lautes Husten vor Stricklands Schlafkammertür – ein Zeichen, daß Bahadur Khan, sein Leibdiener, aus dem Schlafe erwacht war, um seinem Herrn beim Auskleiden behilflich zu sein.

»Komm herein!« rief Strickland. »Eine verdammt heiße Nacht heute, was?«

Bahadur Khan, ein großer, grünbeturbanter, sechs Fuß hoher Mohammedaner, bestätigte, die Nacht sei in der Tat sehr warm, aber es sei noch mehr Regen in Aussicht, der, Seiner Gnaden Gunst vorausgesetzt, dem Lande bald Erleichterung bringen würde.

»Es wird so sein, wenn es Gott gefällt«, erwiderte Strickland und begann seine Stiefel auszuziehen. »Aber da fällt mir ein, Bahadur Khan, daß ich dich lange Zeit unbarmherzig habe für mich arbeiten lassen – ja fast, seitdem du in meine Dienste getreten bist. Wann war das noch?«

»Hat der Himmelsentsprossene es vergessen? Es war, als Imray Sahib im geheimen nach Europa ging, ohne es jemand zu sagen. Damals bin ich – und die andern – in den geehrten Dienst des Beschirmers der Unterdrückten getreten.«

»So? Imray Sahib ist nach Europa gegangen?«

»So heißt es unter denen, die seine Diener waren.«

»Willst du wieder in seine Dienste treten, wenn er zurückkommt?«

»Sicherlich, Sahib! Er war ein guter Herr und leutselig gegenüber seinen Untergebenen.«

»Ja, das stimmt. Aber ich bin sehr müde jetzt und will morgen früh auf die Jagd gehen. Bring mir mal das kleine Präzisionsgewehr, das ich für die Schwarzbockjagd brauche, her! Es hängt dort im Kasten.«

Der Diener nahm Lauf und Kolben und reichte die Stücke seinem Herrn, der sie zusammensetzte und dabei fürchterlich gähnte. Dann griff Strickland selbst in den Kasten, nahm eine scharfe Patrone heraus und schob sie in das Verschlußstück der 360-Expreß.

»Und Imray Sahib soll insgeheim nach Europa gereist sein? Ist das nicht sehr sonderbar, Bahadur Khan?«

»Was weiß ich von den Gebräuchen der Weißen, Himmelsentsprossener?!«

»Sehr wenig, freilich. Aber du sollst sogleich mehr darüber erfahren. Ich habe nämlich gehört, daß Imray Sahib von einer sehr langen Reise zurückgekehrt ist und gerade jetzt im Zimmer nebenan liegt und auf seinen Diener wartet.«

»Sahib!«

Das Lampenlicht huschte über den Gewehrlauf, als er sich schnell emporrichtete – mit der Mündung gegen Bahadur Khans breite Brust.

»Geh hinein und überzeuge dich selbst! Dein Herr ist müde, und wartet drin auf dich. Geh!«

Der Mann ergriff eine Lampe und ging in das Eßzimmer. Strickland folgte ihm auf dem Fuße. Schob ihn fast vorwärts mit der Flintenmündung.

Bahadur Khan warf einen schnellen Blick in die gähnende Tiefe des Dachgebälks über dem Baldachin, dann auf die zuckende Schlange auf dem Fußboden und schließlich mit einem gläsernen Ausdruck im Gesicht auf das Ding unter dem Tischtuch.

»Hast du gesehen?« fragte Strickland nach einer Pause.

»Ich habe gesehen. Ich bin Erde in der Hand des weißen Mannes. Was wird der Erhabene tun?«

»Dich diesen Monat noch aufknüpfen lassen. Was denn sonst?«

»Weil ich ihn getötet habe? Aber Sahib! Bedenke: Während wir Imray Sahib bedienten, fiel sein Blick auf mein

Kind. Er hat es behext. In zehn Tagen starb es am Fieber – mein Kind!«

»Was hat Imray Sahib gesagt?«

»Er hat gesagt, es sei ein schönes Kind, und hat ihm den Kopf gestreichelt. Deshalb ist mein Kind gestorben. Deshalb habe ich Imray Sahib getötet in der Dämmerung, als er aus seinem Amt gekommen war und schlief. Deshalb habe ich ihn nach oben unter die Balken geschleppt und das Dachtuch wieder festgemacht. Der Himmelsentsprossene weiß alle Dinge. Ich bin der Diener des Himmelsentsprossenen.«

Strickland warf mir über die Flinte hinweg einen Blick zu und sagte in der Eingeborenensprache: »Du bist Zeuge seines Geständnisses. Er hat getötet.«

Bahadur Khan stand da – aschfahl – im Licht der Lampe. Plötzlich überkam ihn der Trieb, sich zu rechtfertigen. »Ich bin in die Falle gegangen«, sagte er, »aber die Schuld trifft ihn allein: er hat den bösen Blick auf mein Kind geworfen, und deshalb habe ich ihn getötet und versteckt. Nur die, die von Teufeln bedient werden« – dabei starrte er Tietjens an, die stumpfsinnig vor ihm lag –, »nur so jemand konnte erfahren, was ich getan habe.«

»Geschickt hast du's angefangen, Bahadur Khan! Nur hättest du ihn mit einem Strick am Balken festbinden sollen! Jetzt wirst du selbst mit einem Strick – he, Ordonnanz!«

Ein schlaftrunkener Polizist, gefolgt von einem zweiten, erschien auf Stricklands Ruf. Tietjens saß merkwürdig still da.

»Führt ihn auf die Polizeistation!« befahl Strickland. »Es liegt etwas gegen ihn vor.«

»Werde ich denn gehenkt?« fragte Bahadur Khan. Er machte keinen Versuch zu fliehen. Seine Augen waren auf den Boden geheftet.

»So sicher, wie die Sonne scheint und das Wasser fließt – jawohl«, sagte Strickland.

Bahadur Khan machte einen langen Schritt nach rückwärts, schauderte zusammen und blieb dann stehen. Die beiden Polizisten warteten auf Befehle.

»Geh!« sagte Strickland.

»Ich bin schon unterwegs«, sagte Bahadur Khan. »Ich bin bereits ein toter Mann. Da!« Er hob den Fuß: an seiner Zehe haftete der Kopf der halberschlagenen Schlange, festgebissen in der Agonie des Todes.

»Ich stamme aus landbesitzendem Geschlecht«, sagte Bahadur Khan und schwankte hin und her. »Es wäre eine Schande für mich, zum Galgen zu gehen vor den Leuten, deshalb habe ich diesen Weg gewählt. Es sei mir erlaubt, darauf hinzuweisen, daß des Sahibs Hemden genau abgezählt sind und daß ein Extrastück Seife in der Waschtoilette liegt. Mein Kind ist behext worden, und ich habe den Zauberer erschlagen. Warum also mich mit dem Strick hinrichten? Meine Ehre ist gerettet, und – und ich sterbe.«

Nach einer Stunde starb er. So, wie man eben stirbt, wenn man von der kleinen, braunen »Karait« gebissen worden ist.

Die Polizisten trugen ihn und – das Ding unter dem Tischtuch an den Ort, der ihnen bezeichnet wurde.

Das Verschwinden Imrays war jetzt aufgeklärt.

»Und dies«, sagte Strickland seelenruhig, sein Bett erkletternd, »nennt man das neunzehnte Jahrhundert! Hast du gehört, was der Mann gesagt hat?«

»Ich habe es gehört«, sagte ich. »Imray hat einen Fehler begangen.«

»Einzig und allein infolge seiner Unkenntnis der Denkungsweise der Orientalen!« ergänzte Strickland. »Dann kam noch ein endemischer Fieberfall dazu – ja. Hm. Und Bahadur hat ihm vier Jahre lang treu gedient.«

Ich schauderte. Mein eigener Diener stand genau ebenso lang in meinen Diensten. Als ich hinüber in mein Zimmer ging, wartete er dort auf mich, regungslos wie der Kopf auf einer Münze, um mir beim Entkleiden zu helfen.

»Was ist Bahadur Khan zugestoßen?« forschte ich ihn aus.

»Eine Schlange hat ihn gebissen. Das übrige weiß der Sahib«, war die Antwort.

»Und wieviel war dir von der Sache bekannt?«

»Nicht mehr, als man schließen kann, wenn einer in der Dämmerung kommt, um Sühne zu fordern. – Langsam, Sahib! Laß mich dir die Stiefel ausziehen.«

Ich war kaum in einen Schlaf der Erschöpfung verfallen, da hörte ich Strickland drüben in seinem Zimmer rufen: »Da schau einer an! Tietjens ist auf ihren alten Platz zurückgekehrt!«

GUY DE MAUPASSANT

Die Totenhand

Vor etwa acht Monaten hatte einer meiner Freunde, Louis R., eines Abends ein paar Schulkameraden zu sich eingeladen; wir tranken Punsch, rauchten, plauderten über Literatur und Malerei und erzählten zwischendurch hin und wieder ein paar Schnurren, wie es eben geschieht, wenn junge Leute sich zusammenfinden. Plötzlich geht die Tür sperrweit auf, und einer meiner liebsten Kindheitsfreunde stürmt herein wie ein Ungewitter. »Ratet mal, woher ich komme«, ruft er sofort.

»Jede Wette: vom Ball Mabille«, antwortet der eine.

»Nein, dazu bist du zu aufgekratzt, du hast dir sicher grade irgendwo Geld geliehen, deinen Onkel begraben oder deine Uhr aufs Pfandhaus getragen«, antwortet ein anderer.

»Du hast tüchtig einen gehoben«, entgegnet ein dritter, »und da du gewittert hast, daß es bei Louis Punsch gibt, bist du heraufgekommen und willst wieder von vorn anfangen.«

»Alles vorbeigeraten, ich komme aus P... in der Normandie; da bin ich acht Tage gewesen, und von da bringe ich einen Schwerverbrecher mit, mit dem ich befreundet bin, und den möchte ich euch vorstellen.« Bei diesen Worten zog er eine eingetrocknete Totenhand aus der Tasche; sie sah abscheulich aus, schwarz, ausgedörrt, sehr lang und wie verkrampft; die außerordentlich kräftigen Muskeln wurden innen und außen durch Stränge von zu Pergament gewordener

Haut zusammengehalten; an den Fingerspitzen hafteten noch die schmalen, gelben Nägel; das alles roch auf eine Meile nach Übeltäter. »Stellt euch vor«, sagte mein Freund, »neulich ist die kümmerliche Hinterlassenschaft eines in der ganzen Gegend wohlbekannten Hexenmeisters verkauft worden; jeden Samstag ritt er auf einem Besenstiel zum Sabbat, er praktizierte weiße und schwarze Magie, machte, daß die Kühe blaue Milch gaben, und ließ sie den Schwanz so tragen wie der Gefährte des heiligen Antonius, das Schwein. Fest steht, daß der alte Schuft sehr großen Wert auf diese Hand gelegt hat; es heißt, es sei die eines 1736 hingerichteten berühmten Verbrechers: der hatte, mit dem Kopf voran, sein angetrautes Eheweib in einen Brunnen gestoßen, womit er meiner Meinung nach völlig richtig gehandelt hat; darauf hatte er den Pfarrer, der ihn getraut, am Glockenturm der Kirche aufgehängt. Nach dieser Doppeluntat ist er in die Welt gezogen und hat im Verlauf seiner kurzen, aber ereignisreichen Karriere zwölf Reisende beraubt, an die zwanzig Mönche in einem Kloster ausgeräuchert und aus einem Nonnenkloster einen Harem gemacht.«

»Aber was willst du denn mit dem gräßlichen Ding anfangen?« riefen wir.

»Oh, daraus mache ich meinen Klingelgriff, damit meine Gläubiger es mit der Angst bekommen.«

»Lieber Freund«, sagte Henri Smith, ein lang aufgeschossener, sehr phlegmatischer Engländer, »ich glaube, die Hand ist ganz einfach indisches Dörrfleisch, das nach einem neuen Verfahren konserviert worden ist; ich rate dir: koch Bouillon daraus.«

»Spottet nicht«, fiel mit der größten Kaltblütigkeit ein schon zu drei Viertel betrunkener Medizinstudent ein, »und wenn ich dir einen Rat geben darf, Pierre, dann laß diesem menschlichen Überbleibsel ein christliches Begräbnis zuteil werden, denn sonst mußt du befürchten, daß der, dem es gehört, es von dir zurückverlangt; außerdem huldigt die Hand vielleicht schlechten Gewohnheiten – du kennst ja das Sprichwort: ›Wer gemordet hat, muß immer weiter morden.‹«

»Und wer getrunken hat, muß immer weiter trinken«, ergänzte der Gastgeber; darauf goß er dem Studenten ein großes Glas Punsch ein, der andere trank es in einem Zug aus und sank sternhagelvoll unter den Tisch. Dieser Ausgang wurde mit gewaltigem Gelächter begrüßt, und Pierre hob sein Glas und trank der Hand zu: »Ich trinke auf den nächsten Besuch deines Herrn!« rief er. Dann wurde von anderen Dingen gesprochen, und jeder ging heim.

Als ich am folgenden Tag an seinem Haus vorbeikam, ging ich zu ihm hinein, es war etwa zwei Uhr, und fand ihn lesend und rauchend. »Na, wie geht's dir?« fragte ich ihn.

»Tadellos«, antwortete er.

»Und was macht deine Hand?«

»Meine Hand? Die hast du doch sehen müssen! Gestern abend, als ich heimkam, habe ich sie als Griff an meinen Klingelzug gehängt, und nun stell dir vor: irgendein Narr, der mir wohl einen schlechten Streich hat spielen wollen, ist gegen Mitternacht gekommen und hat an meiner Tür geschellt; ich habe gefragt, wer da sei, und da niemand Antwort gab, habe ich mich wieder zu Bett gelegt und bin eingeschlafen.«

In diesem Augenblick schellte es; es war der Hausbesitzer, ein grobschlächtiger, impertinenter Kerl. Ohne zu grüßen kam er herein. »Hören Sie mal«, sagte er zu meinem Freund, »bitte entfernen Sie sofort das Stück Aas, das Sie da an Ihre Klingelschnur gehängt haben; sonst sehe ich mich genötigt, Ihnen zu kündigen.«

»Sie beleidigen eine Hand, die das nicht verdient hat«, entgegnete Pierre mit ernstem Nachdruck. »Sie hat nämlich einem gehört, der es im Leben zu einem sehr hohen Posten gebracht hat.«

Der Hausbesitzer machte kehrt und verschwand, wie er gekommen war. Pierre ging ihm nach, nahm die Hand ab und befestigte sie an dem über seiner Schlafnische hängenden Klingelzug. »Die Hand tut noch bessere Wirkung als das ›Bruder, gedenke, daß du sterben mußt‹ der Trappisten«, sagte er. »Sie wird mir jeden Abend beim Einschlafen ernste Gedanken einflößen.« Nach einer Stunde verabschiedete ich mich von ihm und ging heim.

In der nächsten Nacht schlief ich schlecht; ich war aufgeregt und nervös; mehrmals fuhr ich aus dem Schlaf empor, einmal bildete ich mir sogar ein, ein Mann sei zu mir ins Zimmer gekommen, und ich stand auf und sah in meinen Schränken und unter dem Bett nach; schließlich, gegen sechs Uhr morgens, als ich grade am Eindämmern war, ließ mich ein heftiges Klopfen an meiner Tür aus dem Bett springen; es war der Diener meines Freundes, notdürftig bekleidet, bleich und zitternd.

»Ach, Monsieur!« rief er schluchzend, »mein armer Herr ist ermordet worden!«

Ich zog mich in aller Hast an und lief zu Pierre. Das Haus war voller Menschen, es wurde hin und her geredet, gefuchtelt, ein ständiges Kommen und Gehen herrschte, jeder schwatzte drauflos, erzählte und kommentierte das Geschehnis auf jede erdenkliche Weise. Mit großer Mühe drängte ich mich bis ins Schlafzimmer durch; vor der Tür standen Polizisten, ich nannte meinen Namen und wurde hineingelassen. In der Mitte standen vier Beamte mit Notizbüchern, führten die Untersuchung durch, sprachen dann und wann leise miteinander und machten sich Notizen; zwei Ärzte unterhielten sich am Bett, in dem bewußtlos Pierre lag. Er war nicht tot, bot aber einen erschreckenden Anblick. Seine über die Maßen groß aufgerissenen Augen mit den erweiterten Pupillen schienen voll unsagbaren Entsetzens etwas Grausiges und Unsichtbares anzustarren, seine Finger waren verkrampft, sein Körper war bis zum Kinn mit einem Laken bedeckt; ich hob es an. Er trug am Hals die Male von fünf Fingern, die sich tief in das Fleisch gekrallt hatten, ein paar Tropfen Blut befleckten das Hemd. In diesem Augenblick durchzuckte mich ein Gedanke, ich sah nach dem Klingelzug in der Bettnische hin, die ausgedörrte Totenhand war nicht mehr da. Sicherlich hatten die Ärzte sie weggenommen, damit die in das Zimmer des Verwundeten Kommenden sich nicht entsetzten; denn die Hand hatte wirklich ekelhaft ausgesehen. Ich erkundigte mich nicht danach, was aus ihr geworden sei.

Jetzt füge ich einen Ausschnitt aus der am folgenden Tage erschienenen Zeitung ein, die über das Verbrechen mit sämtlichen von der Polizei festgestellten Einzelheiten berichtet hat. Folgendes stand zu lesen:

»Ein furchtbarer Anschlag ist gestern auf einen jungen Herrn namens Pierre B..., einen Studenten der Rechte, der einer der angesehensten Familien der Normandie angehört, verübt worden. Der junge Herr war um zehn Uhr abends heimgekommen und hatte seinen Diener, einen gewissen Bonvin, weggeschickt, mit der Bemerkung, er sei sehr müde und wolle gleich zu Bett gehen. Gegen Mitternacht wurde der Bedienstete plötzlich durch die Klingel seines Herrn geweckt, die heftig schellte. Er bekam es mit der Angst, steckte eine Kerze an und wartete; die Schelle verstummte für etwa eine Minute und setzte dann mit solch wütender Heftigkeit wieder ein, daß der Diener, kopflos vor Entsetzen, aus seiner Kammer stürzte und den Concierge weckte; dieser benachrichtigte schleunigst die Polizei, die dann nach gut einer Viertelstunde erschien und die Tür aufbrach.

Ein grausiger Anblick bot sich ihren Augen, die Möbelstücke waren umgestürzt, alles ließ darauf schließen, daß zwischen dem Opfer und dem Übeltäter ein furchtbarer

Kampf stattgefunden habe. Mitten im Zimmer lag mit starren Gliedern, bleichem Gesicht und grauenhaft weit aufgerissenen Augen regungslos der junge Pierre B...; er trug am Hals die tiefen Würgemale von fünf Fingern. Der Rapport des sofort herbeigerufenen Dr. Bourdeau besagt, der Angreifer müsse über ungeheure Körperkräfte verfügt und eine ungewöhnlich magere und griffeste Hand gehabt haben, denn die Finger, die im Hals fünf Löcher wie die Einschlagstellen von Kugeln hinterließen, hatten sich durch das Fleisch hindurch beinah zusammengekrallt. Nichts weist auf das Tatmotiv hin, nichts darauf, wer die Tat vollbracht haben könnte.«

Am andern Tag stand in derselben Zeitung zu lesen:

»Monsieur Pierre B..., das Opfer des furchtbaren Anschlags, über den wir gestern berichteten, ist nach zwei Stunden hingebungsvoller Bemühungen durch den Arzt Dr. Bourdeau wieder zu Bewußtsein gelangt. Er befindet sich nicht in Lebensgefahr, doch bestehen bedenkliche Befürchtungen für seinen Geisteszustand. Von dem Schuldigen fehlt jede Spur.«

Tatsächlich, mein armer Freund war irrsinnig geworden; sieben Monate lang habe ich ihn täglich in der Anstalt besucht; doch er ist nie wieder zum Licht der Vernunft gelangt. In seinen Delirien stieß er seltsame Worte aus, wie alle Irren, er hatte eine fixe Idee und glaubte sich immerfort von einem Gespenst verfolgt. Eines Tages wurde ich in aller Hast zu ihm geholt, da es ihm schlechter gehe; als ich zu ihm kam, lag er in den letzten Zügen. Zwei Stunden lang blieb er ganz ruhig, dann plötzlich richtete er sich trotz unserer Bemühungen im Bett auf, fuchtelte mit den Armen und schrie, als sei er von grausigstem Entsetzen gepackt: »Nimm sie weg! Nimm sie weg! Sie erdrosselt mich! Hilfe! Hilfe!« Dreimal lief er heulend rund durch das Zimmer, dann fiel er tot um, mit dem Gesicht zum Fußboden.

Da er Waise war, wurde ich mit der Überführung seiner Leiche nach dem kleinen Dorf P... in der Normandie beauftragt, wo seine Eltern begraben lagen. Es ist das gleiche Dorf, von wo er an jenem Abend, da er uns punschtrinkend bei Louis R. angetroffen, zurückgekehrt war und uns seine Totenhand gezeigt hatte. Seine Leiche wurde in einen Bleisarg gelegt, und vier Tage später ging ich bekümmert mit dem alten Pfarrer, der ihm den ersten Unterricht erteilt hatte, auf den kleinen Friedhof, wo sein Grab ausgehoben wurde. Es war prächtiges Wetter, der klarblaue Himmel strahlte im Licht; die Vögel sangen in den Brombeersträuchern der Einfriedung, an der wir so oft als Kinder die reifen Früchte gepflückt und gegessen hatten. Mir war, als sehe ich ihn an der Hecke entlangschleichen und durch das mir wohlbekannte Loch schlüpfen, drüben, ganz am Ende des Teils, wo die Armen begraben werden; und dann waren wir immer mit vom Saft der verzehrten Früchte geschwärzten Backen und Lippen nach Hause gegangen; ich sah zu den Ranken hin, sie saßen über und über voll Beeren, mechanisch pflückte ich eine und schob sie in den Mund; der Pfarrer hatte sein Brevier aufgeschlagen und murmelte ganz leise sein ›Oremus‹, und am Ende des Friedhofweges hörte ich die Spaten der das Grab aushebenden Totengräber. Plötzlich riefen sie uns an, der Pfarrer klappte sein Buch zu, und wir gingen zu ihnen hin, um zu sehen, was sie wollten. Sie waren auf einen Sarg gestoßen. Mit einem Spitzhackenhieb ließen sie den Deckel aufspringen, und wir erblickten ein über die Maßen langes, auf dem Rücken liegendes Skelett, dessen hohle Augen uns anzustarren und Trotz zu bieten schienen; mir wurde unbehaglich zumute, ich weiß nicht, warum, ich bekam es beinah mit der Angst.

»Da!« rief einer der Totengräber, »sehn Sie mal! Dem Burschen ist eine Hand abgehauen worden, da liegt sie!«

Und er hob eine große, verdorrte Hand auf, die neben dem Skelett gelegen hatte, und hielt sie uns hin.

»Mensch«, sagte der andere, »man könnte meinen, er starre dich an und wolle dir an die Kehle springen, damit du ihm seine Hand wiedergibst!«

»Laßt die Toten in Frieden und schließt den Sarg wieder«, sagte der Pfarrer. »Wir wollen dem armen Monsieur Pierre irgendwoanders das Grab graben.«

Am folgenden Tage war alles überstanden, und ich fuhr zurück nach Paris, nachdem ich dem alten Pfarrer fünfzig Francs dagelassen hatte, damit er Messen für das Heil der Seele dessen lese, dessen Grabesruhe wir gestört hatten.

E.T.A. HOFFMANN

Ignaz Denner

Vor alter längst verfloßner Zeit lebte in einem wilden einsamen Forst des Fuldaischen Gebiets ein wackrer Jägersmann, Andres mit Namen. Er war sonst Leibjäger des Herrn Grafen Aloys von Vach gewesen, den er auf weiten Reisen durch das schöne Welschland begleitet, und einmal, als sie auf den unsichern Wegen in dem Königreich Neapel von Straßenräubern angefallen wurden, durch seine Klugheit und Tapferkeit aus großer Lebensgefahr gerettet hatte. In dem Wirtshause zu Neapel, wo sie eingekehrt waren, befand sich ein armes, bildschönes Mädchen, die von dem Hauswirt, der sie als eine Waise aufgenommen, gar hart behandelt und zu den niedrigsten Arbeiten in Hof und Küche gebraucht wurde. Andres suchte sie, so gut er sich ihr verständlich machen konnte, mit trostreichen Worten aufzurichten, und das Mädchen faßte solche Liebe zu ihm, daß sie sich nicht mehr von ihm trennen, sondern mitziehen wollte nach dem kalten Deutschland. Der Graf von Vach, gerührt von Andres' Bitten und Giorginas Tränen, erlaubte, daß sie sich zu dem geliebten Andres auf den Kutschbock setzen, und so die beschwerliche Reise machen durfte. Schon ehe sie über die Grenzen von Italien hinausgekommen, ließ sich Andres mit seiner Giorgina trauen und als sie dann nun endlich zurückgekehrt waren auf die Güter des Grafen von Vach, glaubte dieser den treuen Diener recht zu belohnen, da er ihn zu seinem Revierjäger ernannte. Mit seiner Giorgina und einem alten Knecht zog er in den einsamen rauhen Wald, den er schützen sollte wider die Freijäger und Holzdiebe. Statt des gehofften Wohlstandes, den ihm der Graf von Vach verheißen, führte er aber ein beschwerliches, mühseliges, dürftiges Leben und geriet bald in Kummer und Elend. Der kleine Lohn an barem Gelde, den er von dem Grafen erhielt, reichte kaum hin, sich und seine Giorgina zu kleiden; die geringen Gefälle, die ihm bei Holzverkäufen zukamen, waren selten und ungewiß und den Garten, auf dessen Bebauung und Benutzung er angewiesen, verwüsteten oft die Wölfe und die wilden Schweine, er mochte mit seinem Knecht auf der Hut sein, wie er wollte, so daß bisweilen in einer Nacht die letzte Hoffnung des Lebensunterhalts vereitelt ward. Dabei war sein Leben stets bedroht von den Holzdieben und Freischützen. Jeder Lockung widerstand er als ein wackrer frommer Mann, der lieber darben, als ungerechtes Gut an sich bringen wollte und verwaltete sein Amt getreulich und tapfer, deshalb stellten sie ihm nach auf gefährliche Weise, und nur seine treuen Doggen schützten ihn vor nächtlichem Überfall des Raubgesindels. Giorgina, des Klimas und der Lebensweise in dem wilden Forst ganz ungewohnt, welkte zusehends hin. Ihre bräunliche Gesichtsfarbe verwandelte sich in fahles Gelb, ihre lebhaften blitzenden Augen wurden düster, und ihr voller, üppiger Wuchs magerte mit jedem Tage mehr ab. Oft erwachte sie in mondheller Nacht. Schüsse krachten in der Ferne durch den Wald, die Doggen heulten, leise erhob sich der Mann vom Lager und schlich mit dem Knecht murmelnd hinaus in den Forst. Dann betete sie inbrünstig zu Gott und zu den Heiligen, daß sie und ihr treuer Mann errettet werden möchten aus dieser schrecklichen Einöde und aus der steten Todesgefahr. Die Geburt eines Knaben warf Giorgina endlich auf das Krankenlager, und immer schwächer und schwächer werdend, sah sie ihr Ende vor Augen. Dumpf in sich hinbrütend, schlich der unglückliche Andres umher: alles Glück war mit der Krankheit seines Weibes von ihm gewichen. Wie neckendes, gespenstisches Wesen guckte das Wild aus den Büschen; sowie er sein Gewehr abdrückte, war es verstoben in der Luft. Er konnte kein Tier mehr treffen und nur sein Knecht, ein geübter Schütze, beschaffte das Wild, welches er dem Grafen von Vach zu liefern gehalten war. Einst saß er an Giorginas Bette, den starren Blick auf das geliebte Weib gerichtet, die ermattet zum Tode kaum mehr atmete. In dumpfem, lautlosem Schmerz hatte er ihre Hand gefaßt und hörte nicht das Ächzen des Knaben, der nahrungslos verschmachten wollte. Der Knecht ging schon am frühen Morgen nach Fulda, um für das letzte Ersparnis einige Erquickung für die Kranke herbeizuschaffen. Kein menschliches tröstendes Wesen war weit und breit zu finden, nur der Sturm heulte in schneidenden Tönen des entsetzlichen Jammers durch die schwarzen Tannen und die Doggen winselten, wie in trostloser Klage, um den unglücklichen Herrn.

Da hörte Andres auf einmal es vor dem Hause daherschreiten, wie menschliche Fußtritte. Er glaubte, es wäre der zurückkehrende Knecht, unerachtet er ihn nicht so früh erwarten konnte, aber die Hunde sprangen heraus und bellten heftig. Es mußte ein Fremder sein. Andres ging selbst vor die Tür: da trat ihm ein langer, hagerer Mann entgegen, in grauem Mantel, die Reisemütze tief ins Gesicht gedrückt. »Ei«, sagte der Fremde: »wie bin ich doch hier im Walde so irre gegangen! Der Sturm tobt von den Bergen herab, wir bekommen ein schrecklich Wetter. Möchtet Ihr nicht erlauben, lieber Herr! daß ich in Euer Haus eintreten und mich von dem beschwerlichen Wege erholen und erquicken dürfte zur weitern Reise?«

»Ach Herr«, erwiderte der betrübte Andres, »Ihr kommt in ein Haus der Not und des Elends und außer dem Stuhl, auf dem Ihr ausruhen könnt, vermag ich kaum Euch irgend eine Erquickung anzubieten; meinem armen kranken Weibe mangelt es selbst daran, und mein Knecht, den ich nach Fulda geschickt, wird erst am späten Abend etwas zur Labung herbeibringen.«

Unter diesen Worten waren sie in die Stube getreten. Der Fremde legte seine Reisemütze und seinen Mantel ab, unter dem er ein Felleisen und ein Kistchen trug. Er zog auch ein Stilett und ein paar Terzerole hervor, die er auf den Tisch legte. Andres war an Giorginas Bett getreten, sie lag in bewußtlosem Zustande. Der Fremde trat ebenfalls hinzu, schaute die Kranke lange mit scharfen, bedächtigen Blicken an und ergriff ihre Hand, den Puls sorglich erforschend.

Als nun Andres voll Verzweiflung ausrief: »Ach Gott, nun stirbt sie wohl!« da sagte der Fremde: »Mit nichten, lieber Freund! seid ganz ruhig. Euerm Weibe fehlt nichts als kräftige, gute Nahrung, und vor der Hand wird ihr ein Mittel, das zugleich reizt und stärkt, die besten Dienste tun. Ich bin zwar kein Arzt, sondern vielmehr ein Kaufmann, allein doch in der Arzneiwissenschaft nicht unerfahren, und besitze aus uralter Zeit her manches Arcanum, welches ich mit mir führe und auch wohl verkaufe.«

Damit öffnete der Fremde sein Kistchen, holte eine Phiole heraus, tröpfelte von dem ganz dunkelroten Liquor etwas auf Zucker und gab es der Kranken. Dann holte er aus dem Felleisen eine kleine geschliffene Flasche köstlichen Rheinweins und flößte der Kranken ein paar Löffel voll ein. Den Knaben, befahl er, nur dicht an der Mutter Brust gelehnt ins Bette zu legen und beide der Ruhe zu überlassen. Dem Andres war es zumute, als sei ein Heiliger herabgestiegen in die Einöde, ihm Trost und Hülfe zu bringen. Anfangs hatte ihn der stechende, falsche Blick des Fremden abgeschreckt, jetzt wurde er durch die sorgliche Teilnahme, durch die augenscheinliche Hülfe, die er der armen Giorgina leistete, zu ihm hingezogen. Er erzählte dem Fremden unverhohlen, wie er eben durch die Gnade, die ihm sein Herr, der Graf von Vach, angedeihen lassen wollen, in Not und Elend geraten sei und wie er wohl Zeit seines Lebens nicht aus drückender Armut und Dürftigkeit kommen werde. Der Fremde tröstete ihn dagegen und meinte, wie oft ein unverhofftes Glück dem Hoffnungslosesten alle Güter des Lebens bringe, und daß man wohl etwas wagen müsse, das Glück selbst sich dienstbar zu machen.

»Ach lieber Herr!« erwiderte Andres, »ich vertraue Gott und der Fürsprache der Heiligen, zu denen wir, ich und mein treues Weib, jeden Tag mit Inbrunst beten. Was soll ich denn tun, um mir Geld und Gut zu verschaffen? Ist es mir nach Gottes Weisheit nicht beschieden, so wäre es ja sündlich, darnach zu trachten; soll ich aber noch in dieser Welt zu Gütern gelangen, welches ich meines armen Weibes halber wünsche, die ihr schönes Vaterland verlassen, um mir in diese wilde Einöde zu folgen, so kommt es wohl, ohne daß ich Leib und Leben wage um schnödes, weltliches Gut.«

Der Fremde lächelte bei diesen Reden des frommen Andres auf ganz seltsame Weise und war im Begriff, etwas zu erwidern, als Giorgina mit einem tiefen Seufzer aus dem Schlaf, in den sie versunken, erwachte. Sie fühlte sich wunderbarlich gestärkt; auch der Knabe lächelte hold und lieblich an ihrer Brust. Andres war außer sich vor Freude, er weinte, er betete, er jubelte durch das Haus. Der Knecht war indessen zurückgekommen und bereitete, so gut er es vermochte, von den mitgebrachten Lebensmitteln das Mahl, an dem nun der Fremde teilnehmen sollte. Der Fremde kochte selbst eine Kraftsuppe für Giorgina, und man sah, daß er allerlei Gewürz und andere Ingredienzien hineinwarf, die er bei sich getragen. Es war später Abend worden, der Fremde mußte daher bei dem Andres übernachten, und er bat, daß man ihm in derselben Stube, wo Andres und Giorgina schliefen, ein Strohlager bereiten möge. Das geschah. Andres, den die Besorgnis um Giorgina nicht schlafen ließ, bemerkte, wie der Fremde beinahe bei jedem stärkeren Atemzuge Giorginas auffuhr, wie er stündlich aufstand, leise sich ihrem Bette näherte, ihren Puls erforschte und ihr Arznei eintröpfelte.

Als der Morgen angebrochen, war Giorgina wieder zusehends besser geworden. Andres dankte dem Fremden, den er seinen Schutzengel nannte, aus der Fülle seines Herzens. Auch Giorgina äußerte, wie ihn wohl, auf ihr inbrünstiges Gebet, Gott selbst gesendet habe zu ihrer Rettung. Dem Fremden schienen diese lebhaften Ausbrüche des Danks in gewisser Art beschwerlich zu fallen; er war sichtlich verlegen und äußerte ein Mal über das andere, wie er ja ein Unmensch sein müsse, wenn er nicht der Kranken mit seiner Kenntnis und den Arzneimitteln, die er bei sich führe, habe beistehen sollen. Übrigens sei nicht Andres, sondern *er* zum Dank verpflichtet, da man ihn, der Not unerachtet, die im Hause herrsche, so gastlich aufgenommen, und er wolle auch keineswegs diese Pflicht unerfüllt lassen. Er zog einen wohlgefüllten Beutel hervor und nahm einige Goldstücke heraus, die er dem Andres hinreichte.

»Ei Herr«, sagte Andres, »wie und wofür sollte ich denn so vieles Geld von Euch annehmen? Euch in meinem Hause zu beherbergen, da Ihr Euch in dem wilden weitläuftigen Forst verirrt hattet, das war ja Christenpflicht, und dünkte Euch das irgend eines Dankes wert, so habt Ihr mich ja überreich, ja mehr, als ich es nur mit Worten sagen mag, dadurch belohnt, daß Ihr als ein weiser kunsterfahrner Mann mein liebes Weib vom augenscheinlichen Tode rettetet. Ach Herr! was Ihr an mir getan, werde ich Euch ewiglich nicht vergessen, und Gott möge es mir verleihen, daß ich die edle Tat Euch mit meinem Leben und Blut lohnen könne.«

Bei diesen Worten des wackern Andres fuhr es wie ein rascher funkelnder Blitz aus den Augen des Fremden. »Ihr müßt, braver Mann«, sprach er, »durchaus das Geld annehmen. Ihr seid das schon Euerm Weibe schuldig, der Ihr damit bessere Nahrungsmittel und Pflege verschaffen könnt; denn dieser bedarf sie nunmehro, um nicht wieder in ihren vorigen Zustand zurückzufallen, und Euerm Knaben Nahrung geben zu können.«

»Ach Herr«, erwiderte Andres, »verzeiht es, aber eine innere Stimme sagt mir, daß ich Euer unverdientes Geld nicht nehmen darf. Diese innere Stimme, der ich, wie der höhern Eingebung meines Schutzheiligen, immer vertraut, hat mich bisher sicher durch das Leben geführt und mich beschützt vor allen Gefahren des Leibes und der Seele. Wollt Ihr großmütig handeln und an mir Armen ein übriges tun, so laßt mir ein Fläschlein von Eurer wundervollen Arznei zurück, damit durch ihre Kraft mein Weib ganz genese.«

Giorgina richtete sich im Bette auf, und der schmerzvolle wehmütige Blick, den sie auf Andres warf, schien ihn anzuflehen, diesmal nicht so strenge auf sein inneres Widerstreben zu achten, sondern die Gabe des mildtätigen Mannes anzunehmen.

Der Fremde bemerkte das und sprach: »Nun wenn Ihr denn durchaus mein Geld nicht annehmen wollt, so schenke ich es Euerm lieben Weibe, die meinen guten Willen, Euch aus der bittern Not zu retten, nicht verschmähen wird.«

Damit griff er noch einmal in den Beutel, und sich der Giorgina nähernd, gab er ihr wohl noch einmal so viel Geld, als er vorhin dem Andres angeboten hatte. Giorgina sah das schöne funkelnde Gold mit vor Freude leuchtenden Augen, sie konnte kein Wort des Danks herausbringen, die hellen Tränen schossen ihr die Wangen herab.

Der Fremde wandte sich schnell von ihr weg, und sprach zu Andres: »Seht, lieber Mann! Ihr könnet meine Gabe getrost annehmen, da ich nur etwas von großem Überfluß Euch mitteile. Gestehen will ich Euch, daß ich das nicht bin, was ich scheine. Nach meiner schlichten Kleidung, und da ich wie ein dürftiger wandernder Krämer zu Fuß reise, glaubt Ihr gewiß, daß ich arm bin und mich nur kümmerlich von kleinem Verdienst auf Messen und Jahrmärkten nähre: ich muß Euch jedoch sagen, daß ich durch glücklichen Handel mit den trefflichsten Kleinodien, den ich seit vielen Jahren treibe, ein sehr reicher Mann geworden, und nur die einfache Lebensweise aus alter Gewohnheit beibehalten habe. In diesem kleinen Felleisen und dem Kistchen bewahre ich Juwelen und köstliche, zum Teil noch im grauen Altertum geschnittene Steine, welche viele, viele Tausende wert sind. Ich habe diesmal in Frankfurt sehr glückliche Geschäfte gemacht, so daß das wohl noch lange nicht der hundertste Teil des Gewinns sein mag, was ich Euerm lieben Weibe schenkte. Überdem gebe ich Euch das Geld keineswegs umsonst, sondern verlange von Euch dafür allerlei Gefälligkeiten. Ich wollte, wie gewöhnlich, von Frankfurt nach Kassel gehen und kam von Schlüchtern aus vom richtigen Wege ab. Indessen habe ich gefunden, daß der Weg durch diesen Forst, den sonst die Reisenden scheuen, gerade für einen Fußgänger recht anmutig ist, weshalb ich denn künftig auf gleicher Reise immer diese Straße einschlagen und bei Euch einsprechen will. Ihr werdet daher mich jährlich zweimal bei Euch eintreffen sehen; nämlich zu Ostern, wenn ich von Frankfurt nach Kassel wandere, und im späten Herbst, wenn ich von der Leipziger Michaelismesse nach Frankfurt und von dort nach der Schweiz und wohl auch nach Welschland gehe. Dann sollt Ihr mich für gute Bezahlung – einen – zwei auch wohl drei Tage bei Euch beherbergen und das ist die erste Gefälligkeit, um die ich Euch ersuche.

Ferner bitte ich Euch, dieses kleine Kistchen, worin Waren sind, die ich in Kassel nicht brauche, und das mir beim Wandern hinderlich ist, zu behalten, bis ich künftigen Herbst wieder bei Euch einspreche. Nicht verhehlen will ich, daß die

Waren viele Tausende wert sind, aber ich mag Euch deshalb doch kaum größere Sorglichkeit empfehlen, da ich nach der Treue und Frömmigkeit, die Ihr an den Tag legt, Euch zutraue, daß Ihr auch das Geringste, was ich Euch zurückließe, sorgfältig aufbewahren würdet; zumal werdet Ihr das bei Sachen von solch großem Werte, als die sind, welche in dem Kistchen verschlossen, sicherlich tun. Seht, das ist der zweite Dienst, den ich von Euch fordere. Das Dritte, was ich verlange, wird Euch wohl am schwersten fallen, unerachtet es mir jetzt am nötigsten tut. Ihr sollt Euer liebes Weib nur auf diesen Tag verlassen und mich aus dem Forst bis auf die Straße nach Hirschfeld geleiten, wo ich bei Bekannten einsprechen und dann meine Reise nach Kassel fortsetzen will. Denn außer dem, daß ich des Weges im Forst nicht recht kundig bin und mich daher zum zweitenmal verirren könnte, ohne von einem so wackern Mann, wie Ihr es seid, aufgenommen zu werden, ist es auch in der Gegend nicht recht geheuer. Euch als einem Jägersmann aus der Gegend wird man nichts anhaben, aber ich, als einsamer Wanderer, könnte wohl gefährdet werden. Man sprach in Frankfurt davon, daß eine Räuberbande, die sonst die Gegend von Schaffhausen unsicher machte und sich bis nach Straßburg herauf ausdehnte, nunmehr sich ins Fuldaische geworfen haben soll, da die von Leipzig nach Frankfurt reisenden Kaufleute ihnen reicheren Gewinst versprachen, als sie dort finden konnten. Wie leicht wär es möglich, daß sie mich schon von Frankfurt aus als reichen Juwelenhändler kennten. Hab ich also ja durch die Rettung Eures Weibes Dank verdient, so könnt Ihr mich dadurch reichlich lohnen, daß Ihr aus diesem Forste mich auf Weg und Steg leitet.«

Andres war mit Freuden bereit, alles zu erfüllen, was man von ihm verlangte, und machte sich gleich, wie es der Fremde wünschte, zur Wanderung fertig, indem er seine Jägeruniform anzog, seine Doppelbüchse und seinen tüchtigen

Hirschfänger umschnallte und dem Knecht befahl, zwei von den Doggen anzukuppeln. Der Fremde hatte unterdessen das Kistchen geöffnet und die prächtigsten Geschmeide, Halsketten – Ohrringe – Spangen herausgenommen, die er auf Giorginas Bette ausbreitete, so daß sie ihre Verwunderung und Freude gar nicht bergen konnte.

Als nun aber der Fremde sie aufforderte, doch eine der schönsten Halsketten umzuhängen, die reichen Spangen auf ihre wunderschön geformten Ärme zu streifen, und ihr dann einen kleinen Taschenspiegel vorhielt, worin sie sich nach Herzenslust beschauen konnte, so daß sie in kindischer Lust aufjauchzte, da sagte Andres zu dem Fremden: »Ach lieber Herr! wie möget Ihr doch in meinem armen Weibe solche Lüsternheit erregen, daß sie sich mit Dingen putzt, die ihr nimmermehr zukommen, und auch gar nicht anstehen. Nehmt mir es nicht übel, Herr! aber die einfache rote Korallenschnur, die meine Giorgina um den Hals gehängt hatte, als ich sie zum erstenmal in Neapel sah, ist mir tausendmal lieber, als das funkelnde blitzende Geschmeide, das mir recht eitel und trügerisch vorkommt.«

»Ihr seid auch gar zu strenge«, erwiderte der Fremde höhnisch lächelnd, »daß Ihr Euerm Weibe nicht einmal in ihrer Krankheit die unschuldige Freude lassen wollt, sich mit meinen schönen Geschmeiden herauszuputzen, die keineswegs trügerisch, sondern wahrhaft echt sind. Wißt Ihr denn nicht, daß eben den Weibern solche Dinge rechte Freude verursachen? Und was Ihr da sagt, daß solcher Prunk Eurer Giorgina nicht zukomme, so muß ich das Gegenteil behaupten. Euer Weib ist hübsch genug, sich so herauszuputzen und Ihr wißt ja nicht, ob sie nicht einmal auch noch reich genug sein wird, dergleichen Schmuck selbst zu besitzen und zu tragen.«

Andres sprach mit sehr ernstem nachdrücklichen Ton: »Ich bitte Euch, Herr! führt nicht solche geheimnisvolle verfängliche Reden! Wollt Ihr denn mein armes Weib betören, daß sie von eitlem Gelüst nach solchem weltlichen Prunk und Staat nur drückender unsere Armut fühle und um alle Lebensruhe, um alle Heiterkeit gebracht werde? Packt nur Eure schöne Sachen ein, lieber Herr! ich will sie Euch treulich bewahren, bis Ihr zurückkommt. Aber sagt mir nun, wenn, wie es der Himmel verhüten möge! Euch unterdessen ein Unglück zustoßen sollte, so daß Ihr nicht mehr zurückkehrtet in mein Haus, wohin soll ich dann das Kistchen abliefern, und wie lange soll ich auf Euch warten, ehe ich die Juwelen *dem* einhändige, den Ihr mir nennen werdet, so wie ich Euch jetzt um Euern Namen bitte?«

»Ich heiße«, erwiderte der Fremde, »Ignaz Denner, und bin, wie Ihr schon wisset, Kauf- und Handelsmann. Ich habe weder Weib, noch Kinder, und meine Verwandten wohnen im Walliser Lande. *Die* kann ich aber keinesweges lieben und achten, da sie sich, als ich noch arm und bedürftig war, um mich gar nicht gekümmert haben. Sollte ich in drei Jahren mich nicht sehen lassen, so behaltet das Kistchen ruhig an euch und, da ich wohl weiß, daß beide, Ihr und Giorgina, euch sträuben werdet, das reiche Vermächtnis von mir anzunehmen, so schenke ich in jenem Fall das Kästchen mit Kleinodien Euerm Knaben, dem ich, wenn Ihr ihn firmeln laßt, den Namen Ignatius beizugeben bitte.«

Andres wußte in der Tat nicht, was er aus der seltenen Freigebigkeit und Großmut des fremden Mannes machen sollte. Er stand ganz verstummt vor ihm, indes Giorgina ihm für seinen guten Willen dankte und versicherte, zu Gott und den Heiligen fleißig beten zu wollen, daß sie ihn auf seinen weiten beschwerlichen Reisen beschützen und ihn stets glücklich in ihr Haus zurückführen möchten. Der Fremde lächelte, so wie es seine Art war, auf seltsame Weise und meinte, daß wohl das Gebet einer schönen Frau mehr Kraft haben möge, als das seinige. Das Beten wolle er daher ihr überlassen und übrigens seinem kräftigen abgehärteten Körper und seinen guten Waffen vertrauen.

Dem frommen Andres mißfiel diese Äußerung des Fremden höchlich; indessen verschwieg er das, was er darauf zu erwidern schon im Begriff stand, und trieb vielmehr den Fremden an, jetzt die Wanderung durch den Forst zu beginnen, da er sonst erst in später Nacht in sein Haus zurückkehren und seine Giorgina in Furcht und Angst setzen würde.

Der Fremde sagte beim Abschiede noch Giorginen: daß er ausdrücklich ihr erlaube, sich, wenn es ihr Vergnügen mache, mit seinen Geschmeiden zu schmücken, da es ihr ja ohnedies in diesem einsamen wilden Forst an jeder Belustigung mangle. Giorgina errötete vor innerm Vergnügen, da sie freilich die ihrer Nation eigne Lust an glänzendem Staat und vorzüglich an kostbaren Steinen nicht unterdrücken konnte.

Nun schritten Denner und Andres rasch vorwärts durch den finstern öden Wald. In dem dicksten Gebüsch schnupperten die Doggen umher und klafften, den Herrn mit klugen beredten Augen anschauend.

»Hier ist es nicht geheuer«, sprach Andres, spannte den Hahn seiner Büchse und schritt mit den Hunden bedächtig vor dem fremden Kaufmann her. Oft war es ihm, als rausche es in den Bäumen und bald erblickte er in der Ferne finstre Gestalten, die gleich wieder in dem Gebüsch verschwanden. Er wollte seine Doggen loskuppeln.

»Tut das nicht, lieber Mann!« rief Denner, »denn ich kann Euch versichern, daß wir nicht das mindeste zu fürchten haben.«

Kaum hatte er diese Worte gesprochen, als nur wenige Schritte von ihnen ein großer schwarzer Kerl mit struppigen Haaren und großem Knebelbart, eine Büchse in der Hand, aus dem Gebüsch heraustrat. Andres machte sich schußfertig; »schießt nicht, schießt nicht!« rief Denner; der schwarze Kerl nickte ihm freundlich zu und verlor sich in den Bäumen.

Endlich waren sie aus dem Walde heraus, auf der lebhaften Landstraße. »Nun danke ich Euch herzlich für Euer Geleite«, sprach Denner; »kehrt nur jetzt in Eure Wohnung zurück; sollten Euch wieder solche Gestalten aufstoßen, wie wir sie gesehen, so zieht ruhig Eure Straße fort, ohne Euch darum zu kümmern. Tut, als wenn Ihr gar nichts bemerktet, behaltet Eure Doggen am Strick, Ihr werdet ohne alle Gefahr Eure Wohnung erreichen.«

Andres wußte nicht, was er von dem allen und von dem wunderlichen Kaufmann denken sollte, der, wie ein Geisterbeschwörer, den Feind zu bannen und von sich abzuhalten schien. Er konnte nicht begreifen, warum er denn erst sich habe durch den Wald geleiten lassen. Getrost schritt Andres durch den Forst zurück, es stieß ihm durchaus nichts Verdächtiges auf und er kam wohlbehalten in sein Haus, wo ihm seine Giorgina, die sich munter und kräftig aus dem Bette gemacht, voll Freude in die Arme fiel.

Durch die Freigebigkeit des fremden Kaufmanns bekam die kleine Haushaltung des Andres eine ganz andere Gestalt. Kaum war nämlich Giorgina ganz genesen, als er mit ihr nach Fulda ging und außer den nötigsten Bedürfnissen noch manches Stück einkaufte, das ihrer häuslichen Einrichtung abging und wodurch diese das Ansehen eines gewissen Wohlstandes erhielt. Dazu kam, daß seit dem Besuch des Fremden die Freijäger und Holzdiebe aus der Gegend gebannt schienen, und Andres seinem Posten ruhig vorstehen konnte. Auch sein Jagdglück war wiedergekehrt, so daß er, wie sonst, beinahe niemals einen Fehlschuß tat. Der Fremde stellte sich zu Michaelis wieder ein und blieb drei Tage. Der hartnäckigen Weigerung der Wirtsleute unerachtet war er doch wieder so freigebig, wie das erstemal. Er versicherte, es sei nun einmal seine Absicht, sie in Wohlstand zu versetzen, und so sich selbst das Absteigequartier im Walde freundlicher und angenehmer zu machen.

Nun konnte die bildhübsche Giorgina sich besser kleiden; sie gestand dem Andres, daß sie der Fremde mit einer zierlich gearbeiteten goldnen Nadel, wie sie die Mädchen und Weiber in mancher Gegend Italiens durch das in Zöpfen zusammengeflochtene aufgewirbelte Haar zu stecken pflegen, beschenkt habe. Andres zog ein finstres Gesicht, aber in dem Augenblick war Giorgina zur Tür hinausgesprungen und nicht lange dauerte es, so kehrte sie zurück ganz so gekleidet und geschmückt, wie Andres sie in Neapel gesehen hatte. Die schöne goldne Nadel prangte in dem schwarzen Haar, in das sie mit malerischem Sinn bunte Blumen geflochten, und Andres mußte sich nun selbst gestehen, daß der Fremde sein Geschenk recht sinnig gewählt hatte, um seine Giorgina wahrhaft zu erfreuen.

Andres äußerte dies unverhohlen und Giorgina meinte, daß der Fremde wohl ihr Schutzengel sei, der sie aus der tiefsten Dürftigkeit zum Wohlstande erhebe, und daß sie gar nicht begreife, wie Andres so wortkarg, so verschlossen gegen den Fremden und überhaupt so traurig, so in sich gekehrt, bleiben könne.

»Ach, liebes Herzensweib!« sprach Andres, »die innere Stimme, welche mir damals so laut sagte, daß ich durchaus nichts von dem Fremden annehmen dürfe, die schweigt bis jetzt keinesweges. Ich werde oft von innern Vorwürfen gemartert; es ist mir, als ob mit dem Gelde des Fremden unrechtes Gut in mein Haus gekommen sei und deshalb kann mich nichts recht freuen, was dafür angeschafft wurde. Ich kann mich jetzt wohl öfter mit einer kräftigen Speise, mit einem Glase Wein erlaben; glaube mir aber, liebe Giorgina! war einmal ein guter Holzverkauf vorgefallen und hatte mir der liebe Gott ein paar ehrlich verdiente Groschen mehr beschert, als gewöhnlich, dann schmeckte mir ein Glas geringen Weins viel besser, als jetzt der gute Wein, den der Fremde uns mitbringt. Ich kann mich mit diesem sonderbaren Kaufmann durchaus nicht befreunden, ja es ist mir in seiner Gegenwart oft ganz unheimlich zumute. Hast du wohl bemerkt, liebe Giorgina! daß er niemanden fest anzuschauen vermag? Und dabei blitzt es zuweilen aus seinen tiefliegenden kleinen Augen so sonderbar heraus, und dann kann er bei unsern schlichten Reden oft so – bübisch möcht ich sagen, lachen, daß es mich eiskalt überläuft. – Ach, möchten nur nicht meine innern Gedanken wahr werden, aber oft ist es mir, als liege allerlei schwarzes Unheil im Hintergrunde, das nun der Fremde mit einemmal hervorrufen werde, nachdem er uns in seinen künstlichen Schlingen gefangen.«

Giorgina suchte ihrem Mann die schwarzen Vorstellungen auszureden, indem sie versicherte, wie sie oft in ihrem Vaterlande und vorzüglich bei ihren Pflegeeltern im Wirtshause, Personen kennen gelernt, deren Äußeres noch viel widriger gewesen sei, unerachtet es am Ende grundgute Menschen waren. Andres schien getröstet, im Innern beschloß er aber auf der Hut zu sein.

Der Fremde sprach bei Andres wieder ein, als sein Knabe, ein wunderschönes Kind, ganz der Mutter Ebenbild, gerade neun Monate alt geworden. Es war Giorginas Namenstag; sie hatte den Kleinen fremdartig und sonderbar herausgeputzt, sich selbst in ihre liebe neapolitanische Tracht geworfen und ein besseres Mahl, als gewöhnlich, bereitet, wozu der Fremde eine Flasche köstlichen Weins aus dem Felleisen hergab.

Als sie nun fröhlich bei Tische saßen und der kleine Knabe mit solch wunderbar verständigen Augen umherblickte, hub der Fremde an: »Euer Kind verspricht in der Tat mit seinem besondern Wesen schon jetzt recht viel und es ist schade, daß ihr nicht imstande sein werdet, es gehörig zu erziehen. Ich hätte euch wohl einen Vorschlag zu tun, ihr werdet ihn aber verwerfen wollen, unerachtet ihr bedenken möchtet, daß er nur euer Glück, euern Wohlstand bezweckt. Ihr wißt, daß ich reich und ohne Kinder bin, ich fühle eine ganz besondere Liebe und Zuneigung zu euerm Knaben – Gebt mir ihn! – Ich bringe ihn nach Straßburg, wo er von einer Freundin von mir, einer alten ehrbaren Frau, auf das beste erzogen werden und mir sowie euch große Freude machen soll. Ihr werdet mit euerm Kinde einer großen Last frei; doch müßt ihr euern Entschluß schnell fassen, da ich genötigt bin, noch heute abend abzureisen. Auf meinen Armen trage ich das Kind bis in das nächste Dorf; dort nehme ich dann ein Fuhrwerk.«

Bei diesen Worten des Fremden riß Giorgina das Kind, das er auf seinen Knien geschaukelt hatte, hastig fort und drückte es an ihren Busen, indem ihr die Tränen in die Augen traten.

»Seht, lieber Herr!« sprach Andres, »wie meine Frau Euch auf Euern Vorschlag antwortet, und ebenso bin auch ich gesinnt. Eure Absicht mag recht gut sein; aber wie möget Ihr doch uns das Liebste rauben wollen, das wir auf Erden besitzen? wie möget Ihr doch das eine Last nennen, was unser Leben aufheitern würde, wären wir auch noch in der tiefsten Dürftigkeit, aus der uns Eure Güte gerissen? Seht, lieber Herr! Ihr sagtet selbst, daß Ihr ohne Frau und ohne Kinder wäret; Euch ist daher wohl die Seligkeit fremd, die gleichsam aus der Glorie des offnen Himmelreichs herabströmt auf Mann und Weib bei der Geburt eines Kindes. Es ist ja die reinste Liebe und Himmelswonne selbst, von der die Eltern erfüllt werden, wenn sie ihr Kind schauen, das stumm und still an der Mutter Brust liegend, doch mit gar beredten Zungen von ihrer Liebe, von ihrem höchsten Lebensglück spricht.

Nein, lieber Herr! so groß auch die Wohltaten sind, die Ihr uns erzeigt habt, so wiegen sie doch lange nicht das auf, was uns unser Kind wert ist; denn wo gäbe es Schätze der Welt, die diesem Besitz gleichzustellen? Scheltet uns daher nicht undankbar, lieber Herr!, daß wir Euch Euer Ansinnen so ganz und gar abschlagen. Wäret Ihr selbst Vater, so bedürfte es weiter gar keiner Entschuldigung für uns.«

»Nun, nun«, erwiderte der Fremde, indem er finster seitwärts blickte, »ich glaubte euch wohlzutun, indem ich euern Sohn reich und glücklich machte. Seid ihr nicht damit zufrieden, so ist davon weiter nicht die Rede.«

Giorgina küßte und herzte den Knaben, als sei er aus großer Gefahr errettet, und ihr wiedergegeben worden. Der Fremde strebte sichtlich wieder unbefangen und heiter zu scheinen; man merkte es indessen doch nur zu deutlich, wie sehr ihn die Weigerung seiner Wirtsleute, ihm den Knaben zu geben, verdrossen hatte. Statt, wie er gesagt, noch denselben Abend fortzureisen, blieb er wieder drei Tage, in welchen er jedoch nicht so, wie sonst bei Giorgina verweilte, sondern mit Andres auf die Jagd zog und sich bei dieser Gelegenheit viel von dem Grafen Aloys von Vach erzählen ließ. Als in der Folge Ignaz Denner wieder bei seinem Freunde Andres einsprach, dachte er nicht mehr an seinen Plan, den Knaben mit sich zu nehmen. Er war nach seiner Art freundlich wie vorher, und fuhr fort, Giorgina reichlich zu beschenken, die er noch überdem wiederholt aufforderte, so oft sie Lust habe sich mit den Juwelen aus dem Kistchen, das er Andres in Verwahrung gegeben, zu schmücken, welches sie auch wohl dann und wann heimlich tat. Oft wollte Denner, wie sonst, mit dem Knaben spielen; dieser sträubte sich aber und weinte, durchaus mochte er nicht mehr zu dem Fremden gehen, als wisse er etwas von dem feindlichen Anschlag, ihn seinen Eltern zu entführen.

Zwei Jahre hindurch hatte der Fremde nun auf seinen Wanderungen den Andres besucht, und Zeit und Gewohnheit hatten die Scheu, das Mißtrauen wider Denner endlich überwunden, so daß Andres seinen Wohlstand ruhig und heiter genoß. Im Herbst des dritten Jahres, als die Zeit, in der Denner gewöhnlich einzusprechen pflegte, schon vorüber war, pochte es in einer stürmischen Nacht hart an Andres' Tür, und mehrere rauhe Stimmen riefen seinen Namen. Erschrocken sprang er aus dem Bette; als er aber zum Fenster herausfrug, wer ihn in finstrer Nacht so störe und wie er gleich seine Doggen loslassen werde, um solche ungebetene Gäste wegzuhetzen, da sagte einer, er möge nur aufmachen, ein Freund sei da, und Andres erkannte Denners Stimme. Als er nun mit dem Licht in der Hand die Haustür öffnete, trat ihm Denner allein entgegen. Andres äußerte, wie es ihm vorgekommen, als ob mehrere Stimmen seinen Namen gerufen hätten; Denner meinte dagegen, daß den Andres das Heulen des Windes getäuscht haben müsse. Als sie in die Stube traten, erstaunte Andres nicht wenig, als er den Denner näher betrachtete und seinen ganz veränderten Anzug gewahr wurde. Statt der grauen schlichten Kleidung und des Mantels trug er ein dunkelrotes Wams und einen breiten ledernen Gurt, in dem ein Stilett und vier Pistolen staken; außerdem war er noch mit einem Säbel bewaffnet, selbst das Gesicht schien verändert, indem auf der sonst glatten Stirn nun buschichte Augenbrauen lagen und ein starker schwarzer Bart sich über Lippe und Wangen zog.

»Andres!« sprach Denner, indem er ihn mit seinen funkelnden Augen anblitzte, »Andres! als ich vor beinahe drei Jahren dein Weib vom Tode errettet hatte, da wünschtest du, daß Gott es dir verleihen möge, mir die dir erzeigte Wohltat mit deinem Blut und Leben lohnen zu können. Dein Wunsch ist erfüllt; denn es ist nunmehr der Augenblick gekommen, in dem du mir deine Dankbarkeit, deine Treue beweisen kannst. Kleide dich an; nimm deine Büchse und komme mit mir, nur wenige Schritte von deiner Wohnung sollst du das übrige erfahren.«

Andres wußte nicht, was er von Denners Zumutung halten sollte; der Worte, die er ihm vorhielt, indessen wohl eingedenk, versicherte er, wie er bereit sei, alles nur mögliche für ihn zu unternehmen, sobald es nicht der Rechtschaffenheit, Tugend und Religion zuwiderlaufe.

»Darüber kannst du ganz ruhig sein«, rief Denner, indem er ihm lächelnd auf die Schulter klopfte; und da er bemerkte, daß Giorgina aufgesprungen war, und vor Angst zitternd und bebend ihren Mann umklammerte, nahm er sie bei den Armen und sprach, sie sanft zurückziehend: »Laßt Euern Mann nur immer mit mir ziehen, in wenigen Stunden ist er wieder gesund bei Euch, und bringt Euch vielleicht was Schönes mit. Hab ich es denn jemals böse mit euch gemeint? Habe ich selbst dann, wenn ihr mich verkanntet, nicht immer euch Gutes erzeigt? Wahrhaftig, ihr seid recht besondere mißtrauische Leute.«

Andres zauderte noch immer sich anzukleiden, da wandte Denner sich zu ihm und sprach mit zornigem Blick: »Ich hoffe du wirst deine Zusage halten, denn es gilt nunmehr, das zu beweisen mit der Tat, was du gesprochen!«

Schnell war nun Andres angekleidet, und indem er mit Denner zur Türe herausschritt, sprach er noch einmal: »Alles, lieber Herr! will ich für Euch tun, doch etwas Unrechtes werdet Ihr wohl von mir nicht fordern, da ich auch das Kleinste, was wider mein Gewissen liefe, nicht vollbringen würde.«

Denner antwortete nichts, sondern schritt rasch vorwärts. Sie waren durch das Dickicht gedrungen bis auf einen ziemlich geräumigen Rasenplatz; da pfiff Denner dreimal, daß der Ton ringsumher aus den schaurigen Klüften widerhallte und überall in den Büschen flackerten Windlichter auf und es rauschte und klirrte in den dunklen Gängen, bis sich schwarze gräßliche Gestalten gespenstisch hervordrängten und den Denner im Kreise umringten.

Einer aus dem Kreise trat hervor und sprach auf Andres hindeutend: »Das ist ja wohl unser neuer Geselle, nicht wahr Hauptmann?«

»Ja«, antwortete Denner, »ich hab ihn aus dem Bette geholt, er soll sein Probestück machen, es kann nun gleich vorwärts gehen.«

Andres erwachte bei diesen Worten wie aus dumpfer Betäubung, kalter Schweiß stand ihm auf der Stirne; aber er ermannte sich und rief heftig: »Was, du schändlicher Betrüger, für einen Kaufmann gabst du dich aus, und treibst ein höllisches verruchtes Gewerbe, und bist ein verworfener Räuber? Nimmermehr will ich dein Geselle sein und teilnehmen an deinen Schandtaten, zu denen du mich, wie der Satan selbst, auf künstliche hämische Weise verlocken wolltest? – Laß mich gleich fort, du frevelicher Bösewicht, und räume mit deiner Rotte dies Gebiet, sonst verrate ich deine Schlupfwinkel der Obrigkeit, und du bekommst den Lohn für deine Schandtaten; denn nun weiß ich es wohl, daß du selbst der schwarze Ignaz bist, der mit seiner Bande an der Grenze gehauset und geraubt, und gemordet hat. – Gleich lasse mich fort, ich will dich nie mehr schauen.«

Denner lachte laut auf. »Was, du feiger Bube?« sprach er, »du unterstehst dich, mir zu trotzen, dich meinem Willen, meinem Machtwort entziehen zu wollen? Bist du nicht längst schon unser Geselle? lebst du nicht schon seit beinahe drei Jahren von unserm Gelde? schmückt sich dein Weib nicht mit unserm Raube? Nun stehst du unter uns und willst nicht arbeiten dafür was du genossen? Folgst du uns nun nicht, zeigst du dich nicht gleich als unsern rüstigen Kumpan, so lasse ich dich gebunden in unsere Höhle werfen und meine Gesellen ziehen nach deiner Wohnung, zünden sie an und ermorden dein Weib und deinen Knaben. Doch ich werde wohl diese Maßregel, die nur eine Folge deiner Halsstarrigkeit sein würde, nicht ergreifen dürfen. Nun! – wähle! – es ist Zeit, wir müssen fort!«

Andres sah nun wohl ein, daß die mindeste Weigerung seiner geliebten Giorgina und dem Knaben das Leben kosten würde: den verräterischen bübischen Denner im Innern zur Hölle verfluchend, beschloß er daher, in seinen Willen sich scheinbar zu fügen, rein von Diebstahl und Mord zu bleiben und das tiefere Eindringen in die Schlupfwinkel der Bande nur dazu zu benutzen, bei der ersten günstigen Gelegenheit ihre Aufhebung und Einziehung zu bewirken. Nach diesem im stillen gefaßten Entschluß erklärte er dem Denner, wie trotz seines innern Widerstrebens doch die Dankbarkeit für Giorginas Rettung ihn verpflichte, etwas zu wagen, und er wolle daher die Expedition mitmachen, wobei er nur bitte, ihn als einen Neuling, soviel möglich mit dem tätigen Anteil daran zu verschonen. Denner lobte seinen Entschluß, indem er hinzufügte, wie er keinesweges verlange, daß er förmlich zur Bande übertreten solle, vielmehr müsse er Revierjäger bleiben; denn so wäre er ihm und der Bande schon jetzt von großem Nutzen gewesen, was denn auch künftig der Fall sein würde.

Es war auf nichts Geringeres abgesehen, als die Wohnung eines reichen Pachters, die von dem Dorfe abgelegen, unfern dem Walde, stand, zu überfallen und auszuplündern. Man wußte, daß der Pachter außer dem vielen Gelde und den Kostbarkeiten, die er besaß, eben jetzt für verkauftes Getreide eine sehr bedeutende Summe eingenommen hatte, die er bei sich bewahrte und um so mehr versprachen sich die Räuber einen reichen Fang. Die Windlichter wurden ausgelöscht und still zogen die Räuber durch die engen Schleichwege, bis sie dicht an dem Gebäude standen, welches einige von der Bande umringten. Andere dagegen stiegen über die Mauer, und sprengten von innen das Hoftor; einige wurden auf Wache ausgestellt, und unter diesen befand sich Andres. Bald hörte er, wie die Räuber die Türen erbrachen und ins Haus stürmten, er vernahm ihr Fluchen, ihr Geschrei, das Geheul der Gemißhandelten. Es fiel ein Schuß; der Pachter, ein beherzter Mann, mochte sich zur Wehre setzen – dann wurde es stiller – aufgesprengte Schlösser klirrten. Räuber schleppten Kisten zum Hoftor heraus. Einer von des Pachters Leuten mußte in der Finsternis entwischt und ins Dorf gerannt sein; denn auf einmal tönte die Sturmglocke durch die Nacht, und bald darauf strömten Haufen mit hellauflodernden Lichtern die Straße herauf nach der Pachterwohnung. Nun fiel Schuß auf Schuß, die Räuber sammelten sich im Hofe und streckten alles nieder, was sich der Mauer näherte. Sie hatten ihre Windfackeln angezündet. Andres, der auf einer Anhöhe stand, konnte alles übersehen. Mit Entsetzen erblickte er unter den Bauern, Jäger in der Liverei seines Herrn, des Grafen von Vach! – Was sollte er tun? – Sich zu ihnen zu begeben, war unmöglich, nur die schnellste Flucht konnte ihn retten; aber wie festgezaubert stand er da hinstarrend in den Pachterhof, wo das Gefecht immer mörderischer wurde; denn durch eine kleine Pforte an der andern Seite waren die Vachschen Jäger gedrungen und mit den Räubern handgemein geworden. Die Räuber mußten zurück, sie drängten sich fechtend durch das Tor nach der Gegend hin, wo Andres stand. Er sah Dennern, der unaufhörlich lud und schoß und niemals fehlte. Ein junger reichgekleideter Mann, von Vachschen Jägern umgeben, schien den Anführer zu machen; auf ihn legte Denner an, aber noch ehe er abdrückte, stürzte er von einer Kugel getroffen mit einem dumpfen Schrei nieder. Die Räuber flohen – schon stürzten die Vachschen Jäger herbei, da sprang, wie von unwiderstehlicher Macht getrieben, Andres herbei und rettete Dennern, den er, stark wie er war, auf die Schultern warf und schnell forteilte. Ohne verfolgt zu werden, erreichte er glücklich den Wald. Nur einzelne Schüsse fielen hin und wieder und bald wurde es ganz still; ein Zeichen, daß es den Räubern, die nicht verwundet auf dem Platze liegen geblieben, geglückt war, in den Wald zu entkommen und daß es den Jägern und Bauern nicht ratsam schien, in das Dickicht einzubrechen.

»Setze mich nur nieder, Andres!« sprach Denner, »ich bin in den Fuß verwundet und verdammt, daß ich umstürzte, denn, unerachtet mich die Wunde sehr schmerzt, glaub ich doch nicht einmal, daß sie bedeutend ist.«

Andres tat es, Denner holte eine kleine Phiole aus der Tasche und als er sie öffnete, strahlte ein helles Licht heraus, bei dem Andres die Wunde genau untersuchen konnte: Denner hatte recht; nur ein starker Streifschuß hatte den rechten Fuß getroffen, der stark blutete. Andres verband die Wunde mit seinem Schnupftuch, Denner ließ seine Pfeife ertönen, aus der Ferne wurde geantwortet und nun bat er den Andres, ihn sachte den schmalen Waldweg heraufzuführen, denn bald würden sie an Ort und Stelle sein. Wirklich dauerte es auch nicht lange, so sahen sie den Schein von Windlichtern durch das dunkle Gebüsch brechen und hatten jenen Rasenplatz erreicht, von dem sie ausgegangen und wo sie die übriggebliebenen Räuber bereits versammelt fanden. Alle jauchzten vor Freude auf, als Denner unter sie trat und rühmten den Andres, der, tief in sich gekehrt, kein Wort vorzubringen vermochte. Es fand sich, daß über die Hälfte der Bande tot, oder hart verwundet auf dem Platze liegen geblieben war; indessen hatten einige von den Räubern, die dazu bestimmt waren, den Raub in Sicherheit zu bringen, mitten im Gefecht wirklich mehrere Kisten mit kostbarem Gerät, sowie eine ansehnliche Summe Geld, fortzuschaffen gewußt, so daß, unerachtet das Unternehmen schlimm ausgegangen, doch die Beute ansehnlich blieb.

Als nun das Nötige besprochen, wandte sich Denner, den man unterdessen ordentlich verbunden hatte, und der kaum irgend einen Schmerz mehr zu fühlen schien, zu Andres und sprach: »Ich habe dein Weib vom Tode errettet, du hast mich in dieser Nacht der Gefangenschaft entzogen und mich folglich auch von dem mir gewissen Tode befreit, wir sind quitt! du kannst in deine Wohnung zurückkehren. In den nächsten

Tagen, vielleicht schon morgen, verlassen wir die Gegend; du magst daher ganz ruhig darüber sein, daß wir dir Ähnliches, so wie heute, zumuten werden. Du bist ja so ein gottesfürchtiger Narr und uns nicht brauchbar. Es ist indessen billig, daß du teil am heutigen Raube nehmest und überdem für meine Rettung belohnt werdest. Nimm daher diesen Beutel mit Gold und behalte mich in gutem Andenken; denn übers Jahr hoffe ich bei dir einzusprechen.«

»Gott der Herr soll mich behüten«, erwiderte Andres heftig, »daß ich auch nur einen Pfennig von Eurem schändlichen Raube nehmen sollte. Habt Ihr mich doch nur durch die abscheulichsten Drohungen gezwungen mitzugehen, welches ich ewiglich bereuen werde. Wohl mag es Sünde gewesen sein, daß ich dich, du schändlicher Bösewicht! der gerechten Strafe entzogen habe; aber Gott im Himmel mag es mir nach seiner Langmut verzeihen. Es war, als flehe in dem Augenblick meine Giorgina um dein Leben, da du das ihrige errettet, und ich konnte nicht anders, als daß ich dich mit Gefahr meines Lebens und meiner Ehre, ja das Wohl und Weh meines Weibes und meines Kindes aufs Spiel setzend, der Gefahr entriß. Denn sprich, was wäre aus mir, wenn man mich verwundet, ja was wäre aus meinem armen Weibe, meinem Knaben geworden, wenn man mich erschlagen unter deiner verruchten Mörderbande gefunden hätte? – Aber sei überzeugt, daß, wenn du die Gegend nicht verlässest, wenn nur ein einziger hier geschehener Raub, oder Mord mir kund wird, ich augenblicklich nach Fulda gehe und der Obrigkeit deine Schlupfwinkel verrate.«

Die Räuber wollten über den Andres herfallen, um ihn für seine Reden zu züchtigen; Denner verbot es ihnen jedoch, indem er sagte: »Laßt doch den albernen Kerl schwatzen, was tut das uns? – Andres«, fuhr Denner fort, »du bist in meiner Gewalt, so wie dein Weib und dein Knabe. Du sowohl, als diese, sollen aber ungefährdet bleiben, wenn du mir versprichst, dich ruhig in deiner Wohnung zu halten und über deine Mitwissenschaft von dem Vorfall dieser Nacht gänzlich zu schweigen. Das letzte rate ich dir um so mehr, als meine Rache dich furchtbar treffen und überdem die Obrigkeit dir selbst wohl deine Hülfe bei der Tat, so wie, daß du schon lange von meinem Reichtum genossest, nicht so hingehen lassen würde. Dagegen verspreche ich dir noch einmal, daß ich die Gegend gänzlich räumen will und wenigstens von mir und meiner Bande hier kein Unternehmen mehr ausgeführt werden soll.«

Nachdem Andres notgedrungen diese Bedingungen des Räuberhauptmanns eingegangen war und feierlich versprochen hatte zu schweigen, wurde er von zwei Räubern durch wildverwachsne Fußsteige auf den breiten Waldweg geführt und es war längst heller Morgen worden, als er in sein Haus trat und die vor Sorge und Angst totenbleiche Giorgina umarmte. Er sagte ihr nur im allgemeinen, daß sich ihm Denner als der verruchteste Bösewicht offenbart, und er daher alle Gemeinschaft mit ihm abgebrochen habe; nie solle er mehr seine Schwelle betreten.

»Aber das Juwelenkästchen?« unterbrach ihn Giorgina.

Da fiel es dem Andres wie eine schwere Last aufs Herz. An die Kleinodien, die Denner bei ihm zurückgelassen, hatte er nicht gedacht, und unerklärlich schien es ihm, daß Dennern auch nicht ein Wort darüber entfallen war. Er ging mit sich zu Rate, was er wohl mit diesem Kästchen anfangen solle. Zwar dachte er daran, es nach Fulda zu bringen und der Obrigkeit zu übergeben; wie sollte er aber den Besitz desselben beschönigen, ohne sich wenigstens dringender Gefahr auszusetzen, das dem Denner einmal gegebene Wort zu brechen? – Er beschloß endlich, diesen Schatz getreulich zu bewahren, bis der Zufall ihm Gelegenheit darbieten würde, es Dennern wieder zuzustellen, oder besser noch, es, ohne sein Wort zu brechen, an die Obrigkeit zu bringen.

Der Überfall der Pachterwohnung hatte nicht geringen Schreck in der ganzen Gegend verursacht; denn es war das kühnste Wagestück, das die Räuber seit Jahren unternommen und ein sichrer Beweis, daß die Bande, welche sich erst durch gemeine Diebereien, dann durch das Anhalten und Berauben einzelner Reisenden kund tat, sich bedeutend verstärkt haben mußte. Nur dem Zufall, daß der Neffe des Grafen von Vach, von mehreren Leuten seines Oheims begleitet, eben in dem Dorfe, das unfern der Pachterwohnung lag, übernachtete und auf den ersten Lärm den Bauern, die gegen die Räuber auszogen, zu Hülfe eilte, hatte der Pachter die Rettung seines Lebens und des größten Teils seiner Barschaft zu verdanken. Drei von den Räubern, die auf dem Platz geblieben waren, lebten noch den andern Tag und gaben Hoffnung, von ihren Wunden zu genesen. Man hatte sie sorgfältig verbunden und in das Dorfgefängnis gesperrt; als man indessen am frühen Morgen des dritten Tages sie abführen wollte, fand man sie durch viele Stiche ermordet, ohne daß man hätte erraten können, wie das zugegangen. Jede Hoffnung der Gerichte, von den Gefangenen näheren Aufschluß über die Bande zu erhalten, war daher vereitelt. Andres schauderte im Innern, als er das alles erzählen hörte, als er vernahm, wie mehrere Bauern und Jäger des Grafen von Vach zum Teil getötet, zum Teil schwer verwundet worden.

Starke Patrouillen von Fuldaischen Reitern durchstreiften den Wald, und sprachen öfters bei ihm ein; jeden Augenblick mußte Andres befürchten, daß man Dennern selbst, oder wenigstens einen von der Bande einbringen, und dieser ihn dann als Genosse jener kühnen Freveltat erkennen und angeben werde. Zum erstenmal in seinem Leben fühlte er die folternde Qual des bösen Gewissens, und doch hatte ihn nur die Liebe zu seinem Weibe, zu dem Knaben, gezwungen, dem frevelichen Ansinnen Denners nachzugeben.

Alle Nachforschungen blieben fruchtlos, es war unmöglich den Räubern auf die Spur zu kommen, und Andres überzeugte sich bald, daß Denner Wort gehalten und die Gegend mit seiner Bande verlassen hatte. Das Geld, welches er noch von Denners Geschenken übrig behalten, sowie die goldene Nadel, legte er zu den Kleinodien in das Kistchen; denn er wollte nicht noch mehr Sünde auf sich laden und von geraubtem Gelde sich gütlich tun. So kam es denn, daß Andres bald wieder in die vorige Dürftigkeit und Armut geriet; aber immer mehr erheiterte sich sein Inneres, je längere Zeit verstrich, ohne daß irgend etwas sein ruhiges Leben verstört hätte.

Nach zwei Jahren gebar ihm sein Weib noch einen Knaben, ohne jedoch, wie das erstemal, zu erkranken, wiewohl sie sich herzlich nach jener bessern Kost und Pflege sehnte, die ihr damals so wohl getan. Andres saß einst in der Abenddämmerung traulich mit seinem Weibe zusammen, die den jüngstgebornen Knaben an der Brust hatte, während der ältere sich mit dem großen Hunde herumbalgte, der, als Liebling seines Herrn, wohl in der Stube sein durfte. Da kam der Knecht hinein und sagte, wie ein Mensch, der ihm ganz verdächtig vorkomme, schon seit beinahe einer Stunde um das Haus herumschleiche. Andres war im Begriff mit seiner Büchse hinauszugehen, als er vor dem Hause seinen Namen rufen hörte. Er öffnete das Fenster und erkannte auf den ersten Blick den verhaßten Ignaz Denner, der sich wieder in den grauen Kaufmannshabit geworfen hatte, und ein Felleisen unter dem Arme trug.

»Andres«, rief Denner, »du mußt mir diese Nacht Herberge geben in deinem Hause, morgen ziehe ich weiter.«

»Was? Du unverschämter verruchter Bösewicht?« rief Andres in vollem Zorn, »du wagst es dich wieder hier sehen zu lassen? Habe ich dir nicht treulich Wort gehalten, nur damit du dein Versprechen erfüllen und auf immer diese

Gegend verlassen solltest? Du darfst nicht mehr meine Schwelle betreten – entferne dich schnell, oder ich schieße dich mörderischen Buben nieder! – Doch warte, ich will dir dein Gold, dein Geschmeide, womit du Satan mein Weib verblenden wolltest, hinabwerfen; dann magst du schnell forteilen. Ich lasse dir drei Tage Zeit, spüre ich aber dann nur auf irgend eine Weise deine und deiner Bande Gegenwart, so eile ich schnell nach Fulda und entdecke alles, was ich weiß, der Obrigkeit. Magst du nun deine Drohungen gegen mich und mein Weib erfüllen wollen, ich verlasse mich auf den Beistand Gottes, und werde dich Bösewicht mit meinem guten Gewehr zu treffen wissen.«

Nun holte Andres schnell das Kästchen herbei, um es hinabzuwerfen; als er aber ans Fenster trat, war Denner verschwunden, und unerachtet die Doggen die ganze Gegend rings ums Haus durchspüren mußten, war es doch nicht möglich ihn aufzufinden. Andres sah nun wohl ein, wie er, Denners Bosheit ausgesetzt, nun in großer Gefahr schwebe; er war daher allnächtlich auf seiner Hut, indessen blieb alles ruhig und Andres überzeugte sich, daß Denner nur allein den Wald durchstrichen hatte. Um indessen seinen ängstlichen Zustand zu enden, ja um sein Gewissen zu beruhigen, das ihn mit Vorwürfen quälte, beschloß er nun nicht länger zu schweigen, sondern dem Rat in Fulda sein ganzes unverschuldetes Verhältnis mit Denner zu berichten und zugleich das Kistchen mit den Kleinodien abzuliefern. Andres wußte wohl, daß er ohne Strafe nicht abkommen würde, jedoch verließ er sich auf sein reuiges Bekenntnis eines Fehltritts, zu dem ihn der verruchte Ignaz Denner, wie der Satan selbst, verlockt und gezwungen, sowie auf die Fürsprache seines Herrn, des Grafen von Vach, der dem treuen Diener ein günstiges Zeugnis nicht versagen konnte. Er hatte mit seinem Knechte mehrmals den Wald durchstreift und nie war ihm etwas Verdächtiges aufgestoßen; für sein Weib war daher jetzt keine Gefahr vorhanden und er wollte nun ungesäumt nach Fulda gehen, um seinen Vorsatz auszuführen.

An dem Morgen, als er sich zur Reise bereit gemacht, kam ein Bote von dem Grafen von Vach, der ihn augenblicklich auf das Schloß seines Herrn mitgehen hieß. Statt nach Fulda wanderte er also fort mit dem Boten nach dem Schloß, nicht ohne Bangigkeit, was wohl dieser ganz ungewöhnliche Ruf seines Herrn zu bedeuten haben werde. Als er in dem Schloß angekommen, mußte er gleich in das Zimmer des Grafen treten.

»Freue dich, Andres«, rief dieser ihm entgegen, »dich hat ein ganz unerwartetes Glück getroffen. Erinnerst du dich wohl noch unsers alten mürrischen Hauswirts in Neapel, des Pflegevaters deiner Giorgina? Der ist gestorben; aber auf dem Sterbebette hatte ihn noch das Gewissen gerührt wegen der abscheulichen Behandlung des armen verwaisten Kindes, und deshalb hat er ihr zweitausend Dukaten vermacht, die bereits in Wechselbriefen in Frankfurt angekommen sind und die du bei meinem Bankier heben kannst. Willst du dich gleich nach Frankfurt aufmachen, so lasse ich dir auf der Stelle das nötige Zertifikat ausfertigen, damit dir das Geld ohne Anstand ausgezahlt werde.«

Den Andres machte die Freude sprachlos, und der Graf von Vach ergötzte sich nicht wenig an dem Entzücken seines treuen Dieners. Andres beschloß, als er sich gefaßt hatte, seinem Weibe eine unvermutete Freude zu bereiten; er nahm daher seines Herrn gnädiges Anerbieten an, und machte sich, nachdem er die Urkunde zu seiner Legitimation erhalten, auf den Weg nach Frankfurt.

Seinem Weibe ließ er sagen, wie ihn der Graf mit wichtigen Aufträgen verschickt habe, und er daher einige Tage ausbleiben werde.

Als er in Frankfurt angekommen, wies ihn der Bankier des Grafen, bei dem er sich meldete, an einen andern Kaufmann, der mit der Auszahlung des Legats beauftragt sein sollte. Andres fand ihn endlich und erhielt die ansehnliche Summe wirklich ausgezahlt. Immer nur an Giorgina denkend, immer darnach trachtend, ihre Freude recht vollkommen zu machen, kaufte er für sie allerlei schöne Sachen und auch eine goldene Nadel, *der* ganz gleich, welche ihr Denner geschenkt hatte, und da er nun das schwere Felleisen nicht wohl als Fußgänger fortbringen konnte, verschaffte er sich ein Pferd. So trat er nun, nachdem er sechs Tage abwesend gewesen, wohlgemut seine Rückreise an. Bald hatte er den Forst und seine Wohnung erreicht. Er fand das Haus fest verschlossen. Laut rief er den Knecht, seine Giorgina, niemand antwortete: die Hunde winselten im Hause eingesperrt.

Da ahnte er großes Unglück und schlug heftig an die Tür und schrie laut: »Giorgina! – Giorgina!«

Nun rauschte es am Bodenfenster, Giorgina schaute heraus und rief: »Ach Gott! – Ach Gott! Andres, bist du es? – Gepriesen sei die Macht des Himmels, daß du nur wieder da bist.«

Als Andres nun durch die geöffnete Tür eintrat, fiel ihm sein Weib totenbleich und laut heulend in die Arme. Regungslos stand er da; endlich faßte er sein Weib, die mit erschlafften Gliedern zu Boden sinken wollte, und trug sie in die Stube. Aber wie mit eisigen Krallen packte ihn das Entsetzen bei dem gräßlichen Anblick. Die ganze Stube voller Blutflecke an dem Boden, an den Wänden, sein jüngster Knabe mit zerschnittener Brust tot auf seinem Bettchen!

»Wo ist Georg, wo ist Georg?« schrie Andres endlich auf in wilder Verzweiflung, aber in dem Augenblick hörte er, wie der Knabe die Treppe herabtrippelte und nach dem Vater rief. – Zerbrochene Gläser, Flaschen, Teller lagen umher. Der große schwere Tisch, sonst an der Wand stehend, war in die Mitte des Zimmers gerückt, eine sonderbar geformte Kohlpfanne, mehrere Phiolen und eine Schüssel mit geronnenem Blut standen auf demselben. Andres nahm sein armes Knäblein aus dem Bette. Giorgina verstand ihn. sie holte Tücher herbei, in die sie den Leichnam wickelten und im Garten begruben. Andres schnitt ein kleines Kreuz aus Eichenholz und setzte es auf den Grabhügel. Kein Wort, kein Laut entfloh den Lippen der unglücklichen Eltern. In dumpfem düsterem Schweigen hatten sie die Arbeit vollendet und saßen nun vor dem Hause in der Abenddämmerung, den starren Blick in die Ferne gerichtet. Erst den andern Tag konnte Giorgina den Verlauf dessen, was sich in Andres' Abwesenheit zugetragen, erzählen.

Am vierten Tage, nachdem Andres sein Haus verlassen, hatte der Knecht zur Mittagszeit wieder allerlei verdächtige Gestalten durch den Wald wanken gesehen, und Giorgina deshalb des Mannes Rückkehr herzlich gewünscht. Mitten in der Nacht wurde sie durch lautes Toben und Schreien dicht vor dem Hause aus dem Schlafe geweckt, der Knecht stürzte herein und verkündete voller Schreck, daß das ganze Haus von Räubern umringt und an eine Gegenwehr gar nicht zu denken sei. Die Doggen wüteten, aber bald schien es, als würden sie beschwichtigt und man rief laut: »Andres! – Andres!«

Der Knecht faßte sich ein Herz, öffnete ein Fenster und rief herab, daß der Revierjäger Andres nicht zu Hause sei.

»Nun, es tut nichts«, antwortete eine Stimme von unten herauf, »öffne nur die Tür, denn wir müssen bei euch einkehren, Andres wird bald nachfolgen.«

Was blieb dem Knecht übrig, als die Tür zu öffnen; da strömte der helle Haufe der Räuber herein und begrüßte Giorgina als die Frau ihres Kameraden, dem der Hauptmann Freiheit und Leben zu danken habe. Sie verlangten, daß Giorgina ihnen ein tüchtiges Essen bereiten möge, weil sie nachts ein schweres Stück Arbeit vollbracht, das aber herrlich gelungen sei. Zitternd und bebend machte Giorgina in der

Küche ein großes Feuer an und bereitete das Mahl, wozu sie Wildbret, Wein und allerlei andere Ingredienzien von einem der Räuber empfing, der der Küchen- und Kellermeister der Bande zu sein schien. Der Knecht mußte den Tisch decken und das Geschirr herbeibringen. Er nahm den Augenblick wahr und schlich sich fort zu seiner Frau in die Küche.

»Ach wißt Ihr wohl«, fing er voller Entsetzen an, »was für eine Tat die Räuber in dieser Nacht verübt haben? Nach langer Abwesenheit und nach langer Vorbereitung haben sie vor etlichen Stunden das Schloß des Herrn Grafen von Vach überfallen, und nach tapferer Gegenwehr mehrere seiner Leute und ihn selbst getötet, das Schloß aber angezündet.«

Giorgina schrie unaufhörlich: »Ach mein Mann, wenn mein Mann nur auf dem Schlosse gewesen wäre – Ach, der arme Herr!«

Die Räuber tobten und sangen unterdessen in der Stube und ließen sich den Wein wohl schmecken, bis ihnen das Mahl aufgetragen wurde. Der Morgen fing schon an zu dämmern als der verhaßte Denner erschien; nun wurden die Kisten und Felleisen, die sie auf ihren Packpferden mitgebracht hatten, geöffnet. Giorgina hörte, wie sie vieles Geld zählten und wie die Silbergeschirre klirrten; es schien alles verzeichnet zu werden. Endlich als es schon lichter Tag geworden, brachen die Räuber auf, nur Denner blieb zurück.

Er nahm eine freundliche leutselige Miene an, und sprach zu Giorgina: »Ihr seid wohl recht erschreckt worden, liebe Frau; denn Euer Mann scheint Euch nicht gesagt zu haben, daß er schon seit geraumer Zeit unser Kamerad geworden. Es tut mir in der Tat leid, daß er nicht zu Hause gekommen ist; er muß einen andern Weg eingeschlagen und uns verfehlt haben. Er war mit uns auf dem Schlosse des Bösewichts, des Grafen von Vach, der uns vor zwei Jahren auf alle nur mögliche Weise verfolgt hat und an dem in voriger Nacht wir Rache nahmen. – Er fiel, kämpfend, von Eures Mannes Hand.

Beruhigt Euch nur, liebe Frau, und sagt dem Andres, daß er mich nun so bald nicht wiedersehen würde, da die Bande sich auf einige Zeit trennt. Heute abend verlasse ich Euch. – Ihr habt lauter hübsche Kinder, liebe Frau! Das ist ja wieder ein herrlicher Knabe.«

Mit diesen Worten nahm er den Kleinen von Giorginas Arm und wußte mit ihm so freundlich zu spielen, daß das Kind lachte und jauchzte und gern bei ihm blieb, bis er es wieder der Mutter zurückgab.

Schon war es Abend geworden, als Denner zu Giorgina sagte: »Ihr merkt wohl, daß ich, unerachtet ich kein Weib und keine Kinder habe, welches mir manchmal recht nahe geht, doch gar zu gern mit kleinen Kindern spiele und tändle. Gebt mir doch Euern Kleinen auf die wenigen Augenblicke, die ich noch bei Euch zubringe. Nicht wahr? der Kleine ist jetzt gerade neun Wochen alt.«

Giorgina bejahte das und gab, jedoch nicht ohne inneres Widerstreben, den kleinen Knaben Dennern hin, der sich mit ihm vor die Haustür setzte und Giorgina bat, ihm nun das Abendessen zu bereiten, weil er in einer Stunde fort müßte. Kaum war Giorgina in die Küche getreten, als sie sah, wie Denner mit dem Kinde auf dem Arm in die Stube ging. Bald darauf verbreitete sich ein seltsam riechender Dampf durch das Haus, der aus der Stube zu quillen schien. Giorgina wurde von unbeschreiblicher Angst ergriffen; sie lief schnell nach der Stube und fand die Tür von innen verriegelt. Es war ihr, als höre sie das Kind leise wimmern.

»Rette, rette mein Kind aus den Klauen des Bösewichts!« so schrie sie, eine gräßliche Tat ahnend, dem Knecht entgegen, der eben in das Haus trat.

Dieser ergriff schnell die Axt und sprengte die Tür. Dicker stinkender Dampf schlug ihnen entgegen. Mit einem Sprung war Giorgina im Zimmer; der Knabe lag nackt über einer Schüssel, in die sein Blut tröpfelte. Sie sah nur noch, wie der

Knecht mit der Axt ausholte, um den Denner zu treffen, wie dieser dem Schlage auswich, den Knecht unterlief und mit ihm rang. Es war ihr, als höre sie jetzt mehrere Stimmen dicht vor den Fenstern, bewußtlos sank sie zu Boden.

Als sie wieder erwachte, war es finstre Nacht worden, aber ganz betäubt vermochte sie nicht die erstarrten Glieder zu regen. Endlich wurde es Tag und nun sah sie mit Entsetzen, wie das Blut im Zimmer schwamm. Stücke von Denners Kleidern lagen überall umher – ein ausgerissener Schopf von des Knechts Haaren – die Axt blutig daneben – der Knabe vom Tische herabgeschleudert mit zerschnittener Brust. Aufs neue wurde Giorgina ohnmächtig, sie glaubte zu sterben, aber sie erwachte wie aus dem Todesschlummer, als es schon Mittag geworden. Sie raffte sich mühsam auf, sie rief laut den Georg, aber als niemand antwortete, glaubte sie, auch Georg sei ermordet. Die Verzweiflung gab ihr Kräfte, sie floh aus dem Zimmer in den Hof und schrie laut: »Georg! – Georg!«

Da antwortete es mit matter kläglicher Stimme vom Bodenfenster herab: »Mutter, ach liebe Mutter, bist du denn da? Komm herauf zu mir! mich hungert sehr!«

Schnell sprang jetzt Giorgina hinauf und fand den Kleinen, der vor Angst bei dem Lärm im Hause in die Bodenkammer gekrochen war und nicht gewagt hatte herauszukommen. Mit Entzücken drückte Giorgina den Kleinen an die Brust. Sie verschloß das Haus und wartete nun von Stunde zu Stunde in der Bodenkammer auf Andres, den sie auch verloren glaubte. Der Knabe hatte von oben herab gesehen, wie mehrere Männer ins Haus gingen und mit Dennern einen toten Menschen heraustrugen. – Endlich bemerkte auch Giorgina das Geld und die schönen Sachen, die Andres mitgebracht hatte.

»Ach, so ist es doch wahr?« schrie sie entsetzt auf, »so bist du doch –«

Andres ließ sie nicht ausreden, sondern erzählte ausführlich, welches Glück sie betroffen und wie er in Frankfurt gewesen sei, wo er sich ihre Erbschaft habe auszahlen lassen. Der Neffe des ermordeten Grafen von Vach war nun Besitzer der Güter worden; bei diesem wollte sich Andres melden, getreulich alles Geschehene erzählen, Denners Schlupfwinkel entdecken und bitten, ihn seines Dienstes zu entlassen, der ihm so viel Not und Gefahr bringe. Giorgina durfte mit dem Knaben im Hause nicht zurückbleiben. Andres beschloß daher, seine besten leicht fortzuschaffenden Sachen auf einen kleinen Leiterwagen zu packen, das Pferd vorzuspannen und so mit seinem Weibe und Kinde eine Gegend auf immer zu verlassen, die ihm nur die schrecklichsten Erinnerungen erregen und überdem niemals Ruhe und Sicherheit gewähren konnte.

Der dritte Tag war zur Abreise bestimmt, und eben packten sie einen Kasten, als ein starkes Pferdegetrappel immer näher und näher kam. Andres erkannte den Vachschen Förster, der bei dem Schlosse wohnte; hinter ihm ritt ein Kommando Fuldaischer Dragoner.

»Nun da finden wir ja den Bösewicht gerade bei der Arbeit, seinen Raub in Sicherheit zu bringen«, rief der Kommissarius des Gerichts, der mitgekommen. Andres erstarrte vor Staunen und Schreck. Giorgina war halb ohnmächtig. Sie fielen über ihn her, banden ihn und sein Weib mit Stricken und warfen sie auf den Leiterwagen, der schon vor dem Hause stand. Giorgina jammerte laut um den Knaben und flehte um Gottes willen, daß man ihn ihr mitgeben möge.

»Damit du deine Brut auch noch ins höllische Verderben bringen kannst?« sprach der Kommissarius und riß den Knaben mit Gewalt aus Giorginas Armen.

Schon sollte es fortgehen, da trat der alte Förster, ein rauher aber biederer Mann, noch einmal an den Wagen und sagte: »Andres, Andres, wie hast du dich denn von dem

Satan verlocken lassen, solche Freveltaten zu begehen? Immer warst du ja sonst so fromm und ehrlich!«

»Ach lieber Herr!« schrie Andres auf im höchsten Jammer, »so wahr Gott im Himmel lebt, so wie ich dereinst selig zu sterben hoffe, ich bin unschuldig. Ihr habt mich ja gekannt von früher Jugend her; wie sollte ich, der ich niemals Unrechtes getan, solch ein abscheulicher Bösewicht geworden sein? – denn ich weiß wohl, daß Ihr mich für einen verruchten Räuber und Teilnehmer an der Freveltat haltet, die auf dem Schlosse meines geliebten unglücklichen Herrn verübt worden ist. Aber ich bin unschuldig bei meinem Leben und meiner Seligkeit!«

»Nun«, sagte der alte Förster, »wenn du unschuldig bist, so wird das an den Tag kommen, mag auch noch so viel wider dich sprechen. Deines Knaben und des Besitztums, was du zurücklässest, will ich mich getreulich annehmen, so daß, wenn deine und deines Weibes Unschuld erwiesen, du den Jungen frisch und munter und deine Sachen unversehrt wiederfinden sollst.«

Das Geld nahm der Kommissarius des Gerichts in Beschlag. Unterwegs frug Andres Giorginen, wo sie denn das Kästchen verwahrt habe; sie gestand, wie es ihr jetzt leid tue, daß sie es dem Denner überliefert, da es jetzt der Obrigkeit hätte übergeben werden können. In Fulda trennte man den Andres von seinem Weibe und warf ihn in ein tiefes finstres Gefängnis. Nach einigen Tagen wurde er zum Verhör geführt. Man beschuldigte ihn der Teilnahme an dem im Vachschen Schlosse verübten Raubmorde und ermahnte ihn die Wahrheit zu gestehen, da schon alles wider ihn so gut als ausgemittelt sei. Andres erzählte nun getreulich alles, was sich mit ihm zugetragen, von dem ersten Eintritt des abscheulichen Denners in sein Haus bis zu dem Augenblick seiner Verhaftung. Er klagte sich selbst voll Reue des einzigen Vergehens an, daß er, um Weib und Kind zu retten, bei der Plünderung des Pachters zugegen war, und den Denner von der Gefangennehmung befreite, und beteuerte seine gänzliche Unschuld rücksichts des letzten von der Dennerschen Bande verübten Raubmordes, da er zu ebenderselben Zeit in Frankfurt gewesen sei. Jetzt öffneten sich die Türen des Gerichtssaals und der abscheuliche Denner wurde hereingeführt.

Als er den Andres erblickte, lachte er auf in teuflischem Hohn und sprach: »Nun, Kamerad, hast du dich auch erwischen lassen? Hat dir deines Weibes Gebet denn nicht herausgeholfen?«

Die Richter forderten Denner auf, sein Bekenntnis rücksichts des Andres zu wiederholen und er sagte aus, daß eben der Vachsche Revierjäger Andres, der jetzt vor ihm stehe, schon seit fünf Jahren mit ihm verbunden und das Jägerhaus sein bester und sicherster Schlupfwinkel gewesen sei. Andres habe immer den ihm gebührenden Anteil vom Raube erhalten, wiewohl er nur zweimal tätig bei den Räubereien mitgewirkt. Einmal nämlich bei der Beraubung des Pachters, wo er ihn, den Denner, aus der dringendsten Gefahr errettet, und dann bei dem Unternehmen gegen den Grafen Aloys von Vach, der eben durch einen glücklichen Schuß des Andres getötet worden sei.

Andres geriet in Wut, als er diese schändliche Lüge hörte. »Was?« schrie er, »du verruchter teuflischer Bösewicht, du wagst es, mich der Ermordung meines lieben armen Herrn anzuklagen, die du selbst verübt? – Ja! ich weiß es, nur du selbst bist solcher Tat fähig; aber deine Rache verfolgt mich, weil ich aller Gemeinschaft mit dir entsagt habe, weil ich drohte, dich als einen verruchten Räuber und Mörder niederzuschießen, sowie du meine Schwelle betreten würdest. Darum hast du mit deiner Bande mein Haus überfallen, als ich abwesend war; darum hast du mein armes unschuldiges Kind und meinen braven Knecht ermordet! – Aber du wirst der schrecklichen Strafe des gerechten Gottes nicht entgehen, sollte ich auch deiner Bosheit unterliegen.«

Nun wiederholte Andres sein voriges Bekenntnis unter den heiligsten Beteurungen der Wahrheit; aber Denner lachte höhnisch und meinte, warum er denn aus allzugroßer Furcht vor dem Tode noch erst das Gericht zu belügen sich unterfange, und daß es sich schlecht mit der Frömmigkeit, von der er so viel Aufhebens mache, vereinbare, daß er Gott und die Heiligen zur Bekräftigung seiner falschen Aussagen anrufe.

Die Richter wußten in der Tat nicht, was sie von dem Andres, dessen Miene und Sprache die Wahrheit seiner Aussage zu bestätigen schienen, sowie von Denners kalter Festigkeit denken sollten.

Nun wurde Giorgina vorgeführt, die in namenlosem Jammer laut weinend auf den Mann zustürzte. Sie wußte nur Unzusammenhängendes zu erzählen, und unerachtet sie den Denner des entsetzlichen Mordes ihres Knaben anklagte, schien Denner doch keinesweges entrüstet, sondern behauptete, wie er schon früher getan, daß Giorgina nie etwas von den Unternehmungen ihres Mannes gewußt habe, sondern ganz unschuldig sei. Andres wurde in sein Gefängnis zurückgeführt. Einige Tage nachher sagte ihm der ziemlich gutmütige Gefangenwärter, daß sein Weib, da sowohl Denner, als die übrigen Räuber fortwährend ihre Unschuld behauptet, sonst auch nichts wider sie ausgemittelt worden, der Haft entlassen sei. Der junge Graf von Vach, ein edelmütiger Herr, der sogar an seiner, des Andres, Schuld zu zweifeln scheine, habe Kaution gestellt, und der alte Förster Giorginen in einem schönen Wagen abgeholt. Vergebens habe Giorgina gebeten, ihren Mann sehen zu dürfen; das sei ihr vom Gericht gänzlich abgeschlagen worden. Den armen Andres tröstete diese Nachricht nicht wenig, da mehr, als sein Unglück ihm seines Weibes elender Zustand im Gefängnis zu Herzen ging.

Sein Prozeß verschlimmerte sich indessen von Tage zu Tage. Es war erwiesen, daß eben, wie Denner es angegeben, seit fünf Jahren Andres in einen gewissen Wohlstand geriet, dessen Quelle nur die Teilnahme an den Räubereien sein konnte. Ferner gestand Andres selbst seine Abwesenheit von Hause während der auf dem Vachschen Schlosse verübten Tat, und seine Angabe wegen seiner Erbschaft und seines Aufenthalts in Frankfurt blieb verdächtig, weil er den Namen des Kaufmanns, von dem er das Geld ausgezahlt erhalten haben wollte, durchaus nicht anzugeben wußte. Der Bankier des Grafen von Vach, sowie der Hauswirt in Frankfurt, bei dem Andres eingekehrt war, versicherten einstimmig, wie sie sich des beschriebenen Revierjägers gar nicht erinnern könnten; der Gerichtshalter des Grafen von Vach, der das Zertifikat für den Andres ausgefertigt hatte, war gestorben, und niemand von den Vachschen Dienern wußte etwas von der Erbschaft, da der Graf nichts davon geäußert, Andres aber auch davon geschwiegen, weil er, aus Frankfurt zurückkehrend, sein Weib mit dem Gelde überraschen wollte. So blieb alles, was Andres vorbrachte, um nachzuweisen, daß er zur Zeit des Raubes in Frankfurt gewesen und das Geld ehrlich erworben sei, unausgemittelt. Denner blieb dagegen bei seiner früheren Behauptung und ihm stimmten sämtliche Räuber, die eingefangen worden, in allem bei. Alles dieses hätte aber die Richter noch nicht so von der Schuld des unglücklichen Andres überzeugt, als die Aussage von zwei Vachschen Jägern, die bei dem Schein der Flammen ganz genau den Andres erkannt und gesehen haben wollten, wie von ihm der Graf niedergestreckt wurde. Nun war Andres in den Augen des Gerichts ein verstockter heuchlerischer Bösewicht und gestützt auf das Resultat aller jener Aussagen und Beweise wurde ihm die Tortur zuerkannt, um seinen starren Sinn zu beugen, und ihn zum Geständnis zu bringen.

Schon über ein Jahr schmachtete Andres im Kerker, der

Gram hatte seine Kräfte aufgezehrt, und sein sonst robuster starker Körper war schwach und ohnmächtig geworden. Der schreckliche Tag, an dem die Pein ihm das Geständnis einer Tat, welche er niemals begangen, abdringen sollte, kam heran. Man führte ihn in die Folterkammer, wo die entsetzlichen mit sinnreicher Grausamkeit erfundenen Instrumente lagen, und die Henkersknechte sich bereiteten, den Unglücklichen zu martern. Nochmals wurde Andres ermahnt, die Tat, deren er so dringend verdächtig, ja deren er durch das Zeugnis jener Jäger überführt worden, zu gestehen. Er beteuerte wiederum seine Unschuld, und wiederholte alle Umstände seiner Bekanntschaft mit Dennern in denselben Worten, wie er es im ersten Verhör getan. Da ergriffen ihn die Knechte, banden ihn mit Stricken und marterten ihn, indem sie seine Glieder ausrenkten und Stacheln einbohrten in das gedehnte Fleisch. Andres vermochte nicht die Qual zu ertragen: vom Schmerz gewaltsam zerrissen, den Tod wünschend, gestand er alles was man wollte, und wurde ohnmächtig in den Kerker zurückgeschleppt. Man stärkte ihn, wie es nach erlittener Tortur gewöhnlich, mit Wein und er fiel in einen zwischen Wachen und Schlafen hinbrütenden Zustand.

Da war es ihm als lösten sich die Steine aus der Mauer, und als fielen sie krachend herab auf den Boden des Kerkers. Ein blutroter Schimmer drang durch und in ihm trat eine Gestalt hinein, die, unerachtet sie Denners Züge hatte, ihm doch nicht Denner zu sein schien. Glühender funkelten die Augen, schwärzer starrte das struppige Haar auf der Stirn empor und tiefer senkten sich die finstern Augenbrauen in die dicke Muskel herab, die über der krummgebogenen Habichtsnase lag. Auf gräßlich seltsame Weise war das Gesicht verschrumpft und verzerrt, und die Kleidung fremd und abenteuerlich, wie er Denner niemals gesehen. Ein feuerroter mit Gold stark verbrämter weiter Mantel hing in bauschichten Falten der Gestalt über die Schultern, ein breiter niedergekrempter spanischer Hut mit herabhängender roter Feder saß schief auf dem Kopfe, ein langer Stoßdegen hing an der Seite, und unter dem linken Arm trug die Gestalt ein kleines Kistchen. So schritt der gespenstische Unhold auf Andres zu in hohlem dumpfem Tone sprechend: »Nun, Kamerad, wie hat dir die Folter geschmeckt? Du hast das alles bloß deinem Eigensinn zu verdanken; hättest du dich als zur Bande gehörig bekannt, so wärst du nun schon gerettet. Versprichst du aber, dich mir und meiner Leitung ganz zu ergeben, und gewinnst du es über dich, von diesen Tropfen zu trinken, die aus deines Kindes Herzblut gekocht sind, so bist du augenblicklich aller Qual entledigt. Du fühlst dich gesund und kräftig, und für deine weitere Rettung will ich dann sorgen.«

Andres konnte vor Schreck, Angst und Ermattung nicht sprechen; er sah, wie seines Kindes Blut in der Phiole, die ihm die Gestalt hinhielt, in roten Flämmchen spielte; inbrünstig betete er zu Gott und den Heiligen, daß sie ihn retten möchten aus den Klauen des Satans, der ihn verfolge und um die ewige Seligkeit bringen wolle, die er zu erlangen hoffe, sollte er auch eines schimpflichen Todes sterben. Nun lachte die Gestalt, daß es im Kerker widergellte, und verschwand im dicken Dampf. Andres erwachte endlich aus dumpfer Betäubung, er vermochte sich aufzurichten vom Lager; aber wie ward ihm, als er sah, daß das Stroh, was unter seinem Haupte gelegen, sich stärker und stärker zu rühren begann und endlich weggeschoben wurde. Er gewahrte, daß ein Stein aus dem Fußboden von unten herausgedrängt worden und hörte mehrmals seinen Namen leise rufen.

Er erkannte Denners Stimme und sprach: »Was willst du von mir? Laß mich ruhen, ich habe mit dir nichts zu schaffen!«

»Andres«, sprach Denner, »ich bin durch mehrere Gewölbe gedrungen, um dich zu retten; denn, wenn du auf den Richtplatz kommst, von dem ich errettet werde, bist du verloren. Bloß um deines Weibes willen, die mir mehr angehört, als du wohl denken magst, helfe ich dir. Du bist ein mutloser Feigling. Was hat dir nun dein erbärmliches Leugnen gefruchtet? Bloß, daß du vom Vachschen Schloß nicht zu rechter Zeit nach Hause zurückkehrtest und ich mich zu lange bei deinem Weibe aufhielt, ist schuld, daß man mich auffing! Da! – nimm die Feile und die Säge, befreie dich in künftiger Nacht von den Ketten und durchsäge das Schloß der Kerkertüre; schleiche durch den Gang! Die äußere Tür linker Hand wird offen stehn, und draußen wirst du einen von uns finden, der dich weiter geleitet. Halte dich gut!«

Andres nahm die Säge und die Feile, die ihm Denner hineinreichte und hob dann den Stein wieder in die Öffnung. Er war entschlossen, *das* zu tun, wozu ihn die innere Stimme des Gewissens aufforderte.

Als es Tag geworden und der Gefangenwärter hineintrat, da sagte er, wie er sehnlich wünsche vor den Richter geführt zu werden, indem er Wichtiges zu entdecken habe. Noch an demselben Vormittage wurde sein Verlangen erfüllt, weil man nicht anders glaubte, als daß Andres neue, bisher noch unbekannt gebliebene, Freveltaten der Bande gestehen werde. Andres überreichte den Richtern die von Dennern erhaltenen Instrumente, und erzählte den Vorgang der Nacht.

»Unerachtet ich gewiß und wahrhaftig unschuldig leide, so soll mich doch Gott behüten, daß ich darnach trachten sollte, meine Freiheit auf unerlaubte Weise zu erlangen; denn das würde mich ja dem verruchten Denner, der mich in Schande und Tod gestürzt hat, in die Hände liefern und ich dann erst durch mein sündliches freveliches Unternehmen die Strafe verdienen, die ich jetzt unschuldig leiden werde.« So beschloß Andres seinen Vortrag.

Die Richter schienen erstaunt und von Mitleid für den Unglücklichen durchdrungen, wiewohl sie durch die mannigfachen Tatsachen, die wider ihn sprachen, zu sehr von seiner Schuld überzeugt waren, um sein jetziges Benehmen nicht auch für zweifelhaft zu halten. Die Aufrichtigkeit des Andres und vorzüglich der Umstand, daß nach jener Anzeige der von Denner beabsichtigten Flucht, in der Stadt und zwar in der nächsten Umgebung des Gefängnisses wirklich noch einige von der Bande ertappt und aufgegriffen wurden, hatte jedoch den wohltätigen Einfluß auf ihn, daß er aus dem unterirdischen Kerker, in den er gesperrt gewesen, herausgenommen wurde, und eine lichte Gefängnisstube neben der Wohnung des Gefangenwärters erhielt. Da brachte er seine Zeit mit Gedanken an sein treues Weib, an seinen Knaben, und mit gottseligen Betrachtungen hin, und bald fühlte er sich ermutigt, das Leben auch auf schmerzliche Weise, wie eine Bürde, abzuwerfen. Nicht genug konnte sich der Gefangenwärter über den frommen Verbrecher wundern und er mußte notgedrungen beinahe an seine Unschuld glauben.

Endlich, nachdem beinahe noch ein Jahr verflossen, war der schwierige verwickelte Prozeß wider Denner und seine Mitschuldigen geschlossen. Es hatte sich gefunden, daß die Bande bis an die Grenze von Italien ausgebreitet war und schon seit geraumer Zeit überall raubte und mordete. Denner sollte gehängt, und dann sein Körper verbrannt werden. Auch dem unglücklichen Andres war der Strang zuerkannt; seiner Reue halber, und da er durch das Bekenntnis der ihm von Denner geratenen Flucht die Entdeckung des Anschlags der Bande, durchzubrechen, veranlaßt hatte, durfte jedoch sein Körper herabgenommen, und auf der Gerichtsstätte verscharrt werden.

Der Morgen, an dem Denner und Andres hingerichtet werden sollten, war angebrochen; da ging die Tür des Gefängnisses auf, und der junge Graf von Vach trat hinein zum Andres, der auf den Knien lag und still betete.

»Andres«, sprach der Graf, »du mußt sterben. Erleichtere dein Gewissen noch durch ein offnes Geständnis! Sage mir, hast du deinen Herrn getötet? Bist du wirklich der Mörder meines Oheims?«

Da stürzten dem Andres die Tränen aus den Augen, und er wiederholte nochmals alles, was er vor Gericht ausgesagt, ehe ihm die unleidliche Qual der Tortur eine Lüge ausgepreßte. Er rief Gott und die Heiligen an, die Wahrheit seiner Aussage und seine gänzliche Unschuld an dem Tode des geliebten Herrn zu bekräftigen.

»So ist hier«, fuhr der Graf von Vach fort, »ein unerklärliches Geheimnis im Spiele. Ich selbst, Andres, war von deiner Unschuld überzeugt, unerachtet vieles wider dich sprach; denn ich wußte ja, daß du von Jugend auf der treuste Diener meines Oheims gewesen bist, und ihn selbst einmal in Neapel mit Gefahr deines Lebens aus Räuberhänden errettet hast. Allein nur noch gestern haben mir die beiden alten Jäger meines Oheims Franz und Nikolaus geschworen, daß sie dich leibhaftig unter den Räubern gesehen und genau bemerkt hätten, wie du selbst meinen Oheim niederstrecktest.«

Andres wurde von den peinlichsten, schrecklichsten Gefühlen durchbohrt; es war ihm, als wenn der Satan selbst seine Gestalt angenommen habe, um ihn zu verderben; denn auch Denner hatte ja sogar im Kerker davon gesprochen, daß er den Andres wirklich gesehen, und so schien selbst die falsche Beschuldigung vor Gericht auf innerer wahrer Überzeugung zu beruhen. Andres sagte dies alles unverhohlen, indem er hinzusetzte, daß er sich der Schickung des Himmels ergebe, nach welcher er den schmählichen Tod eines Verbrechers sterben solle, daß aber, sei es auch lange Zeit nachher, seine Unschuld gewiß an den Tag kommen werde.

Der Graf von Vach schien tief erschüttert; er konnte kaum noch dem Andres sagen, daß, nach seinem Wunsche, der Tag der Hinrichtung seinem unglücklichen Weibe verschwiegen geblieben sei, und daß sie sich nebst dem Knaben bei dem alten Förster aufhalte. Die Rathausglocke erklang dumpf und schauerlich in abgemessenen Pulsen. Andres wurde angekleidet und der Zug ging mit den gewöhnlichen Feierlichkeiten unter dem Zuströmen unzähligen Volks nach der Richtstätte. Andres betete laut und rührte durch sein frommes Betragen alle, die ihn sahen. Denner hatte die Miene des trotzigen verstockten Bösewichts. Er schaute munter und kräftig um sich, und lachte oft den armen Andres tückisch und schadenfroh an. Andres sollte zuerst hingerichtet werden; er bestieg gefaßt mit dem Henker die Leiter, da kreischte ein Weib auf und sank ohnmächtig einem alten Mann in die Arme. Andres blickte hin, es war Giorgina; laut erflehte er vom Himmel Fassung und Stärke.

»Dort, dort, sehe ich dich wieder, mein armes unglückliches Weib, ich sterbe unschuldig!« rief er, indem er den Blick sehnsuchtsvoll zum Himmel erhob.

Der Richter rief dem Henker zu, er möge sich fördern, denn es entstand ein Murren unter dem Volke und es flogen Steine nach Dennern, der ebenfalls schon die Leiter bestiegen hatte und die Zuschauer verhöhnte ob ihres Mitleids mit dem frommen Andres.

Der Henker legte dem Andres den Strick um den Hals, da scholl es aus der Ferne her: »Halt – halt – um Christus willen halt! – Der Mann ist unschuldig! – ihr richtet einen Unschuldigen hin!«

»Halt – halt!« schrien tausend Stimmen und kaum vermochte die Wache zu steuern dem Volk, das hinzudrang und den Andres von der Leiter herabreißen wollte. Näher sprengte nun der Mann zu Pferde, der erst gerufen hatte, und Andres erkannte auf den ersten Blick in dem Fremden den Kaufmann, der ihm in Frankfurt Giorginas Erbschaft ausgezahlt hatte. Seine Brust wollte zerspringen vor Freude und Seligkeit, kaum konnte er sich aufrecht erhalten als er von der Leiter herabgestiegen. Der Kaufmann sagte dem Richter, daß zu derselben Zeit, als der Raubmord im Vachschen Schlosse verübt worden, Andres in Frankfurt, also viele Meilen davon entfernt, gewesen sei, und daß er dies vor Gericht auf die unzweifelhafteste Weise durch Urkunden und Zeugen dartun wolle.

Da rief der Richter: »Die Hinrichtung des Andres kann keineswegs geschehen; denn dieser höchstwichtige Umstand beweiset, wenn er ausgemittelt wird, die völlige Unschuld des Angeklagten. Man führe ihn sogleich nach dem Gefängnisse zurück.«

Denner hatte alles von der Leiter herab ruhig angesehen; als aber der Richter diese Worte gesprochen, da rollten seine glühenden Augen, er knirschte mit den Zähnen, er heulte in wilder Verzweiflung, daß es gräßlich, wie der namenlose Jammer des wütenden Wahnsinns, durch die Lüfte hallte: »Satan, Satan! du hast mich betrogen – weh mir! weh mir! es ist aus – aus – alles verloren!« Man brachte ihn von der Leiter herab, er fiel zu Boden und röchelte dumpf: »Ich will alles bekennen – ich will alles bekennen!«

Auch *seine* Hinrichtung wurde verschoben und er ins Gefängnis zurückgeführt, wo ihm jedes Entspringen unmöglich gemacht worden. Der Haß seiner Wächter war die beste Schutzwehr gegen die Schlauheit seiner Verbündeten.

Wenige Augenblicke nachher, als Andres bei dem Gefangenwärter angekommen, lag Giorgina in seinen Armen. »Ach Andres, Andres«, rief sie, »nun habe ich dich ganz wieder, da ich weiß, daß du unschuldig bist; denn auch ich habe an deiner Redlichkeit, an deiner Frömmigkeit gezweifelt!«

Unerachtet man Giorginen den Tag der Hinrichtung verschwiegen, war sie doch von unbeschreiblicher Angst, von seltsamer Ahnung getrieben, nach Fulda geeilt, und gerade auf die Richtstätte gekommen, als ihr Mann die verhängnisvolle Leiter bestieg, die ihn zum Tode führen sollte. Der

Kaufmann war die ganze lange Zeit der Untersuchung über auf Reisen in Frankreich und Italien gewesen, und jetzt über Wien und Prag zurückgekehrt. Der Zufall, oder vielmehr eine besondere Schickung des Himmels, wollte, daß er gerade in dem entscheidendsten Augenblick auf dem Richtplatze ankam, und den armen Andres von dem schmählichen Tode des Verbrechers rettete. Im Gasthofe erfuhr er die ganze Geschichte des Andres und es fiel ihm gleich schwer aufs Herz, daß Andres wohl derselbe Revierjäger sein könne, der vor zwei Jahren eine Erbschaft, die seinem Weibe von Neapel aus zugefallen, erhob. Schnell eilte er fort und überzeugte sich, als er nur Andres sah, sogleich von der Wahrheit seiner Vermutung. Durch die eifrigen Bemühungen des wakkern Kaufmanns und des jungen Grafen von Vach wurde Andres' Aufenthalt in Frankfurt bis auf die Stunde ausgemittelt, dadurch aber seine völlige Unschuld an dem Raubmorde dargetan. Denner selbst gestand nun die Richtigkeit der Angabe des Andres über das Verhältnis mit ihm und meinte nur, der Satan müsse ihn geblendet haben; denn in der Tat hätte er geglaubt, Andres fechte auf dem Vachschen Schloß an seiner Seite. Für die erzwungene Teilnahme an der Ausplünderung des Pachterhofes, sowie für die gesetzwidrige Rettung Denners, hatte, nach dem Ausspruch der Richter, Andres genug gebüßt durch das lange harte Gefängnis und durch die ausgestandene Marter und Todesangst; er wurde daher durch Urteil und Recht von jeder weiteren Strafe freigesprochen und eilte mit seiner Giorgina auf das Vachsche Schloß, wo ihm der edle wohltätige Graf im Nebengebäude eine Wohnung einräumte, von ihm nur die geringen Jagddienste fordernd, die des Grafen persönliche Liebhaberei notwendig machte. Auch die Gerichtskosten bezahlte der Graf, so daß Andres und Giorgina in dem ungekränkten Besitz ihres Vermögens blieben.

Der Prozeß wider den verruchten Ignaz Denner nahm jetzt

eine ganz andere Wendung. Die Begebenheit auf der Gerichtsstätte schien ihn ganz umgewandelt zu haben. Sein höhnender teuflischer Stolz war gebeugt, und aus seinem zerknirschten Innern brachen Geständnisse hervor, die den Richtern das Haar sträubten. Denner klagte sich selbst mit allen Zeichen tiefer Reue des Bündnisses mit dem Satan an, das er von seiner frühen Jugendzeit unterhalten, und so wurde vorzüglich hierauf die fernere Untersuchung mit dem Zutritt dazu verordneter Geistlichkeit gerichtet. Über seine früheren Lebensverhältnisse erzählte Denner so viel Sonderbares, daß man es für das Erzeugnis wahnsinniger Überspannung hätte halten müssen, wenn nicht durch die Erkundigungen, die man in Neapel, seinem angeblichen Geburtsort, einziehen ließ, alles bestätigt worden wäre. Ein Auszug aus den von dem geistlichen Gericht in Neapel verhandelten Akten ergab über Denners Herkunft folgende merkwürdige Umstände.

Vor langen Jahren lebte in Neapel ein alter wunderlicher Doktor, Trabacchio mit Namen, den man seiner geheimnisvollen stets glücklichen Kuren wegen insgemein den Wunderdoktor zu nennen pflegte. Es schien, als wenn das Alter nichts über ihn vermöge; denn er schritt rasch und jugendlich daher, unerachtet mehrere Eingeborne ihm nachrechnen konnten, daß er an die achtzig Jahre alt sein müßte. Sein Gesicht war auf eine seltsame grausige Weise verzerrt und verschrumpft, und seinen Blick konnte man kaum ohne innern Schauer ertragen, wiewohl er oft den Kranken wohl tat, so daß man sagte, bloß durch den scharf auf den Kranken gehefteten Blick heile er oftmals schwere hartnäckige Übel. Über seinen schwarzen Anzug warf er gewöhnlich einen weiten roten Mantel mit goldnen Tressen und Troddeln, unter dessen bauschichten Falten der lange Stoßdegen hervorragte. So lief er mit einer Kiste seiner Arzneien, die er selbst bereitete, durch die Straßen von Neapel zu seinen Kranken, und jeder wich ihm scheu aus. Nur in der höchsten Not wandte man sich an ihn, aber niemals schlug er es aus einen Kranken zu besuchen, hatte er dabei auch nicht sonderlichen Gewinn zu hoffen. Mehrere Weiber starben ihm schnell; immer waren sie ausnehmend schön und insgemein Landdirnen gewesen. Er sperrte sie ein und erlaubte ihnen, nur unter Begleitung einer alten ekelhaft häßlichen Frau die Messe zu hören. Diese Alte war unbestechlich; jeder noch so listig angelegte Versuch junger Lüstlinge, den schönen Frauen des Doktor Trabacchio näher zu kommen, blieb fruchtlos. Unerachtet Doktor Trabacchio von Reichen sich gut bezahlen ließ, so stand doch seine Einnahme mit dem Reichtum an Geld und Kleinodien, den er in seinem Hause aufgehäuft hatte und den er niemanden verhehlte, in keinem Verhältnis. Dabei war er zu Zeiten freigebig bis zur Verschwendung, und hatte die Gewohnheit jedesmal, wenn ihm eine Frau gestorben, ein Gastmahl zu geben, dessen Aufwand wohl doppelt soviel betrug, als die reichste Einnahme, die ihm seine Praxis ein ganzes Jahr hindurch verschaffte. Mit seiner letzten Frau hatte er einen Sohn erzeugt, den er ebenso einsperrte, wie seine Weiber; niemand bekam ihn zu sehen. Nur bei dem Gastmahl, das er nach dem Tode dieser Frau gab, saß der kleine dreijährige Knabe an seiner Seite, und alle Gäste waren über die Schönheit und die Klugheit des Kindes erstaunt, das man, verriet sein körperliches Ansehen nicht sein Alter, seinem Benehmen nach wenigstens für zwölfjährig hätte halten können. Eben bei diesem Gastmahl äußerte der Doktor Trabacchio, daß, da nunmehr sein Wunsch, einen Sohn zu haben, erreicht sei, er nicht mehr heiraten werde. Sein übermäßiger Reichtum, aber noch mehr sein geheimnisvolles Wesen, seine wunderbaren Kuren, die bis ins Unglaubliche gingen, da bloß einigen von ihm bereiteten und eingeflößten Tropfen, ja oft bloß seiner Betastung, seinem Blick, die hartnäckigsten Krankheiten wichen, gaben endlich

Anlaß zu allerlei seltsamen Gerüchten, die sich in Neapel verbreiteten. Man hielt den Doktor Trabacchio für einen Alchymisten, für einen Teufelsbeschwörer, ja man gab ihm endlich schuld, daß er mit dem Satan im Bündnis stehe. Die letzte Sage entstand aus einer seltsamen Begebenheit, die sich mit einigen Edelleuten in Neapel zutrug. Diese kehrten einst spät in der Nacht von einem Gastmahl zurück und gerieten, da sie im Weinrausch den Weg verfehlt, in eine einsame verdächtige Gegend. Da rauschte und raschelte es vor ihnen und sie wurden mit Entsetzen gewahr, daß ein großer leuchtendroter Hahn, ein zackicht Hirschgeweihe auf dem Kopfe tragend, mit ausgebreiteten Flügeln daherschritt, und sie mit menschlichen funkelnden Augen anstarrte. Sie drängten sich in eine Ecke, der Hahn schritt vorüber, und ihm folgte eine große Figur im glänzenden goldverbrämten Mantel. Sowie die Gestalten vorüber waren, sagte einer von den Edelleuten leise: »Das war der Wunderdoktor Trabacchio.«

Alle, nüchtern geworden durch den entsetzlichen Spuk, ermutigten sich und folgten dem angeblichen Doktor mit dem Hahn, dessen Leuchten den genommenen Weg zeigte. Sie sahen, wie die Gestalten wirklich auf das Haus des Doktors, das auf einem fernen leeren öden Platze stand, zuschritten. Vor dem Hause angekommen, rauschte der Hahn in die Höhe, und schlug mit den Flügeln an das große Fenster über dem Balkon, das sich klirrend öffnete; die Stimme eines alten Weibes meckerte: »Kommt – kommt nach Haus – kommt nach Haus – warm ist das Bett, und Liebchen wartet lange schon – lange schon!«

Da war es, als stiege der Doktor auf einer unsichtbaren Leiter empor, und rausche nach dem Hahn durch das Fenster, welches zugeschlagen wurde, daß es die einsame Straße entlang klirrte und dröhnte. Alles war im schwarzen Dunkel der Nacht verschwunden und die Edelleute standen stumm und starr vor Grausen und Entsetzen. Dieser Spuk, die Überzeugung der Edelleute, daß die Gestalt, der der teuflische Hahn vorleuchtete, niemand anders, als der verrufene Doktor Trabacchio gewesen, war für das geistliche Gericht, dem alles zu Ohren kam, genug, dem satanischen Wundermann sorglich in aller Stille nachzuspüren. Man brachte in der Tat heraus, daß in den Zimmern des Doktors sich oft ein roter Hahn befand, mit dem er auf wunderliche Weise zu sprechen und zu disputieren schien, als sprächen Gelehrte über zweifelhafte Gegenstände ihres Wissens. Das geistliche Gericht war im Begriff den Doktor Trabacchio einzuziehen als einen verruchten Hexenmeister; aber das weltliche Gericht kam dem geistlichen zuvor und ließ den Doktor durch die Sbirren aufheben und ins Gefängnis schleppen, da er eben von dem Besuch eines Kranken heimkehrte. Die Alte war schon früher aus dem Hause geholt worden, den Knaben hatte man nicht finden können. Die Türen der Zimmer wurden verschlossen und versiegelt, Wachen rings um das Haus gestellt.

Folgendes war der Grund dieses gerichtlichen Verfahrens. Seit einiger Zeit starben mehrere angesehene Personen in Neapel und in der umliegenden Gegend und zwar nach der Ärzte einstimmigem Urteil an Gift. Dies hatte viele Untersuchungen veranlaßt, die fruchtlos blieben, bis endlich ein junger Mensch in Neapel, ein bekannter Lüstling und Verschwender, dessen Oheim vergiftet worden, die gräßliche Tat mit dem Zusatz eingestand, daß er das Gift von dem alten Weibe, der Haushälterin Trabacchios, gekauft habe. Man spürte der Alten nach, und ertappte sie, als sie eben ein festverschlossenes kleines Kistchen forttragen wollte, in dem man kleine Phiolen fand, die mit den Namen von allerlei Arzneimitteln versehen waren, unerachtet sie flüssiges Gift enthielten. Die Alte wollte nichts eingestehen; als man ihr indessen mit der Tortur drohte, da bekannte sie, daß der Doktor Trabacchio schon seit vielen Jahren jenes künstliche Gift, das unter dem Namen Aqua Toffana bekannt sei, bereite, und daß der geheime Verkauf dieses Gifts, der durch sie bewirkt worden, beständig seine reichste Erwerbsquelle gewesen. Ferner sei es nur zu gewiß, daß er mit dem Satan im Bündnis stehe, der in verschiedenen Gestalten bei ihm einkehre. Jedes seiner Weiber habe ihm ein Kind geboren, ohne daß es jemand außer dem Hause geahnet. Das Kind habe er denn allemal, nachdem es neun Wochen, oder neun Monate alt worden, unter besonderen Zurüstungen und Feierlichkeiten auf unmenschliche Weise geschlachtet, indem er ihm die Brust aufgeschnitten und das Herz herausgenommen. Jedesmal sei der Satan bei dieser Operation, bald in dieser, bald in jener Gestalt, meistens aber als Fledermaus mit menschlicher Larve, erschienen, und habe mit breiten Flügeln das Kohlfeuer angefacht, bei dem Trabacchio aus des Kindes Herzblut köstliche Tropfen bereitet, die jeder Siechheit kräftig widerständen. Die Weiber hätte Trabacchio bald nachher auf diese, oder jene heimliche Weise getötet, so daß der schärfste Blick des Arztes wohl nie auch die kleinste Spur der Ermordung habe auffinden können. Nur Trabacchios letztes Weib, die ihm einen Sohn geboren, der noch lebe, sei des natürlichen Todes gestorben.

Der Doktor Trabacchio gestand alles unverhohlen ein und schien eine Freude daran zu finden, das Gericht mit den schauerlichen Erzählungen seiner Untaten und vorzüglich der nähern Umstände seines entsetzlichen Bündnisses mit dem Satan in Verwirrung zu setzen. Die Geistlichen, welche dem Gericht beiwohnten, gaben sich alle nur ersinnliche Mühe, den Doktor zur Reue und zur Erkenntnis seiner Sünden zu bringen; aber es blieb vergebens, da Trabacchio sie nur verhöhnte und verlachte. Beide, die Alte und Trabacchio, wurden zum Scheiterhaufen verurteilt.

Man hatte unterdessen das Haus des Doktors untersucht und alle seine Reichtümer hervorgeholt, die, nach Abzug der

Gerichtskosten, an die Hospitäler verteilt werden sollten. In Trabacchios Bibliothek fand man nicht ein einziges verdächtiges Buch und noch viel weniger gab es Gerätschaften, die auf die satanische Kunst, die der Doktor getrieben, hätten hindeuten sollen. Nur ein verschlossenes Gewölbe, dessen viele durch die Mauer herausragende Röhren das Laboratorium verrieten, widerstand, als man es öffnen wollte, aller Kunst und aller Gewalt. Ja, wenn Schlosser und Maurer unter der Aufsicht des Gerichts sich eifrig bemühten, endlich durchzubrechen, so daß wohl der Zweck erreicht worden wäre, da kreischten im Innern des Gewölbes entsetzliche Stimmen, es rauschte auf und nieder, wie mit eiskalten Flügeln schlug es an die Gesichter der Arbeiter und ein schneidender Zugwind pfiff in gellenden gräßlichen Tönen durch den Gang, so daß von Grausen und Entsetzen ergriffen alle flohen, und am Ende niemand mehr sich an die Tür des Gewölbes wagen wollte, aus Furcht wahnsinnig zu werden vor Angst und Schrecken. Den Geistlichen, die sich der Tür nahten, ging es nicht besser und es blieb nichts übrig, als die Ankunft eines alten Dominikaners aus Palermo zu erwarten, dessen Standhaftigkeit und Frömmigkeit bisher alle Künste des Satans weichen mußten. Als dieser Mönch sich nun in Neapel befand, war er bereit den teuflischen Spuk in Trabacchios Gewölbe zu bekämpfen, und verfügte sich hin, ausgerüstet mit Kreuz und Weihwasser, begleitet von mehreren Geistlichen und Gerichtspersonen, die aber weit von der Tür entfernt blieben. Der alte Dominikaner ging betend auf die Tür los; aber da erhob sich heftiger das Rauschen und Brausen, und die entsetzlichen Stimmen verworfener Geister lachten gellend heraus: Der Geistliche ließ sich jedoch nicht irre machen; er betete kräftiger das Kruzifix emporhaltend und die Tür mit Weihwasser besprengend.

»Man gebe mir ein Brecheisen!« rief er laut; zitternd reichte es ihm ein Maurerbursche hin, aber kaum setzte es der alte Mönch an die Tür, als sie mit furchtbar erschütterndem Knall aufsprang.

Blaue Flammen leckten überall an den Wänden des Gewölbes herauf und eine betäubende erstickende Hitze strömte aus dem Innern. Demunerachtet wollte der Dominikaner hineintreten; da stürzte der Boden des Gewölbes ein, daß das ganze Haus erdröhnte und Flammen prasselten aus dem Abgrunde hervor, die wütend um sich griffen und alles rings umher erfaßten. Schnell mußte der Dominikaner mit seiner Begleitung fliehen, um nicht zu verbrennen, oder verschüttet zu werden. Kaum waren sie auf der Straße, als das ganze Haus des Doktor Trabacchio in Flammen stand. Das Volk lief zusammen und jauchzte und jubelte, als es des verruchten Hexenmeisters Wohnung brennen sah, ohne auch nur das mindeste zur Rettung zu tun. Schon war das Dach eingestürzt, das inwendige Holzwerk flammte zu den Wänden heraus und nur die starken Balken des obern Stocks widerstanden noch der Gewalt des Feuers. Aber vor Entsetzen schrie das Volk auf, als es Trabacchios zwölfjährigen Sohn mit einem Kistchen unter dem Arm einen dieser glimmenden Balken entlang schreiten sah. Nur einen Moment dauerte diese Erscheinung, sie verschwand plötzlich in den hochaufschlagenden Flammen.

Der Doktor Trabacchio schien sich herzinniglich zu freuen, als er diese Begebenheit erfuhr und ging mit verwegener Frechheit zum Tode. Als man ihn an den Pfahl band, lachte er hell auf und sagte zu dem Henker, der ihn mordlustig recht fest anschnürte: »Sieh dich vor, Geselle, daß diese Stricke nicht an deinen Fäusten brennen.«

Dem Mönch, der sich ihm zuletzt noch nahen wollte, rief er mit fürchterlicher Stimme zu: »Fort! – zurück von mir! Glaubst du denn, daß ich so dumm sein werde, euch zu Gefallen einen schmerzlichen Tod zu leiden? – noch ist meine Stunde nicht gekommen.«

Nun fing das angezündete Holz an zu prasseln; kaum erreichte aber die Flamme den Trabacchio, als es hell aufloderte, wie Strohfeuer und von einer fernen Anhöhe ein gellendes Hohngelächter sich hören ließ. Alles schaute hin und Grausen ergriff das Volk, als es den Doktor Trabacchio leibhaftig in dem schwarzen Kleide, dem goldverbrämten Mantel, den Stoßdegen an der Seite, den niedergekrempten spanischen Hut mit der roten Feder auf dem Kopfe, das Kistchen unter dem Arm, ganz wie er sonst durch die Straßen von Neapel zu laufen pflegte, erblickte. Reiter, Sbirren, hundert andere aus dem Volk stürzten hin nach dem Hügel, aber Trabacchio war und blieb verschwunden. Die Alte gab ihren Geist auf unter den entsetzlichsten Qualen, unter den gräßlichsten Verwünschungen ihres verruchten Herrn, mit dem sie unzählige Verbrechen geteilt.

Der sogenannte Ignaz Denner war nun kein anderer, als eben der Sohn des Doktors, der sich damals durch die höllischen Künste seines Vaters mit einem Kistchen der seltensten und geheimnisvollsten Kostbarkeiten aus den Flammen rettete. Schon seit der frühesten Jugend unterrichtete ihn der Vater in den geheimen Wissenschaften und seine Seele war dem Teufel verschrieben, noch ehe er sein volles Bewußtsein erlangt. Als man den Doktor Trabacchio ins Gefängnis warf, blieb der Knabe in dem geheimnisvollen verschlossenen Gewölbe unter den verworfenen Geistern, die des Vaters höllischen Zauber hineingebannt; da aber endlich dieser Zauber der Macht des Dominikaners weichen mußte, ließ der Knabe die verborgenen mechanischen Kräfte wirken, und Flammen entzündeten sich, die in wenigen Minuten das ganze Haus in Brand steckten, während der Knabe selbst unversehrt durch das Feuer fort zum Tore hinaus in den Wald eilte, den ihm der Vater bezeichnet hatte.

Nicht lange dauerte es, so erschien auch Doktor Trabacchio, und floh schnell mit dem Sohne, bis sie wohl an drei

Tagereisen von Neapel in die Ruinen eines alten römischen Gebäudes kamen, wo der Eingang zu einer weiten geräumigen Höhle versteckt lag. Hier wurde der Doktor Trabacchio von einer zahlreichen Räuberbande, mit der er längst in Verbindung gestanden, und der er durch seine geheime Wissenschaft die wesentlichsten Dienste geleistet, mit lautem Jubel empfangen. Die Räuber wollten ihn mit nichts Geringerem lohnen, als mit der Krönung zum Räuberkönige, wodurch er sich zum Oberhaupt aller Banden, die in Italien und dem südlichen Deutschland verbreitet waren, aufgeschwungen hätte. Der Doktor Trabacchio erklärte, diese Würde nicht annehmen zu können, da er der besondern Konstellation wegen, die über ihn walte, nunmehr ein ganz unstetes Leben führen müsse, und von keinem Verhältnis gebunden werden könne; doch werde er noch immer den Räubern mit seiner Kunst und Wissenschaft beistehn, und sich dann und wann sehen lassen. Da beschlossen die Räuber, den zwölfjährigen Trabacchio zum Räuberkönige zu wählen und damit war der Doktor höchlich zufrieden, so daß der Knabe von Stund an unter den Räubern blieb, und, als er fünfzehn Jahr alt worden, schon als wirkliches Oberhaupt mit ihnen auszog. Sein ganzes Leben war von nun an ein Gewebe von Greueltaten und Teufelskünsten, in welche ihn der Vater, der sich oftmals blicken ließ und zuweilen wochenlang einsam mit seinem Sohne in der Höhle blieb, immer mehr einweihte. Die kräftigen Maßregeln des Königs von Neapel gegen die Räuberbanden, die immer kecker und verwegener wurden, noch mehr aber die entstandenen Zwistigkeiten der Räuber hoben endlich das gefährliche Bündnis unter *einem* Oberhaupte auf und den Trabacchio selbst, der sich durch seinen Stolz und durch seine Grausamkeit verhaßt gemacht hatte, konnten seine vom Vater erlernte Teufelskünste nicht vor den Dolchen seiner Untergebenen schützen. Er floh nach der Schweiz, gab sich den Namen Ignaz Denner, und besuchte als reisender Kaufmann die Messen und Jahrmärkte in Deutschland, bis sich aus den zerstreuten Gliedern jener großen Bande eine kleinere bildete, die den vormaligen Räuberkönig zu ihrem Oberhaupt wählte. Trabacchio versicherte, wie sein Vater noch zur Stunde lebe, ihn noch im Gefängnis besucht, und Rettung von der Gerichtsstätte versprochen habe. Nur dadurch, daß, wie er nun wohl einsehe, göttliche Schickung den Andres vom Tode errettet, sei die Macht seines Vaters entkräftet worden, und er wolle nun als reuiger Sünder allen Teufelskünsten abschwören und geduldig die gerechte Todesstrafe erleiden.

Andres, der alles dieses aus dem Munde des Grafen von Vach erfuhr, zweifelte keinen Augenblick, daß es wohl eben Trabacchios Bande gewesen, die ehemals im Neapolitanischen seinen Herrn anfiel, so wie er überzeugt war, daß der alte Doktor Trabacchio selbst im Gefängnis ihm wie der leibhaftige Satan erschien und verlocken wollte zum bösen Beginnen. Nun sah er erst recht ein, in welch großer Gefahr er geschwebt hatte seit der Zeit, als Trabacchio in sein Haus getreten; wiewohl er noch immer nicht begreifen konnte, warum es denn der Verruchte so ganz und gar auf ihn und sein Weib gemünzt hatte, da der Vorteil, den er aus seinem Aufenthalt in dem Jägerhause zog, nicht so bedeutend sein konnte.

Andres befand sich nach den entsetzlichen Stürmen nun in ruhiger glücklicher Lage, allein zu erschütternd hatten jene Stürme getobt, um nicht in seinem ganzen Leben dumpf nachzuhallen. Außer dem, daß Andres, sonst ein starker kräftiger Mann, durch den Gram, durch das lange Gefängnis, ja durch den unsäglichen Schmerz der Tortur körperlich zugrunde gerichtet, siech und krank daherschwankte und kaum noch die Jagd treiben konnte, so welkte auch Giorgina, deren südliche Natur von dem Grame, von der Angst, von dem Entsetzen, wie von brennender Glut aufgezehrt wurde, zusehends hin. Keine Hülfe war für sie mehr vorhanden, sie starb wenige Monate nach ihres Mannes Rückkehr. Andres wollte verzweifeln und nur der wunderschöne kluge Knabe, der Mutter getreues Ebenbild, vermochte ihn zu trösten.

Um dieses willen tat er alles, sein Leben zu erhalten, und sich soviel als möglich zu kräftigen, so daß er nach Verlauf von beinahe zwei Jahren wohl an Gesundheit zugenommen und manchen lustigen Jägergang in den Forst unternehmen konnte.

Der Prozeß wider den Trabacchio hatte endlich sein Ende erreicht und er war, so wie vor alter Zeit sein Vater, zum Tode durchs Feuer verdammt worden, den er in weniger Zeit erleiden sollte.

Andres kam eines Tages, als die Abenddämmerung schon eingebrochen, mit seinem Knaben aus dem Forst zurück; schon war er dem Schlosse nahe, als er ein klägliches Gewimmer vernahm, das aus dem ihm nahen ausgetrockneten Feldgraben zu kommen schien. Er eilte näher und erblickte einen Menschen, der in elende schmutzige Lumpen gehüllt, im Graben lag und unter großen Schmerzen den Geist aufgeben zu wollen schien. Andres warf Flinte und Büchsensack ab, und zog mit Mühe den Unglücklichen heraus; aber als er nun dem Menschen ins Gesicht blickte, erkannte er mit Entsetzen den Trabacchio.

Zurückschaudernd ließ er von ihm ab; aber da wimmerte Trabacchio dumpf: »Andres, Andres, bist du es? um der Barmherzigkeit Gottes willen, der ich meine Seele empfohlen, habe Mitleid mit mir! Wenn du mich rettest, rettest du eine Seele von ewiger Verdammnis; denn bald ereilt mich ja der Tod, und noch nicht vollendet ist meine Buße!«

»Verdammter Heuchler«, schrie Andres auf; »Mörder meines Kindes, meines Weibes, hat dich nicht der Satan wieder hergeführt, damit du mich vielleicht noch verderbest? Ich habe mit dir nichts zu schaffen. Stirb und vermodere wie ein Aas, Verruchter!«

Andres wollte ihn zurückstoßen in den Graben; da heulte Trabacchio in wildem Jammer: »Andres! du rettest den Vater deines Weibes, deiner Giorgina, die für mich betet am Throne des Höchsten!«

Andres schauderte zusammen; mit Giorginas Namen fühlte er sich von schmerzlicher Wehmut ergriffen. Mitleid mit dem Mörder seiner Ruhe, seines Glücks, durchdrang ihn, er faßte den Trabacchio, lud ihn mit Mühe auf und trug ihn nach seiner Wohnung, wo er ihn mit stärkenden Mitteln erquickte. Bald erwachte Trabacchio aus der Ohnmacht, in die er versunken.

In der Nacht vor der Hinrichtung ergriff den Trabacchio die entsetzlichste Todesangst; er war überzeugt, daß ihn nichts mehr von der namenlosen Marter des Feuertodes retten würde. Da faßte und rüttelte er in wahnsinniger Verzweiflung die Eisenstäbe des Gitterfensters und zerbröckelt blieben sie in seinen Händen. Ein Strahl der Hoffnung fiel in seine Seele. Man hatte ihn in einen Turm dicht neben dem trocknen Stadtgraben gesperrt; er schaute in die Tiefe und der Entschluß sich hinabzustürzen, und so sich zu retten, oder zu sterben, war auf der Stelle gefaßt. Der Ketten hatte er sich bald mit geringer Anstrengung entledigt. Als er sich hinauswarf, vergingen ihm die Sinne, er erwachte, als die Sonne hell strahlte. Da sah er, wie er zwischen Strauchwerk in hohes Gras gefallen, aber an allen Gliedern verstaucht und verrenkt, vermochte er sich nicht zu regen und zu rühren. Schmeißfliegen und anderes Ungeziefer setzten sich auf seinen halbnackten Körper und stachen und leckten sein Blut, ohne daß er sie abwehren konnte. So brachte er einen martervollen Tag hin. Erst des Nachts gelang es ihm weiter zu kriechen und er war glücklich genug, an eine Stelle zu kommen, wo sich etwas Regenwasser gesammelt hatte, welches er begierig einschlürfte. Er fühlte sich gestärkt und vermochte mühsam hinanzuklimmen und sich fortzuschleichen, bis er den Forst erreichte, der unfern von Fulda anhob und sich beinahe bis an das Vachsche Schloß erstreckte.

So war er bis in die Gegend gekommen, wo ihn Andres mit dem Tode ringend fand. Die entsetzliche Anstrengung der letzten Kraft hatte ihn ganz erschöpft und wenige Minuten später hätte ihn Andres sicherlich tot gefunden. Ohne daran zu denken, was künftig mit dem Trabacchio, der der Obrigkeit entflohen, werden sollte, brachte ihn Andres in ein einsames Zimmer und pflegte ihn auf alle nur mögliche Weise, aber so behutsam ging er dabei zu Werke, daß niemand die Anwesenheit des Fremden ahnte; denn selbst der Knabe, gewohnt dem Vater blindlings zu gehorchen, verschwieg getreulich das Geheimnis. Andres frug nun den Trabacchio, ob er denn gewiß und wahrhaftig Giorginas Vater sei.

»Allerdings bin ich das«, erwiderte Trabacchio. »In der Gegend von Neapel entführte ich einst ein bildschönes Mädchen, die mir eine Tochter gebar. Nun weißt du schon, Andres, daß eines der größten Kunststücke meines Vaters die Bereitung jenes köstlichen wundersamen Liquors war, wozu das Hauptingredienz das Herzblut von Kindern ist, die neun Wochen, neun Monate, oder neun Jahre alt und von den Eltern dem Laboranten freiwillig anvertraut sein müssen. Je näher die Kinder mit dem Laboranten in Beziehung stehen, desto wirkungsvoller entsteht aus ihrem Herzblut Lebenskraft, stete Verjüngung, ja selbst die Bereitung des künstlichen Goldes. Deshalb schlachtete mein Vater seine Kinder und ich war froh, das Töchterlein, das mir mein Weib geboren, auf solche verruchte Weise höheren Zwecken opfern zu können. Noch kann ich nicht begreifen, auf welche Weise mein Weib die böse Absicht ahnte; aber sie war vor Ablauf der neunten Woche verschwunden und erst nach mehreren Jahren erfuhr ich, daß sie in Neapel gestorben sei und ihre

Tochter Giorgina bei einem grämlichen geizhalsigen Gastwirt erzogen würde. Ebenso wurde mir ihre Verheiratung mit dir und dein Aufenthalt bekannt. Nun kannst du dir erklären, Andres, warum ich deinem Weibe gewogen war und warum ich, ganz erfüllt von meinen verruchten Teufelskünsten, deinen Kindern so nachstellte. – Aber dir, Andres, dir allein und deiner wunderbaren Rettung durch Gottes Allmacht verdanke ich meine tiefe Reue, meine innere Zerknirschung. Übrigens ist das Kistchen mit Kleinodien, das ich deinem Weibe gab, dasjenige, welches ich auf des Vaters Geheiß aus den Flammen rettete, du kannst es getrost aufbewahren für deinen Knaben.«

»Das Kistchen«, fiel Andres ein, »hat Euch ja Giorgina wiedergegeben an jenem schrecklichen Tage, da Ihr den gräßlichen Mord verübtet?«

»Allerdings«, erwiderte Trabacchio; »allein ohne daß es Giorgina wußte, kam es wieder in Euern Besitz. Seht nur nach in der großen schwarzen Truhe, die in Euerm Hausflur steht, da werdet Ihr das Kistchen auf dem Boden finden.« Andres suchte in der Truhe und fand das Kistchen wirklich ganz in dem Zustande wieder, wie er es damals zum erstenmal von Trabacchio in Verwahrung erhalten.

Andres fühlte in sich unheimlichen Unmut, ja er konnte sich des Wunsches nicht erwehren, daß Trabacchio tot gewesen sein möge, als er ihn im Graben fand. Freilich schien Trabacchios Reue und Buße wahrhaft zu sein; denn ohne seine Klause zu verlassen, brachte er seine Zeit nur damit hin, in andächtigen Büchern zu lesen und seine einzige Ergötzlichkeit war die Unterhaltung mit dem kleinen Georg, den er über alles zu lieben schien. Andres beschloß indessen doch auf seiner Hut zu sein und eröffnete bei erster Gelegenheit das ganze Geheimnis dem Grafen von Vach, der über das seltene Spiel des Schicksals nicht wenig verwundert war. So vergingen einige Monate, der Spätherbst war eingetreten und Andres mehr auf der Jagd, als sonst. Der Kleine blieb gewöhnlich bei dem Großvater und einem alten Jäger, der um das Geheimnis wußte.

Eines Abends war Andres von der Jagd zurückgekehrt, als der alte Jäger hineintrat und nach seiner treuherzigen Weise anfing: »Herr, Ihr habt einen bösen Kumpan im Hause. Zu dem kommt der Gottseibeiuns! durchs Fenster und geht wieder ab in Rauch und Dampf.«

Dem Andres wurde es bei dieser Rede zu Mut, als hätt ihn ein Blitzstrahl getroffen. Er wußte nur zu genau, was das zu bedeuten hatte; als ihm der alte Jäger weiter erzählte, wie er schon mehrere Tage hintereinander in später Abenddämmerung in Trabacchios Zimmer seltsame Stimmen gehört, die wie im Zank durcheinander geplappert, und heute zum zweitenmal habe es ihm, indem er Trabacchios Türe schnell geöffnet, geschienen, als rausche eine Gestalt im roten goldverbrämten Mantel zum Fenster hinaus.

In vollem Zorn eilte Andres herauf zum Trabacchio, hielt ihm vor, was sein Jäger ausgesagt und kündigte ihm an, daß er sich's gefallen lassen müsse, ins Schloßgefängnis gesperrt zu werden, wenn er nicht allen bösen Tritten entsage.

Trabacchio blieb ruhig, und erwiderte im wehmütigen Ton: »Ach, lieber Andres! nur zu wahr ist es, daß mein Vater, dessen Stündlein noch immer nicht gekommen, mich auf unerhörte Weise peinigt und quält. Er will, daß ich mich ihm wieder zuwende, und der Frömmigkeit, dem Heil meiner Seele entsage, allein ich bin standhaft geblieben, und glaube nicht, daß er wiederkehren wird, da er gesehen, daß er nicht mehr über mich Macht hat. Bleibe ruhig, lieber Sohn Andres! und laß mich bei dir als ein frommer Christ versöhnt mit Gott sterben!«

In der Tat schien auch die feindliche Gestalt auszubleiben, indessen war es, als würden Trabacchios Augen wieder glühender, er lächelte zuweilen so seltsam höhnisch, wie sonst.

Während der Betstunde, die Andres jeden Abend mit ihm zu halten pflegte, schien er oft krampfhaft zu erzittern; zuweilen strich eine seltsam pfeifende Zugluft durch das Zimmer, welche die Blätter der Gebetbücher raschelnd umschlug, ja die Bücher selbst dem Andres aus den Händen warf.

»Gottloser Trabacchio, verruchter Satan! *Du* bist es, der hier höllischen Spuk treibt! Was willst du von mir? hebe dich weg, denn du hast keine Macht über mich! – hebe dich weg!« – So rief Andres mit starker Stimme!

Da lachte es höhnisch durch das Zimmer hin, und schlug wie mit schwarzen Fittigen an das Fenster. Und doch war es nur der Regen, der an das Fenster geschlagen, und der Herbstwind, der durch das Zimmer geheult, wie Trabacchio meinte, als das Unwesen wieder einmal recht arg war und Georg vor Angst weinte.

»Nein«, rief Andres: »Euer gottloser Vater könnte hier nicht so herumspuken, wenn Ihr aller und jeder Gemeinschaft mit ihm entsagt hättet. Ihr müßt fort von mir. Eure Wohnung ist Euch längst bereitet. Ihr müßt fort ins Schloßgefängnis; dort möget Ihr Euern Spuk treiben wie Ihr wollt.«

Trabacchio weinte heftig, er bat um aller Heiligen willen ihn im Hause zu dulden und Georg, ohne zu begreifen, was das alles wohl bedeute, stimmte in seine Bitten ein.

»So bleibt denn noch morgen hier«, sagte Andres, »ich will sehen, wie es mit der Betstunde gehen wird, wenn ich heimkomme von der Jagd.«

Am andern Tage gab es herrliches Herbstwetter, und Andres versprach sich eine reiche Beute. Als er von dem Anstand zurückkehrte, war es ganz finster geworden. Er fühlte sich im innersten Gemüt besonders bewegt; seine merkwürdigen Schicksale, Giorginas Bild, sein ermordeter Knabe traten ihm so lebendig vor Augen, daß er tief in sich gekehrt, immer langsamer und langsamer den Jägern nachschlenderte, bis er sich endlich unversehends auf einem Nebenwege allein im

Forst befand. Im Begriff zurückzukehren in den breiten Waldweg, wurde er ein blendendes Licht gewahr, welches durch das dickste Gebüsch flackerte. Da ergriff ihn eine wunderbare verworrene Ahnung großer Greueltat, die verübt werde; er drang durch das Dickicht, er war dem Feuer nahe, da stand des alten Trabacchio Gestalt im goldverbrämten Mantel, den Stoßdegen an der Seite, den niedergekrempten Hut mit roter Feder auf dem Kopfe, das Arzneikistchen unterm Arm. Mit glühenden Augen blickte die Gestalt in das Feuer, das wie in rot und blau flammenden Schlangen unter einer Retorte hervorloderte. Vor dem Feuer lag Georg nackt ausgebreitet auf einer Art Rost und der verruchte Sohn des satanischen Doktors hatte hoch das funkelnde Messer erhoben zum Todesstoß. Andres schrie auf vor Entsetzen; aber sowie der Mörder sich umblickte, sauste schon die Kugel aus Andres' Büchse und Trabacchio stürzte mit zerschmettertem Gehirn über das Feuer hin, das im Augenblick erlosch. Die Gestalt des Doktors war verschwunden. Andres sprang hinzu, stieß den Leichnam beiseite, band den armen Georg los und trug ihn schnell fort bis ins Haus. Dem Knaben fehlte nichts; nur die Todesangst hatte ihn ohnmächtig gemacht. Den Andres trieb es heraus in den Wald, er wollte sich von Trabacchios Tode überzeugen und den Leichnam gleich verscharren; er weckte daher den alten Jäger, der in tiefen, wahrscheinlich von Trabacchio bewirkten Schlaf gesunken, und beide gingen mit Laterne, Hacke und Spaten an die nicht weit entlegene Stelle.

Da lag der blutige Trabacchio; aber sowie Andres sich näherte, richtete er sich mit halbem Leibe auf, starrte ihn gräßlich an und röchelte dumpf: »Mörder! Mörder des Vaters deines Weibes, aber meine Teufel sollen dich quälen!«

»Fahre zur Hölle, du satanischer Bösewicht«, schrie Andres, der dem Entsetzen, das ihn übermannen wollte, widerstand; »fahre hin zur Hölle, du, der du den Tod hundertfältig verdient hast, dem ich den Tod gab, weil er verruchten Mord an meinem Kinde, an dem Kinde seiner Tochter verüben wollte! Du hast nur Buße und Frömmigkeit geheuchelt um schändlichen Verrats willen, aber nun bereitet der Satan manche Qual deiner Seele, die du ihm verkauft.«

Da sank Trabacchio heulend zurück und immer dumpfer und dumpfer wimmernd gab er seinen Geist auf. Nun gruben die beiden Männer ein tiefes Loch, in das sie Trabacchios Körper warfen.

»Sein Blut komme nicht über mich!« sprach Andres, »aber ich konnte nicht anders, ich war dazu ausersehen von Gott, meinen Georg zu retten und hundertfältige Frevel zu rächen. Doch will ich für seine Seele beten und ein kleines Kreuz auf sein Grab stellen.«

Als andern Tages Andres dieses Vorhaben ausführen wollte, fand er die Erde aufgewühlt, der Leichnam war verschwunden. Ob das nun von wilden Tieren, oder wie sonst bewirkt, blieb in Zweifel.

Andres ging mit seinem Knaben und dem alten Jäger zum Grafen von Vach, und berichtete treulich die ganze Begebenheit. Der Graf von Vach billigte die Tat des Andres, der zur Rettung seines Sohnes einen Räuber und Mörder niedergestreckt hatte und ließ den ganzen Verlauf der Sache niederschreiben und im Archiv des Schlosses aufbewahren.

Die schreckliche Begebenheit hatte den Andres tief im Innersten erschüttert, und wohl mochte er sich deshalb, wenn die Nacht eingebrochen, schlaflos auf dem Lager wälzen. Aber wenn er so zwischen Wachen und Träumen hinbrütete, da hörte er es im Zimmer knistern und rauschen, und ein roter Schein fuhr hindurch und verschwand wieder. Sowie er anfing zu horchen und zu schauen, da murmelte es dumpf: »Nun bist du Meister – du hast den Schatz – du hast den Schatz – gebeut über die Kraft, sie ist dein!«

Dem Andres war es, als wolle ein unbekanntes Gefühl

ganz eigner Wohlbehaglichkeit und Lebenslust in ihm aufgehen; aber sowie die Morgenröte durch die Fenster brach, da ermannte sich Andres und betete, wie er es zu tun gewohnt, kräftig und inbrünstig zu dem Herrn, der seine Seele erleuchtete. »Ich weiß was nun noch meines Amts und Berufs ist, um den Versucher zu bannen und die Sünde abzuwenden von meinem Hause!«

So sprach Andres, nahm Trabacchios Kistchen und warf es, ohne es zu öffnen, in eine tiefe Bergschlucht. Nun genoß Andres eines ruhigen heitern Alters, das keine feindliche Macht zu zerstören vermochte.

FRIEDRICH HEBBEL

Die Nacht im Jägerhause

»Kommen wir denn nicht bald nach D.?« rief Otto ungeduldig seinem Freunde Adolf zu und fuhr heftig mit der Hand nach seiner linken Wange, weil er sich an einem Zweig geritzt hatte, »die Sonne ist längst hinunter, die Finsternis kann kaum noch größer werden und die Beine wollen mich nicht mehr tragen.«

»Ich glaube, daß wir uns verirrt haben«, entgegnete Adolf kleinmütig, »wir müssen uns wohl darauf gefaßt machen, die Nacht im Walde zuzubringen!«

»Das habe ich längst gedacht«, versetzte Otto ärgerlich, »aber du weißt allenthalben Bescheid, auch da, wo du nie gewesen bist. Hungrig bin ich auch, wie der Wolf, wenn er ein Schaf blöken hört.«

»Ich habe noch eine Semmel in der Tasche!« erwiderte Adolf, indem er danach zu suchen begann. »Doch nein«, setzte er hinzu, »ich habe sie dem ausgehungerten Schäferhunde zugeworfen, der uns im letzten Dorf vorüberschlich.«

Eine lange Pause, wie sie nur dann unter Studenten möglich ist, wenn sie bis aufs Blut ermüdet sind, trat ein. Die Freunde wanderten, sich beide gereizt fühlend und sich beide dieser Kleinigkeit schämend, bald stumm, bald pfeifend, nebeneinander hin.

»Nun fängt's auch noch zu regnen an!« begann Otto endlich wieder.

»Wer eine Haut hat, fühlt es«, versetzte Adolf, »aber, wenn mich mein Auge nicht täuscht, so seh' ich drüben ein Licht schimmern!«

»Ein Irrlicht, was wohl anders!« sagte Otto halblaut, »es wird hier an Sümpfen nicht fehlen!« Dessen ungeachtet verdoppelte er seine Schritte.

»Wer da?« rief Adolf und stand auf einmal still. Es erfolgte keine Antwort. »Ich meinte Fußtritte hinter uns zu hören!« sagte er dann.

»Man verhört sich leicht!« entgegnete Otto.

Währenddessen waren sie an ein einsam gelegenes Haus gelangt. Sie traten unter die Fenster und schauten hinein. Ein weites, ödes Zimmer zeigte sich ihren Blicken; die schlechten Lehmwände hatten ihre ehemalige Kalkbesetzung zum Teil verloren, einige Strohstühle standen umher, und über dem halb niedergebrochenen Ofen hingen zwei Pistolen, nebst einem Hirschfänger. Im Hintergrund saß an einem Tisch ein altes Weib, zahnlos und einäugig, zu ihren Füßen lag ein großer Hund, der sich mit seinen ungeschlachten Pfoten zuweilen kratzte.

»Ich denke«, begann Adolf nach vollbrachter Musterung, »wir nehmen unser Quartier lieber unter einem Busch als in dieser Höhle. Es sieht ja ganz verflucht darin aus!«

Otto hatte dieselbe Äußerung auf der Zunge gehabt. Wie aber in solchen Stunden des äußersten Mißbehagens der Mensch sich zu beständigem Widerspruch aufgelegt fühlt, setzte sich seine Meinung schnell in ihr Gegenteil um, und er erwiderte spöttisch, daß er ein altes Weib nicht eben furchtbar fände und in der Tat nicht wisse, warum sie nicht hineingehen sollten.

»Es beliebt dir«, versetzte Adolf scharf, »mich mißzuverstehen. Die Alte sitzt gewiß nicht unsertwegen da, sie wartet auf Gäste, und welcher Art diese sind, ist schwer zu sagen. Sieh nur, wie sie sich das Auge, das ihr von der letzten Schlägerei her übrigblieb, reibt, um den Schlaf, der sie beschleicht, zu verscheuchen, und wie sie das zahnlose Maul verzieht! Eine Schenke ist's ohnehin, denn drüben in der Ecke stehen Flaschen und Gläser. Aber, wie du, so ich.«

Bevor Otto etwas erwidern konnte, erscholl hinter beiden ein scharfes: Guten Abend! und eine Mannsgestalt wurde in dem schwachen Lichtschimmer, der durchs Fenster drang, sichtbar; kurz, gedrungen, mit Augen, die verschlagen und listig von dem einen zum andern wanderten, den Jägerhut tief in die Stirn hinabgedrückt. »Sie haben sich ohne Zweifel verirrt«, fuhr der Unbekannte fort, »und suchen ein Unterkommen für die Nacht. Danken Sie dem Himmel, daß ich gerade von meiner Streiferei zurückkehre, meine alte Mutter hätte Sie nicht aufgenommen. Wenn Sie vorliebnehmen wollen, so folgen Sie mir; etwas besser als hier draußen werden Sie's in der Bodenkammer finden, die ich Ihnen einräumen kann. Bier und Brot steht zu Diensten, und eine Streu zum Schlafen läßt sich aufschütten!«

Der Hund schlug an, und die Alte stand auf und schleppte sich mit schweren Schritten zum Fenster.

»Ich bin's!« rief der Jäger.

»Du, mein Sohn?« erwiderte sie in näselndem Ton und öffnete langsam die inwendig verschlossene Tür.

»Nur immer herein!« sagte der Jäger mit zudringlicher Höflichkeit zu den Freunden.

Sie folgten seiner Einladung nicht ohne Widerwillen, Otto zuerst. Sobald sie die Schwelle überschritten hatten, schloß der Jäger mit sonderbarer Hastigkeit die Türe hinter ihnen ab, während die Alte, ihre Brille zurechtrückend, sie unfreundlich betrachtete.

»Noch nicht da?« fragte der Jäger, indem er sie ins Zimmer hinein nötigte, seine Mutter so leise, daß nicht sie, die schwerhörig sein mochte, sondern nur Otto ihn verstand. Flüsternd trat er nun mit der Alten in eine Ecke, und mehr als einmal flog ein häßliches Lachen über sein Gesicht. Die Alte ging, einen seltsamen Blick auf die späten Gäste werfend, hinaus und kehrte bald darauf mit Bier, Brot und Käse zurück. Der Jäger schob zwei Stühle an den Tisch; sie lud, sich umsonst zur Freundlichkeit zwingend, mit stummen Gebärden zum Zulangen ein. Hungrig, wie sie waren, ließen die Freunde es sich schmecken; mittlerweile nahm der Jäger die über dem Ofen hängenden Pistolen herab, lud sie, ohne sich an das Befremden seiner Gäste zu kehren, mit großer Förmlichkeit, schüttete sogar Pulver auf die Pfanne und steckte sie zu sich. Stillschweigend ergriff er nun die Lampe und führte die Freunde eine Leiter hinauf in eine alte Bodenkammer hinein, wo sie bereits ein Strohlager vorfanden. Mit einem kurzen: Gute Nacht! wollte er sich jetzt wieder mit der Lampe entfernen; beide erklärten ihm aber gleichzeitig ihren Wunsch, mit Licht versehen zu werden.

»Mit Licht?« fragte er verwundert, »es tut mir leid, aber Sie werden bei mir schlafen müssen, wie man im Grabe schläft, nämlich im Dunkeln. Meine Mutter hat selten eine Kerze im Hause, und der Lampe bedürfen wir selbst, um – um –«

»Um?« fragte Otto, da er stockte.

»Um den Abendsegen zu lesen, natürlich«, versetzte er, »nur die Gelehrten wissen ihn auswendig. Doch, wer weiß, vielleicht ist das Glück günstig, und wenn sich nur noch ein Stümpfchen Licht auftreiben läßt, so bringe ich Ihnen die Lampe wieder herauf.«

Der Jäger ging und ließ die Freunde im Dunkeln.

»Was meinst du?« sagte Otto zu Adolf.

»Wir werden entweder gar nicht oder sehr lange schlafen!« versetzte dieser ernst.

»Ist dort nicht ein Fenster im Dach?« fragte Otto.

»So scheint's«, erwiderte Adolf, »ich will doch untersuchen, ob man's öffnen kann.« Er tappte zum Fenster und bemühte sich, es aufzumachen.

In demselben Augenblick trat der Jäger wieder mit der Lampe ein. Mit finsterem Gesicht rief er Adolf zu: »Das Fenster hat die Klinke nur zum Staat, es ist von außen vernagelt, auch sind eiserne Stangen angebracht, wie ich glaube; an frischer Luft wird's dennoch nicht fehlen, denn drei Scheiben sind entzwei!« Er ging zur Tür zurück, kehrte sich aber noch einmal um und sagte: »Wenn unten auch noch dies und das vorfällt, so lassen Sie sich nur nicht stören, Sie wird niemand beunruhigen!«

»Was gibt's denn noch so spät?« fragte Adolf heftig.

»Ei nun«, versetzte der Jäger spöttisch, »eine Waldschenke hat bei Nacht den meisten Zuspruch!«

»Aber sicher ist man doch?« rief Adolf ergrimmt aus.

»Jedenfalls sind wir mit Waffen versehen!« bemerkte Otto mit erkünstelter Ruhe.

»Das freut mich!« entgegnete der Jäger, laut lachend, und warf die Tür hinter sich zu, daß die Pfosten bebten und das Fenster krachte. »Harras!« rief er draußen, »paß auf!« Der Hund lagerte sich knurrend, dann gähnend hart vor der Tür.

»Abgeriegelt!« sagte Otto zu Adolf. Dies ward, da die Tür wirklich mit einem Schubriegel versehen war, leicht vollbracht.

»Gottlob, daß die Lampe einen hinreichenden Vorrat Öl enthält«, sprach Adolf und leuchtete in der Kammer umher, »nun wollen wir sehen, ob sich unter all dem Gerümpel, das hier wüst durcheinander liegt, nicht ein Knittel, oder was es sei, finden läßt, der uns zur Verteidigung dienen kann.«

Jetzt begannen sie die Musterung der vielen in der Kammer aufgeschichteten Sachen. Otto fiel ein alter Kalender in die Hände, den er nur aufnahm, um ihn gleich wieder von sich zu schleudern. Adolf griff nach ihm und durchblätterte ihn. Nach einigen Minuten ließ er ihn mit leichenblassem Gesichte zur Erde fallen und sagte: »Nun weiß ich, wo wir sind. Dies ist das Mordloch des (er nannte einen in ganz

Deutschland berüchtigten Missetäter, der erst vor einem halben Jahre in der Universitätsstadt, wo die Freunde ihren Studien oblagen, wegen vielfacher Mordtaten enthauptet worden war), sein Name ist in den Kalender eingeschrieben und vermutlich sind wir die Gäste seines Sohnes.«

Sich den Tod mit allen seinen Schrecken und Geheimnissen lebhaft denken, ist schon der halbe Tod. In voller Glut des jugendlich überschäumenden Daseinsgefühls, das, kaum entfesselt, ungestüm durch alle Adern braust und für die Ewigkeit auszureichen scheint, plötzlich und ohne vorbereitenden Übergang am Rande des vom Meuchelmord aufgeworfenen Grabes stehen, ist gewiß des Entsetzlichen Entsetzlichstes. Die Seele zieht sich zusammen, wie ein Wurm sich zusammenzieht im Schatten des schon erhobenen Fußes, der ihn zu zertreten droht; von allen ihren feurigen Wünschen bleibt ihr nur der einzige, noch einmal, dem Wurm gleich, tierisch und ohnmächtig wütend, ihre Lebenskraft und Lebensfähigkeit durch eine letzte Äußerung derselben, durch einen Stich oder einen Schlag am Mörder selbst darzutun. Laut aufjubelten die Freunde, als sie, hinter Brettern versteckt, ein rostiges Beil erblickten; im Triumph zogen sie es hervor und schwangen es, einer nach dem andern, ums Haupt.

»Siehst du«, sagte Adolf, »es ist mit Blut befleckt!«

»Bespritzt«, entgegnete Otto schaudernd, »wie eine Schlachteraxt! Adolf, an eine solche Nacht dachten wir nicht, als wir heute morgen ausgingen, um uns einen vergnügten Tag zu machen. Die Sonne schien so hell und freundlich, ein frischer Wind spielte mit unsern Locken, und wir sprachen von dem, was wir nach drei Jahren tun wollten!«

»Wer pocht?« fuhr Adolf auf und ging, das Beil zum Schlage emporhaltend, zur Tür.

»Es ist der Hund, der sich kratzt!« bemerkte Otto.

»Du hast recht«, versetzte Adolf, »das Tier schnarcht schon

wieder laut. Komm, wir wollen uns auf unser Lager setzen und die Lampe auf jenen Bock stellen!«

Sie taten dies stillschweigend, Otto blätterte in dem Kalender und las eine Heiligenlegende, die er enthielt, Adolf sah mit unverwandtem Gesicht in den hellen Schein der Lampe hinein.

»Es ist doch schauerlich«, sprach er nach einem langen Stillschweigen, »an einer Stelle zu sitzen, wo der Mord vielleicht mehr als einmal an einem harmlosen Schläfer sein fürchterliches Geschäft verrichtete, während unten wahrscheinlich das Messer geschliffen wird, das uns in der nächsten Stunde die eigene Brust durchbohren soll. Ging nicht die Haustür?«

»Offenbar«, entgegnete Otto, gespannt aufhorchend, »auch höre ich ein Geräusch, wie von verhaltenen Fußtritten; die Helfershelfer stellen sich ein!«

»Mir lieb«, sagte Adolf und sprang rasch auf, »ich mag auf nichts warten, und am wenigsten auf den Tod!«

»Wir sind unsrer zwei«, versetzte Otto, »und sie sollen erst die Leiter hinauf. Ich denke, alles geht noch gut. Freilich gegen Schießgewehr – die Leiter knarrt, sie kommen, auf, ihnen entgegen!«

Mit schnellem Ruck schob Otto den Riegel der Tür zurück und wollte hinaustreten. Der Hund fletschte grimmig die Zähne und trieb ihn wieder hinein. Da ertönte die Stimme des Jägers. »Pfui, Harras!« rief er hämisch, »laß die Herren; wenn sie deinen Schutz zurückweisen, so dränge du ihn nicht auf!«

Der Hund ließ die Ohren hängen und schlich gehorsam auf die Seite, Adolf ergriff die Lampe und trat an die Leiter.

»Noch nicht eingeschlafen?« fragte der Jäger.

»Was wollt Ihr noch?« entgegnete Adolf.

»Ja, was nur gleich?« versetzte, anscheinend verlegen, der Jäger, »irgend etwas war's doch!«

»Ihr seid mir verdächtig!« rief Adolf, und sein Gesicht sprühte Flammen.

»Dann sind Sie wohl irgendwo Amtmann?« erwiderte der Jäger, »die Herren Amtleute können meine Nase nicht ausstehen, sie sagen, sie sei schief; finden Sie's auch?«

»Kerl!« rief Adolf, trat so weit vor, als er konnte, und stellte die Lampe auf den Boden.

»Kein Schimpfwort!« versetzte der Jäger heftig, »ich glaube es Ihnen auch so, daß Sie von dem Holz sind, aus dem man Geheimräte schnitzt. Aber«, fuhr er, den alten Ton wieder annehmend, fort, »schieben Sie die Lampe etwas weiter weg, ich habe Husten, und wenn ich die Flamme aushustete, so wäre es so schlimm, als hätte ich sie ausgeblasen. Sie sehen mich, wie es scheint, nicht gern oben? Nun, dann tun Sie mir den Gefallen und füllen Sie mir dies Maß aus der Kiste, die neben dem Schornstein steht, mit Hafer für meinen kranken Gaul. Ei, da haben Sie ja ein Beil? Wenn Sie das in der Tasche als Waffe bei sich führten, so muß sie geräumig sein!«

Otto tat an Adolfs Statt, was der Jäger begehrte. Er zog sich hierauf zurück, die Freunde gingen wieder in die Kammer, auch der Hund nahm seinen alten Platz aufs neue ein.

»Eine wunderliche Nacht!« sagte Otto zu Adolf, »am Ende ist der Gauner doch allein im Hause, die Spießgesellen sind ausgeblieben, und er leistet, da die Überrumpelung ihm mißlang, auf die Ausführung des Bubenstücks Verzicht.«

»Möglich«, erwiderte Adolf und sah nach seiner Uhr, »aber noch ist's früh.«

Ein Schuß fiel. Gleich darauf entstand ein sonderbares Geräusch vor dem Dachfenster.

»Wer da?« rief Adolf und leuchtete mit der Lampe hin. Er brach in lautes Lachen aus, denn er erblickte das philisterhaft-vernünftige Gesicht eines Katers, der, wahrscheinlich durch den Schuß erschreckt und vom Licht angezogen, emporgekrochen war und ihn anfangs, von dem hellen Schein der ihm so nahe gebrachten Lampe geblendet, unter possierlichen Gebärden anstierte, dann davonsprang.

Bald hernach hörten sie unten einen schweren Fall, wie von einem lebendigen Körper, den plötzlich ein Messerstich hinwirft. Dröhnende Schritte ließen sich vernehmen, dazwischen die näselnde Stimme des alten Weibes.

»Wie steht's?« fragte sie.

»Tot!« antwortete der Jäger dumpf und stieß einen Fluch aus.

»Jesus Christus!« rief die Alte rauh und gellend.

Es wurde wieder still. Die Freunde wußten nicht, was sie aus dem Vorgang machen sollten.

Sie setzten sich aufs Bett. Jeder hing seinen Gedanken nach. Endlich verfielen sie, da alles stumm und lautlos blieb, in einen unruhigen Schlummer. In diesem Zustand halben Wachens und halben Träumens kam es Otto zuletzt vor, als ob er die Lampe erlöschen sähe. Hastig fuhr er auf, glaubte sich aber getäuscht zu haben, da er das von der Lampe verbreitete Dämmerlicht noch fortdauern sah. Da bemerkte er mit unaussprechlicher Freude, daß die Morgensonne rot und golden ins Fenster schien, und weckte den finster aussehenden, schlafenden Freund, der, das Beil noch fest umklammernd, auf die Streu zurückgesunken war.

»Was gibt's?« rief Adolf und sprang auf.

»Sieh, sieh!« sagte Otto und führte ihn zum Fenster.

»Gelobt sei Gott!« sprach Adolf, »ich hatte einen häßlichen Traum. Ich glaubte schon in Italien zu sein und ging durch einen Wald. Da sprang ein Trupp zerlumpter Gesellen aus dichtem Gebüsch hervor und drang unter wildem Geschrei zu Raub und Mord auf mich ein. Ich, in der Todesgefahr, rufe: Hackt denn eine Krähe der andern die Augen aus? Ich bin euresgleichen, seht hier den Beweis! Dabei zieh' ich den kleinen, biegsamen Dolch, den ich, wie du weißt, auf der

Frankfurter Messe von einem Trödler gekauft habe. Die Räuber schenken meiner Rede keinen Glauben und lachen mich aus. Nun kommt plötzlich auf stattlichem Roß ein zweiter Reisender daher, und einer aus dem Trupp tritt vor mich hin und spricht: Du bist, was wir sind? Gut, wir nehmen dich unter uns auf, nun geh und mach an jenem dort dein Probestück! In dem Augenblick wecktest du mich, und jetzt erinnere ich mich, daß dies die alberne Geschichte ist, die mein verstorbener Oheim so oft, als ich ihm begegnete, erzählte, und die ich ihm niemals glaubte, weil die Frage nach dem Ausgang des verwickelten Handels ihn immer in Verwirrung brachte.«

»Wir wollen diese Nacht und ihre Träume vergessen«, sagte Otto, »und uns dem vollen, frischen Gefühl des Lebens hingeben, ohne Maß, wie einem Rausch! Zum erstenmal dürfen wir es als ein, wenn nicht erworbenes, so doch durch Wachsamkeit und Vorsorge erhaltenes kostbares Gut betrachten, nicht mehr als bloßes Geschenk!«

Adolf drückte ihm warm und kräftig die Hand. Jetzt erscholl die Stimme der Alten, die mit Andacht ihr Morgenlied absang. Deutlich vernahm man die fromme Gerhardtsche Strophe:

Wach auf, mein Herz, und singe
dem Schöpfer aller Dinge,
dem Geber aller Güter,
dem treuen Menschenhüter!

Unwillkürlich stimmten die Freunde mit ein und stiegen die Leiter hinunter. Am Fuß derselben trat ihnen, freundlich grüßend, der Jäger entgegen. Sein Gesicht kam ihnen bei weitem nicht mehr so unangenehm vor, wie am Abend vorher und in der Nacht. Sie waren schon geneigt, ihm in ihrem Herzen Abbitte zu tun, da bemerkten sie aufs neue jenen boshaften Zug um den Mund und jenes verdächtige Lächeln, und der Mensch wurde ihnen widerlicher wie je. Er entschuldigte sich, daß er sie noch spät habe stören müssen. »Freilich«, setzte er hinzu, »konnte ich nicht wissen, daß Sie mit offenen Augen schliefen, wie die Hasen, und mich, so leise ich auftrat, hören würden.«

Dann führte er sie in das Wohnzimmer, wo die Alte bereits mit der Bereitung eines Kaffees beschäftigt war, dessen aromatischer Duft ihnen kräftig und stärkend entgegendrang. Schweigend, wie sie es der Klugheit gemäß erachten mußten, genossen sie diesen. Hierauf erkundigten sie sich bei dem Jäger, der seinen Hund wusch und kämmte, nach ihrer Schuldigkeit. Lakonisch, und ohne aufzusehen, versetzte er, er habe sich schon bezahlt gemacht.

»Fehlt dir etwas von deinen Sachen?« fragte Adolf, der sich nicht länger halten konnte, seinen Freund mit Spott. Als Otto dies verneinte, sagte er zu dem Jäger: »Auch ich habe das Meinige beisammen, darum nennt die Zeche!«

»Meine Herren!« rief der Jäger, und leerte, an den Tisch tretend, ein Glas Bier, »ich will nicht länger Versteckens mit Ihnen spielen. Sie lagen die Nacht hindurch auf der Folter, und die Folter hat man umsonst!«

»Eine Aufrichtigkeit sondergleichen«, versetzte Adolf und sah Otto an.

»Nicht wahr«, fuhr der Jäger fort, »ich irrte mich nicht? Ich bin in Ihren Augen, was der Blutmann in den Augen der Kinder ist?«

»Ganz recht, mein Freund«, sagte Adolf und klopfte ihm mit unterdrücktem Grimm auf die Schulter, »Ihr seid der rechte Sohn Eures Vaters!«

»Das versteh' ich nicht«, entgegnete der Jäger und erglühte über und über, »aber dies versprech' ich mir, nicht ohne Schamröte sollen Sie mein schlechtes Haus verlassen. Sehen Sie die alte Frau dort, die Ihnen gestern abend Brot und Bier brachte und heut morgen den Kaffee? Es ist meine Mutter! Sie hat keine Zähne mehr; auch von den Ihrigen werden Sie zweiunddreißig vermissen, wenn Sie einmal siebzig Jahre zählen. Sie ist einäugig, aber nur, weil die Hand eines bösen Buben ihr das linke einschlug, als sie in ihrer einsamen Hütte überfallen wurde und ihres Mannes sauer verdienten Sparpfennig nicht gutmütig hergeben wollte. Und nun hören Sie. Ich stand gestern abend schon hinter Ihnen, als Sie, ins Fenster schauend, meine arme Wohnung betrachteten, und wollte Sie eben, zuvorkommend, wie es sich geziemt, zum gastlichen Eintritt einladen, da begannen Sie Ihre schnöden Bemerkungen über meine Mutter, die mich um so mehr verdrossen, je besser ich es mit Ihnen im Sinne gehabt hatte. Hitzig, wie ich bin, hätte ich auf der Stelle, verzeihen Sie, daß ich es sage, mit meinem derben Eichenstock dreinschlagen mögen, aber ich ließ den bereits erhobenen Arm wieder sinken, denn mir kam der Gedanke einer gründlicheren Rache; ich nahm mir vor, Sie zur Strafe für Ihren ungerechten Verdacht in der Phantasie alles Schreckliche durchempfinden zu lassen, das Sie in Wirklichkeit bei mir getroffen hätten, wenn ich gewesen wäre, wofür Sie mich halten zu dürfen glaubten. So trat ich denn mit meiner Einladung zu Ihnen heran, suchte Sie aber, sobald ich Sie im Bereich meiner vier Pfähle sah, durch Zweideutigkeiten aller Art zu den schlimmsten Vermutungen aufzuregen, und konnte dies um so eher die halbe Nacht hindurch fortsetzen, als mich ohnehin die Pflege meines kranken Gauls, der leider um ein Uhr tot hinfiel, nicht ans Bett denken ließ.«

»Also war es«, unterbrach Otto den Jäger, »der Tod des Gauls, den Ihr Eurer Mutter auf ihre Frage, wie's stünde, verkündete?«

»Auch das haben Sie gehört?«, versetzte jener, »nun, der Zufall hat mir besser gedient, als ich ahnen konnte! Wahrlich, daran dachte ich nicht, aller Mutwille verging mir, als ich das schöne treue Tier, das ich erst vor wenigen Wochen um teuren Preis erstand, zusammenbrechen und die vier Füße von sich strecken sah. Ich schüttete den Hafer über den toten Körper aus und warf das Maß an die Wand, daß es zerbrach!«

»Seid Ihr«, fragte Adolf, »nicht der Sohn des –?« Er nannte den Namen des schon erwähnten berüchtigten Mörders, den er mit eigenen Augen hatte köpfen sehen.

»Heiliger Gott, nein«, erwiderte der Jäger entsetzt, »wie kommen Sie zu einer solchen Frage?«

»Ein alter Kalender«, warf Otto ein, »den wir oben fanden, veranlaßte diesen Irrtum, der uns in der Nacht mit Grauen erfüllte und ohne den Euer Plan gewiß nicht so gut geglückt wäre.«

»Was in der Kammer alles liegen mag«, versetzte der Jäger, »weiß ich nicht, ich habe mich noch nicht darum kümmern können, denn ich bin erst seit kurzem im hiesigen Revier angestellt und habe bis auf weiteres in dieser Mordhöhle, die nächstens eingerissen, und an deren Stelle ein ordentliches Haus aufgeführt werden soll, Quartier nehmen müssen.«

»Ihr seid ein braver Mann«, rief Adolf aus und legte seine Börse auf den Tisch, »nehmt das als Beisteuer zu einem neuen Gaul!«

Otto wollte in studentischer Unbekümmertheit um den nächsten Tag dasselbe tun, doch der Jäger schob das Geld zurück und sagte: »Ich nehme keinen Pfennig, es ist genug, wenn wir uns gegenseitig vergeben!«

VILLIERS DE L'ISLE-ADAM

Die Heldentat des Doktors Hallidonhil

Vor dem Schwurgerichtshof in London wird in den nächsten Tagen der unheimliche Sensationsprozeß des Doktors Hallidonhil verhandelt werden. Der Tatbestand ist folgender:

Wie immer waren auch am 20. Mai des vergangenen Jahres die beiden großen Sprechzimmer des berühmten Spezialarztes für Lungenkrankheiten voll von Patienten; jeder hielt seine Ordnungsnummer in der Hand und wartete darauf, eingelassen zu werden.

Der Gehilfe des Arztes, der in seinem langen, schwarzen Gehrock an der Tür stand, nahm jedem Besucher zwei Guineen ab; wenn er sie auf einen kleinen Spielzeugamboß gelegt und zur Überprüfung ihrer Echtheit leicht mit dem Hammer daraufgeklopft hatte, rief er im Tone eines Automaten sein: »All right!«

Der kleine, ernst und streng dreinblickende Doktor Hallidonhil hatte gerade vor dem Schreibtisch seines Sprechzimmers Platz genommen, das durch ein gewaltiges Fenster Licht empfing und an den Wänden mit tropischen Pflanzen geschmückt war, die üppig aus japanischen Blumentöpfen hervorquollen. An einem Pfeilertischchen nebenan saß ein Sekretär und nahm die knappen Verordnungen des Doktors in Kurzschrift auf. Ein Diener von riesenhaftem Wuchs stand an dem schweren, roten Samtvorhang der Ausgangstür; er hatte die Aufgabe, jeden der Patienten, sobald er erledigt war, und der Arzt sein unwiderrufliches: »Der Nächste!« gesprochen hatte, nach der Vorhalle zu bringen, wo sie in einem besonders dazu eingerichteten bequemen Stuhl Platz nahmen und sodann durch den Aufzug rasch hinunterbefördert wurden.

Mit entblößtem Oberkörper, ihre Kleider auf dem Arm, traten die Patienten, die meisten von ihnen recht verstörten Aussehens, vor den berühmten Arzt, der sich ohne Verzug mit Zuhilfenahme von Hörrohr und Plessimeter zur gründlichen Untersuchung über sie hermachte:

»Tik! Tik! Paff! Atem holen!... Paff!... Gut!«

Hierauf wurde dem Sekretär die ärztliche Verordnung in die Feder gegeben, und sodann folgte das unvermeidliche: »Der Nächste!«

Dieser Jammerzug marschierte schon seit drei ganzen Jahren täglich von neun Uhr morgens bis genau zwölf Uhr mittags durch das Zimmer des großen Spezialisten.

Eines Tages, am 20. Mai, wurde eine Art langen Knochengerüstes hustend und nach Luft schnappend in das Untersuchungszimmer eingelassen; die Augen rollten in die Höhlen, die Wangen waren eingefallen, der nackte Oberleib, der wie mit Pergament überspannt schien, war von solcher Magerkeit, daß man die Rippen hätte zählen können. Mit seinem kostbaren Pelz von Blaufuchs in den entfleischten Armen stolperte er auf den nach außen gekrümmten dürren Beinen so ungeschickt herein, daß er beinahe einige der herumstehenden Topfpflanzen umgerissen hätte.

»Tik! Tik! Paff!« brummte der Doktor Hallidonhil. »Da ist nichts zu machen. Bin ich vielleicht ein Totenbeschauer, dessen Geschäft es ist, den letalen Ausgang festzustellen? In nicht ganz vierzehn Tagen werden sie den oberen Teil des linken Lungenflügels ausgehustet haben;... der rechte ist überhaupt nur mehr ein Klumpen Schleim... Der Nächste!«

Als aber der Diener herankam, um den Patienten hinauszugeleiten, rief der berühmte Heilkünstler diesen zurück und richtete, indem er sich vor die Stirne schlug, mit einem seltsamen Lächeln die schroffe Frage an ihn: »Sind Sie vermögend?«

Der Unglückliche, den Hallidonhil gerade erst vollkommen aufgegeben zu haben schien, antwortete in jämmerlichem Ton: »Vielfacher Millionär!«

»Dann machen Sie, daß Sie in einem Krankenwagen so rasch als möglich nach Viktoria-Station gebracht werden. Der Expreßzug nach Dover fährt um elf Uhr. Von Dover nach Marseille fahren Sie in einem geheizten Schlafwagen. Und dann weiter nach Nizza! Dort müssen Sie ganze sechs Monate lang allerstrengste Diät einhalten. Weder Brot noch Wein, weder Früchte noch Fleisch dürfen Sie zu sich nehmen und müssen sich ausschließlich von Kresse ernähren. Jeden zweiten Tag nehmen Sie in einem Eßlöffel Regenwasser eine tüchtige Gabe Jod. Sonst nichts als Kresse, nur Kresse und wieder Kresse, in guter Zerkleinerung, zerquetscht und im eigenen Saft gekocht. Vielleicht haben Sie eine Möglichkeit der Wiederherstellung, wenn Sie diese Kur anwenden, aber es ist ziemlich unwahrscheinlich. Ich halte nichts davon, so viel man mir auch von der Wunderkraft der Kresse vorgeschwärmt hat. Immerhin: in der Verzweiflung klammert man sich auch an das letzte Mittel zur Rettung. Und überdies: es ist alles möglich... Der Nächste!«

Als der lungenkranke Krösus mit zarter Vorsicht zum Aufzug gebracht und abgeführt war, setzte sich die übliche Parade der Patienten mit Schwindsucht, Skorbut oder Bronchitis fort.

Schlag neun Uhr, sechs Monate später, trat in das Wartezimmer des Doktors Hallidonhil ein rotwangiger Riese, der sich, ohne erst eine Nummer zu verlangen, rücksichtslos durch die Scharen der wartenden Kranken drängte und in das Sprechzimmer des Arztes einbrach. Er begrüßte diesen mit einer so heiteren, lauten Stimme, daß die Fensterscheiben und die Blätter der Tropengewächse unter ihrem dröhnenden Donner zu zittern begannen. Eben erst war der Fürst seiner Wissenschaft in sein Heiligtum eingetreten und hatte sich, wie immer tadellos schwarz gekleidet, vor seinem Schreibtisch niedergelassen.

Ohne Umstände lief der Eindringling auf ihn zu, packte ihn um den Leib und hob ihn wie eine Feder in die Höhe. Indem er ihn immer wieder und wieder an sein Herz preßte, ließ er auf das vor Entsetzen bleiche Gesicht des Arztes unzählige Tränen der Rührung und Küsse regnen. Als er ihn in der unbändigen, stürmischen Weise geliebkost hatte, wie es die Ammen aus der Normandie mit den ihnen anvertrauten Kindern zu tun pflegen, ließ er den beinahe atemlosen und völlig aus der Fassung gebrachten Mann der Wissenschaft wieder sehr sachte und vorsichtig in seinen grünen Sessel gleiten.

»Zwei Millionen? Ist das genug?« schrie der Koloß mit seiner lauten, dröhnenden Stimme. »Oder wollen Sie drei? Mein Leben, alles, woran ich mich freue, sonne, alle Wonnen des Daseins, mein ganzes Glück verdanke ich Ihnen. Sie dürfen das fabelhafteste Honorar von mir verlangen! Ich sehne mich danach, Ihnen meine Dankbarkeit zeigen zu können!«

»Was stellt das vor?« stotterte der Doktor, als er sein Entsetzen einigermaßen überwunden hatte, »wer ist dieser Verrückte? Werft ihn hinaus!«

»O nein! Nein!« entgegnete der Hüne, indem er dem Diener einen so gewalttätigen Blick zuwarf, daß dieser zurückprallte: »Freilich, das ist mir völlig verständlich, daß auch mein Lebensretter mich nicht erkennen kann. Der Mann, dem Sie die Kressenkur verordnet haben – der bin ich. Jenes Gerippe, das von der ärztlichen Wissenschaft aufgegeben war! Sie haben mich nach Nizza geschickt und mir Kresse,

Kresse und nichts als Kresse verschrieben. Ein halbes Jahr habe ich nach dieser Diät gelebt – und hier sehen Sie den Erfolg; meine Gesundheit ist allein Ihr Werk. Hören Sie doch nur…« und damit fing er an, auf seinem Brustkorb mit Fäusten loszuhämmern, deren Wucht genügend gewesen wäre, um den Schädel der stärksten Stiere von Middleessex einzudreschen.

Der Doktor sprang von seinem Sessel auf und rief: »Was Sie sagen? … Ist es denn die Möglichkeit, daß Sie … daß Sie jener Kranke sind, der unzweifelhaft ein Todeskandidat …?«

»Der bin ich!« brüllte der Koloß, »ja, ja und noch tausendmal ja. Ich bin gestern abends angekommen, und als ich landete, habe ich vor allen andern Dingen eine Bronzestatue von Ihnen bestellt. Geben Sie acht, ich werde es durchsetzen, daß Sie ein Grab in Westminster kriegen…«

Und er fuhr fort, indem er auf einem großen Sofa Platz nahm, dessen Federn unter dieser ungewöhnlichen Last zu seufzen und stöhnen anfingen:

»Ach, wie wonnevoll ist doch das Leben und wie glücklich bin ich, daß ich ihm wiedergegeben bin!« Mit einem seligen Lächeln und ganz verklärten Augen blickte er den Arzt an.

Inzwischen hatte sich dieser wieder gefaßt, und nachdem er seinem Sekretär und dem Diener einige leise Worte zugeflüstert hatte, verließen diese sogleich das Zimmer.

Hallidonhil war allein mit seinem zur Gesundheit zurückgekehrten Patienten. Lange und aufmerksam sah er ihn an; er war sehr bleich und befand sich offenbar im Zustand einer außerordentlichen Erregung der Nerven. Nach einigen Minuten stummen Anstarrens murmelte er mit einem sonderbaren Ton:

»Zuerst gestatten Sie, daß ich Ihnen diese Fliege von der Stirne jage!«

Damit stürzte der Arzt auf ihn los, riß einen kleinen Revolver aus der Tasche und feuerte in rascher Aufeinanderfolge zwei Schüsse gegen die linke Schläfe des ahnungslos vor ihm sitzenden Mannes ab.

Wie vom Blitz erschlagen, krachte der Hüne zusammen. Aus dem zerschmetterten Schädel rann das Hirn auf den Fußbodenteppich, die Hände zitterten noch einige Male in krampfhaften Zuckungen, und dann lag er ganz still und ohne sich zu rühren da.

Der pelzgefütterte Überrock, die Kleider und Wäsche des Toten waren mit zehn Schnitten der haarscharfen Schere aufgetrennt, die Brust entblößt, und nun öffnete sie der berühmte Operateur mit seinem großen chirurgischen Skalpell rasch und geschickt der ganzen Länge nach.

Der Konstabler trat eine halbe Stunde später in das Sprechzimmer, um den Doktor Hallidonhil zu bitten, mit ihm zu gehen. Der Arzt saß mit einem scharfen Vergrößerungsglas in der Hand vor seinem Tisch und war ganz ruhig in die Untersuchung zweier ungeheuerer blutiger Lungenflügel vertieft, die vor ihm lagen. Der in diesem Mann verkörperte Geist der Wissenschaft versuchte es, für alle Zukunft zu erforschen, auf welche Weise die Heilkraft der Kresse zugleich erhaltend und neuschöpferisch wirkt.

»Herr Konstabler«, sagte er höflich, indem er aufstand, »ich habe es für unerläßlich gefunden, diesen Mann hier zu töten, weil nur die sofortige Vornahme der Leichenschau mir ein Geheimnis zu enthüllen geeignet ist, das der ganzen Menschheit von unvorstellbarem Gewinn und Segen sein wird. Das ist der Grund, aus dem ich, wie ich offen zugebe, nicht gezögert habe, mein Gewissen... zu belasten... um einer Pflicht nachzukommen...«

Es ist überflüssig, beizufügen, daß der berühmte Arzt unverweilt aus der Untersuchungshaft freigelassen wurde, nachdem er, um der Form zu genügen, eine Sicherstellung geleistet hatte. Allzu wertvoll ist seine Freiheit für die leidende Menschheit, die seines Rates bedarf.

In diesen Tagen wird der merkwürdige Fall vor dem englischen Schwurgerichtshof entschieden werden. Welche großartigen Verteidigungsreden wird Europa zu hören bekommen!

Wir jedoch glauben die berechtigte Hoffnung hegen zu dürfen, daß dieser Held durch seinen aus so edlen Beweggründen entsprungenen Mord nicht an den Galgen von Newgate kommen wird. Die Engländer sind doch eben so freien Geistes wie wir und verstehen, daß die Liebe für die Zukunft der Menschheit in ihrer Gesamtheit rechtfertigt, das Leben des Einzelwesens völlig geringschätzen zu dürfen, und daß durch eine solche große und segenbringende Liebe die Wissenschaft entschuldigt wird, auch wenn sie ihre Grenzen gröblich überschreitet.

H. G. WELLS

Pollock und der Porrohmann

In einem sumpfigen Dorf, das an dem sandigen Fluß hinter der Turner-Halbinsel lag, traf Pollock den Porrohmann zum erstenmal. Die Frauen jenes Landes sind durch ihre Schönheit bekannt – es sind Gallinas, in deren Adern seit den Tagen Vasco da Gamas und der englischen Sklavenhändler ein Tropfen europäischen Blutes fließt, und auch die Porrohs sollen einen schwachen kaukasischen Einschlag haben. (Ist es nicht ein merkwürdiger Gedanke, daß mancher von uns einen entfernten Verwandten hat, der auf der Sherboro-Insel Menschen frißt oder sich mit den Sofalas herumschlägt?) Sei dem, wie ihm wolle, der Porrohmann stieß der Frau seinen Dolch ins Herz, ganz wie ein Italiener der unteren Klassen, und hätte um ein Haar auch Pollock getroffen. Der aber hatte zu seinem Revolver gegriffen, um den nach seinem Deltamuskel gezückten Dolch abzuwehren; er traf den Mann mit seiner Kugel in die Hand, so daß der Dolch zu Boden fiel.

Noch einmal schoß Pollock, verfehlte aber sein Ziel. Der Porrohmann trat gebückt aus der niederen Tür der Hütte und schaute unter seinem Arm durch nach Pollock zurück. Pollock erhaschte noch einen Schimmer seines von oben nach unten gedrehten, sonnenbeschienenen Gesichtes, dann war der Engländer allein in der dämmrigen Hütte. Er fühlte sich elend und zitterte vor Aufregung über dieses Ereignis. Alles war rascher geschehen, als es sich erzählen läßt.

Die Frau war mausetot, und als Pollock dies festgestellt hatte, trat er an den Eingang der Hütte und blickte hinaus. Draußen herrschte blendende Helle, ein halbes Dutzend Träger der Expedition bildete eine Gruppe in der Nähe der grünen Hütten, die sie bewohnten, starrten zu ihm hinüber, neugierig, was die Schüsse bedeutet hatten. Hinter den Männern lag ein breiter Streifen schwarzen, übelriechenden Schlamms, ein grüner Teppich von angetriebenen Papyrusstauden und Wasserpflanzen, noch weiter blinkte das bleierne Wasser. Jenseits des Flusses ragten undeutlich im blauen Dunst Mangrovenbäume empor. Kein Zeichen von Aufregung war in dem hinter seine Umzäunung gekauerten Dorfe zu merken.

Pollock trat vorsichtig aus der Hütte und schritt auf den Fluß zu; von Zeit zu Zeit wandte er sich um, aber der Porrohmann war verschwunden. Nervös umklammerte Pollock seinen Revolver.

Einer seiner Leute kam ihm entgegen und zeigte auf das Gebüsch hinter der Hütte, das den Porrohmann aufgenommen hatte. Pollock hatte das peinliche Gefühl, sich lächerlich gemacht zu haben; er war außer sich über die Wendung, die diese Geschichte genommen hatte. Es war ihm peinlich, Waterhouse alles erzählen zu müssen, dem moralischen, musterhaften, vorsichtigen Waterhouse, der die Sache ganz bestimmt von der ernsten Seite nehmen würde. Pollock verwünschte sein Geschick, verwünschte Waterhouse und ganz besonders die Westküste von Afrika. Er hatte vollständig genug von dieser Expedition. In seinem Unterbewußtsein dachte er aber ununterbrochen darüber nach, wo eigentlich der Porrohmann hingekommen sein mochte.

Es klingt vielleicht ziemlich unwahrscheinlich, aber Pollock war nicht im mindesten erschüttert über den Mord, den er eben miterlebt hatte. In den letzten drei Monaten, während die Expedition der Spur der Sofalas den Kittamfluß aufwärts gefolgt war, hatte er so viel Grausamkeit gesehen, so viele tote Frauen, niedergebrannte Hütten, ausgedörrte Skelette, daß seine Sinne abgestumpft waren. Ihn beunruhigte nur das Gefühl, daß er erst am Anfang einer Reihe von Unannehmlichkeiten stehe.

Er schrie den Schwarzen, der sich traute, ihn etwas zu fragen, wütend an und trat in das Zelt unter den Orangenbäumen, wo Waterhouse lag, wie ein Schuljunge, der das Zimmer des Direktors betritt.

Waterhouse schlief unter der Wirkung eines starken Medikaments, und Pollock setzte sich neben ihn auf eine Kiste, zündete seine Pfeife an und wartete auf das Erwachen des Führers. Im Zelt zerstreut lagen Gefäße und Waffen, die Waterhouse beim Mendistamm gesammelt hatte und die jetzt für die Kanufahrt nach Sulyma verpackt werden sollten.

Waterhouse erwachte bald, streckte versuchsweise vorsichtig seine Glieder und konstatierte, daß alles wieder in Ordnung sei. Pollock kochte Tee, und während sie tranken, berichtete er Waterhouse zögernd die Ereignisse des Nachmittags. Waterhouse nahm die Sache noch ernster, als Pollock erwartet hatte. Er mißbilligte sie nicht bloß, er war wütend und beschimpfte Pollock.

»Sie sind auch so ein verdammter Narr, der einen Schwarzen nicht für ein menschliches Wesen hält«, sagte er. »Ich kann nicht einen Tag krank sein, ohne daß Sie etwas anstellen. Zum drittenmal in einem Monat geraten Sie mit einem Eingeborenen aneinander, und diesmal haben Sie sich gar eine Blutrache zugezogen. Und noch dazu von einem Porrohmann. Die Leute sind ohnehin schon scharf genug auf Sie wegen dieses Götzenbildes, auf das Sie Ihren läppischen Namen schreiben mußten. Und sie sind die rachsüchtigsten Teufel der Welt! Menschen wie Sie bringen es dazu, daß man sich der Zivilisation schämen muß. Und

Sie wollen aus einer anständigen Familie sein! Wenn ich mir je wieder einen so unmöglichen, dummen Lümmel aufhalse wie Sie –«

»Genug, jetzt habe ich genug«, schnarrte Pollock in einem Ton, der Waterhouse immer aufs äußerste erbitterte. Das war zu viel für ihn, er sprang auf.

»Hören Sie mich an, Pollock«, sagte er, sich mit Mühe beherrschend, »Sie müssen nach Hause zurück, ich kann Sie hier nicht länger brauchen, ich bin schon krank genug durch Sie.«

»Regen Sie sich nicht auf, ich gehe, wann Sie wollen.«

Waterhouse wurde wieder ruhiger und setzte sich auf den Klappstuhl. »Dann ist's gut«, sagte er. »Ich will keine Raufereien haben, Pollock, das wissen Sie, aber es ist verdammt unangenehm, durch solche Geschichten in seinen Plänen gestört zu werden. Ich werde Sie nach Sulyma begleiten und schauen, daß Sie sich glücklich einschiffen.«

»Das ist nicht nötig, ich kann von hier aus auch allein gehen.«

»Sie werden nicht weit kommen«, meinte Waterhouse. »Sie scheinen diese Porrohangelegenheit noch nicht ganz zu erfassen.«

»Woher hätte ich wissen sollen, daß sie einem Porrohmann gehört?« sagte Pollock bitter.

»Sie hat ihm aber nun einmal gehört, und Sie können die Geschichte nicht ungeschehen machen. Allein nach Sulyma gehen! Ich möchte gern wissen, was sie Ihnen antun würden. Sie scheinen noch immer nicht zu verstehen, daß dieser Porroh-Hokuspokus das Land hier beherrscht; er ist sein Gesetz, seine Religion, seine Verfassung, seine Medizinkunst, seine Magie... Die Porrohs ernennen hier die Häuptlinge. Die Inquisition zu ihren besten Zeiten hat diesen Männern nicht das Wasser reichen können. Er wird wahrscheinlich den Häuptling des Dorfes hier auf uns hetzen. Zum Glück sind unsere Träger Mendis. Wir werden unser Lager verlegen müssen ... der Teufel soll Sie holen, Pollock! Und Ihre Kugel hat ihn noch dazu nur verwundet!«

Waterhouse überlegte, und seine Gedanken schienen recht unangenehmer Art zu sein. Dann stand er auf und ergriff sein Gewehr. »Ich an Ihrer Stelle würde jetzt schön ruhig hier bleiben«, rief er zurück, als er das Zelt verließ. »Ich will einmal schauen, was es Neues gibt.«

Pollock blieb nachdenklich im Zelt sitzen. »Ich bin für ein zivilisiertes Leben geschaffen«, sagte er mitleidig zu sich selbst und füllte seine Pfeife. »Je rascher ich nach London oder Paris zurückkomme, desto besser.«

Sein Blick fiel auf das versiegelte Kästchen, in dem Waterhouse die ungefiederten vergifteten Pfeile aufbewahrte, die sie im Mendiland gekauft hatten. »Ich wollte, ich hätte den Kerl zu Tode getroffen«, sagte Pollock böse.

Waterhouse kam erst nach langer Zeit zurück. Er war nicht mitteilsam, obwohl Pollock ihm eine Menge Fragen stellte. Dieser Porroh schien ein prominentes Mitglied der mystischen Gemeinschaft zu sein. Das Dorf war in Bewegung, aber nicht feindselig. Zweifellos war der Zauberdoktor im Dickicht verborgen. Er war ein großer Zauberer. »Er hat bestimmt irgend etwas vor«, sagte Waterhouse.

»Was kann er aber machen?« fragte Pollock sorglos.

»Ich muß Sie von hier fortbringen. Es bereitet sich etwas vor, sonst wäre nicht alles so still«, sagte Waterhouse nach einem Stillschweigen. Pollock wollte wissen, was sich denn vorbereiten könnte. »Tanzen in einem Kreis von Totenköpfen, einen stinkenden Trank in einem Kupfergefäß brauen«, sagte Waterhouse. Aber Pollock wollte Näheres wissen. Waterhouse wich aus, Pollock wurde immer dringlicher. Endlich verlor Waterhouse die Geduld. »Wie soll ich das denn wissen, zum Teufel?« rief er, als Pollock zum zwanzigsten Male fragte, was der Porrohmann tun würde. »Er hat versucht, Sie auf der Stelle in der Hütte zu töten. Da das mißlungen ist, wird er sich etwas Raffinierteres ausdenken. Aber das werden Sie bald genug merken. Ich will Sie nicht nervös machen, vielleicht ist alles nur Unsinn.«

Als sie an diesem Abend am Feuer saßen, versuchte Pollock noch einmal, Waterhouse über die Methoden der Porrohs auszuholen. »Gehen wir lieber schlafen«, sagte Waterhouse, als er bemerkte, wie gespannt Pollock war; »morgen brechen wir zeitig auf. Kann sein, daß Sie Ihre fünf Sinne ordentlich beisammen haben müssen.«

»Aber was kann er denn vorhaben?«

»Das kann ich Ihnen nicht sagen. Die Leute sind sehr vielseitig, eine Menge unheimlicher Zaubereien sind ihnen bekannt. Aber der Träger Shakespeare wird Ihnen das viel besser erzählen können.«

Da – ein Blitz, ein Knall aus der Finsternis hinter den Hütten, und eine Kugel pfiff dicht an Pollocks Kopf vorbei. Das war wenigstens deutlich. Die Schwarzen und die Mischlinge, die plaudernd um ihr eigenes Feuer saßen, sprangen auf, und einer schoß ins Dunkel. »Es wird wohl klüger sein, wenn Sie in eine der Hütten hineingehen«, sagte Waterhouse ruhig und blieb unbeweglich sitzen.

Pollock stand auf und zog seinen Revolver. Vor einem Kampf hatte er keine Angst, aber ein Mann im Finstern ist zu gut geschützt. Waterhouse hatte recht; er ging ins Zelt und legte sich dort nieder.

Er fand nur wenig Schlaf und hatte wirre Träume; meist sah er das Gesicht des Porrohmannes; es war auf den Kopf gestellt, so wie er ihn unter seinem Arm durch angesehen hatte, als er die Hütte verließ. Merkwürdig, daß dieser flüchtige Eindruck in Pollocks Gedächtnis so tiefe Wurzeln geschlagen hatte. Eigentümliche Schmerzen in den Gliedern quälten ihn die ganze Nacht.

In der fahlen Morgendämmerung, als gerade die Kanus

beladen wurden, schwirrte plötzlich ein Pfeil daher und bohrte sich zitternd in die Erde, dicht neben Pollocks Fuß. Die Schwarzen gaben sich den Anschein, das Dickicht zu durchsuchen, aber sie konnten keinen Menschen entdecken.

Nach diesen beiden Vorfällen zeigte sich unter den Teilnehmern der Expedition eine starke Neigung, Pollock allein zu lassen; der aber hatte das erstemal in seinem Leben den dringenden Wunsch, sich mit Schwarzen zu umgeben. Waterhouse fuhr in einem Kanu, und Pollock mußte das andere nehmen, obwohl er sich gern mit Waterhouse unterhalten hätte. Man ließ ihn ganz allein im vorderen Teil des Kanus, und es kostete ihn große Mühe, die Männer, die ihn nicht liebten, dazu zu bewegen, das Boot in der Mitte des Stromes zu halten, so daß es gut hundert Meter von jedem Ufer entfernt war. Dann befahl er Shakespeare, einem Mischling aus Freetown, sich zu ihm zu setzen und ihm von den Porrohs zu erzählen. Shakespeare, dem alle Versuche, sich von Pollock fernzuhalten, mißlungen waren, tat dies mit viel Lust und Liebe.

Der Tag verging. Das Kanu glitt rasch dahin, zwischen treibenden Papyrusstauden, Palmenblättern und Baumstämmen. Zur Linken lag der dunkle Mangrovensumpf, durch den ab und zu das Brüllen der atlantischen Brandung drang. Shakespeare erzählte in seinem weichen, undeutlichen Englisch von den Porrohs; daß sie Menschen verhexen konnten, so daß diese langsam dahinsiechen mußten; daß sie Herren über Träume und Teufel waren; daß sie die Söhne der Ijibu zu Tode quälten; daß sie einen weißen Händler aus Sulyma geraubt hatten, weil er einen Angehörigen ihrer Sekte schlecht behandelt hatte, und daß man dessen Leichnam in einem unbeschreiblichen Zustand aufgefunden hatte. Pollock verwünschte die Unzulänglichkeit der Missionare, die nicht genügend Einfluß hatten, derlei Unfug zu bekämpfen, und die Untätigkeit der britischen Regierung, die über das finstere Heidentum der Sierra Leone herrschte. Am Abend kam die Expedition an den Kasisee und mußte die Insel, auf der sie die Nacht verbringen wollte, erst von einer Menge herumlungernder Krokodile säubern.

Am nächsten Tage erreichten sie Sulyma und fühlten die frische Meeresbrise. Pollock erfuhr, daß er fünf Tage dort warten müsse, ehe er sich nach Freetown einschiffen könne. Waterhouse, der annahm, daß Pollocks Sicherheit hier im Bereich von Freetown doch einigermaßen gewährleistet sei, verließ ihn und kehrte mit der Expedition nach Ghemma zurück. Pollock schloß Freundschaft mit Perera, dem einzigen in Sulyma ansässigen weißen Kaufmann, so gute Freundschaft, daß er ihn auf Schritt und Tritt begleitete. Perera war ein kleiner portugiesischer Jude, der lange in England gelebt hatte und die Freundlichkeit des Engländers wie eine große Auszeichnung empfand.

Zwei Tage ereignete sich nichts Außergewöhnliches; fast den ganzen Tag spielten Pollock und Perera miteinander Karten. Pollock verlor ununterbrochen. Da wurde am zweiten Abend Pollock in recht unangenehmer Weise die Ankunft des Porrohmanns in Sulyma zur Kenntnis gebracht – er wurde an der Schulter von einem eisernen Pfeil verwundet. Das Geschoß mußte von sehr weit hergekommen sein, denn es war schon ganz kraftlos, als es ihn traf. Immerhin überbrachte es seine Botschaft deutlich genug. In dieser Nacht lag Pollock wach in seiner Hängematte, den Revolver in der Hand, und am nächsten Morgen erzählte er dem Anglo-Portugiesen seine Geschichte.

Perera machte ein ernstes Gesicht. Er kannte die Sitten der Einheimischen ziemlich genau. »Das ist eine ganz persönliche Angelegenheit, diese Rache. Und er hat es jetzt natürlich sehr eilig, weil er weiß, daß Sie das Land verlassen. Kein Eingeborener oder Mischling wird sich gegen ihn stellen, außer, wenn Sie ihn sehr hoch belohnen. Wenn Sie selbst ihm begegnen, können Sie ihn erschießen – aber ebensogut er Sie. Und dann kommt noch diese verfluchte Hexerei dazu. Ich glaube natürlich nicht daran, das ist alles Aberglaube, aber es ist doch kein angenehmes Gefühl zu wissen – wenn man auch Gott weiß wo ist –, daß ab und zu ein schwarzer Mann in einer hellen Mondnacht um ein Feuer tanzt und einem böse Träume schickt... haben Sie schlecht geträumt?«

»Oh, ziemlich«, sagte Pollock, »ich sehe fortwährend den Kopf dieses Burschen, aber umgekehrt, von unten nach oben. Er grinst mich an, zeigt alle Zähne wie damals in der Hütte, er kommt ganz nah, weicht dann weit zurück, kommt wieder. Eigentlich sollte man sich vor so etwas nicht fürchten, aber ich bin immer wie gelähmt vor Angst. Es ist doch merkwürdig mit diesen Träumen. Ich weiß die ganze Zeit, daß es ein Traum ist, und kann doch nicht erwachen.«

»Das ist gewiß nur Einbildung«, meinte Perera. »Aber meine Neger sagen auch, daß die Porrohs Schlangen schikken können. Haben Sie in letzter Zeit Schlangen gesehen?«

»Nur eine. Heute früh habe ich sie auf dem Boden neben meiner Hängematte erschlagen. Fast wäre ich beim Aufstehen auf sie getreten.«

»Ah«, sagte Perera, und dann, um Pollock zu beruhigen: »Das ist gewiß nur ein Zufall. Aber ich an Ihrer Stelle würde doch achtgeben. Haben Sie auch Schmerzen in den Gliedern?«

»Ja, von der Feuchtigkeit in den Sumpfgegenden.«

»Wann haben sie begonnen?«

Da erinnerte sich Pollock, daß er sie das erstemal am Abend nach dem Kampf in der Hütte gefühlt hatte. »Meiner Meinung nach will er Sie nicht töten«, sagte Perera. »Wenigstens jetzt noch nicht. Ich habe gehört, daß die Kerle einen Menschen so lange peinigen und quälen, ihn durch Zaubereien, knapp fehlgehende Schüsse, rheumatische

Schmerzen, schlechte Träume und so weiter in Angst und Schrecken versetzen, bis er lebensüberdrüssig wird. Natürlich ist das alles nur Geschwätz. Sie müssen sich darüber keine Gedanken machen... aber ich möchte doch gern wissen, was er jetzt tun wird.«

»Zunächst werde ich etwas tun«, sagte Pollock und starrte finster auf die fettigen Karten, die Perera eben auf den Tisch legte. »Es ist unter meiner Würde, diese Verfolgung zu dulden, nach mir schießen und mich auf diese Art zugrunderichten zu lassen. Ich bin neugierig, ob Sie Ihr Kartenglück auch dem Porroh-Hokuspokus verdanken.«

Pollock blickte Perera argwöhnisch an.

»Das ist schon möglich«, antwortete dieser und mischte eifrig die Karten. »Es sind wunderbare Menschen.«

An diesem Nachmittag tötete Pollock zwei Schlangen in seiner Hängematte; er bemerkte auch, daß die roten Ameisen in seiner Behausung sich unheimlich vermehrt hatten. Diese Unannehmlichkeiten versetzten ihn in die richtige Stimmung, um mit einem Mendi, den er schon früher informiert hatte, ein ernstes Wort zu reden. Der Mendi zeigte Pollock einen kleinen eisernen Dolch und schilderte ihm so genau, wie man den Gegner am Hals treffen mußte, daß Pollock ein kalter Schauer überlief. Als Gegenleistung versprach er dem Mendi eine doppelläufige Flinte mit einem sehr schön verzierten Schloß.

Am Abend, als Pollock und Perera Karten spielten, erschien der Mendi in der Tür. Er trug etwas in einem bluttränkten Tuch.

»Nicht hier«, rief Pollock rasch, »nicht hier!«

Aber er hatte nicht rasch genug gesprochen; er konnte den Mann, der seinen Lohn haben wollte, nicht daran hindern, das Tuch zu öffnen und den Kopf des Porrohmannes auf den Tisch zu werfen. Der Schädel sprang auf den Fußboden, hinterließ eine rote Spur auf den Karten, rollte in eine Ecke und blieb dort endlich liegen – aber er lag verkehrt und starrte Pollock an.

Perera war aufgesprungen, als der Kopf zwischen die Karten fiel, und begann in seiner Aufregung portugiesisch zu plappern. Der Mendi verbeugte sich, mit dem roten Tuch in der Hand. »Das Gewehr!« rief er. Pollock starrte auf den Kopf in der Ecke. Er sah genauso aus wie in seinen Träumen. Etwas in Pollocks Gehirn schien entzweizugehen, als er den Kopf anblickte.

Dann besann sich Perera wieder seiner englischen Kenntnisse. »Sie haben ihn töten lassen? Sie haben ihn nicht selbst getötet?«

»Warum?«

»Aber jetzt wird er es nicht von Ihnen nehmen können!«

»Was wird er nicht von mir nehmen können?«

»Und die Karten sind ganz verdorben.«

»Was, meinen Sie, wird er nicht von mir nehmen können?«

»Sie müssen mir ein neues Spiel aus Freetown schicken. Dort bekommt man Karten zu kaufen.«

»Aber was haben Sie damit gemeint?«

»Es ist nur ein Aberglaube. Das habe ich ganz vergessen. Die Neger sagen, wenn ein Zauberer – und er war ein Zauberer – aber das ist lauter Unsinn. Der Porroh muß den Zauber von Ihnen nehmen, oder Sie müssen ihn selbst töten. So eine Dummheit.«

Pollock fluchte leise und starrte immer noch auf den Kopf in der Ecke.

»Ich kann diesen Blick nicht aushalten«, sagte er, stürzte sich dann plötzlich auf den Schädel und versetzte ihm einen Stoß mit dem Fuß. Der Kopf rollte ein paar Meter weit, blieb dann in derselben verkehrten Stellung liegen wie früher und sah Pollock an.

»Er ist häßlich«, sagte der Anglo-Portugiese, »sehr häßlich. Sie richten sich ihre Gesichter mit kleinen Messern so her.«

Pollock wollte den Kopf noch einmal wegstoßen, da berührte der Mendi seinen Arm. »Das Gewehr!« sagte er und blickte ängstlich auf den Kopf.

»Du bekommst zwei, wenn du dieses scheußliche Zeug da wegnimmst«, sagte Pollock.

Der Mendi schüttelte den Kopf, er wolle nur ein Gewehr, das gebühre ihm, und dafür würde er dankbar sein. Weder durch Freundlichkeit noch durch Grobheit ließ er sich umstimmen. Perera hatte ein Gewehr zu verkaufen (er verdiente daran dreihundert Prozent), und mit dem ging der Mendi fort. Pollocks Augen wurden gegen seinen Willen von dem Ding dort auf dem Fußboden angezogen.

»Komisch, daß sein Kopf verkehrt steht«, sagte Perera mit gezwungenem Lachen. »Sein Gehirn muß schwer sein wie das Gewicht bei den kleinen Figuren, die immer aufrecht stehen, weil sie Blei in sich haben. Sie müssen ihn mitnehmen, wenn Sie jetzt fortgehen. Sie können ihn gleich nehmen. Die Karten sind ganz verdorben. Ein Mann in Freetown verkauft Karten. Das Zimmer ist auch ganz schmutzig geworden. Sie hätten ihn doch selbst töten sollen.«

Pollock gab sich einen Ruck und hob den Kopf auf. Er hing ihn an den Lampenhaken in der Mitte der Decke seines Zimmers und ging hinaus, um ein Grab für ihn zu graben. Er hatte geglaubt, ihn an den Haaren aufgehängt zu haben, aber das mußte wohl ein Irrtum gewesen sein, denn als er ihn holen wollte, hing er am Halse, von unten nach oben.

Er begrub den Schädel vor Sonnenuntergang an der Nordseite seiner Hütte, so daß er im Finstern, wenn er von Perera heimkam, nicht an dem Grab vorbeigehen mußte. Vor dem Einschlafen tötete er zwei Schlangen. Mitten in der Nacht fuhr er erschreckt aus dem Schlafe; er hörte ein tappendes Geräusch und ein Scharren. Lautlos setzte er sich auf und griff nach dem Revolver unter seinem Kopfkissen. Dann hörte er ein dumpfes Knurren und schoß nach dem Geräusch. Ein Bellen – und etwas Dunkles huschte an der Türöffnung vorbei. »Ein Hund«, sagte Pollock und legte sich wieder nieder.

Im Morgengrauen erwachte er voll seltsamer Unruhe. Der bohrende Schmerz in seinen Gliedern war wieder da. Eine Weile lag er still und beobachtete die roten Ameisen, die an der Zimmerdecke herumkrochen, und als es heller wurde, sah er über den Rand seiner Hängematte hinweg etwas Dunkles auf dem Fußboden liegen. Er fuhr so heftig in die Höhe, daß die Hängematte sich überschlug und er hinausfiel.

Da lag er auf dem Boden, vielleicht einen Meter entfernt vom Kopfe des Porrohmannes. Der Hund hatte ihn ausgegraben und ihn dabei an der Nase schwer beschädigt. Ameisen und Fliegen bedeckten ihn. Durch einen unheimlichen Zufall lag er wieder verkehrt da und hatte den gleichen teuflischen Ausdruck in den verdrehten Augen.

Pollock war wie gelähmt und starrte auf dieses Bild des Grauens. Dann stand er auf, machte einen weiten Bogen um den Kopf und verließ die Hütte. Das klare Licht der aufgehenden Sonne, die lebhafte Bewegung der Pflanzen im Atem der Morgenbrise und das leere Grab mit den Spuren der Hundepfoten erleichterten sein Gemüt ein wenig.

Er erzählte Perera die Geschichte wie einen Spaß, aber mit weißen Lippen. »Sie hätten den Hund nicht erschrecken sollen«, sagte Perera mit schlecht gespielter Heiterkeit.

In den zwei Tagen bis zur Ankunft des Dampfers machte Pollock immer neue Versuche, sich des Schädels endgültig zu entledigen. Er überwand seinen Widerwillen, ihn zu berühren, und warf ihn an der Flußmündung ins Meer; aber durch ein Wunder entging er den Krokodilen und wurde von der Flut wieder ans Land gespült. Ein cleverer Araber fand ihn und bot ihn noch am gleichen Abend Pollock und Perera als große Seltenheit zum Kaufe an. Der Mann war in der Dämmerung lange nicht loszuwerden, wollte den Schädel immer wieder billiger und billiger verkaufen und zog endlich unverrichteter Dinge ab. Aber er mußte durch den Abscheu, den die Weißen vor dem Kopf gezeigt hatten, ängstlich geworden sein, denn er warf ihn im Vorübergehen in Pollocks Hütte, und Pollock entdeckte ihn dort am nächsten Morgen.

Das brachte ihn zur Raserei. Jetzt wollte er den Schädel verbrennen. Er machte sich im Morgengrauen an die Arbeit und hatte, noch ehe die große Hitze begann, einen Scheiterhaufen aus Reisig errichtet. Durch das Tuten des kleinen Raddampfers, der sich dem Lande näherte, wurde er unterbrochen.

»Gott sei Dank!« sagte Pollock inbrünstig, als er die Bedeutung des Geräusches erfaßte. Mit zitternden Händen zündete er hastig den Holzstoß an, warf den Kopf darauf und ging, um seine Sachen zu packen und von Perera Abschied zu nehmen.

Am Nachmittag sah Pollock mit unendlicher Erleichterung die flache sumpfige Küste von Sulyma immer kleiner und kleiner werden. Die Öffnung in der langen Linie der weißen Brandung wurde enger und enger. Pollock hatte das Gefühl, daß dort seine Sorgen eingeschlossen, von ihm abgeschnitten wurden. Angst und Qual wichen langsam von ihm. In Sulyma war der Glaube an die Bosheit und Zauberkraft der Porrohs in der Luft gelegen; der Gedanke daran hatte drohend und furchterregend alles beherrscht. Jetzt war die Domäne der Porrohs nichts anderes mehr als ein kleiner dunkler Streifen zwischen der See und den blaudämmernden Bergen des Mendilandes.

»Leb wohl, Porroh! Leb wohl – auf Nimmerwiedersehen!« sagte Pollock.

Der Kapitän des Dampfers lehnte sich neben ihm über die

Reling, wünschte ihm guten Abend und spuckte behaglich in das schäumende Kielwasser.

»Heute habe ich etwas Originelles hier an der Küste erstanden«, sagte der Kapitän. »Etwas, was ich in dieser Weltgegend noch nie vorher gesehen habe.«

»Was kann das sein?« fragte Pollock.

»Ein gepökelter Kopf.«

»Was?!«

»Ein Kopf, ganz geräuchert. Von so einem Porrohneger. Kreuz und quer mit Messerschnitten verziert. Aber was ist mit Ihnen? Was ist los? Ich hätte nicht geglaubt, daß Sie so schwache Nerven haben. Sie sind ja ganz grün. Mir scheint, Sie sind nicht seefest. Nicht wahr? Mein Gott, Sie haben ganz komisch ausgesehen... Ja, also, der Kopf, von dem ich Ihnen erzählt habe, hat eine merkwürdige Eigenschaft. Ich habe ihn zusammen mit ein paar Schlangen in Spiritus gelegt, das Gefäß steht in der Kabine, wo ich die Kuriositäten aufhebe, und denken Sie sich nur, er schwimmt dort ganz verkehrt, von unten nach oben. Hallo!«

Pollock hatte plötzlich aufgeschrien und war sich mit den Händen in die Haare gefahren. Er lief zum Radkasten – wollte er ins Wasser springen? Dann wurde er sich der Situation bewußt und ging zum Kapitän zurück.

»Bei allen guten Geistern! Bleiben Sie stehen, kommen Sie mir nicht in die Nähe. Was ist mit Ihnen los? Sind Sie verrückt geworden?«

Pollock legte die Hand auf seinen Kopf. Er konnte dem Kapitän doch nicht die Geschichte erzählen. »Mir scheint selbst, daß ich zu Zeiten fast verrückt bin. Ich habe hier so einen Schmerz. Das überfällt mich plötzlich. Ich hoffe, Sie werden entschuldigen.«

Er war bleich und schweißbedeckt. Deutlich sah er die Gefahren vor sich, die ihm drohten, wenn man beginnen würde, an seinem Geisteszustand zu zweifeln. Er gab sich Mühe, das

Vertrauen des Kapitäns wieder zu gewinnen, beantwortete seine teilnahmsvollen Fragen, befolgte seine Ratschläge, und als dies erledigt war, erkundigte er sich angelegentlich nach dem privaten Raritätenhandel des Kapitäns. Der gab ihm eine genaue Schilderung des Schädels. Es kostete Pollock eine gewaltige Anstrengung, die unsinnige Vorstellung zu unterdrücken, daß das Schiff so durchsichtig wie Glas sei, und daß er deutlich sehen könne, wie das umgestülpte Gesicht ihn aus der Kabine im Schiffsraum anblickte.

Auf dem Dampfer erlebte Pollock noch schlimmere Tage als in Sulyma. Tagsüber mußte er sich beherrschen, wenn auch die drohende Anwesenheit dieses grauenhaften Kopfes sein Gemüt verdunkelte. Nachts kam der alte Alpdruck wieder; gewaltsam riß er sich aus dem Schlaf, starr vor Entsetzen unterdrückte er einen heiseren Schrei.

Um nach Teneriffa zu kommen, mußte Pollock in Bathurst ein anderes Schiff nehmen. Der Kopf blieb zurück, aber die Träume, die bohrenden Gliederschmerzen begleiteten ihn. In Teneriffa wechselte Pollock abermals das Schiff, aber der Kopf verfolgte ihn. Er spielte Karten und Schach, er las sogar Bücher, nur die Gefahren des Alkohols mied er. Wenn er aber irgendwo einen runden schwarzen Schatten, einen runden schwarzen Gegenstand bemerkte, suchte er nach dem Kopf – und fand ihn. Er wußte ganz genau, daß ihn seine Phantasie äffte, und doch glaubte er manchmal, daß das Schiff, auf dem er fuhr, seine Reisegesellschaft, das weite Meer nur in seiner Einbildung bestünden, einen dünnen Schleier zwischen ihm und einer wirklichen grauenerfüllten Welt bildeten. Dann warf der Porrohmann sein teuflisches Gesicht durch diesen Schleier, und sofort war er das einzige, wahrhaft und unleugbar Wesenhafte. Um sich diesem Bann zu entziehen, mußte Pollock mit den Händen oder mit der Zunge irgend etwas berühren, sich einen Finger mit einem Zündholz verbrennen oder sich mit einer Nadel stechen.

Stillschweigend und erbittert kämpfte Pollock mit seiner erregten Phantasie, bis er in England landete. In London angekommen, fuhr er geradewegs zu seiner Bank. Der Direktor empfing ihn in seinem Privatzimmer. Während der ganzen Dauer der geschäftlichen Besprechung hing der Kopf wie eine Verzierung an dem schwarzen Marmorkamin, und Blut tropfte auf das Kamingitter. Pollock hörte die Tropfen fallen und sah rote Flecke auf dem Gitter.

»Eine hübsche Pflanze«, sagte der Direktor, der seinen Blicken gefolgt war. »Leider wird das Gitter ganz rostig.«

»Wirklich eine sehr schöne Pflanze«, sagte Pollock. »Da erinnere ich mich eben – können Sie mir einen Nervenarzt empfehlen? Ich habe so eine kleine – wie nennt man das nur? – eine kleine Halluzination.«

Der Kopf lachte wild, unbändig. Pollock war überrascht, daß der Direktor das nicht bemerkte, aber der Direktor starrte nur in sein Gesicht.

Einen Zettel mit der Adresse eines Arztes in der Hand, verließ Pollock die Bank. Da kein Wagen in der Nähe zu finden war, ging er die Straße hinunter bis zur nächsten Kreuzung. Selbst für einen geübten Londoner ist es nicht leicht, die Straße zu überqueren; alle Arten von Fuhrwerken fahren in einem ununterbrochenen Strome vorbei. Wenn jemand direkt aus der malariageschwängerten Einsamkeit der Sierra Leone kommt, muß er glauben, in einen Hexenkessel geraten zu sein. Wenn aber noch dazu ein umgekehrter Kopf einem plötzlich wie ein Gummiball zwischen den Beinen herumspringt und deutliche Blutspuren hinterläßt, wo er den Boden berührt, kann man kaum hoffen, einem Unfall zu entgehen. Verzweifelt hob Pollock seine Füße, um den Kopf nicht berühren zu müssen, dann gab er ihm einen wütenden Stoß. Im gleichen Augenblick bekam er einen heftigen Schlag auf den Rücken, und ein heißer Schmerz durchzuckte seinen Arm.

Die Deichsel einer Pferdedroschke hatte ihn niedergestoßen, und drei Finger seiner linken Hand waren von einem Hufschlag zerschmettert worden – die gleichen Finger, die er dem Porroh weggeschossen hatte. Man zog ihn zwischen den Pferdebeinen hervor und fand die Adresse des Arztes in seiner zerquetschten Hand.

Einige Tage lang empfand Pollock nichts anderes als süßen, stechenden Chloroformgeruch, schmerzhafte Operationen, die ihn gar nicht schmerzten, die Wohltat, stilliegen zu dürfen und gepflegt zu werden. Dann bekam er schwaches Fieber, war sehr durstig, und der Alp kam wieder. Erst als der Kopf wieder erschien, bemerkte Pollock, daß er einige Tage nicht dagewesen war.

»Wenn mein Schädel statt meiner Finger zerschmettert worden wäre, hätte auch er für immer verschwinden müssen«, sagte Pollock und starrte nachdenklich auf das dunkle Kissen, das gerade die Form des Kopfes angenommen hatte.

Pollock sprach bei der ersten passenden Gelegenheit mit dem Arzt über sein Nervenleiden. Er wußte genau, daß er verrückt werden mußte, wenn nicht etwas Rettendes eingriff. Er erzählte, daß er in Dahomey einer Enthauptung beigewohnt hatte und daß nun der abgeschlagene Kopf ihn verfolge. Er wollte natürlich nicht die wahren Tatsachen berichten. Der Arzt machte ein ernstes Gesicht.

»Sind Sie als Kind sehr religiös erzogen worden?« fragte er dann.

»Sehr wenig«, antwortete Pollock.

Ein Schatten flog über die Züge des Arztes. »Ich weiß nicht, ob Sie schon etwas von den wunderbaren Heilungen – vielleicht sind sie auch nicht wunderbar – in Lourdes gehört haben.«

»Ich fürchte, das wird für mich kaum das Richtige sein«, sagte Pollock und sah das dunkle Kissen an.

Der Kopf verzog seine narbenbedeckten Züge zu einer abscheulichen Grimasse. Der Arzt schlug eine neue Tonart an. »Das ist alles nur Einbildung«, sagte er plötzlich munter. »Sie wären sicher ein gutes Medium für eine Wunderheilung. Ihr Nervensystem ist angegriffen, Sie befinden sich jetzt in einem Dämmerzustand, da sieht man leicht Gespenster. Sie waren dieser starken Erschütterung nicht gewachsen. Ich werde Ihnen da etwas verschreiben, das Ihre Nerven beruhigen wird. Und machen Sie sich nur viel Bewegung in frischer Luft.«

»Wunderheilung ist für mich nicht das Richtige«, sagte Pollock.

»Ja, dann müssen wir Ihre Stimmung auf andere Art heben. Schauen Sie zu, daß Sie in anregende Höhenluft kommen – Schottland, Norwegen, die Alpen.«

»Meinetwegen nach Jericho«, sagte Pollock.

Sobald seine Finger es ihm erlaubten, machte Pollock aber doch den tapferen Versuch, den Verordnungen des Arztes zu folgen. Es war November geworden. Er versuchte, Fußball zu spielen, aber statt des Balles stieß er einen wütenden, verdrehten Schädel vor sich her. Für dieses Spiel taugte er nicht. Voll Entsetzen stieß er blindlings zu, und wenn er im Goal stand und der Ball auf ihn zuflog, schrie er plötzlich gellend auf und wich ihm aus. Die ehrenrührigen Geschichten, die der Grund gewesen waren, daß er England verlassen hatte und in die Tropen gegangen war, beschränkten seinen Verkehr auf wenige Menschen. Aber selbst diese wenigen begannen ihn zu meiden, da sein Benehmen immer absonderlicher wurde. Jetzt sah er den Kopf nicht nur mit den Augen, er hörte ihn auch schon in seinem Kauderwelsch sprechen. Eine fürchterliche Angst ergriff Pollock, daß die Erscheinung bald nicht mehr bloß irgendein dunkler Gegenstand sein würde, sondern bei einer Berührung sich auch wie ein wirklicher, abgeschnittener Kopf anfühlen würde. War er allein, so beschimpfte er den Schädel, forderte ihn heraus, verhandelte mit ihm; ein- oder zweimal hatte er ihn aber trotz seiner eisernen Selbstbeherrschung auch in Gegenwart anderer angesprochen. Er fühlte den wachsenden Argwohn in den Blicken seiner Haushälterin, seines Dieners und anderer Leute, die ihn beobachteten.

Eines Tages, Anfang Dezember, besuchte ihn sein Vetter Arnold – sein nächster Verwandter – um ihn ein wenig zu zerstreuen. Erschrocken betrachtete er das gelbe eingefallene Gesicht mit den glühenden Augen. Pollock aber schien es, als sei der Hut in des Vetters Hand gar kein Hut, sondern ein Gorgonenhaupt, das ihn von unten anstarrte. Trotzdem war er immer noch entschlossen, gegen die Sache anzukämpfen. Er kaufte ein Fahrrad und fuhr über die gefrorene Straße von Wandsworth nach Kingston; da rollte der Schädel neben ihm und ließ ein dunkle Spur hinter sich. Pollock biß die Zähne zusammen und fuhr schneller. Aber plötzlich, als er den Hügel gegen Richmond Park hinunterfuhr, rollte die Erscheinung vor ihm her, kam unter sein Rad, so schnell, daß er keine Zeit hatte, zu überlegen. Er wollte wenden, um auszuweichen, wurde heftig gegen einen Steinhaufen geschleudert und blieb mit gebrochenem linken Handgelenk liegen.

Das Ende kam am Weihnachtstage. Er hatte die ganze Nacht gefiebert, der Verband umschloß sein Handgelenk wie eine Binde aus Feuer. Seine Träume waren lebendiger und gräßlicher denn je. In dem kalten grauen, ungewissen Licht der Morgendämmerung setzte er sich im Bett auf und sah den Kopf auf der Konsole an Stelle der Bronzeschale, die noch gestern dort gestanden hatte.

»Ich weiß, daß es eine Bronzeschale ist«, sagte er, aber eisiger Zweifel griff nach seinem Herzen. Der Zweifel wurde unüberwindlich. Langsam stieg er aus dem Bette, zitternd mit erhobener Hand näherte er sich der Schale. Jetzt würde er gewiß sehen, daß seine Phantasie ihn genarrt hatte, sofort würde er den charakteristischen Glanz der Bronze erkennen.

Endlich, er hatte eine Ewigkeit gezögert, berührte er mit den Fingern die zerschnittene Wange des Kopfes. Von einem Krampf geschüttelt, zog er die Finger zurück. Die letzte Phase war erreicht, sein Tastsinn hatte ihn betrogen.

Kalte Schauer überliefen ihn. Er stolperte gegen das Bett, stieß mit den nackten Füßen an seine Schuhe, alles kreiste in tollem Wirbel um ihn. Tastend fand er den Weg zum Waschtisch, nahm sein Rasiermesser aus der Lade und setzte sich auf den Bettrand. Im Spiegel sah er sein Gesicht. Es war bleich, abgehärmt, voll tiefster Bitterkeit und Verzweiflung.

In rascher Folge zogen die Ereignisse seines kurzen Lebens an ihm vorüber. Sein freudloses Elternhaus, seine noch freudlosere Schulzeit, das würdelose Leben, das er dann geführt hatte, selbstsüchtig, ehrlos. Mit grausamer Deutlichkeit sah er im kalten Licht der Dämmerung die ganze schmutzige Tollheit dieses Lebens vor sich. Dann kam die Hütte, der Kampf mit dem Porrohmann, der Rückzug flußabwärts nach Sulyma, der Mendimörder und sein rotes Paket, die wahnsinnigen Anstrengungen, den Kopf zu vernichten, das Wachsen seiner Halluzination. Es war eine Halluzination. Er wußte, daß es eine war. Nichts als eine Halluzination. Einen Augenblick vermeinte er, einen Hoffnungsschimmer zu sehen. Er blickte vom Spiegel fort auf die Konsole, dort stand der umgekehrte Kopf und schnitt Grimassen ... Mit den steifen Fingern seiner bandagierten Hand suchte Pollock an seinem Halse das Pochen der Schlagader. Es war ein frostiger Morgen, die Stahlklinge war kalt wie Eis.

HONORÉ DE BALZAC

Die Grande Bretèche

»Ach, gnädige Frau«, antwortete der Arzt, »in meinem Repertoire gibt es grausamer Geschichten genug; aber jede Geschichte hat ihre Stunde nach jenem hübschen Wort, das Chamfort verzeichnet und das zum Herzog von Fronsac gesagt worden ist: ›Zwischen deinem Zorn und dem gegenwärtigen Augenblick liegen zehn Champagnerflaschen.‹«

»Aber es ist zwei Uhr nachts, und Rosinas Geschichte hat uns auf allerhand vorbereitet«, sagte die Hausfrau.

»Erzählen Sie, Herr Bianchon«, wurde von allen Seiten gebeten.

Der liebenswürdige Arzt nickte, und alles verstummte. »Etwa hundert Schritt von Vendôme entfernt, am Ufer des Loir«, sagte er, »liegt ein altes, dunkles, hohes Haus. Es ist so einsam, daß in seiner Nähe weder eine stinkende Gerberei, noch ein elendes Gasthaus liegt wie sonst an der Grenze einer kleinen Stadt. Vor diesem Haus liegt ein Garten, der an den Fluß grenzt; die glatt geschorenen Buchsbaumhecken, die früher die Wege eingefaßt haben, sind mannshoch geworden, von keiner Schere beschnitten. Einige Weiden, die am Loir zu Hause sind, verbergen das Haus heute beinahe ganz. Dekorative Pflanzen, die man Unkraut zu nennen pflegt, wuchern üppig auf der Böschung, die zum Fluß hinunter führt. Obstbäume, die seit zehn Jahren vernachlässigt sind, tragen keine Frucht mehr und haben wilde Reiser getrieben. Spaliere gleichen wild wachsenden Hecken. Gepflegte sandbestreute Wege sind heute mit Portulak überwuchert, oder besser gesagt, jede Spur, daß hier einst ein Weg war, fehlt. Wenn man auf dem Berg mit den Ruinen des alten Schlosses der Herzöge von Vendôme steht, sagt man sich, daß dieses Stückchen Erde einst die Lust eines Edelmannes war, der hier Rosen, Tulpen und Edelobst gezogen hat. Man erkennt eine Laube oder richtiger die Überreste einer Laube, darunter einen Tisch, der der Zeit getrotzt hat. Beim Anblick dieses Gartens, der keiner mehr ist, überkommt uns eine Ahnung der negativen Freuden der Provinz, ebenso wie die Wirksamkeit eines tüchtigen Kaufmanns lebendig wird, wenn wir den Spruch auf seinem Grabe lesen. Die wehmütigen Gedanken beim Anblick dieses verfallenen Gartens werden durch eine Sonnenuhr auf der Mauer gesteigert mit der christlich-bürgerlichen Inschrift: ULTIMAM COGITA. Das Dach dieses Hauses ist furchtbar verfallen, die Fensterläden stets geschlossen, auf den Erkern nisten Schwalben, die Türen werden nie geöffnet. Auf der Treppe zwischen den Stufen wuchert Gras, alle Eisenteile sind von Rost zerfressen. Mond und Sonne, Winter und Sommer, Schnee und Regen haben das Holz zerrissen, die Bretter verbogen, die Bemalungen abgewaschen. Die tiefe Einsamkeit wird von Vögeln, Katzen, Hausmardern, Ratten und Mäusen gestört, die nach Herzenslust hier hausen und ihre Kämpfe aufführen können. Eine unsichtbare Hand hat über die ganze Stätte das Wort *Geheimnis* geschrieben. Wenn man sich, von Neugierde getrieben, das Haus von der Straße her ansieht, so fällt einem ein großes, nach oben halbkreisförmig abschließendes Tor auf, es weist einige Löcher auf, das Werk der Kinder der Gegend. Ich habe später erfahren, daß dieses Tor seit zehn Jahren geschlossen ist. Durch diese Löcher erkennt man eine absolute Übereinstimmung zwischen der Garten- und der Hoffassade. Hier und dort herrscht das gleiche Durcheinander. Zwischen den Steinen sprießt Gras. Eidechsen huschen an den Mauern entlang, über deren geschwärzte Ziegel Glaskraut in großen Bögen herunterhängt. Die Treppe ist verfallen, der Glockenstrang zerrissen, die Dachrinnen zerbrochen. Welches Strafgericht hat diesen Platz gezeichnet? Wer hat verfügt, daß man an dieser Stelle Salz säe? Wurde Gott hier beleidigt? Oder Frankreich verraten? Unwillkürlich steigen diese Fragen auf. Aber nur Eidechsen huschen vorbei, ohne eine Antwort zu geben. Dieses einsame, verfallene Haus ist ein großes Rätsel, dessen Deutung niemand kennt. Einst war es ein kleines Lehen und heißt heute noch *Die Grande Bretèche*.

Während meines Aufenthalts in Vendôme, wo Desplein mir die Pflege eines reichen Patienten übertragen hatte, war der Anblick dieses seltsamen Hauses eine meiner größten Freuden. War es nicht interessanter als eine Ruine? Ruinen umranken authentische Erinnerungen; aber dieses Haus, das noch stand, wenn auch von einer rächenden Hand seinem Untergang preisgegeben, barg ein Geheimnis, einen unerforschten Gedanken oder zum mindesten eine seltsame Laune. Mehr als einmal bin ich am Abend durch die Hecke gedrungen, die Haus und Garten von der Außenwelt abschloß. Ich trotzte den Dornen, riß mir die Hände wund und betrat den herrenlosen Garten, diesen Besitz, der weder privat noch öffentlich war; ich blieb Stunden hindurch dort und freute mich des phantastischen Durcheinanders. Ich wollte nicht irgendeinen schwatzhaften Bewohner von Vendôme nach der Geschichte des Hauses befragen und mir damit den ganzen Zauber dieser Stätte zerstören. In der Stille erdachte ich phantastische Romane, gab mich melancholischen Betrachtungen hin, die mich entzückten. Wenn ich den vielleicht gewöhnlichen Beweggrund dieser Vernachlässigung gekannt hätte, so wäre der Rausch verflogen, den ich hier empfand. Für mich war diese Zufluchtsstätte mit den seltsamsten Bildern menschlichen Lebens verknüpft, der Schauer düsterer Romantik lag darüber; zuweilen umgab mich die Atmosphäre des Klosters trotz der fehlenden Mönche; dann war es der Friede des Kirchhofs, obgleich die Toten mit ihren Grabschriften fehlten; heute das Haus des Aussätzigen, morgen das der Atriden, dann wieder die Provinz mit ihrer Stille und ihrem nach der Uhr geregelten Leben. Oft habe ich in jenem Garten geweint, zum Lachen war mir dort nie zumute. Mehr als einmal bin ich erschrocken zusammengefahren, wenn plötzlich eine Holztaube über meinem Kopf aufflog und ich ihr Flügelrauschen hörte. Der Boden war feucht; man mußte sich vor Eidechsen, Vipern und Fröschen in acht nehmen, die sich als Herren des Geländes fühlten; man durfte auch gegen Kälte nicht empfindlich sein, denn in gewissen Augenblicken überrieselte einen eisige Kälte, als wenn eine Totenhand den Hals umkrallen würde. Eines Abends zuckte ich entsetzt zusammen: eine alte verrostete Wetterfahne hatte sich im Winde bewegt, das Haus schien zu stöhnen, und dies im Augenblick, als ich in Gedanken ein Drama beendet hatte, durch das ich mir den zu Stein gewordenen Schmerz zu erklären versuchte.

Von düstern Gedanken bedrängt, kam ich in mein Gasthaus. Nachdem ich gegessen hatte, kam die Wirtin geheimnisvoll in mein Zimmer und sagte: ›Herr Doktor, Herr Regnault ist gekommen.‹

›Wer ist Herr Regnault?‹

›Wie, Sie kennen Herrn Regnault nicht? Das ist doch merkwürdig‹, gab sie zur Antwort und verschwand.

Plötzlich stand in meiner Tür ein langer, hagerer, schwarz gekleideter Mann mit dem Hut in der Hand. Er wirkte wie ein Widder, der im Begriff ist, sich auf seinen Nebenbuhler zu stürzen, und zeigte mir eine zurückfliehende Stirn, einen kleinen spitzen Kopf und ein bleiches Gesicht, das einem Glas mit trübem Wasser nicht unähnlich war. Er sah aus wie der Türsteher eines Ministers. Der Unbekannte trug einen alten, schäbig glänzenden Anzug, aber in seinem Busenstreif steckte eine Diamantnadel, und er hatte goldne Ringe in den Ohren.

›Mein Herr, mit wem habe ich die Ehre?‹ fragte ich.

Er rückte seinen Stuhl ans Kaminfeuer, setzte sich, legte seinen Hut auf den Tisch, rieb sich die Hände und antwortete: ›Es ist kalt heute. Mein Name ist Regnault.‹

Ich verneigte mich.

›Ich bin‹, fuhr er fort, ›der Notar von Vendôme.‹

›Sehr erfreut‹, rief ich, ›aber soviel ich weiß, habe ich nicht die Absicht, mein Testament zu machen.‹

›Einen Augenblick‹, sagte er und hob die Hand, als wenn er mich zum Schweigen bringen wollte. ›Gestatten Sie gütigst! Mir ist bekannt, daß Sie gelegentlich im Garten der Grande Bretèche spazierengehen.‹

›Stimmt.‹

›Einen Augenblick‹, sagte er abermals, und wiederholte seine Gebärde, ›damit machen Sie sich strafbar. Mein Herr, ich komme im Namen und als Testamentsvollstrecker der verstorbenen Gräfin Merret und bitte Sie, Ihre Besuche einzustellen. Einen Augenblick, ich bin kein Unmensch und habe nicht die Absicht, einen Strafantrag gegen Sie zu stellen. Außerdem ist es Ihnen gestattet, nichts von den Umständen zu wissen, die mich zwingen, das schönste Haus von Vendôme verfallen zu lassen. Aber Sie scheinen Bildung zu haben, und so müssen Sie wissen, daß das Gesetz unter schwerer Strafe verbietet, in einen geschlossenen Privatbesitz einzudringen. Eine Hecke ist nicht weniger Schutz als eine Mauer. Der Zustand des Hauses kann Ihre Neugierde allerdings einigermaßen entschuldigen. Es wäre mir nur angenehm, wenn ich Sie im Garten nach Belieben herumgehen lassen könnte, aber beauftragt, den Wunsch der Erblasserin zu erfüllen, habe ich die Ehre, Sie zu ersuchen, den Garten nicht mehr zu betreten. Ich selbst, mein Herr, habe seit der Testamentseröffnung nicht mehr den Fuß über die Schwelle des Hauses gesetzt, das, wie ich die Ehre hatte, Ihnen zu sagen, aus dem Nachlaß der Gräfin Merret stammt. Wir haben nur die Anzahl der Türen und Fenster aufgenommen, um die Höhe der Steuern festzusetzen, die ich jährlich auf diesen Besitz bezahle, aus einer Summe, die die verstorbene Frau Gräfin für diesen Zweck bestimmt hat. Ja, mein verehrter Herr, ihr Testament hat in Vendôme Staub genug aufgewirbelt!‹

Hier machte der Biedermann eine Pause und schnäuzte sich geräuschvoll. Ich respektierte seine Weitschweifigkeit, da ich begriff, daß der Nachlaß der Gräfin Merret das bedeutsamste Ereignis seines Lebens war, seine Ehre und sein Ruhm. Es galt also von meinen Träumen Abschied zu nehmen, und nun wollte ich nicht länger darauf verzichten, die wahre Geschichte zu kennen, die sich auf jenem Stück Erde abgespielt hatte.

›Herr Regnault‹, fragte ich, ›wäre es unbescheiden, Sie nach den Gründen dieser seltsamen Bestimmung zu fragen?‹

Bei dieser Frage leuchteten die Augen des Notars, es war der beglückte Ausdruck eines Menschen, der sein Steckenpferd reiten darf. Selbstgefällig zupfte er an seinem Hemdkragen, zog seine Schnupftabaksdose heraus, öffnete sie umständlich, bot sie mir an und nahm, als ich dankend ablehnte, selbst eine starke Prise. Er war selig! Ein Mensch, der kein Steckenpferd hat, weiß nicht, wieviel Freuden es im Leben gibt. Ein Steckenpferd hält genau die Mitte ein zwischen Leidenschaft und fixer Idee. In diesem Augenblick begriff ich Sternes hübschen Ausdruck in seinem vollen Umfang und konnte mir vorstellen, mit welcher Freude der Onkel Tobias mit Trims Hilfe sein Schlachtroß bestieg.

›Mein Herr‹, sagte Regnault, ›ich war erster Schreiber bei Roguin in Paris. Ein großes Bureau, das Ihnen sicherlich bekannt ist! Wirklich nicht? Es ist durch einen unglücklichen Bankerott berühmt geworden. Da ich nicht Vermögen genug hatte, um mich in Paris niederzulassen, besonders da die Abgaben dort um 1816 außerordentlich hoch waren, kam ich hierher und übernahm das Bureau meines Vorgängers. Ich hatte Angehörige in Vendôme, unter anderen eine sehr reiche Tante, deren Tochter ich geheiratet habe. Mein Herr‹, fuhr er nach einer kleinen Pause fort, ›drei Monate, nachdem ich vom Justizminister bestätigt war, wurde ich eines Abends, im Augenblick, da ich zu Bett gehen wollte (ich war noch unverheiratet), von der Gräfin Merret in ihr Schloß nach Merret gerufen. Ihre Kammerzofe, eine tüchtige Person, die heute hier im Gasthaus dient, war im Wagen der Gräfin vor meiner Tür. Ach, einen Augenblick! ich muß erwähnen, daß der Graf Merret zwei Monate, ehe ich mich hier niedergelassen habe, nach Paris gekommen war, um dort zu sterben. Er ist dort elend zugrunde gegangen nach Ausschweifungen aller Art. Sie begreifen? Am Tage seiner Abreise hatte die Gräfin die Grande Bretèche verlassen und die gesamte Einrichtung entfernt. Einige Menschen behaupten sogar, daß sie die Möbel, die Teppiche, kurz alle Gegenstände verbrannt habe, die der genannte Herr... (zum Teufel, wie spreche ich denn? Verzeihung, ich glaubte, einen Mietsvertrag zu diktieren) – daß sie sie auf der Wiese von Merret verbrannt habe‹, fuhr er fort. ›Waren Sie in Merret? Wohl nicht‹, fügte er selbst hinzu. ›Ein schöner Ort! Seit etwa drei Monaten‹, damit nahm er nach einem bedeutungsvollen Nicken seine Geschichte wieder auf, ›hatten der Graf und die Gräfin ein merkwürdiges Leben geführt; sie empfingen keinen Menschen mehr, die Gräfin wohnte im Parterre, der Graf in der ersten Etage. Als die Gräfin allein war, ließ sie sich nur noch in der Kirche sehen. Sie weigerte sich, ihre Freunde und Freundinnen zu empfangen, die zu Besuch kamen. Als sie die Grande Bretèche verließ, um nach Merret zu gehen, war sie schon ganz verändert. Diese teure Frau (ich nenne sie so, weil sie mir diesen Diamanten vermacht hat, denn ich habe sie nur einmal in meinem Leben gesehen!). Also diese gute Dame war sehr krank, sie war sicherlich überzeugt, daß ihr nicht zu helfen sei, denn sie ist gestorben, ohne einen Arzt kommen zu lassen; verschiedene Damen hier waren der Ansicht, daß sie zuletzt nicht ganz richtig im Kopf war. Ich war also sehr gespannt, als ich hörte, daß die Gräfin meiner Dienste bedürfe. Ich war es nicht allein, der sich für diese Geschichte interessiert hat. Am selben Abend noch, trotzdem es spät war, wußte die ganze Stadt, daß ich nach Merret gefahren sei. Die Fragen, die ich unterwegs an die Zofe richtete, wurden ausweichend beantwortet, aber ich erfuhr, daß die Gräfin im Laufe des Tages die Sterbesakramente vom Pastor von Merret empfangen hatte und vermutlich die Nacht nicht überleben würde. Gegen elf Uhr abends kam ich ins Schloß. Ich stieg die große Treppe hinauf. Nachdem ich durch große, hohe, dunkle, kalte, feuchte Räume gegangen war, kam ich in das Gala-Schlafzimmer der Gräfin. Nach den Gerüchten, die über diese Dame im Umlauf waren (ich käme nie zu einem Ende, wenn ich erst damit anfinge!), hatte ich geglaubt, eine kokette Weltdame zu finden. Stellen Sie sich vor, daß ich Mühe hatte, sie in dem großen Bett zu sehen, in dem sie lag. Freilich diente nur eine alte Argandlampe zur Beleuchtung dieses ungeheuren Raumes mit Rokokofriesen, die mit so viel Staub bedeckt waren, daß man schon von ihrem Anblick einen Niesreiz bekam. Aber ich vergaß, daß Sie nicht in Merret waren! Kurz und gut, sie lag in einem alten hohen Himmelbett. Ein kleiner Nachttisch stand neben dem Bett, darauf lag Thomas a Kempis' Nachfolge Christi. Ich habe sie, nebenbei bemerkt, so gut wie die Lampe für meine Frau gekauft. Außerdem standen da noch ein großer Lehnstuhl für die Pflegerin und zwei Stühle. Im Kamin brannte kein Feuer. Das war die ganze Einrichtung. In einem Inventar hätte es keine zehn Zeilen erfordert. Ja, mein verehrter Herr, wenn Sie dieses hohe mit dunkelbraunem Stoff bespannte Zimmer gesehen hätten, wie ich damals, so hätten Sie geglaubt, Sie seien mitten in einen Roman versetzt. Es war schauerlich, ja noch mehr, alles roch nach Tod‹, fügte er hinzu, machte eine theatralische Gebärde, und schwieg einen Augenblick.

›Als ich an das Bett herantrat, entdeckte ich endlich die Gräfin beim Schein der Lampe, die das Kopfkissen beleuchtete. Ihr Gesicht war wachsgelb und winzig klein. Unter einem Spitzenhäubchen konnte man ihr schönes Haar sehen, es war schneeweiß. Sie hatte sich gesetzt und schien sich nur schwer aufrecht zu halten. Ihre großen schwarzen Augen, die fast erloschen waren, bewegten sich mühsam unter den Brauen. Ihre Stirn war feucht. Ihre Hände waren so abgezehrt, daß man Adern und Muskeln unter der zarten Haut sah. Sie war wohl einst sehr schön gewesen, aber jetzt griff ihr Anblick ans Herz. Niemals, so haben die Menschen gesagt, die sie begraben haben, sei ein menschliches Geschöpf so zum Skelett abgemagert. Kurz, es war furchtbar. Die Frau war zum Gespenst geworden. Ihre blaß violetten Lippen bewegten sich kaum, während sie sprach. Obgleich mein Beruf mich an Schaupiele dieser Art gewöhnt und mich oft genug an ein Totenbett gebracht hat, um den letzten Willen des Sterbenden aufzunehmen, so muß ich doch gestehen, daß Familien, die in Tränen aufgelöst waren, mich nicht halb so ergriffen haben wie diese einsame, schweigende Frau in dem leeren Schloß. Ich hörte nicht den leisesten Laut, ich sah nicht einmal, daß sich die Decke unter dem Atem der Sterbenden hob und senkte, ich stand unbeweglich da, wie zur Salzsäule erstarrt. Mir ist alles so gegenwärtig, als wenn es sich heute zugetragen hätte.

Endlich bewegte sie ihre weit geöffneten Augen, sie versuchte ihre rechte Hand zu erheben, die wieder aufs Bett zurückfiel; wie ein Hauch kamen die Worte aus ihrem Mund, denn ihre Stimme war keine Stimme mehr: ›Ich habe Sie mit Ungeduld erwartet.‹ Ihre Wangen röteten sich. Sprechen war eine Anstrengung für sie.

›Frau Gräfin‹, sagte ich. Sie machte mir ein Zeichen zu schweigen.

In diesem Augenblick stand die Pflegerin auf und flüsterte mir ins Ohr: ›Sprechen Sie nicht, die Frau Gräfin verträgt selbst das leiseste Geräusch nicht; was Sie ihr sagen werden, könnte sie aufregen.‹

Ich setzte mich. Nach einigen Augenblicken nahm die Gräfin ihre ganze Kraft zusammen, um ihren rechten Arm zu bewegen und fuhr, was sie sichtbar anstrengte, mit der Hand unter das Kopfkissen; als sie mit äußerster Anstrengung einen versiegelten Umschlag unter ihrem Kopfkissen herauszog, war ihre Stirn mit Schweißtropfen bedeckt.

›Ich anvertraue Ihnen mein Testament‹, sagte sie. ›Ach, mein Gott, ach!‹

Das war alles. Sie ergriff ein Kruzifix, das auf ihrem Bette lag, führte es schnell an ihre Lippen und verschied. Es überläuft mich noch kalt, wenn ich an den Ausdruck ihrer starren Augen denke. Sie hat furchtbar leiden müssen! In ihrem letzten Blick lag etwas Freudiges, und dieser Ausdruck blieb in ihren toten Augen. Ich nahm das Testament an mich; als es eröffnet wurde, sah ich, daß Frau von Merret mich zu ihrem Testamentsvollstrecker ernannt hatte. Abgesehen von einigen privaten Legaten hatte sie ihr gesamtes Vermögen dem Spital von Vendôme vermacht. Bezüglich der Grande Bretèche hatte sie folgende Verfügungen getroffen: Sie beauftragte mich, das Haus volle fünfzig Jahre vom Tage ihres Todes an in dem Zustand zu lassen, in dem es im Augenblick ihres Todes wäre, den Zutritt zum Hause verbot sie jedermann; sie verbot auch, die geringfügigste Reparatur vorzunehmen, und setzte sogar eine Rente aus, um, wenn es nötig sein sollte, Wächter zu bestellen. Damit sicherte sie die strikteste Befolgung ihrer Wünsche. Nach Ablauf dieses Termins sollte, vorausgesetzt, daß der Wunsch der Erblasserin befolgt worden war, das Haus meinen Erben gehören, denn Sie werden wissen, daß Notare ein Legat nicht annehmen dürfen; sonst sollte die Grande Bretèche ihren Erben zufallen, aber unter der Bedingung, daß die Wünsche erfüllt würden, die in einem Kodizill niedergelegt waren, das erst nach Ablauf der genannten fünfzig Jahre eröffnet werden sollte. Das Testament ist nicht angegriffen worden, also ...‹ Ohne seinen Satz zu beenden, sah der Notar mich triumphierend an.

Er strahlte, als ich ihm einige verbindliche Worte sagte: ›Herr Regnault‹, sagte ich zuletzt, ›Ihre Geschichte hat mir einen so lebhaften Eindruck gemacht, daß ich diese arme Sterbende vor mir zu sehen glaube; ihr schneeweißes Gesicht, ihre abgrundtiefen Augen machen mir angst; sie wird mir heute nacht im Traum erscheinen. Aber Sie haben sich doch jedenfalls Gedanken über die Verfügungen dieses seltsamen Testaments gemacht?‹

›Mein Herr‹, antwortete er mit komischer Reserve, ›ich gestatte mir niemals, mir Gedanken über Menschen zu machen, die mich mit dem Geschenk eines Diamanten beehrt haben.‹

Es gelang mir bald, die Zunge des ängstlichen Notars zu lösen, und er erging sich in langatmigen Betrachtungen über die Moral und das Verhalten der beiden Geschlechter. Gegen diese Ansichten konnte man in Vendôme keinen Einspruch erheben. Aber seine Beobachtungen waren so verworren und so voller Widerspruch, daß ich mein Gähnen nur mühsam unterdrückte, trotz dem Interesse, das ich an dieser authentischen Geschichte nahm. Die eintönige Stimme des Notars, der sich selbst gern sprechen hörte, und dessen Aussprüche in Vendôme die Bedeutung eine Orakels hatten, triumphierte über meine Neugierde. Glücklicherweise ging er.

›Ja, ja, mein Herr‹, sagte er mir noch auf der Treppe, ›verschiedene Menschen hier möchten noch fünfundvierzig Jahre leben, aber, einen Augenblick!‹ Er legte den Zeigefinger seiner rechten Hand auf seinen Nasenflügel, als wenn er sagen wollte: Aufgepaßt! ›Um so weit zu gehen, muß man nicht sechzig Jahre alt werden!‹

Ich schloß meine Tür, die letzten Worte, die der Notar sehr geistreich fand, hatten mich aus meiner Apathie aufgerüttelt; dann setzte ich mich in meinen Lehnstuhl und stemmte die Beine gegen den Kamin. Ich begann einen Roman à la Radcliffe zu ersinnen, der sich auf die juristischen Details, die Herr Regnault mitgeteilt hatte, aufbaute, als meine Tür, von der geschickten Hand einer Frau geöffnet, sich in den Angeln bewegte.

Vor mir stand meine Wirtin, eine dicke, stets gut gelaunte Frau, die ihren Beruf verfehlt hatte; es war eine Flamin, die in ein Bild von Teniers hineingehörte. ›Nun, Herr Doktor?‹ fragte sie. ›Herr Regnault hat sicher seine Geschichte von der Grande Bretèche wiedergekaut?‹

›Ja, Mutter Lepas.‹

›Was hat er Ihnen denn erzählt?‹

Mit wenigen Worten wiederholte ich die dunkle Geschichte der Gräfin Merret. Bei jedem Satz spitzte meine Wirtin die Ohren und sah mich mit der Schlauheit einer Hotelbesitzerin an, einer Spezies, die zwischen dem Instinkt des Gendarmen, der Verschlagenheit des Spions und der List des Kaufmanns steht.

›Meine gute Frau Lepas‹, bemerkte ich zum Schluß, ›Sie scheinen ja mehr davon zu wissen. Wie? Warum wären Sie sonst noch zu mir gekommen?‹

›Ach, auf Ehrenwort, so wahr wie ich Lepas heiße...‹

›Schwören Sie nicht, Ihr Geheimnis springt Ihnen ja aus den Augen. Sie haben den Grafen Merret gekannt. Was für ein Mensch war er denn?‹

›Meiner Treu, der Graf war ein schöner Mann, an dem

man sich nicht satt sehen konnte, so groß war er! Ein vornehmer Mann, der aus der Picardie gekommen war, und der, wie man hier zu sagen pflegt, Grütze im Kopf hatte. Er bezahlte alles bar, um mit niemand Schwierigkeiten zu haben. Er war ein Hitzkopf! Alle Damen hier waren in ihn verschossen.‹

›Weil er so hitzig war?‹ fragte ich.

›Vielleicht‹, sagte sie. ›Sie müssen schon begreifen, daß man einen besonderen Stein im Brett haben mußte, wie man zu sagen pflegt, um die Gräfin zur Frau zu kriegen, die ohne den anderen etwas anhängen zu wollen, das schönste und reichste Fräulein in der ganzen Provinz war. Sie hatte eine Rente von ungefähr zwanzigtausend Franken. Die ganze Stadt war bei der Trauung. Die Braut war zierlich und graziös, ein wahres Zuckerpüppchen. Ach, die beiden haben ein schönes Paar abgegeben!‹

›War die Ehe glücklich?‹

›Hm, hm, ja und nein, soweit man schließen kann, denn Sie können sich doch denken, daß wir anderen hierzulande mit ihnen nicht auf du und du standen. Die Gräfin war eine gute, liebenswürdige Dame, die vielleicht zuweilen unter der hitzigen Art ihres Mannes zu leiden hatte; sie war ein bißchen stolz, aber wir mochten sie gut leiden. Es hat halt zu ihrem Stand gehört, so zu sein. Wenn man Gräfin ist, so ...‹

›Aber es muß doch zu einer Katastrophe gekommen sein, ehe der Graf und die Gräfin sich so plötzlich getrennt haben?‹

›Ich habe nichts von einer Katastrophe gesagt. Ich weiß von nichts.‹

›Schön, nun bin ich überzeugt, daß Sie alles wissen.‹

›Gut, Herr Doktor, ich will Ihnen alles sagen. Als Herr Regnault zu Ihnen hinauf ging, habe ich mir wohl gedacht, daß er wegen der Grande Bretèche käme und Ihnen von der Gräfin sprechen würde. Das hat mich auf den Einfall gebracht, Sie um Rat zu fragen, denn Sie scheinen ein einsichtiger

Herr zu sein und werden eine arme Frau wie mich nicht verraten, die in ihrem Leben niemand etwas zu Leide getan hat und doch von ihrem Gewissen gequält wird. Bis jetzt habe ich nicht gewagt, mich mit einem der Leute hierzulande auszusprechen, denn sie haben alle böse Zungen und hängen einem etwas an. Kurz, Herr Doktor, ich hatte noch nie einen Reisenden, der so lange bei mir gewohnt hat wie Sie und dem ich die Geschichte der fünfzehntausend Franken erzählen konnte...‹

›Meine gute Frau Lepas‹, unterbrach ich ihren Redeschwall, ›wenn Ihre vertrauliche Mitteilung mich irgendwie kompromittieren könnte, so möchte ich um nichts in der Welt damit belastet werden.‹

›Fürchten Sie nichts‹, sagte sie, ›Sie werden schon sehen.‹

Dieser Eifer überzeugte mich, daß ich nicht der einzige war, dem die gute Wirtin ihr Geheimnis, um das ich allein wissen sollte, anvertraut hatte.

›Herr Doktor‹, fuhr sie fort, ›als der Kaiser spanische Kriegsgefangene hergeschickt hat, mußte ich auf Kosten der Regierung einen jungen Spanier beherbergen, der auf Ehrenwort gefangen war. Trotz Ehrenwort mußte er sich jeden Tag beim Unterpräfekten melden. Es war ein vornehmer Spanier! Sein Name endete in *os* und *dia*, es war so was wie Bagos von Férédia. Sein Name ist in meinem Buch eingetragen, Sie können ihn lesen, wenn Sie wollen. Er war für einen Spanier ein schöner junger Mann, denn man sagt, daß sie alle häßlich seien. Er war nur fünf Fuß und zwei oder drei Zoll groß, aber gut gewachsen; er hatte kleine zierliche Hände, und es war der Mühe wert zu sehen, wie er sie pflegte. Für seine Hände hatte er ebensoviel Bürsten wie eine Frau für ihre ganze Toilette! Er hatte dichtes, schwarzes Haar, feurige Augen, eine dunkle Gesichtsfarbe, die mir aber trotzdem gefiel. Er trug so feine Wäsche, wie ich sie nie zuvor gesehen habe, trotzdem schon Prinzessinnen bei mir gewohnt haben, außerdem der General Bertrand, der Herzog und die Herzogin Abrantès, Herr Decazes und der König von Spanien. Er aß wenig, aber er war so höflich und liebenswürdig, daß man ihm nicht böse sein konnte. Ich mochte ihn sehr gern, obgleich er kaum vier Worte im Laufe des Tages sprach und es unmöglich war, mit ihm ins Gespräch zu kommen; wenn man zu ihm sprach, so antwortete er nicht; das ist ein Trick, eine Manie, die alle Spanier haben, wie ich mir habe erzählen lassen. Er las sein Brevier wie ein Priester, ging regelmäßig zur Messe und zu jedem Gottesdienst. Wo saß er (wir haben dies erst später bemerkt)? Kaum zwei Schritte von der Kapelle der Gräfin Merret entfernt. Da er diesen Platz gleich das erste Mal einnahm, als er in die Kirche kam, so dachte niemand, daß dies mit Absicht geschehen sei. Übrigens sah er nicht über den Rand seines Gebetbuches hinaus, der arme junge Mann! Zuweilen ging er am Abend auf den Berg und kletterte zwischen den Schloßruinen herum. Das war seine einzige Zerstreuung, dort wurde er an seine Heimat erinnert, der arme Mann. Man sagt, in Spanien gibt es nichts als Berge! Gleich in den ersten Tagen seiner Gefangenschaft kam er spät nach Hause. Ich wurde ängstlich, als er erst um Mitternacht kam, aber allmählich gewöhnten wir uns an seine Einfälle; er nahm den Hausschlüssel mit, und wir warteten nicht auf ihn. Er wohnte in unserem Haus in der Rue des Casernes.

Eines Tages erzählte einer unserer Stallburschen, daß er, als er am Abend die Pferde in die Schwemme ritt, den spanischen Granden in der Ferne gesehen hatte, der wie ein Fisch im Fluß schwamm. Als er wiederkam, sagte ich ihm, daß er sich in acht nehmen müsse. Es schien ihm nicht recht zu sein, daß er im Wasser gesehen worden war. Kurz, eines Tages, oder richtiger eines Morgens, fanden wir ihn nicht mehr in seinem Zimmer, er war nicht wiedergekommen. Ich stöberte überall herum, und schließlich fand ich einen Brief in seiner Tischschublade, in der fünfzig Goldstücke lagen, die man Portugaleser nennt und die ungefähr fünftausend Franken wert waren, ferner Diamanten für zehntausend Franken in einem kleinen versiegelten Kästchen. Im Brief war zu lesen, daß er uns für den Fall, daß er nicht wiederkomme, das Geld und die Diamanten vermache, wir sollten Messen für ihn lesen lassen, um Gott für seine Flucht und seine Rettung zu danken. Damals lebte mein Mann noch, er lief sofort aus dem Haus, um zu sehen, wo der Spanier geblieben sei. Und nun kommt das Seltsame! Er brachte die Kleider des Spaniers mit, die er unter einem Stein am Ufer entdeckte, ungefähr der Grande Bretèche gegenüber. Mein Mann war so früh aus dem Hause gegangen, daß niemand ihn gesehen hatte. Er verbrannte die Kleider, nachdem er den Brief des Spaniers gelesen hatte, und wir haben dem Wunsch des Grafen Férédia gemäß erklärt, daß er geflohen sei. Der Unterpräfekt brachte die ganze Gendarmerie auf den Schwung, aber prosit Mahlzeit, man hat ihn nicht gefunden. Lepas hat geglaubt, der Spanier sei ertrunken.

Ich glaube es nicht, Herr Doktor, ich glaube vielmehr, daß er eine Rolle in der Geschichte der Gräfin Merret spielt, da Rosalie mir gesagt hat, das Kruzifix, von dem ihre Herrin soviel gehalten hat, daß sie es sogar mit ins Grab genommen hat, war aus Ebenholz und Silber. Nun, in den ersten Tagen hatte Herr Férédia ein Kruzifix aus Ebenholz und Silber, das ich später nicht mehr gesehen habe. Nicht wahr, Herr Doktor, die fünfzehntausend Franken gehören mir doch ganz rechtmäßig, und ich brauche mir keine Gewissensbisse zu machen?‹

›Gewiß. Aber haben Sie nicht versucht, etwas von Rosalie zu erfahren?‹ gab ich zur Antwort.

›Natürlich, aber was wollen Sie? Sie ist stumm wie ein Stein. Sie weiß wohl was, aber unmöglich, sie zum Sprechen zu bringen!‹

Meine Wirtin schwätzte noch einen Augenblick, dann ging sie und überließ mich unbestimmten, nebelhaften Vorstellungen. Ich war die Beute einer romanhaften Neugier, einer religiösen Angst, die sich mit dem Gefühl vergleichen läßt, das uns beschleicht, wenn wir nachts eine dunkle Kirche betreten und unter dem hohen Gewölbe nur ein fernes schwaches Licht sehen; ein unbestimmter Schatten gleitet an uns vorbei, wir hören das Rauschen eines Kleides oder eines Priesterrockes und erschauern. Die Grande Bretèche mit ihren verschlossenen Fenstern, ihren verrosteten Schlössern, vernagelten Türen und leeren Zimmern stand plötzlich wie eine Vision vor mir. Ich versuchte in Gedanken in dieses geheimnisvolle Haus einzudringen, suchte dort nach der Lösung dieser feierlichen Geschichte, die drei Menschen das Leben gekostet hatte. In meinen Augen war Rosalie das interessanteste Geschöpf in ganz Vendôme. Ich begann sie zu beobachten und sah, daß ihr gesundes frisches Gesicht die Spuren einer geheimen Sorge trug. Über ihr lag eine gewisse Spannung, Gewissensbisse oder Erwartung, ihre Haltung verriet ein Geheimnis, wie die frommer Kirchgängerinnen, die sich im Beten und Kasteien nicht genug tun können, oder die einer Kindesmörderin, die stets den letzten Schrei ihres Kindes hört. Dabei war sie unbefangen und einfach, ihr einfältiges Lachen hatte nichts Verbrecherisches, man hielt sie für unschuldig, dafür zeugte schon das große, blaurot gewürfelte Tuch, das ihren kräftigen Oberkörper umschloß, der in einem violett-weiß gestreiften Kleid steckte.

›Nein‹, sagte ich mir, ›ich kann Vendôme nicht verlassen, ohne die ganze Geschichte der Grande Bretèche zu wissen. Um zum Schluß zu kommen, werde ich sogar Rosalies Freund werden, wenn es nicht anders geht.‹

›Rosalie!‹ sagte ich eines Abends.

›Was steht zu Diensten?‹

›Sie sind unverheiratet?‹

Sie zuckte leicht zusammen. ›Oh, es würde mir nicht an Männern fehlen, wenn ich auf die Idee käme, mich unglücklich zu machen!‹ antwortete sie lachend. Sie überwand ihre Erregung schnell, denn alle Frauen, die vornehme Weltdame genausogut wie das Stubenmädchen in einem Wirtshaus, besitzen eine besondere Kaltblütigkeit, die nur ihnen eignet.

›Sie sind so frisch und appetitlich, daß es Ihnen nicht an Liebhabern fehlen kann! Aber sagen Sie mir, warum sind Sie Stubenmädchen in einem Hotel geworden, nachdem Sie von der Gräfin Merret fortgegangen sind? Hat sie Ihnen nicht eine kleine Rente ausgesetzt?‹

›Oh, gewiß. Aber ich könnte in ganz Vendôme keine bessere Stelle finden.‹

Diese Antwort gehörte zu jenen, die die Richter dilatorisch zu nennen pflegen. Rosalie schien mir in der ganzen Geschichte eine wichtige Rolle zu spielen; sie war mitten im Zentrum des Interesses und der Wahrheit und schien mir irgendwie mit der Geschichte verknüpft. Es galt hier mehr als ein gewöhnliches Abenteuer, dieses Mädchen allein wußte um die letzte Lösung des phantastischen Romans der Grande Bretèche.

Von diesem Augenblicke an begann mich Rosalie brennend zu interessieren. Ich beschäftigte mich so intensiv mit ihr, daß ich bei ihr wie bei allen Frauen, die wir mit unsern Gedanken und Empfindungen umranken, eine Reihe guter Eigenschaften entdeckte; sie war sauber und sorgsam, selbstverständlich war sie hübsch; kurz, sie war bald mit allen Reizen ausgestattet, die unsere Wünsche Frauen verleihen, in welcher Lage sie auch sein mögen.

Vierzehn Tage nach dem Besuch des Notars sagte ich eines Abends, oder richtiger eines Morgens, denn es war sehr früh, zu Rosalie: ›Erzähle mir doch alles, was du von Frau von Merret weißt.‹

›Oh‹, gab sie schaudernd zur Antwort, ›verlangen Sie nicht das von mir, Herr Horace!‹ Ihr hübsches Gesicht verdüsterte sich, ihre lebhaft gefärbten Wangen wurden blaß, ihre Augen verloren ihren unschuldigen, feuchten Glanz. ›Ja‹, fuhr sie nach einer Pause fort, ›wenn Sie darauf bestehen, so will ich es Ihnen sagen, aber hüten Sie mein Geheimnis!‹

›Laß es gut sein, mein armes Mädel, ich werde alle deine Geheimnisse mit der Ehrlichkeit eines Diebes bewahren, das ist die größte, die es gibt.‹

›Wenn es Ihnen gleich ist‹, sagte sie, ›so ist mir Ihre eigne Ehrlichkeit lieber.‹ Darauf strich sie ihren Schal glatt und setzte sich hin, um zu erzählen, denn eine gewisse Haltung voll Sicherheit und Vertrauen ist erforderlich, um erzählen zu können. Die besten Geschichten kann man nur zu bestimmter Zeit erzählen, etwa so wie wir jetzt um den Tisch herumsitzen. Stehend oder mit leerem Magen hat noch niemand gut zu erzählen vermocht.

Wenn ich aber Rosalies weitschweifige Beredsamkeit treu wiedergeben wollte, so würden dafür Bände nicht genügen. Da die Geschichte, die sie mir anvertraute, zwischen dem Geschwätz des Notars und dem von Frau Lepas die Mitte einhält, und alles aufgeht wie in einem gelösten Rechenexempel, kann ich mich kurz fassen. Das Zimmer, das die Gräfin Merret in der Grande Bretèche bewohnt hat, lag im Parterre. Daneben befand sich ein kleines Kabinett, das etwa vier Fuß tief und in die Mauer eingelassen war, es diente als Garderobe. Drei Monate vor dem Abend, dessen Vorkommnisse ich Ihnen schildern werde, war Frau von Merret so elend, daß ihr Mann sie allein ließ und in einem Zimmer in der ersten Etage schlief. Durch einen jener unvorhergesehenen Zufälle kam er an jenem Abend zwei Stunden später als gewöhnlich aus dem Klub nach Hause, in dem er Zeitungen zu lesen und sich über Politik zu unterhalten pflegte. Seine Frau, glaubte er, sei zu Hause, liege zu Bett und schlafe. Aber es hatte eine sehr lebhafte Diskussion über Frankreichs Lage gegeben; er hatte beim Billardspielen vierzig Franken verloren, eine ungeheure Summe für Vendôme, wo alle Welt spart und das ganze Leben sich in bescheidenen Grenzen abspielt; vielleicht liegen hier Glücksmöglichkeiten, die man in Paris geflissentlich übersieht.

Seit einiger Zeit hatte sich Herr von Merret darauf beschränkt, Rosalie zu fragen, ob seine Frau zu Bett sei; auf ihre stets bejahende Antwort hin ging er direkt in sein Zimmer mit jener Vertrauensseligkeit, die eine Folge der Gewohnheit ist. Als er an jenem Abend nach Hause ging, kam er auf die Idee, seine Frau aufzusuchen, vielleicht wollte er ihr sein Mißgeschick erzählen, vielleicht sich trösten. Bei Tisch war ihm aufgefallen, daß seine Frau sehr gut angezogen war; er sagte sich auf dem Heimweg, daß seine Frau wieder wohl sei und die Rekonvaleszenz sie verschönert habe; wie die meisten Ehemänner hatte er es etwas zu spät bemerkt. Anstatt Rosalie zu rufen, die in jenem Augenblick in der Küche war und sich damit vergnügte, der Köchin und dem Kutscher beim Kartenspiel zuzusehen, ging der Graf in das Zimmer seiner Frau beim Schein seiner Kerze, die er auf die erste Treppenstufe gestellt hatte. Sein nicht zu verkennender Schritt hallte durch den Korridor. Als er die Tür öffnete, glaubte er zu hören, daß die Tür des vorhin erwähnten Kabinetts geschlossen wurde, aber als er ins Zimmer kam, stand die Gräfin allein vor dem Kamin. Vertrauensvoll nahm er an, Rosalie sei im Kabinett, und doch war ein Argwohn in ihm erwacht, der ihm keine Ruhe ließ; er sah seine Frau an und fand etwas Flackernd-Unruhiges in ihren Augen.

›Du kommst spät nach Hause‹, sagte sie. Ihre Stimme, die stets einen reinen Klang hatte, zitterte vor verhaltener Erregung.

Er antwortete nichts, denn in diesem Augenblick betrat

Rosalie das Zimmer. Das traf ihn wie ein Blitz. Mit verschränkten Armen ging er im Zimmer auf und ab.

›Hast du eine schlechte Nachricht bekommen oder bist du nicht wohl?‹ fragte die Gräfin schüchtern, während Rosalie ihr ihren Schlafrock umlegte.

Er gab keine Antwort.

›Sie können gehen‹, sagte Frau von Merret zu ihrer Zofe, ›ich werde mein Haar selbst in Ordnung bringen.‹ Als sie das Gesicht ihres Mannes sah, wußte sie, daß irgendein Unglück passiert sei, und wollte mit ihm allein sein.

Als Rosalie gegangen war oder als sie wenigstens glaubten, daß sie gegangen sei, denn sie war im Korridor geblieben, trat der Graf an seine Frau heran und sagte kalt und ruhig: ›In deinem Kabinett ist jemand.‹

Sie sah ihren Mann gelassen an und antwortete ganz schlicht: ›Nein.‹

Dieses Nein zerriß dem Grafen das Herz, denn er glaubte seiner Frau nicht, und doch war sie ihm nie reiner und demütiger erschienen wie in diesem Augenblick.

Er machte einige Schritte zur Tür des Kabinetts; Frau von Merret ergriff seine Hand, sah ihn melancholisch an und sagte mit seltsam bewegter Stimme: ›Wenn du niemand im Kabinett findest, so denke daran, daß zwischen uns alles aus ist.‹

Die Würde in der Haltung der Frau imponierte dem Grafen und brachte ihn auf einen jener Einfälle, die unvergeßlich wären, wenn die Öffentlichkeit darum wüßte.

›Gut, Josephine‹, sagte er, ›ich gehe nicht ins Kabinett. In dem einen wie im anderen Fall wären wir für immer getrennt. Höre, ich kenne deine reine Seele und weiß, daß du wie eine Heilige gelebt hast, nicht einmal, um dein Leben zu retten, würdest du eine Todsünde begehen.‹ Bei diesen Worten sah die Gräfin ihren Mann verstört an. ›Hier ist dein Kruzifix‹, fügte er hinzu. ›Schwöre mir vor Gott, daß niemand in deinem Kabinett ist, ich werde dir glauben und diese Tür nie öffnen.‹

Frau von Merret nahm das Kruzifix und sagte: ›Ich schwöre.‹

›Lauter‹, sagte der Gatte, ›wiederhole: Ich schwöre bei Gott, daß niemand im Kabinett ist.‹

Sie wiederholte die Worte mit ruhiger Stimme.

›Gut‹, sagte Herr von Merret kühl. Nach einem Augenblick des Schweigens fuhr er fort: ›Du hast hier ein sehr schönes künstlerisch geschnitztes Kruzifix, das ich nie bei dir gesehen habe.‹ Er betrachtete das Ebenholz-Kruzifix prüfend.

›Ich habe es bei Duvivier gefunden, der es im vorigen Jahr, als die Gefangenen durch Vendôme kamen, bei einem spanischen Geistlichen erstanden hat.‹

›So‹, sagte der Graf, hing das Kruzifix wieder auf seinen Nagel und läutete.

Rosalie kam auf der Stelle. Der Graf ging ihr entgegen, führte sie in die Fensternische, die auf den Garten ging und flüsterte ihr zu: ›Ich weiß, daß Gorenflot dich heiraten will, daß es euch nur an Geld fehlt und daß du erst seine Frau werden willst, wenn er sich als Maurermeister niederlassen kann... Nun hole ihn auf der Stelle, er soll mit seiner Kelle und seinem Handwerkszeug herkommen. Mach es so, daß niemand außer ihm im Haus geweckt wird, sein Vermögen soll weit über eure Wünsche hinausgehen. Und vor allen Dingen kein Wort von dem, was hier vorgegangen ist, sonst...‹

Er runzelte die Stirn. Rosalie ging, er rief sie zurück. ›Hier. Nimm meinen Schlüssel‹, sagte er.

›Jean‹, rief der Graf mit Donnerstimme in den Korridor. Jean, der zugleich sein Kutscher und Vertrauensmann war, gab seine Kartenpartie auf und kam.

›Geht alle zu Bett‹, sagte sein Herr und gab ihm ein Zeichen, näher zu kommen, dann fügte er leise hinzu: ›wenn sie alle schlafen werden, *schlafen*, du hast mich verstanden? dann kommst du her und sagst Bescheid.‹ Der Graf, der seine Frau nicht aus den Augen gelassen hatte, während er seine Befehle erteilte, setzte sich ruhig neben sie vor den Kamin und begann ihr die Ereignisse der Billardpartie und die verschiedenen politischen Gespräche im Klub zu schildern. Als Rosalie zurückkam, fand sie den Grafen und die Gräfin in angeregter Unterhaltung.

Der Graf hatte kurze Zeit vorher alle Empfangsräume im Parterre mit neuen Decken versehen lassen. Gips ist in Vendôme selten, und der Preis wird durch den Transport erheblich teurer; er hatte infolgedessen ein ziemlich großes Quantum kommen lassen, da er sicher war, stets Abnehmer für den Rest zu finden. Dieser Umstand hatte ihm den Plan eingegeben, an dessen Ausführung er jetzt ging.

›Herr Graf, Gorenflot ist da‹, sagte Rosalie leise.

›Laß ihn kommen‹, antwortete Herr von Merret laut.

Die Gräfin wurde blaß, als sie den Maurermeister sah.

›Gorenflot‹, sagte Herr von Merret, ›hole Ziegel aus dem Schuppen, genügend, um die Tür dieses Kabinetts zu vermauern, nimm den Rest von Gips, um die Mauer damit zu überziehen.‹ Dann trat er an Rosalie und den Arbeiter heran und flüsterte ihnen zu: ›Höre, Gorenflot, du wirst heute hier übernachten. Morgen früh bekommst du einen Paß und gehst in die Fremde, in eine Stadt, die ich dir nennen werde. Für die Reise gebe ich dir sechstausend Franken. Du wirst zehn Jahre in jener Stadt bleiben, wenn es dir dort nicht gefällt, kannst du dich in einer anderen niederlassen, vorausgesetzt, daß du im gleichen Lande bleibst. Du gehst erst nach Paris und erwartest mich dort. Dort werde ich dir kontraktlich weitere sechstausend Franken sichern, die dir bei deiner Rückkehr ausgezahlt werden, falls du alle Bedingungen eingehalten hast. Dagegen verlange ich, daß du über alles, was du heute nacht hier tust, schweigst wie das Grab. Dir, Rosalie, werde ich zehntausend Franken geben, die dir am Tage deiner Hochzeit ausgezahlt werden sollen, unter der Bedingung, daß du Gorenflot heiratest. Aber ihr müßt schweigen. Sonst gibt es keine Mitgift.‹

›Rosalie‹, sagte Frau von Merret, ›bitte frisieren Sie mich für die Nacht.‹

Der Ehemann ging langsam im Zimmer auf und ab, er behielt die Tür, den Maurer und seine Frau im Auge, ohne jedoch ein beleidigendes Mißtrauen an den Tag zu legen. Gorenflot war gezwungen, Lärm zu machen.

Die Gräfin benutzte einen Augenblick, wo der Arbeiter Ziegel ablud und ihr Mann am anderen Ende des Zimmers war, um Rosalie zuzuflüstern: ›Liebes Kind, du sollst eine Rente von tausend Franken haben, wenn du Gorenflot sagst, unten einen Spalt offenzulassen.‹ Dann setzte sie laut und kaltblütig hinzu: ›Hilf ihm doch!‹

Während Gorenflot die Tür zumauerte, schwiegen der Graf und die Gräfin. Dieses Schweigen war Berechnung beim Mann, der seiner Frau keine Gelegenheit geben wollte, doppelsinnige Worte zu sagen; Frau von Merret schwieg aus Klugheit oder Stolz. Als die Mauer bereits zur Hälfte errichtet war, benutzte der gerissene Gorenflot einen Augenblick, wo der Graf ihm den Rücken zukehrte, um eine der beiden Scheiben in der Tür einzustoßen. Durch dieses Zeichen gab er Frau von Merret zu verstehen, daß Rosalie ihren Auftrag ausgerichtet hatte. Alle drei sahen ein dunkles Männergesicht, schwarzes Haar, brennende Augen. Ehe der Graf sich umgedreht hatte, hatte die arme Frau Zeit, dem Fremden ein Zeichen zu geben: er solle nur ruhig hoffen!

Um vier Uhr morgens war die Mauer fertig. Der Maurer blieb unter Jeans Oberaufsicht, der Graf übernachtete im Zimmer seiner Frau.

Am nächsten Morgen sagte er sorglos, als er aufstand: ›Donnerwetter, ich muß ja aufs Bürgermeisteramt des Passes wegen gehen.‹ Er setzte seinen Hut auf, machte drei Schritte zur Tür, besann sich und nahm das Kruzifix.

Die Gräfin zitterte vor Glück. Er wird zu Duvivier gehen, dachte sie. Er war kaum aus der Tür, so läutete sie und rief Rosalie mit furchtbarer Stimme zu: ›Die Hacke! die Hacke und an die Arbeit! Ich habe Gorenflot gestern zugesehen, wir haben Zeit genug, ein Loch zu machen und es wieder zuzustopfen.‹

Im Augenblick hatte Rosalie ihrer Herrin ein Beil gebracht. Sie stürzte in einer Hast, für die es keine Worte gibt, auf die Mauer, um sie niederzureißen. Sie hatte bereits einige Ziegelsteine gelöst und holte zu einem noch kräftigeren Schlag aus, als sie Herrn von Merret hinter sich sah. Ohnmächtig brach sie zusammen.

›Legen Sie die Gräfin auf ihr Bett‹, sagte er kühl. Da er vorausgesehen hatte, was während seiner Abwesenheit geschehen würde, hatte er seiner Frau eine Falle gestellt; er hatte an den Bürgermeister geschrieben und Duvivier holen lassen.

Der Goldschmied kam, als die Unordnung im Zimmer bereits behoben war.

›Duvivier‹, fragte der Graf, ›haben Sie den spanischen Gefangenen, die hier durchkamen, ein Kruzifix abgekauft?‹

›Nein, Herr Graf.‹

›Schön, ich danke Ihnen‹, sagte er und sah seine Frau wie ein Tiger an, der sich auf seine Beute stürzt. ›Jean‹, fügte er hinzu und wandte sich an seinen Kammerdiener, ›Sie werden meine Mahlzeiten im Zimmer der Gräfin servieren; sie ist krank, und ich möchte sie nicht verlassen, ehe sie wieder hergestellt ist.‹

Der grausame Graf blieb volle zwanzig Tage im Zimmer seiner Frau. Zu Beginn, wenn man im vermauerten Kabinett ein Geräusch hören konnte und Josephine ihn für den Sterbenden um Erbarmen flehen wollte, ließ er sie nicht zu

Worte kommen und sagte ruhig: ›Du hast auf das Kreuz geschworen, daß niemand im Kabinett sei.‹«

Als die Geschichte zu Ende war, standen alle Frauen auf; diese Bewegung zerriß den Bann, unter dem sie gestanden hatten. Doch hatte es einige von ihnen bei den letzten Worten kalt überlaufen.

NACHWEIS

Guy de Maupassant, *La Morte*. Übersetzt von Ernst Sander. Aus *Guy de Maupassant, Gesamtausgabe der Romane und Novellen, Bd. 1*. Copyright © der deutschen Übersetzung von Ernst Sander by Wilhelm Goldmann Verlag GmbH, München

Villiers de l'Isle-Adam, *Véra*. Übersetzt von Ernst Sander. Aus *Grausame Geschichten*. Herausgegeben von Ernst Sander, Wilhelm Goldmann Verlag, München, 1962

Nathaniel Hawthorne, *Wakefield*. Aus *Das Diogenes Lesebuch amerikanischer Erzähler*. Herausgegeben von Gerd Haffmans, detebe 20271. Copyright © 1976 by Diogenes Verlag, Zürich

Anton Čechov, *Strasnaja noc'*. Übersetzt von Gerhard Dick und Ada Knipper, Aus *Ein unbedeutender Mensch, Erzählungen 1883–1885*. Herausgegeben von Peter Urban, detebe 20261, Diogenes Verlag, Zürich, 1976. Copyright © 1968 by Winkler Verlag, München

R. L. Stevenson, *Thrawn Janet*. Übersetzt von Marguerite Thesing. Aus *Der Leichenräuber*, detebe 20710. Copyright © 1979 by Diogenes Verlag, Zürich

Jack London, *Moonface*. Übersetzt von Erwin Magnus. Aus *Mondgesicht. Seltsame Geschichten*, Berlin, 1928

Ambrose Bierce, *The Mockingbird*. Übersetzt von Joachim Uhlmann. Aus *Die Spottdrossel*, detebe 20234. Copyright © 1976 by Diogenes Verlag, Zürich

Saki, *The Toys of Peace*. Übersetzt von Günther Eichel. Aus *Tobermory*, Berlin, 1959

Nikolai Gogol, *Vij*. Übersetzt von Helmut Degner. Aus *Vampire*, München, 1967

Edgar Allan Poe, *MS. Found in a Bottle*. Übersetzt von Gisela Etzel. Aus *Die Maske des Roten Todes*, detebe 21184. Copyright © 1984 by Diogenes Verlag, Zürich

Rudyard Kipling, *The Return of Imray*. Übersetzt von Gustav Meyrink. Aus *Die gespenstische Rikscha*. Copyright © der deutschen Übersetzung by Paul List Verlag GmbH, München

Guy de Maupassant, *La main écorché*. Übersetzt von Ernst Sander. Aus *Guy de Maupassant, Gesamtausgabe der Romane*

und Novellen, Bd. 1. Copyright © der deutschen Übersetzung von Ernst Sander by Wilhelm Goldmann Verlag GmbH. München
E.T.A. Hoffmann, *Ignaz Denner.* Aus *Fantasie- und Nachtstücke*, München, 1960
Friedrich Hebbel, *Die Nacht im Jägerhause.* Aus *Das gruselige Vorlesebuch*, München, 1959
Villiers de l'Isle-Adam, *Les prouesses du Docteur Hallidonhil.* Übersetzt von Karl Hans Strobl. Aus *Villiers de l'Isle-Adam. Eine Auswahl seiner Erzählungen*, Wien, Leipzig, 1923
H. G. Wells, *Pollock and the Porroh Man.* Übersetzt von Lena Neumann. Aus *Tam Tam und andere Erzählungen aus Ost-, West- und Zentralafrika.* Herausgegeben von Marie-Louise Lüscher, detebe 20882, Diogenes Verlag, Zürich, 1980. Copyright © 1980 by Paul Zsolnay Verlag GmbH
Honoré de Balzac, *La Grande Bretèche.* Übersetzt von Rosa Schapire. Aus *Die Grenadière*, detebe 20446. Copyright © 1977 by Diogenes Verlag, Zürich

Horror

Klassische und moderne Horrorgeschichten von Charles Dickens bis Ernest Hemingway. Ausgewählt und mit einem Nachwort von Mary Hottinger

»Ein Schreckenskabinett, in dem Englands und Amerikas Schreib-Elite von Stevenson und Poe bis Hemingway und Evelyn Waugh effektvoll schwarze Erzählkünste praktiziert. Seeungeheuer und mannschaftslos treibende Schiffe, mysteriöse Zugunglücke, mordende Phantomgestalten und unsichtbar durch zerfallene Häuser spukende Gespenster versetzen zielstrebige Helden und Publikum in jenen Gänsehaut-Zustand, den der Buchtitel verspricht. Das Rezept für diese Art Literatur, von Dickens, Kipling und Saki treu verfolgt, verriet der englische Autor Burrage in seiner hitchcockesken Erzählung ›Die Wachsfigur‹: ›Es muß natürlich eine schauerliche Geschichte werden; schauerlich – mit einem winzigen rettenden Schuß von Humor.‹« *Der Spiegel, Hamburg*

Mehr Horror

Moderne Horrorgeschichten von Graham Greene bis Patricia Highsmith Augewählt von Barbara Birrer

Würden Sie es wagen, Ihre Gedanken bis zu jenem Punkt ausschweifen zu lassen, wo die Vernunft aufhört und die frei dahinfließende, in allen Farben des Regenbogens schillernde Phantasie beginnt?
Was dabei herauskommt, lesen Sie in den 22 schön bösartigen, fröhlich blutrünstigen und märchenhaft abgründigen Geschichten zum Gruseln: Das Feinste vom Feinen für Freunde der gepflegten Gänsehaut.
Es erzählen Robert Bloch, Ray Bradbury, Fredric Brown, Lord Dunsany, Stanley Ellin, John Galsworthy, Graham Greene, Patricia Highsmith, Nigel Kneale, Richard Matheson, Margaret Millar, J.B. Priestley, Henry Slesar, John Steinbeck, Janwillem van de Wetering und viele andere.

Honoré de Balzac im Diogenes Verlag

Zwei Frauen
Roman. Aus dem Französischen von Gabrielle Betz

Modeste Mignon
Roman. Deutsch von Friedrich Sieburg

Die Frau von dreißig Jahren
Roman. Deutsch von Erich Noether. Mit einem Nachwort von Eugen Lerch

Vater Goriot
Roman. Deutsch von Rosa Schapire Mit einem Nachwort von W. Somerset Maugham

Ursula Mirouet
Roman. Deutsch von Walter Benjamin. Nachwort von Oscar Wilde

Eugenie Grandet
Roman. Deutsch von Mira Koffka

Junggesellenwirtschaft
Roman. Deutsch von Franz Hessel

Verlorene Illusionen
Roman. Deutsch von Otto Flake. Mit einem Nachwort von Hans-Jörg Neuschäfer

Cäsar Birotteaus Größe und Niedergang
Roman. Deutsch von Hugo Kaatz. Nachwort von Stefan Zweig

Glanz und Elend der Kurtisanen
Roman. Deutsch von Emil A. Rheinhardt

Tante Lisbeth
Roman. Deutsch von Paul Zech

Vetter Pons
Roman. Deutsch von Otto Flake

Eine dunkle Geschichte
Roman. Deutsch von Friedrich von Oppeln-Bronikowski

Der Landpfarrer
Roman. Deutsch von Emmi Hirschberg. Mit einem Nachwort von Hippolyte Taine

Das ungekannte Meisterwerk
Erzählungen. Deutsch von Heinrich E. Jacob und Hete Maass

Liebesgeschichten
Ausgewählt von Auguste Amédée de Saint-Gall

Die tödlichen Wünsche
Das Chagrinleder. Roman. Deutsch von Emil A. Rheinhardt

Pariser Geschichten
Deutsch von Otto Flake. Mit einem Nachwort von Egon Friedell

Mystische Geschichten
Deutsch von Franz Hessel, Else von Hollander und Emmi Hirschberg. Mit einem Nachwort von Wilhelm Dilthey

Tolldreiste Geschichten
Deutsch und mit einem Nachwort von Herbert Kühn. Mit vielen Bildern von Gustave Doré

Albert Savarus / Kehrseite der Geschichte unserer Zeit
Zwei Romane. Deutsch von Max Krell und Hugo Kaatz. Mit einem Nachwort von Ingrid Peter

Pierrette / Der Landpfarrer von Tours
Zwei Romane. Deutsch von Rosa Schapire. Mit einem Nachwort von Hermann Hesse

André Maurois
Das Leben des Honoré Balzac
Eine Biographie. Deutsch von Ernst Sander und Bruno Berger

Edgar Allan Poe
im Diogenes Verlag

»Als ich zum erstenmal ein Buch von ihm aufschlug, fand ich bei ihm Gedichte und Novellen, wie sie mir bereits durch den Kopf gegangen waren, undeutlich und wirr jedoch, ungeordnet – Poe aber hat es verstanden, sie zu verbinden und zur Vollendung zu führen. Bewegt und bezaubert entdeckte ich nicht nur Sujets, von denen ich geträumt hatte, sondern auch Sätze und Gedanken, die die meinigen hätten sein können – hätte sie nicht Poe zwanzig Jahre vorher geschrieben.« *Charles Baudelaire*

Werkausgabe in Einzelbänden, herausgegeben von Theodor Etzel. Aus dem Amerikanischen von Gisela Etzel, Wolf Durian u.a.

Der Untergang des Hauses Usher
und andere Geschichten von Schönheit, Liebe und Wiederkunft

Die schwarze Katze
und andere Verbrechergeschichten

Die Maske des Roten Todes
und andere phantastische Fahrten

Der Teufel im Glockenstuhl
und andere Scherz- und Spottgeschichten

Die denkwürdigen Erlebnisse des Arthur Gordon Pym
Roman. Mit einem Nachwort von Jörg Drews

Meistererzählungen
Ausgewählt und mit einem Nachwort von Mary Hottinger

R. L. Stevenson im Diogenes Verlag

»Mit Stevenson hielten die stilistischen Forderungen der französischen Naturalisten, in exotischen Zauber gehüllt, ihren Einzug in die englische Literatur. Man darf sagen, daß hier die Anfänge der bedeutendsten Prosa unseres Jahrhunderts zu suchen sind. Nordamerikaner, Russen, Engländer, Franzosen und Italiener – wir alle haben dem Beispiel dieses Mannes einiges zu verdanken, der sein Metier mit der stoischen Unbefangenheit eines vom ganz natürlichen Glauben an das Leben und die Phantasie erfüllten Jungen ausübte.« *Cesare Pavese*

Werke in 8 Bänden. Edition und Übersetzung aus dem Englischen von Curt und Marguerite Thesing

Die Schatzinsel
Roman. Deutsch von Rose Hilferding

Die Entführung
Die Abenteuer des David Balfour von Shaw. Roman

Der Selbstmörderklub
Der Diamant des Rajahs
Geschichten

Der Flaschenteufel
und andere Geschichten

Der Leichenräuber
und andere Geschichten

Der gefährliche Archipel
Roman

Der Palast der vielen Frauen
Roman

Dr. Jekyll und Mr. Hyde
und andere Geschichten

Guy de Maupassant im Diogenes Verlag

Guy de Maupassant (1850–1892), geboren auf Schloß Miromesnil in der Normandie. Nach einem abgebrochenen Jura-Studium arbeitete er ab 1871 als kleiner Beamter im Marine-, später im Kulturministerium in Paris und begann gleichzeitig mit ersten literarischen Arbeiten, unterstützt und geformt von Flaubert, der mit Maupassants Onkel befreundet war. Nach zehnjähriger literarischer Produktion unter Ausschluß der Öffentlichkeit erschien 1880 ein Gedichtband und seine Erzählung *Schmalzpummel*, die ihn mit einem Schlag berühmt machte.

»Maupassants Ahnen waren Rabelais, Montaigne, Molière, La Fontaine, die Starken und die Klaren, jene, die ihn nur durch seine Werke kennen, lieben ihn wegen des unsterblichen Liebesliedes, mit dem er das Leben besungen hat.« *Emile Zola*

»Ich denke oft an Guy de Maupassant, der mir der beste Erzähler des 19. Jahrhuderts zu sein schien... Ich habe die Art Geschichten am liebsten, die ich selber schreiben kann. Eine Form, die viele gute Autoren gehabt hat, aber keinen glänzenderen als Maupassant. Sogar Anton Čechov nahm sich Maupassant zum Vorbild.«
W. Somerset Maugham

Das Haus Tellier
und andere Erzählungen. Aus dem Französischen von Georg von der Vring

Der Schmuck
und andere Erzählungen. Deutsch von Georg von der Vring

Mamsell Fifi
und andere Erzählungen. Auswahl, Übersetzung und Nachwort von Walter Widmer

Das Glück
und andere Erzählungen. Deutsch von Walter Widmer

Eine List
und andere Erzählungen. Deutsch von Walter Widmer

Meistererzählungen
Ausgewählt, übertragen und mit einem Nachwort von Walter Widmer

Anton Čechov im Diogenes Verlag

»Er ist der subtilste Analytiker menschlicher Beziehungen. Wenn wir diese ›Geschichten über Fastnichts‹ lesen, weitet sich unser Horizont, und wir gewinnen einen erstaunlichen Sinn für die Freiheit.«
Virginia Woolf

Das erzählende Werk

Aus dem Russischen von Gerhard Dick, Wolf Düwel, Ada Knipper, Hertha von Schulz, Michael Pfeiffer und Georg Schwarz. Gesamtredaktion, Anmerkungen und Nachweise von Peter Urban

Ein unbedeutender Mensch
Erzählungen 1883-1885

Gespräch eines Betrunkenen mit einem nüchternen Teufel
Erzählungen 1886

Die Steppe
Erzählungen 1887-1888

Flattergeist
Erzählungen 1888-1892

Rothschilds Geige
Erzählungen 1893-1896

Die Dame mit dem Hündchen
Erzählungen 1897-1903

Eine langweilige Geschichte / Das Duell
Kleine Romane I

Krankenzimmer Nr. 6 / Erzählung eines Unbekannten
Keine Romane II

Drei Jahre / Mein Leben
Kleine Romane III

Die Insel Sachalin
Reisebericht

Das Drama auf der Jagd
Eine wahre Begebenheit. Neu deutsch übersetzt von Peter Urban

Meistererzählungen
Ausgewählt von Franz Sutter. Deutsch von Ada Knipper, Herta von Schulz und Gerhard Dick

H.G. Wells
im Diogenes Verlag

»H.G. Wells: eine geniale Künstlernatur, der im höchsten Maße den Stempel des großen Gelehrten besitzt... Das Interessante an Wells ist, daß er nicht, wie so mancher seiner Zeitgenossen, aufhörte zu wachsen. Wer nachts nicht schläft, kann ihn wachsen hören.« *G.K. Chesterton*

Der Krieg der Welten
Roman. Aus dem Englischen von G.A. Crüwell
und Claudia Schmölders

Die Zeitmaschine
Eine Erfindung. Neu übersetzt
von Peter Naujack

Die Geschichte unserer Welt
Deutsch von Otto Mandl, Helene M. Reiff und
Erna Redtenbacher. Erweiterte Neuausgabe

Die Fortsetzung der ›Zeitmaschine‹ schrieb

Egon Friedell

Die Rückkehr der Zeitmaschine
Phantastische Novelle

Jack London
im Diogenes Verlag

»Jack London hat jenen besonderen Geist, der schaut, was der gewöhnlichen Herde verborgen bleibt, und darüber hinaus die Gabe, in die Zukunft zu blicken.«
Anatole France

Jack London wurde 1876 in San Francisco geboren. Nach einem abenteuerlichen Leben als ›König der Austern-Räuber‹, Schiffsjunge, Tramp, Student, Goldsucher, Sozialist, Kriegsberichterstatter und Südseefahrer erwarb er sich auch als Schriftsteller einen Namen. Er starb 1916 in Kalifornien.

Südsee-Abenteuer
Erzählungen. Aus dem Amerikanischen
von Christine Hoeppener

Der Seewolf
Roman. Deutsch von Christine Hoeppener

John Barleycorn oder Der Alkohol
Roman. Deutsch von Günter Löffler

Der Ruf der Wildnis
Roman. Deutsch von Günter Löffler

Wolfsblut
Roman. Deutsch von Günter Löffler

Die Meistererzählungen der Weltliteratur im Diogenes Verlag

- **Pedro Antonio de Alarcón**
Herausgegeben und aus dem Spanischen von Georg Spranger. Mit einem Nachwort von Werner Bahner

- **Alfred Andersch**
Mit einem Nachwort von Lothar Baier

- **Marcel Aymé**
Aus dem Französischen von Hildegard Fuchs und Gertrud Grohmann

- **Ambrose Bierce**
Auswahl und Vorwort von Mary Hottinger. Aus dem Amerikanischen von Joachim Uhlmann. Mit Zeichnungen von Tomi Ungerer

- **Anton Čechov**
Ausgewählt von Franz Sutter. Aus dem Russischen von Ada Knipper, Herta von Schulz und Gerhard Dick

- **Raymond Chandler**
Aus dem Amerikanischen von Hans Wollschläger

- **Stephen Crane**
Herausgegeben, aus dem Amerikanischen und mit einem Nachwort von Walter E. Richartz

- **Fjodor Dostojewskij**
Herausgegeben, aus dem Russischen und mit einem Nachwort von Johannes von Guenther

- **Friedrich Dürrenmatt**
Mit einem Nachwort von Reinhardt Stumm

- **Joseph von Eichendorff**
Mit einem Nachwort von Hermann Hesse

- **William Faulkner**
Aus dem Amerikanischen übersetzt, ausgewählt und mit einem Nachwort von Elisabeth Schnack

- **F. Scott Fitzgerald**
Ausgewählt und mit einem Nachwort von Elisabeth Schnack. Aus dem Amerikanischen von Walter Schürenberg, Anna von Cramer-Klett, Elga Abramowitz und Walter E. Richartz

- **Nikolai Gogol**
Die Nase
Ausgewählte Erzählungen
Auswahl, Vorwort und Übersetzung aus dem Russischen von Sigismund von Radecki

- **Jeremias Gotthelf**
Mit einem Essay von Gottfried Keller

- **Dashiell Hammett**
Ausgewählt von William Matheson. Aus dem Amerikanischen von Wulf Teichmann, Walter E. Richartz Hellmuth Karasek und Elizabeth Gilbert

- **O. Henry**
Mit einem Nachwort von Heinrich Böll

- **Hermann Hesse**
Zusammengestellt, mit bio-bibliographischen Daten und Nachwort von Volker Michels

- **Patricia Highsmith**
Ausgewählt von Patricia Highsmith. Aus dem Amerikanischen von Anne Uhde, Walter E. Richartz und Wulf Teichmann

- **Washington Irving**
Aus dem Amerikanischen von Gunther Martin. Mit Illustrationen von Henry Ritter und Wilhelm Camphausen

- **Gottfried Keller**
Mit einem Nachwort von Walter Muschg

- **D.H. Lawrence**
Ausgewählt, aus dem Englischen und mit einem Nachwort von Elisabeth Schnack

● Carson McCullers
Ausgewählt von Anton Friedrich. Aus dem Amerikanischen von Elisabeth Schnack

● Nikolai Lesskow
Ausgewählt von Anna von Guenther. Aus dem Russischen von Johannes von Guenther

● Heinrich Mann
Vorwort von Hugo Loetscher. Mit 24 Zeichnungen von George Grosz

● W. Somerset Maugham
Ausgewählt von Gerd Haffmans. Aus dem Englischen von Kurt Wagenseil, Tina Haffmans und Mimi Zoff

● Guy de Maupassant
Ausgewählt, übertragen und mit einem Nachwort von Walter Widmer

● Herman Melville
Mit einem Nachwort von Hans-Rüdiger Schwab

● Prosper Mérimée
Aus dem Französischen von Arthur Schurig und Adolf V. Bystram. Mit einem Nachwort von V.S. Pritchett

● Conrad Ferdinand Meyer
Mit einem Nachwort von Albert Schirnding

● Frank O'Connor
Aus dem Englischen und mit einem Nachwort von Elisabeth Schnack

● George Orwell
Ausgewählt von Christian Strich

● Konstantin Paustowski
Aus dem Russischen von Rebecca Candreia und Hans Luchsinger

● Luigi Pirandello
Auswahl und Nachwort von Lisa Rüdiger. Aus dem Italienischen von Percy Eckstein, Hans Hinterhäuser und Lisa Rüdiger

● Edgar Allan Poe
Aus dem Amerikanischen von Gisela Etzel. Auswahl und Vorwort von Mary Hottinger

● Alexander Puschkin
Aus dem Russischen von André Villard. Mit einem Fragment ›Über Puschkin‹ von Maxim Gorki

● Saki
Aus dem Englischen von Günter Eichel. Mit einem Nachwort von Thomas Bodmer und Zeichnungen von Edward Gorey

● Alan Sillitoe

● Georges Simenon
Aus dem Französischen von Wolfram Schäfer, Angelika Hildebrandt-Essig, Gisela Stadelmann, Linde Birk und Lislott Pfaff

● Henry Slesar
Aus dem Amerikanischen von Thomas Schlück und Günter Eichel

● Stendhal
Mit einem Nachwort von Maurice Bardèche

● Adalbert Stifter
Mit einem Nachwort von Julius Stöcker

● Rodolphe Toepffer
Ausgewählt und aus dem Französischen von H. Graef. Vorwort von Maurice Aubry. Mit vielen Illustrationen des Verfassers

● Leo Tolstoi
Ausgewählt von Christian Strich. Aus dem Russischen von Arthur Luther, Erich Müller und August Scholz

● B. Traven
Ausgewählt von William Matheson

● Iwan Turgenjew
Herausgegeben, aus dem Russischen und mit einem Nachwort von Johannes von Guenther

● Mark Twain
Mit einem Vorwort von N.O. Scarpi. Auswahl und Bearbeitung von Marie-Louise Bischof und Ruth Binde

● Jules Verne
Aus dem Französischen von Erich Fivian